Karl Knortz

Aus dem Wigwam

Karl Knortz

Aus dem Wigwam

ISBN/EAN: 9783743361157

Hergestellt in Europa, USA, Kanada, Australien, Japan

Cover: Foto ©Andreas Hilbeck / pixelio.de

Manufactured and distributed by brebook publishing software (www.brebook.com)

Karl Knortz

Aus dem Wigwam

Knorz, Aus dem Wigwam.   Leipzig: Verlag von Otto Spamer.

Seneka-Indianer tödten die Kirchhofschlange.

Aus dem Wigwam.

Uralte und neue Märchen und Sagen

der

nordamerikanischen Indianer.

Wiedererzählt

von

Karl Knortz.

Mit vier Anfangsvignetten und sechs Tonbildern.

Leipzig.

Verlag von Otto Spamer.

1880.

Inhalts-Verzeichniß.

Erste Abtheilung.

Vierzig Sagen. Mitgetheilt vom Häuptling Ma-to-toh-pa.

Seite

Otterherz, oder die gute und die böse Squaw 3
Menabuscho 10
Die Nationallegende der Tschassa-Muskokistämme 13
Gluskap 17
Kaktugwasis 19
Askulsk 23
Der Mann aus Asche 26
Der Fischmann 35
Das Paradies der Tetonen 38
Ursprung des weißen, rothen und schwarzen Mannes 43
Was die Indianer von dem Felsengebirge denken 44
Der Schutzgeist 45
Vom Donnerkeil 45
Die Blume der Prairie 45
Der Weg zum Meister des Lebens 46
Der Jungfernfels 48
Das Todtenfeuer 49
Der Waldwolf und der Steppenwolf 50
Arezuma 51
Der Todtenvogel 51
Ampata Saba 52
Nabowekweiamisch 54
Wie Menabuscho die Biber am Superiorsee fangen wollte 54
Der Piasafels 55
Tschibai-Minis, oder die Insel der Todten 56
Der Ursprung der Klapperschlangen 56
Der Teufelssee in Wiskonsin 57
Die Muskiten 58
Die versteinernde Quelle von Racine (Wiskonsin) 58
Die ersten Tschippewäer 59
Ni-Ni-Wah 59
Nisowassa 60

Seite

Eine zoologische Fabel 61
Die Legende vom Salineflusse 61
Der Donnervogel der Makahs 63
Die Sintflut der Makahs 64
Der Stammvater der Makahs zu Niah-Bai 64
Die Seelenwanderung der Makahs 64
Die Abgötter 67
Vater und Sohn 69

Zweite Abtheilung.

Vierzig Sagen. Mitgetheilt von Chingorikhoor.

Säketschäk 73
Tutockänula 75
Der Vogel der Ewigkeit 76
Die sechs Nantikoken 78
Die All-Mutter 86
Mikwon oder der rothe Manito (Tradition der Mohikaner) 86
Spottvogels Ursprung 88
Die alte Eule 89
Manitobah 92
Eine Sage der kalifornischen Indianer 92
Die guten alten Könige 94
Der Traum des Abnaki-Häuptlings 98
Die Schlangen-Squaw 102
Der König der Hirsche 103
Die Sonnentöchter 106
Das Mädchen und der Vogel 107
Die Dampfgeister 109
Namatawaschta 110
Der Feuergeist 111
Awaschank 113
Der Teufel vom Kap Higgin 114
Die Adlerinsel 116
Garanga 119
Pomperaug 120
Der Wasserfall von Melsingah 122
Die Mutter der Welt 123
Wakonda's Sohn 126
Die Entdeckung der Oberwelt 130
Attiwässi 132
Der Himmel der Delawaren 134
Die Jagdgründe der Schwarzfüße 135

Seite

Die Sintflutsage der Tschoktahs 136
Wie der Mais entstand 137
Der namenlose Tschoktah 138
Mount Hood und Mount Helens 140
Die kleine weiße Taube 141
Die Expedition der Lenni Lenapes 143
Der Berg der kleinen Geister 147

Dritte Abtheilung.

Noch vierzig Sagen. Mitgetheilt vom Navajoehäuptling El Sol.

Die Wahl eines Gottes 149
Moschup 155
Die Geisterfrau 157
Die Götter der Dakotahs 158
Unkatahe 160
Aberglaube der Dakotahs 161
Eine Legende der Tschippewäer 161
Wie ein Dakotah-Medizinmann zu seiner außergewöhnlichen Weisheit kam . . 162
Issaquena 162
Entstehung der Sandmücken 162
Ueberfall der Dakotahs 163
Ahaktah 163
Oeche-Monesah oder der Wanderer 165
Harpstenah 170
Der Mann mit dem ledernen Mantel 173
Kosmogonie der Senekas 174
Eine Hexengeschichte 175
Der Gott des weißen und des rothen Mannes 175
Unterhaltung eines Indianers mit einem Missionar 176
Kosmogonie der Wyandotte 176
Der Waschbär und der Krebs 177
Die drei Preißelbeeren 177
Wawanosch und seine Tochter 178
Der Sturm 179
Der Wendigo 180
Wassamo 183
Der gute und der böse Geist 188
Owasso der Wayoond 191
Kosmogonie der Irokesen 194
Fliegende Köpfe 195
Die Seeschlange und die Steinriesen 195
Die Kirchhofsschlange und der Kornriese 196

Seite

Eine andere Schlangengeschichte der Senekas 196
Die Entstehung des Gewitters 197
Nebl 197
Eine Sintflutsage der Thlinkets 198

Vierte Abtheilung.

Zwanzig Sagen.   Mitgetheilt von Kah-geh-ga-gah-bah.

Ein Bündniß mit dem Teufel 199
Die Götter der Dakotahs 200
Verwandlungen 202
Die Entstehung der feuerspeienden Berge 202
Entstehung der Rangunterschiede bei den Saks und Foxes . . . 202
Das zukünftige Leben der Tschippewäer 203
Vorbedeutungen 203
Kosmogonie der Sak- und Muskoji-Indianer 204
Entstehung der Menschen nach Ansicht der Tschinuk-Indianer . . 205
Ein Medizinmann und sein Bruder 206
Der gute Geist auf Rock Island 206
Eine Bärengeschichte 206
Die Vorfahren der Irokesen 207
Die Geschichte des Morgensternes 207
Warum der Beckancourtfluß in Canada auch Stinkfluß genannt wird . 207
Das Sturmkind 208
Der Fluß der närrischen Frau 209
Der Fluß der kriegerischen Frau (War-Woman-Creek) 211
Die Legende des Bald Mountain in Nord-Carolina 213

Tonbilder.

Karkapaha und Takotah bei den kleinen Geistern (Titelbild).
Im Paradies der Tetonen 38
Tutockänula 75
Der Wendigo 180
Seneka-Indianer tödten die Kirchhofsschlange 196
Das Bündniß mit dem Teufel 199

Zur Einführung.

Fern sei es von mir, den Leser ermüden zu wollen mit Aufführung der Gründe, welche mich bewogen, meinem Vaterlande Valet zu sagen, um in Amerika mein Glück zu versuchen. Es ging mir, wie so vielen Tausenden vor mir, ich schlug die Warnungen älterer, erfahrener Freunde, im Lande zu bleiben und mich redlich zu nähren, in den Wind und — schiffte mich in Bremen ein. Von der Ueberfahrt will ich nichts erzählen — dieses ewige Einerlei ist in den verschiedensten Variationen bereits zum Besten gegeben worden, und es gehört wahrlich viel Kühnheit dazu, es nochmals aufzutischen; auch von New-York will ich schweigen, denn wer kennt nicht schon den Broadway mit seinen stolzen Palästen und das bunte Leben und Treiben auf demselben, selbst wenn er das Pflaster jener Metropole der neuesten Welt noch niemals betreten hat? In New-York war meines Bleibens nicht lange, und nach wenigen Tagen schon befand ich mich auf der Fahrt nach dem fernen Westen. Die Lust nach Abenteuern trieb mich aus den angebauten Distrikten hinaus in die Wildniß, wo ich mich bald als Trapper wohl fühlen lernte. Es war ein etwas schroffer Uebergang binnen wenigen Monaten vom flotten Studenten der Medizin im dritten Semester an der Universität zu Berlin bis zum Jäger und Fallensteller im wilden Westen Amerika's.

Meine gute, brave Mutter, wenn sie mich so hätte sehen und beobachten können, sie hätte ihr liebes Söhnchen nicht wieder erkannt und

wehmüthig staunend die Hände über dem Kopf zusammengeschlagen!
Ich muß allerdings bekennen, daß für die früher von mir häufig besuchten Salons mein An- und Aufzug nicht gepaßt hätte, glaube viel-
mehr, daß ein spekulativer Kopf kein schlechtes Geschäft gemacht haben
würde, hätte er mich der schaulustigen Menge in Europa's Hauptstädten
gegen entsprechendes Eintrittsgeld vorgeführt.

Um den Effekt zu erhöhen, hätte mein Impresario selbstverständlich
die mich umgebende Scenerie wählen müssen: Ich lebe in der Heimat
der wildesten, unvermischtesten Indianerstämme, wo dieselben noch ihre
besten Jagdgründe besitzen und meist erfolgreichen Krieg gegen die weiter
vordringende Kultur führen. Ein schluchtähnliches Thal, durchbraust
von einem schäumenden Flusse, windet sich durch steile, himmelanstrebende
Steinpyramiden, deren riesige Spitzen sich tief bis in das Blau des
Himmels erheben, hindurch. Berge sind auf Berge gethürmt, bedeckt mit
dem Schnee, der nimmer schmilzt. Gewaltige Felstrümmer, hinabgestürzt
in die Tiefe, liegen aufgeschichtet in finsteren Abgründen, und diese Zeugen
längstvergangener Erdumwälzungen erfüllen die Wanderer mit schwindel-
erregendem Grauen. Von den in chaotischer Verwirrung auf einander
gelagerten Felsmassen sind einige kahl und bleich, andere zeigen Spuren
von Vegetation in den dunkeln Nadeln der Föhren und Cedern, deren
verkrüppelte Gestalten halb aufwärts streben, halb auf den Felsenzacken
hängen. Es begrüßen uns ernste mächtige Wälder immergrüner Eichen
mit hartem, glänzendem Laube und weit ausgebreiteten, schattengebenden
Kronen. Hoch über sie empor ragen riesige Kiefernarten. Unter den
mächtigen Stämmen grünen zierliche Erdbeerbäumchen, Lebensbäume und
Wachholdergesträuch. Ein furchtbares Ungethüm — der graue Bär —
schleppt sich an den hohen Felsenwänden hin; der Steppenwolf kauert auf
der vorspringenden Klippe und wartet auf das Elen, das an dem Wasser
da unten vorübergehen muß. Auf dem Föhrenaste wetzt der kahlköpfige
Geier seinen schmutzigen Schnabel und hoch über Allem schwebt unter
dem blauen Himmelszelte der blauköpfige Adler.

In dieser Umgebung bringe ich mein Leben zu, um kostbares Pelz-
werk zu sammeln, das ich, sobald genügender Vorrath vorhanden ist,
nach einer einige Tagereisen entfernten Niederlassung bringe, um es zu
verkaufen und gegen Munition und Mundvorrath umzutauschen.

Drei Gefährten theilen die oft nicht geringen Gefahren und Anstrengungen meines mir in hohem Grade zusagenden Berufs. Der Eine

der sich des Namens Mah-to-toh-pa erfreut, ist ein Indianer vom reinsten Wasser, ein wahres Prachtexemplar. Ich glaube, er war früher sogar ein Häuptling der Delawaren. Die meisten seiner Stammesgenossen haben den in seinen Augen untilgbaren Schimpf auf sich geladen, sich von der Kultur belecken zu lassen, und er hat sie verlassen, um frei von lästigen Fesseln und nicht zur Arbeit gezwungen zu sein.

Chingorikhoor nennt sich der Dritte in unserem Bunde. Unter seinen Landsleuten mag er ein ganz braver Mann und tüchtiger Krieger gewesen sein, für mich ist er ein ganz gewöhnliches Exemplar eines schmutzigen, faulen Menschen, der mich ärgert, wenn ich ihn ansehe. Er ist aber ein guter Biberfänger und das muß für mich jetzt die Hauptsache sein.

In einem Punkte gleichen wir den von uns so gehaßten Kulturmenschen — wir haben das Prinzip der Arbeitstheilung angenommen.

Mah-to-toh-pa jagt nur Büffel und Bären; er verschmäht alles andere Wild, und da Büffel- und Bärenfelle hoch im Preise stehen und deren Fleisch nicht zu verachten ist, so lasse ich ihn gewähren.

Daß Chingorikhoor Biber zu fangen versteht, habe ich schon angedeutet; meiner Wenigkeit fällt meist die Hirsch- und Geflügeljagd zu, doch bin ich nicht wählerisch und strebe jedes Thier zu erlangen, von dem ich überzeugt bin, daß es einen preiswerthen Pelz besitzt.

Vor einigen Tagen haben sich nun noch ein Navajoe-Indianer, El Sol mit Namen, und der Irokese Ma-ga-gah-to-gatch zu uns gesellt, edle, mir durchaus sympathische Erscheinungen, die uns leider bald wieder zu verlassen gedenken.

Nach des Tages Arbeit lagern wir uns um ein hellloderndes Feuer, bereiten unser zwar einfaches, aber wohlschmeckendes Mahl, um uns dann dem Vollgenuß des Tabakrauchens hinzugeben.

Im Anfang ging es nach Indianerart sehr schweigsam dabei zu; das ward mir aber mit der Zeit höchst langweilig, und ich wußte durch allerlei Künste aus meinen Kameraden allerlei Mittheilungen herauszulocken. Es war viel dabei, was ich schon in den Lederstrumpf-erzählungen und in Gerstäcker's Schriften gelesen hatte; dagegen waren mir völlig neu die Märchen und Sagen, welche meine Gefährten in unnachahmlicher Weise vortrugen, wahrscheinlich Traditionen ihrer Stämme, von den Vorfahren auf die gegenwärtige Generation vererbt.

Ein poetischer Hauch, eine Quellfrische der Phantasie und ein Zug reiner kindlicher Empfindung, wie man sie bei rohen Jägernomaden, wilden Skalpjägern und durch die üblen Einflüsse europäischer Kultur verkommenen Naturmenschen kaum gesucht hätte, machen diesen Sagenkranz zu einer anziehenden Lektüre.

Ueberraschend und zugleich interessant für den Kulturhistoriker und den Ethnographen sind die Spuren von Traditionen, welche zum Theil völlig übereinstimmen mit sagenhaften Ueberlieferungen anderer Naturvölker aus dem fernsten Osten und Norden Asiens. Bei einigen dieser amerikanischen Sagen wird es aber auf den ersten Blick klar, daß sie europäischen Ursprungs sind, also vermuthlich von den eingeborenen Indianern den Einwanderern aus Europa abgelauscht wurden. Jedenfalls bietet der vorliegende Sagenschatz so vielseitiges Interesse, läßt uns einen so tiefen und lehrreichen Einblick in das Seelenleben jener Indianer thun, daß jeder Leser nicht nur einmal, sondern wiederholt das Buch zur Hand nehmen wird. Ich ging Anfangs mit der Idee um, diese oft nur ganz kurzen Erzählungen einigermaßen zu ordnen, fand aber den Versuch unausführbar und muß mich mit der einfachen Wiedergabe begnügen, so wie ich sie meinen Gewährsmännern abgelauscht habe.

Ich beruhige mich bei dem Gedanken, daß ich auch sonst selten in ähnlichen Büchern strenge Ordnung walten gesehen habe, und schließe mit der Hoffnung, daß die Alten meinen Aufzeichnungen eben so viel Interesse abgewinnen mögen, als solches wol bei der lesenden Jugend erwacht und ich selber empfunden habe, als ich diese zum Theil uralten Sagen und Geschichten anhörte.

Aus dem Wigwam.

Eine Sammlung interessanter Indianersagen.

Beim Häuptling Ma-to-toh-pa.

Vierzig Sagen.

Mitgetheilt vom Häuptling Ma-to-toh-pa.

Otterherz, oder die gute und die böse Squaw. Menabuscho. Die Nationallegende der Tschata-Muskoki-stämme. Gluskap. Kaktugwasis. Askulst. Der Mann aus Asche. Der Fischmann. Das Paradies der Tetonen. Ursprung des weißen, rothen und schwarzen Mannes. Was die Indianer von dem Felsen-gebirge denken. Der Schutzgeist. Vom Donnerkeil. Die Prairieblume. Der Weg zum Meister des Lebens. Der Jungfernfels. Das Todtenfeuer. Der Waldwolf und der Steppenwolf. Arezuma. Der Todtenvogel. Ampata Saba. Nabowekweiamisch. Wie Menabuscho die Biber am Superiorsee fangen wollte. Der Piasafels. Tschibai-Minis, oder die Insel der Todten. Der Ursprung der Klapper-schlangen. Der Teufelssee in Wiskonsin. Die Mustiten. Die versteinernde Quelle bei Racine (Wis-konsin). Die ersten Tschippewäer. Ni-Ni-Wah. Nisowassia. Eine zoologische Fabel. Die Legende vom Salineflusse. Der Donnervogel der Makahs. Die Sintflut der Makahs. Der Stammvater der Makahs zu Niah-Bai. Die Seelenwanderung der Makahs. Gründung der Duckwally-Ceremonien. Die Ab-götter. Vater und Sohn.

Otterherz, oder die gute und die böse Squaw.

Tief im Urwalde, am Ufer eines einsamen Sees lebte ein vierzehn-jähriges Mädchen. Sie hatte Niemand auf der weiten Welt, als einen jüngern Bruder, für den sie sorgte, den sie kleidete und dem sie Nahrung gab. Der Kleine aber verstand bereits den Bogen zu führen. Er schoß Vögel und Prairiehasen im Walde und brachte sie seiner Schwester, die sie zubereitete.

„Schwesterchen", frug der Bruder eines Tages, „woher kommt es, daß wir so allein leben? Giebt es denn gar keine menschlichen Wesen außer uns? Und wo sind Vater und Mutter?"

1*

„Grausame Zauberer tödteten unsere Eltern", erwiederte die Schwester; „ob es aber außer uns noch andere Indianer giebt, weiß ich nicht."

Als im Laufe der Zeit der Knabe zum Jüngling herangewachsen war, tödtete er Hirsche und andere große Thiere des Waldes und brachte sie seiner Schwester; stets aber beschäftigte ihn der Gedanke, daß doch wol außer ihnen noch andere Indianer leben müßten.

Eines Tages aber bat er seine Schwester, die Hirschfelle zu gerben und ihm zehn Paar Mokassins aus denselben zu machen. Die Schwester erfüllte traurigen Herzens seinen Wunsch.

„Willst du mich verlassen, lieber Bruder?" frug sie ihn.

„Ja, Schwester, ich muß sehen, ob es außer uns noch mehr Indianer giebt."

Tags darauf nahm der Jüngling Pfeil und Bogen, steckte die zehn Paare Mokassins in den Gürtel, nahm von seiner Schwester Abschied und wanderte aufs Gerathewohl in den Wald hinein.

Den ganzen Tag schritt er wacker darauf los durch Dickicht und Wüsten, ohne etwas Bemerkenswerthes zu sehen. Des Nachts schlief er unter einem Baume, an dem er am nächsten Morgen ein Paar Mokassins aufhing, damit er bei der Rückkehr zur Schwester im Stande sei, den Lagerplatz wieder zu finden.

Am Abend des zweiten Tages fand er in der Nähe seines Lagerplatzes die Stümpfe von zwei gefällten Bäumen. Aha, sagte er zu sich selbst, das ist ein Zeichen, daß Indianer hier gewesen sind. Aber, fügte er hinzu, nachdem er die Stümpfe mit dem Fuße berührt hatte, sie sind verfault, ganz weich und mit Moos bedeckt. Es muß schon lange her sein, daß Jemand hier war, und ich werde weit zu gehen haben, ehe ich die Leute finde.

Am nächsten Morgen hing er abermals ein Paar Mokassins auf und wanderte weiter, — die Baumstümpfe, die er an diesem Abende sah, waren zwar auch mit Moos bedeckt, aber weniger von Fäulniß berührt, als die gestrigen.

So wanderte er zehn Tage lang, fand an jedem Ruheplatze die Anzeichen besser und die Baumstümpfe härter, bis am Abend des elften Tages die Bäume nur erst gefällt erschienen. Dies stimmte ihn so heiter und vergnügt, daß er die Nacht hindurch vor Aufregung nicht schlafen konnte. Tags darauf aber führte ihn ein kleiner Fußpfad in ein Indianerdorf. Die Einwohner waren mit Ballspiel beschäftigt; sie schienen erfreut, den unbekannten Gast zu sehen, fanden ihn angenehm und wohlgebildet, hießen ihn herzlich willkommen, und luden ihn ein, am Ballspiel Theil zu nehmen. Mit Freuden folgte er der Aufforderung und gab sich dem Vergnügen mit solchem Eifer und Geschick hin, daß er allgemeines Lob erntete. Nach dem Spiele führten sie ihn im Triumph nach einem Wigwam, vor dem der Ogima-Wateg (der Ehrenbaum) aufgerichtet war. Er sah bald, daß dieser große, schöne Wigwam die Wohnung des Häuptlings war.

Der Ogima empfing ihn höchst gastfreundlich und gab ihm den Ehren=
platz zwischen seinen beiden Töchtern. Die Namen der Mädchen erschienen
unserem jungen Manne voller Bedeutung; die eine nannte sich Matschi=Kaue
(die Böse); Otschki=Kaue (die Gute) ward die andere gerufen. Unser Freund
überzeugte sich bald von der Wahrheit dieser Namen und wendete sich deshalb
während des Festmahls von Matschi=Kaue, die ihm unheimlich erschien, ab und
fühlte sich zu Otschki=Kaue hingezogen, der er schließlich erklärte, daß er bereit
sei, sie zu ehelichen. Da hatte er freilich die Rechnung ohne den Wirth ge=
macht, denn der Häuptling und die Großen machten es zur Bedingung, daß er
Beide auf einmal heirathen müsse.

Dies behagte ihm weniger und erfüllte sein Herz mit Sorgen. Als das
Fest zu Ende war, und die Zeit der Nachtruhe kam, verabschiedete er sich auf
kurze Zeit, um, wie er sagte, einen jungen Mann zu besuchen, mit dem er Ball
gespielt hatte. Er nahm Pfeil und Bogen, hing den Spiegel an den Gürtel,
wie ein Mann, der einen Besuch machen will, versicherte die Mädchen, daß er
sofort wieder kommen werde, und verließ den Wigwam. Die beiden Prin=
zessinnen saßen lange Zeit vor dem Feuer und warteten auf den Geliebten, er
aber kam nicht. Endlich waren sie es überdrüssig, seiner zu warten, und da
sie ahnten, daß er geflohen sein möge, machten sie sich auf den Weg, ihn zu suchen.

Mindestens ein Dutzend Fußpfade führten nach verschiedenen Richtungen
aus dem Dorfe. Die Mädchen verfolgten sie alle bis zu dem Punkt, an dem
sie in die Wüste führten, und die Spur des Wanderers leicht erkennbar ward.
So kamen sie endlich auf die frische Fährte des Flüchtlings und verfolgten
ihn mit der Geschwindigkeit des Windes.

Otschige=Wakau (Otterherz), so war der Name unseres Freundes, mit
welchem ihn auch seine Schwester gerufen hatte, war den ganzen Tag lang
tüchtig ausgeschritten und wollte just am Abend, als er sich sicher glaubte, ein
wenig ausruhen, als er plötzlich menschliche Stimmen und lautes Lachen hinter
sich hörte. Die beiden Mädchen freuten sich, daß sie ihn entdeckt hatten; er
aber fürchtete sich und kletterte bis auf die Spitze des nächsten Tannenbaumes,
wollte auch nicht herunterkommen, als die Mädchen ihn baten, mit ihnen
zur Hochzeit zurückzukehren.

Otschki=Kaue und Matschi=Kaue waren aber fest entschlossen, ihn zu besitzen,
und fingen an mit den Tomahawks, die sie im Gürtel hatten, den Baum zu
fällen. Sie arbeiteten ebenso schnell, als sie gelaufen waren, und bald begann
die Tanne sich zu senken. Das ward unserem Otterherz denn doch zu toll, und
er beschloß, sich durch Zauberei zu retten: Er pflückte den obersten Tannzapfen,
setzte sich darauf und ritt so schnell als er konnte davon in der Richtung mit
dem Winde. Bald darauf fiel der Baum, und die beiden Indianerinnen waren
höchlich erstaunt, den Geliebten, dessen Entfernung sie nicht bemerkt hatten, nicht

mehr vorzufinden. Sorgsam untersuchten sie den Baum, um die Stelle ausfindig zu machen, wo Otterherz bei seiner Flucht abgesprungen war; endlich sahen sie, daß der letzte obere Tannzapfen fehlte. Da Beiden Manitu die Gabe der Zauberei verliehen hatte, so erriethen sie sofort die Wahrheit und setzten in der Richtung des Windes dem Flüchtling nach. Da sie aber doch einige Zeit mit dem Umhauen des Baumes vertrödelt hatten, sowie damit, die Tannenzapfen zu untersuchen, so hatte Otterherz einen guten Vorsprung und schickte sich am Abend des nächsten Tages, als er sich sicher vor Verfolgung glaubte, zur Ruhe an. Plötzlich hörte er wieder Stimmen und Lachen hinter sich: „Oho, Dschige-Wakan", hörte er die beiden ihn verfolgenden Mädchen sagen, „du denkst, du kannst dich vor uns verbergen? Gieb den Gedanken auf, gieb ihn ja auf, es wird dir nicht gelingen!" Diesmal hatte Otterherz die Tannenbäume vermieden und sich einen alten, großen, dicken, hohlen Ahornbaum ausgesucht, da er wohl wußte, daß das Holz dieser Bäume im Alter, und wenn es eine Zeit lang dem Wind und Wetter ausgesetzt ist, so hart wie Stein wird.

„Sie werden es wol bleiben lassen, diesen Baum zu fällen; ihre Tomahawks werden bei den ersten Hieben zerbrechen", dachte der Flüchtling, und ließ sich von oben in die Höhlung des Stammes hinab.

Kaum war er unten angelangt, so erschraken die Mädchen am Fuße des Baumes, denn sie hatten es wohl bemerkt, welchen er sich ausgesucht hatte; sie umgingen den Baum, den sie mit ihren Tomahawks beklopften, um zu sehen, ob er hohl sei, und riefen: „Lieber, süßer Freund, bist du hier?" Da aber der Herzensfreund nicht antwortete, versuchten sie es, den Baum niederzuschlagen; aber ihre Tomahawks fügten dem zähen Holze nur wenig Schaden zu. Als sie nach einer Weile harter Arbeit ein wenig ausruhen wollten, sprach die böse Squaw zur guten Squaw: „Wir wollen sehen, Schwester, ob nicht ein kleiner Spalt im Baum ist." Und richtig, es war ein Spalt da, und sie sahen ihren lieben Bräutigam ganz gemächlich im Baume sitzen. Dieser Anblick spornte die Schwestern zu neuer und energischer Arbeit an, bis es unserm Otterherz langweilig ward, und er den Wunsch aussprach, einer der Tomahawks möge zerbrechen. Gleich darauf klagte denn auch die böse Squaw, daß ihr Tomahawk zerbrochen sei, und der bessern Schwester blieb nichts übrig, als die Arbeit allein zu verrichten, bis auf einen Wunsch Dschige-Wakan's auch ihr dasselbe Schicksal widerfuhr.

Nun sahen die beiden Jungfrauen ganz deutlich, daß sie mit Gewalt nichts ausrichten konnten. Sie legten sich deshalb aufs Bitten und riefen Beide so zart und liebreich, als sie vermochten: „Dschige-Wakan, mein schöner Gemahl, den unser Vater, der mächtige Ogima, uns gegeben, komm heraus, komm zu mir." Wer aber nicht kam, und sich ganz ruhig verhielt, war der Herr Bräutigam.

„Es hilft nichts", wisperte die böse Schwester der guten zu, „wir müssen andere Mittel versuchen. Trennen wir uns und versuchen wir nun jede ihn auf eigene Weise zu erlangen; da er nur eine von uns heirathen will, so mag ihn die haben, die ihn zuerst in ihre Netze lockt."

Otschki-Kane ging auf den Vorschlag ein, und die Schwestern trennten sich, um nach verschiedenen Richtungen hin in den Wald zu wandern.

Sobald Otterherz sah, daß die Luft rein war, kroch er aus dem hohlen Baum heraus und setzte seine Wanderung fort. Er war recht hungrig geworden, und deshalb beschloß er, als er gegen Mittag an einen Biberbau kam, sich zur Mahlzeit einen Biber zu fangen und die Nacht hier zuzubringen. Gesagt, gethan. Er legte seine Decke unter einen ihm zum Lagerplatz geeignet scheinenden Baum und ließ das Wasser aus dem Damme ab. Ein schöner, fetter Biber blieb auf dem Trocknen, und den erlegte er. Wie groß aber war sein Erstaunen, als er bei der Rückkehr nach dem Lager dort einen schönen Wigwam aus Birkenrinde fand, wo er seine Decke gelassen hatte.

„Das sind gewiß wieder die beiden unvermeidlichen Mädchen", dachte unser Held und wollte fliehen, aber er war müde und hungrig, und der Wigwam sah so einladend aus, und das Feuer prasselte so verlockend, daß er zu bleiben beschloß, und sei es auch nur, um zu sehen, was nun folgen würde. Er lief um den Wigwam herum und erspähte endlich auch durch einen Riß in der Rinde ein Mädchen, das damit beschäftigt war, das Innere zu reinigen und wohnlich herzurichten.

„Das scheint mir die gute Otschki-Kane zu sein", flüsterte ihm sein Herz zu, „sie erscheint recht hübsch, womöglich etwas magerer und blässer, als ich dachte." Er faßte sich ein Herz, trat näher, begehrte als Gast Einlaß in die Hütte und legte seinen Biber an der Schwelle nieder.

„Willkommen", begrüßte ihn die Jungfrau, „Ihr seid sicherlich ein armer, müder und hungriger Reisender. Ich will Euch den Biber und das Lager zurecht machen." Schnell zog sie dem Thiere das Fell ab, schnitt den Biber in Stücke und bereitete das Mahl; aber während das Fleisch im Kessel kochte, kostete sie unwillkürlich und öfters.

Otterherz bemerkte sogar zu seinem Mißvergnügen, daß sie ganz anständig zulangte und gierig sich die besten Bissen aussuchte, weil sie eben ihre böse Natur nicht beherrschen konnte. Solches Betragen benahm ihm allen Appetit, und er aß deshalb nur wenig. Seine üble Laune stieg, als er im Kessel die leckersten Stücke, die jeder Jäger liebt, nicht mehr vorfand. Deshalb widerstand er männlich ihren heuchlerischen Liebkosungen, wickelte sich in seine Decke und legte sich in die eine Ecke der Hütte nieder, während er ihr barsch befahl, in die andere Ecke sich zurückzuziehen.

Als Otterherz am Morgen aufbrechen wollte, fand er im Kessel keine

Spur vom Frühstück vor, obschon es Brauch aller guten Hausfrauen ist, des Nachts etwas Fleisch in den Kessel zu thun, damit der Gemahl, wenn er früh zur Jagd aufbricht, sich erfrischen kann: — diese Squaw hatte Alles aufgezehrt. Das versetzte ihn in eine namenlose Wuth und er schalt sie tüchtig aus, so daß sie ganz blaß ward, ihre Gesichtszüge veränderten sich, die Gestalt fiel in sich zusammen und zuletzt verwandelte sie sich in eine langhaarige Wölfin, die mit scheuen Sätzen ins nahe Dickicht entfloh, um dem gerechten Zorn ihres Herrn zu entgehen.

Nun konnte sich Otterherz Alles erklären. Es war also Matschi-Kaue gewesen, die am Abend eine bestrickende Form angenommen hatte, obgleich sie bei all ihrer Zauberei eine gewisse Magerkeit und Blässe zu verbergen nicht im Stande gewesen war. Sie hatte ihm wol geschmeichelt und ihn geliebkost, aber ihre böse und eigennützige Natur war stärker gewesen, als sie selbst, und so hatte sie die besten Stücken vom Biber für sich genommen; als er sie aber deshalb angriff, hatte sie sich in ihrer magern Gestalt, als Wölfin, gezeigt. Otterherz war nicht wenig erfreut darüber, daß er hinter ihren Trug gekommen war, und setzte, so schnell als er konnte, seine Reise fort.

Am Abend machte er wiederum an einem Biberdamme Halt und legte seine Decke unter einen ihm passend erscheinenden Baum; dann aber machte er sich auf, einen Biber zu tödten. Als das Wasser abgeflossen war, erlegte er deren drei; wie groß aber war sein Erstaunen, als er, zum Lagerplatz zurückgekehrt, abermals eine recht wohnliche Hütte vorfand und durch einen Riß in die Rinde ein weibliches Wesen entdeckte, das sich am Feuer zu schaffen machte.

„Ach", dachte er, „wer wird es diesmal sein? Das kann nur Otschki-Kaue, die gute, sein! Ich will in den Wigwam gehen und sehen, wie sie meine Decke gelegt hat; finde ich diese nahe bei ihrem Lager, so ist sie es, und sie ist mir zum Weibe bestimmt." Und so war es auch; als er eintrat, fand er Alles reinlich und nett, und seine Decke lag neben dem Hirschfell, das sie für sich selbst zurecht gemacht hatte. „So ists recht", murmelte er, „das ist meine Frau."

Sie war zwar klein, aber recht sauber und zierlich, auch wirthschaftete sie nicht so im Wigwam herum wie die Squaw vom gestrigen Abend, sondern bewegte sich zu seiner großen Freude gesetzt und faßte Alles geschickt und sauber an. Aus den Bibern bereitete ihm die kleine Frau ein schmackvolles Abendbrot, und setzte ihm die besten Bissen vor. Sie mundeten ihm vortrefflich, und er lud sie ein, am Mahle Theil zu nehmen.

„Nein", erwiederte sie bescheiden, „ich habe dazu noch Zeit genug, mein gewöhnliches Abendbrot werde ich bald zu mir nehmen."

„Aber Otschki-Kaue", sagte Otterherz, „ich esse nicht gern allein das, was ich für mich selbst und meine Frau erjagt habe."

Sie aber beharrte bescheiden bei dem, was sie erklärt, und wiederholte, daß sie bald ihr gewöhnliches Abendbrot zu sich nehmen werde.

Nun ließ er sie gewähren; aber des Nachts wachte er durch ein Geräusch auf, als ob Mäuse oder Biber Holz nagten. Zu seinem Erstaunen glaubte er beim Scheine des Feuers sein Weib die Rinde der kleinen Birkenzweige abnagen zu sehen, mit denen er die Biber zusammengebunden hatte. Er hielt es indessen für einen Traum und schlief bis zum hellen Morgen. Als er erwachte, trug seine kleine Frau das Frühstück auf, das sie bereits zubereitet hatte.

Er theilte ihr mit, was er geträumt hatte, sie aber lachte nicht so herzlich darüber, als er erwartet. „Halloh", dachte er, „war es am Ende doch kein Traum, sondern Wahrheit! Höre, Otschki-Kaue, komm einmal hierher. Sage mir, warum hast du dir gestern Abend die Biber so genau betrachtet, die ich heim brachte?"

„Oh", entgegnete sie seufzend, „habe ich nicht ein Recht, sie so aufmerksam anzusehen? Sind sie nicht alle mit mir verwandt? Der eine war mein Vetter, der zweite mein Großonkel, der dritte aber meine liebe Tante!"

„Also gehörst du zur Familie der Biber?" rief er erfreut.

„Freilich bin ich ein Glied derselben."

Der Charakter und die Art und Weise der Biber gefiel dem Otterherz außerordentlich. Und dann war seine junge Frau aus der Biberfamilie so bescheiden und so aufmerksam gegen ihn, und der Umstand, daß sie ihre Verwandten geopfert, konnte nichts als ein unverkennbarer Beweis ihrer großen Liebe zu ihm sein.

Bei Alledem beschloß er ihre Wünsche in Allem zu beachten und in Zukunft nur Rehe, Vögel und andere Thiere zu schießen, die Biber, als die nunmehr ihm Verwandten, aber in Ruhe zu lassen, so daß er mit seiner lieben Frau die Mahlzeiten gemeinsam einnehmen konnte. Und sie hinwiederum ließ von nun ab die Birkenzweige in Ruhe, und störte ihn nicht mehr des Nachts durch ihr Knabbern an denselben, sondern gewöhnte sich allmählich an Fleischkost. So lebten sie glücklich und angenehm den ganzen Winter hindurch. Er war ein kühner Jägersmann und sie eine sorgsame Hausfrau, geschäftig und friedfertig, nach Art der Biber.

Im Laufe der Zeit ward ihnen auch ein Sohn geboren, worüber sie unendlich glücklich waren.

Aber ach, ihr Glück war nur von kurzer Dauer. Es muß bezüglich der Otschki-Kaue hier bemerkt werden, daß zu den Eigenthümlichkeiten ihrer Abstammung das Gebot gehörte, sich nie die Füße naß zu machen.

Deshalb mußte er ihr versprechen, sie auf der Reise besonders in Obacht zu nehmen, wenn sie an Flüsse oder Bäche kommen sollten.

Otterherz kam natürlich diesem Wunsche gern nach; aber eines Tages auf der Reise, als er voran ging, und sie mit dem Kleinen folgte, kamen sie an einen kleinen, kaum sechs Zoll breiten Bach. „Sie wird doch wol ein so kleines Hinderniß selbst überwinden können", dachte Otterherz. Im Augenblick aber schreckte ihn ein eigenthümliches Geräusch aus seinen Gedanken; er blickte hinter sich, und aus dem kleinen, ruhigen Bächlein war ein wilder Strom geworden, in dessen Mitte er Frau und Kind erblickte, die, zu Bibern verwandelt, schnell vom Strome fortgerissen wurden. Dieser Anblick zerriß ihm das Herz. Er bat sie, zurückzukehren, sie aber erklärte, daß ihr dies unmöglich sei. „Ich habe dir meine Verwandten und Alles geopfert, und habe nur von dir verlangt, mir Brücken zu bauen, und mich trocknen Fußes über Gewässer zu bringen. Du aber hast das leider verabsäumt. Jetzt muß ich für immer bei meinen Verwandten bleiben." Selbst seinen kleinen Sohn durfte er nicht mehr küssen, und so schieden sie für immer! — So ward Otterherz Stammvater der Biberindianer, denn sein Sohn pflanzte den Stamm fort.

Menabuscho.

Menabuscho konnte zu allen Thieren sprechen, zu allen Vögeln, Fischen, Winden und Bäumen. Er wußte Alles, was auf der Erde vorging, aber vom Himmel wußte er gar nichts, denn dieser war ihm zu hoch, und die Geister, die er deshalb befragte, wußten ebenfalls nichts davon zu berichten. Da sah er einstens einen von den Adlern, die nur von todten Menschen leben und die ehemals sehr groß waren. Er rief ihn, doch der Adler wollte nicht herabkommen, mußte aber doch zuletzt. Dann mußte er Menabuscho auf seine Flügel nehmen und ihn in die Höhe tragen. Doch bald wurden seine Flügel matt, und als ihn Menabuscho mit aller Gewalt zum Weiterfliegen antrieb, drehte er sich plötzlich um und ließ ihn fallen. Unterwegs flehte Menabuscho den Großen Geist um Hülfe an, und dieser ließ ihn in einen hohlen, mit weichem Moose gepolsterten Baumstamm fallen, in dem er jedoch so wenig Raum hatte, daß er weder Füße noch Hände bewegen konnte. Nach geraumer Zeit kam ein junges Mädchen und fing an, den Baum umzuhauen, sah aber dabei Menabuscho's Haar heraushängen, das sie für das Fell eines Bären hielt, und lief nun mit dem Geschrei: „Ein Bär! Ein Bär!" wieder in ihr Dorf zurück. — Danach kamen die Leute und halfen ihm heraus.

Kurz darauf sah Menabuscho eine Herde Damhirsche und gab dem Führer derselben den Wunsch zu erkennen, daß er auch gern ein solches Thier sein möchte. Er mußte sich ausziehen und hinlegen. Er schlief ein und hatte einen gräßlichen Traum, und als er erwachte, war er — ein Damhirsch. Aber es dauerte nicht lange, da hatten ihn die Indianer gefangen und geschlachtet.

Aus einem in das Gras gefallenen Blutstropfen, der seine Seele enthielt, bildete sich jedoch bald wieder ein neuer Körper, und Menabuscho lief als Damhirsch wieder fort. Aber er kam während des ganzen Winters nicht zur Ruhe, und als das Frühjahr herannahte, da war er todtmüde und legte sich nieder, um zu sterben. Doch er starb nicht, obgleich sein Fleisch todt war. Er stellte sich überhaupt nur todt, um jenen großen Vogel zu fangen, der ihn einst in der Nähe des Himmels hatte fallen lassen.

Zuerst kam die Krähe, die zu jener Zeit ein solch gefährlicher Vogel war, daß sich kein anderer Vogel in ihrer Nähe blicken ließ. Aber der todte Körper muß ihr doch verdächtig vorgekommen sein, denn sie fraß nicht davon. Bald danach verkündete ein donnerähnliches Flügelrauschen die Ankunft des erwünschten Adlers. Dieser fing denn auch gleich an, Menabuscho das Fleisch von den Knochen zu reißen und sein Fett gierig zu verschlingen. Nun steckte Menabuscho langsam seine rechte Hand durch die Brust und hielt den Adler am Schnabel fest und fragte ihn, warum er ihn einst habe verderben wollen. Doch der Vogel antwortete nicht und schlug mit seinen Flügeln so wild um sich, daß er bald keine Federn mehr daran hatte, seit welcher Zeit denn auch seine Nachkommen bedeutend kleiner geworden sind, kahle Köpfe und kurze Flügel haben.

Menabuscho hielt ihn so zwei Tage lang fest und ließ ihn erst, nachdem er erklärt hatte, daß es ihm unmöglich gewesen sei, höher zu fliegen, wieder frei.

Danach sah Menabuscho eine Herde Wölfe, die der Spur eines Rehes folgten. Er ging mit ihnen, und als die Wölfe das Reh gefangen hatten und fressen wollten, mußte er die Augen zumachen. Da er jedoch, von der Neugierde geplagt, einmal eines heimlich öffnete, flog ihm ein Knochen hinein. Dafür rächte er sich nun am andern Tage, indem er einem alten Wolfe den größten Knochen, den er finden konnte, an den Kopf warf, wodurch er ihn beinahe tödtete.

Darauf verließen ihn die Wölfe, mit Ausnahme des jüngsten, der bei ihm blieb und das Fleisch für ihn herbeischaffte. Menabuscho fing dann an, Ahornzucker zu kauen. Nun geschah es eines Tages, daß sein Gefährte beim Baden von einer großen Wasserschlange in die Tiefe gezogen wurde. Menabuscho färbte sich schwarz und aß nichts und trank nichts vor Betrübniß.

Da er nun gern ausfinden wollte, wo sich jene große Wasserschlange sonnte, so schickte er den Tauchervogel in die Tiefe, der ihm dann die Mittheilung machte, daß sie jeden Tag auf der Manitu-Insel ihr regelmäßiges Mittagsschläfchen halte. — Gleich fuhr er mit seinem Zauberkanoe hin und verwandelte sich in einen Baumstamm. Es dauerte nicht lange, so erschienen mehrere Schlangen; da sie aber nie vorher einen Baumstamm auf ihrer Insel gesehen hatten, so fürchteten sie sich, aus Ufer zu gehen. Einige davon meinten sogar, das sei Menabuscho. Endlich wurde denn eine Schlange ans Land geschickt, die hatte einen Bärenkopf und fing an, den Baumstamm mit aller Macht zu benagen, und als eben Menabuscho vor Schmerz laut aufschreien wollte, sagte sie: „Das kann Menabuscho nicht sein; der könnte das nicht aushalten!" Danach kam eine andere Schlange, die wand sich so fest um ihn, wie sie nur konnte, und gerade, als er wieder laut aufschreien wollte, ließ sie nach und sagte: „Das kann Menabuscho nicht sein!" Darauf kamen denn alle Schlangen mit ihrem Könige ans Land und sonnten sich. Nun betete Menabuscho leise zur Sonne, und die schien sie mit ihren Zauberstrahlen in tiefen Schlaf. Darauf griff er zu seinem Bogen, schoß dem Schlangenkönig zwei Pfeile in den Kopf und lief fort.

Nun war da eine alte böse Frau, welche auch zu den Schlangengeistern gehörte, die suchte nach Menabuscho und fand ihn auch. Aber er gab sich nicht zu erkennen und mußte ihr ein großes Seil von Bastholz machen helfen, welches um die ganze Erde gezogen werden sollte, um auszufinden, wann jener Bösewicht durchlaufe. Ueberall sollten die Geister Wache halten. Aber Menabuscho tödtete die Frau bei der Arbeit, zog ihr die Haut ab, steckte sich hinein und machte das Seil allein fertig. Als er seine Arbeit beendet hatte, ging er zurück zum todtkranken Schlangenkönig und heulte seine medizinischen Gesänge. Doch jener fühlte sich dadurch nur noch schlechter und sagte: „Nokomis, Eure Gesänge helfen nicht, ich glaube, Ihr singt falsch!"

Menabuscho gab vor, einen Knochen im Halse zu haben und that, als weine er deshalb.

Als nun die Kunde in das Dorf gedrungen war, daß das große Seil fertig sei, stellte die Medizinfrau Jeden an seinen Posten und behielt nur zwei Jungen zur Bedienung des Schlangenkönigs zurück. — Danach warf Menabuscho seine Maske ab, tödtete erst den König, steckte dann jedem der beiden Knaben ein großes Stück Fett in den Mund und stellte sie vor die Thür und sagte, daß, wenn die Leute kämen, um sich nach dem Befinden des Patienten zu erkundigen, sie sagen sollten, daß Menabuscho dagewesen sei und ihn erschlagen habe, und daß sie nun sein Fett äßen.

Dann zog er an dem Seile und floh über die Berge. Doch die Verfolger fanden ihn bald in seiner Höhle, und da sie ihn nicht herausholen konnten, so ließen sie eine große Wasserflut kommen, welche die ganze Erde überschwemmte. Menabuscho floh von Berg zu Berg, von Baum zu Baum, aber das Wasser kam ihm immer nach. „Wachse!" rief er dem letzten Baume zu, und er that's. Er wuchs sogar zum zweiten und dritten Male, aber eben so schnell folgte ihm das Wasser. Nun ließ Menabuscho den Biber untertauchen, um Erde heraufzuholen, aber er kam todt zurück; dann schickte er die Moschusratte in die Tiefe, aber auch sie büßte ihr Leben ein. Doch Menabuscho fand in ihren Füßen einige Körner, die nahm er in seine Hand und schloß seine Augen und flehte den Großen Geist an, seinen Geschöpfen doch wieder einen Platz zu geben, wo sie sich ausruhen könnten. Dabei blies er jene Körner beständig an, und als er seine Augen öffnete, stand wieder eine neue Erde vor ihm und die Thiere waren wieder lebendig. Die Biber gruben dann einen großen Kanal, damit das Wasser abfließen konnte, wodurch die Erde wieder so bewohnbar ward wie früher.

Die Nationallegende der Tschassa-Muskokistämme.

In alter Zeit öffnete sich einst die Erde im Westen, woselbst sie ihren Mund hatte. Die Kussitahs kamen aus dieser Oeffnung hervor und ließen sich dicht dabei nieder. Aber die Erde ward böse und aß die meisten ihrer Kinder auf. Die Kussitahs zogen daher weiter westlich. Einige derselben kehrten jedoch später zurück und ließen sich wieder an ihrem alten Platze nieder. Der größte Theil aber blieb in der Fremde, weil sie dies für das Beste hielten.

Aber ihre Kinder wurden trotzdem von der Erde verschlungen, so daß sie gegen den Aufgang der Sonne zogen. Sie kamen an einen schlammigen, dicken Fluß und schlugen dort ihre Zelte auf und blieben über Nacht.

Am andern Morgen zogen sie weiter und kamen nach einer Tagereise an einen rothen, blutigen Fluß. Dort blieben sie zwei Jahre wohnen und aßen Fische; aber die Quellen waren zu seicht, so daß es ihnen auf die Dauer nicht gefiel. Sie zogen gegen das Ende dieses blutigen Flusses und hörten einen Lärm wie den des Donners. Sie gingen näher, um nach der Ursache zu forschen. Zuerst bemerkten sie rothen Rauch und dann einen Berg, welcher donnerte, und von dem Berge ertönte es wie Gesang. Sie gingen noch näher und sahen ein großes Feuer, dessen Lodern jene Töne hervorbrachte. Sie nannten diesen Berg „König der Berge". Er donnert noch heute, und die Menschen fürchten sich vor demselben.

Hier fanden sie ein Volk von drei verschiedenen Nationen. Sie hoben sich etwas von dem Feuer des Berges auf und lernten den Gebrauch der Kräuter und viele andere nützliche Dinge.

Aus dem Osten nahte sich ihnen ein weißes Feuer, das sie jedoch nicht brauchten.

Das Feuer, das aus Walhalla kam, brauchten sie ebenfalls nicht.

Endlich kam ein Feuer aus dem Norden, das roth und gelb war. Dies vermischten sie mit dem Feuer, das sie von dem Berge genommen hatten, und dies ist das Feuer, das sie noch heute brauchen; es singt zuweilen.

Auf dem Berge stand eine Stange, die sich stets hin und her bewegte und lärmte; Niemand wußte, wie dieselbe zur Ruhe zu bringen sei. Endlich nahmen sie ein mutterloses Kind, schlugen es gegen die Stange und tödteten es. Dann nahmen sie die Stange mit und hatten sie stets bei sich, wenn sie in den

Krieg zogen. Sie war einem hölzernen Tomahawk, wie sie ihn jetzt gebrauchen, gleich und von demselben Holze. Auch fanden sie dort vier Kräuter oder Wurzeln, erstens Pasah, die Klapperschlangenwurzel; zweitens Mikowebmotschah, die Rothwurzel; drittens Sowatschko, welche dem wilden Fenchel ähnlich ist, und viertens Eschalaputschki, den kleinen Tabak.

Diese Kräuter, besonders das erste und dritte, betrachten sie als ihre besten Arzneimittel und reinigen sich damit zur Zeit der Maisernte.

Bei diesem Feste, welches regelmäßig jedes Jahr abgehalten wird, opfern sie von den ersten Früchten.

Seitdem ihnen die Eigenschaften dieser Kräuter bekannt sind, zünden sich ihre Weiber zuweilen ein besonderes Feuer an und bleiben oft 3—7 Tage zum Zwecke der Reinigung dabei. Wenn sie dies vernachlässigten, so würden die Kräuter kraftlos und die Frauen ungesund werden.

Zu dieser Zeit erhob sich ein hartnäckiger Streit, wer der Aelteste sei und herrschen solle.

Sie waren vier Nationen und einigten sich zuletzt dahin, vier Stangen aufzurichten und sie mit Thon roth zu färben. Dieser Thon ist ursprünglich gelb, wird aber durch Einwirkung des Feuers roth. Dann wollten sie in den Krieg ziehen, und welche Nation ihre Stange zuerst mit den Skalpen der Feinde behangen habe, sollte als die älteste erklärt werden.

Die Kussitahs hatten ihre Stange zuerst voll, und die Skalpe hingen so dicht, daß man die Stange selbst nicht sehen konnte. Diese Nation wurde daher als die älteste betrachtet.

Die Tschikasahs waren die nächsten, die ihre Stange bedeckten; dann kamen die Atilamas; die Obikahs aber füllten ihre Stange nicht höher als bis zum Knie reichend.

Zu dieser Zeit erschien daselbst ein großer Vogel von blauer Farbe und mit langem Schwanze; er war schneller als ein Adler und erschien jeden Tag und fraß die Leute auf. Da machten sie ein Bildniß in Gestalt einer Frau und stellten es hin, so daß es der Vogel sehen konnte. Das Thier kam kurz danach und trug es fort; brachte es jedoch nach einiger Zeit wieder zurück. Sie ließen die Frau allein und warteten, bis sie niederkommen würde. Nach geraumer Zeit gebar die Frau eine rothe Ratte, und die Leute glaubten, der Vogel sei ihr Vater.

Darauf berathschlagten sie mit der Ratte, wie ihr Vater umzubringen sei. Der Vogel hatte Bogen und Pfeile und die Ratte nagte die Bogensehne durch, so daß er sich nicht vertheidigen konnte. Die Leute tödteten ihn danach und nannten ihn „König der Vögel". Sie glauben, der Adler sei ebenfalls ein großer König, und tragen seine Federn, wenn sie in den Krieg ziehen oder Frieden machen; die rothen bedeuten Krieg und die weißen Frieden. Wenn sich ein Feind mit weißen Federn und weißem Munde nähert und wie ein Adler schreit, wagen sie es nicht, ihn zu tödten.

Danach verließen sie ihr Lager und kamen an einen weißen Fußpfad. Alles, selbst das Gras, war weiß, und sie sahen die Leute deutlich, die dort gewesen waren. Sie kreuzten den Pfad und schliefen nahe dabei. Späterhin gingen sie zurück, um zu sehen, was für ein Pfad dies eigentlich wäre und was für Leute dort gewohnt hätten, und glaubten, es sei besser für sie, wenn sie diesem Wege folgten. Sie thaten so und kamen an die Bucht Kalassihutschi, die felsig war und rauchte.

Sie zogen weiter gegen Sonnenaufgang und kamen zu einem Volke und einer Stadt, die Kusah hieß. Dort blieben sie vier Jahre. Die Kusahs be= klagten sich, daß sie von einem wilden Thiere, das in einem Felsen wohne, verfolgt würden; sie nannten es Menschenfresser oder Löwe.

Die Kussitahs sagten, daß sie das Thier tödten wollten. Sie gruben ein großes Loch und legten ein Netz darüber, das aus der Rinde eines Walnußbaumes gemacht war. Dann legten sie eine Masse Zweige kreuzweis auf die Erde, so daß ihnen der Löwe nicht folgen konnte, und dann gingen sie hin, wo der Löwe lag, und warfen eine Rassel in seine Höhle. Der Löwe sprang in großer Wuth auf und verfolgte sie durch die Zweige. Da dachten sie, es sei besser, Einer stürbe, als daß sie Alle umkämen, und nahmen ein mutterloses Kind und warfen es vor den Löwen, als er an die Grube kam. Der Löwe sprang darauf los und fiel in die Grube; sie zogen das Netz darüber und tödteten ihn mit brennendem Fichtenholze. Seine Knochen aber haben sie bis auf den heutigen Tag aufbewahrt; auf der einen Seite sind sie roth und auf der andern blau. Der Löwe kam gewöhnlich jeden siebenten Tag und fraß die Leute. Sie blieben daher noch sieben Tage dort, und wenn sie in den Krieg ziehen, so fasten sie zur Erinnerung an ihn sechs Tage und ziehen am siebenten aus. Wenn sie seine Knochen mitnehmen, so sind sie siegreich.

Nach vier Jahren verließen sie die Kusahs und kamen an einen Fluß, den sie Kalassihutschi nannten. Dort blieben sie zwei Jahre, und da sie kein Korn hatten, so aßen sie Wurzeln und Fische und machten sich Bogen; ihre Pfeilspitzen machten sie aus Biberzähnen und Feuersteinen, und anstatt der Messer gebrauchten sie gespaltene Stöcke.

Dann verließen sie diesen Ort und kamen an eine Bucht, Wattulahaka= hutschi genannt, was „Schreibucht“ heißt, da es dort eine große Anzahl lärmender Kraniche gab. Dort schliefen sie eine Nacht.

Am nächsten Tage kamen sie an einen Fluß, den sie Afuhsa=Fiskah nannten.

Am folgenden Tage überschritten sie ihn und kamen an einen hohen Berg, wo die Leute wohnten, von denen sie glaubten, daß sie den weißen Pfad ge= macht hätten. Sie machten sich daher weiße Pfeile und schossen sie ab, um zu sehen, ob es gute Leute seien. Aber diese Leute hoben die weißen Pfeile auf, färbten sie roth und schossen sie zurück. Als sie diese ihrem Häuptling zeigten, sagte er, dies sei kein gutes Zeichen; hätten sie die Pfeile weiß zurückgeschossen, so hätten sie getrost hingehen und Nahrung für ihre Kinder holen können; so aber sollten sie nicht gehen. Trotzdem gingen aber Einige doch hin und fanden die Häuser verlassen. Sie sahen auch einen Pfad, der in den Fluß führte, und da sie auf dem andern Ufer keine Spur fanden, so glaubten sie, die fremden Leute wären in den Fluß gegangen und würden nicht mehr zurückkommen.

An diesem Platze ist ein Berg, Moterell genannt, der tönt, als ob eine Trommel geschlagen würde; sie glauben, jene Leute wohnten darin. Sie hören dieses Getön auf allen Seiten, wenn sie in den Krieg ziehen.

Sie gingen den Fluß entlang, bis sie an einen Wasserfall kamen, wo sie große Felsen sahen. Auf den Felsen lagen Bogen, und sie glaubten, die Leute, die den weißen Pfad gemacht, wären dort gewesen.

Auf ihren Reisen haben sie immer zwei Spione, welche vorausgehen. Dieselben bestiegen einen hohen Berg und sahen eine Stadt. Sie schossen weiße Pfeile hinein, aber die Leute schossen rothe zurück.

Da wurden die Kussitahs böse und beschlossen, die Stadt anzugreifen; Jeder sollte ein Haus haben, nachdem sie erobert sei.

Sie warfen Steine in den Fluß und gingen hinüber und nahmen die Stadt. Die Leute hatten flache Köpfe; sie tödteten sie alle bis auf zwei. Während sie diese verfolgten, fanden sie einen weißen Hund, den sie erschlugen. Sie verfolgten die Zwei und kamen wieder an den weißen Pfad und sahen den Rauch einer Stadt und glaubten, dort müßten die Leute wohnen, die sie suchten. Dies ist der Platz, wo jetzt der Stamm der Polatschukolas wohnt, aus dem Tomochichi stammte.

Die Kussitahs blieben blutdürstig, aber die Polatschukolas gaben ihnen zum Zeichen der Freundschaft ein schwarzes Getränk und sprachen: „Unsere Herzen sind weiß und die eurigen müssen auch weiß sein; ihr müßt den blutigen Tomahawk niederlegen!"

Aber sie entschieden sich für den Tomahawk; doch die Polatschukolas erhielten ihn durch Ueberredung und vergruben ihn unter ihre Betten. Dann gaben ihnen die Polatschukolas weiße Federn und wünschten, einen gemeinschaftlichen Häuptling zu haben. Seit jener Zeit wohnen sie immer beisammen.

Einige ließen sich auf diesem, andere auf dem jenseitigen Ufer nieder. Die auf dieser Seite werden Kussitahs, die auf der andern Kanitahs genannt; doch sind sie ein Volk und bewohnen die hauptsächlichsten Städte der oberen und unteren Kriks. Die Kussitahs aber können, wenn sie rothen Rauch oder rothes Feuer sehen, ihre Herzen, welche auf der einen Seite roth und auf der andern weiß sind, nicht vergessen. Sie wissen, daß der weiße Pfad der beste für sie war. Tomochichi, obgleich ein Fremder, hat ihnen doch nur Wohlthaten erwiesen. Er reiste mit Oglethorpe zum großen König und lauschte seiner Unterhaltung; er erzählte Alles wieder, die Leute hörten es und glaubten daran.

Gluskap.

Gluskap, der allgemeinverehrte Schutzgeist der Mikmaks, wurde eines Abends von einem berühmten Magier, Namens Kitpuseagnuw, besucht, und er nahm sich vor, sich mit ihm in der Zauberei zu messen. Als Kitpuseagnuw nach seinem Wigwam, welcher in der Nähe stand, zurückging, sagte Gluskap: „Der Himmel sieht sehr roth aus; die Nacht wird eine bitter-kalte sein!"

Jener verstand sehr wohl, was Gluskap meinte, und sagte seinem Bruder, der die häuslichen Angelegenheiten besorgte, er solle etwas Meerschweinöl trocknen, während er Brennmaterial suchen wolle. Nachdem dies gethan war, machten sie ein großes Feuer an, um der kommenden Kälte wirksam zu begegnen. Aber gegen Mitternacht ward die Kälte so groß, daß das Feuer ausging und der Bruder zu einem Eisklumpen fror. Kitpuseagnuw nahm jedoch keinen Schaden und besaß sogar die magische Kraft, seinen Bruder am andern Morgen wieder ins Leben rufen zu können.

Am nächsten Tage gingen Gluskap und Kitpuseagnuw zusammen auf die Jagd, und als sie sich am Abend trennten, bemerkte Letzterer trocken: „Der Himmel ist wieder roth; wir werden eine kalte Nacht bekommen!" Diesmal war also an Gluskap die Reihe, der Kälte zu widerstehen. Er ging nach Hause, ließ durch den „kleinen Marder" Holz holen und ein großes Feuer machen. Aber die Kälte war so durchdringend, daß das Feuer gegen Mitternacht ausging und der „kleine Marder" und die alte Großmutter erfroren. Am nächsten Morgen rief Gluskap: „Nugume, numchasen!" (Großmutter, steh' auf!) „Abistanauch, numchasen!" (Marder, steh' auf!) da sprangen Beide auf und waren so gesund und guter Dinge, als ob gar nichts vorgefallen wäre.

Wenn der Mikmakindianer irgend etwas braucht, so schickt er ein kleines Stück davon an Gluskap und erhält dafür, wenn er es infolge seines Charakters verdient, so viel, wie er sich nur wünscht.

Obgleich Gluskap selten zu Hause anzutreffen ist und Niemand weiß, wo er eigentlich wohnt, so kann er doch stets zu irgend einer Zeit von Demjenigen gefunden werden, der ernstlich nach ihm sucht.

Als Gluskap eine Zeit lang unter den Indianern gelebt hatte, verließ er sie plötzlich, und zwar infolge ihrer Sünden, oder auch, wie Einige behaupten, weil der „kleine Marder" von den Europäern beleidigt worden war. Sie hatten ihn nämlich aufgefordert, in eine geladene Kanone zu sehen, und als er es that, schossen sie dieselbe ab. Nachdem sich der Rauch verzogen hatte, sahen sie ihn ruhig neben der Kanone sitzen und seine Pfeife rauchen. Danach luden sie die Kanone wieder und beredeten ihn, hinein zu kriechen, was er ebenfalls that. Nachdem man sie aber diesmal abgeschossen hatte, war von dem „kleinen Marder" nichts mehr zu sehen, und Alle glaubten, er wäre todt. Zuletzt entdeckte man ihn ruhig rauchend im Rohre sitzen. Gluskap aber hielt sich in seiner Würde beleidigt und ging ans Ufer und sang: „Nemadschickt, numidich!" (Lasset mich die kleinen Fische ansehen!)

Gleich darauf kam ein großer Walfisch herbeigeschwommen. „Du bist zu klein!" sagte Gluskap, „ich muß einen haben, der hier bis an die Klippe heraufreicht!" Der Walfisch schwamm also wieder fort und ein anderer von der gewünschten Größe erschien. „Kleiner Enkel", fragte er, „was wünschest du?"

„Trage mich weit über die See nach einem fernen Lande!"

Der Walfisch gehorchte mit fabelhafter Schnelligkeit. Nachdem er eine lange Zeit geschwommen war, sah er den Boden und fragte Gluskap, ob sie nicht in der Nähe des Ufers seien? „Nein", erwiederte jener. — „Ich glaube aber doch!" sagte der Walfisch, „denn ich kann die Muscheln auf dem Boden sehen!" Gluskap wollte jedoch so nahe wie möglich ans Land getragen sein und sagte: er irre sich, und pfeilschnell gings mit solcher Kraft weiter, daß der Walfisch mit dem halben Körper aufs Land schoß. Gluskap stieg von ihm herab, stemmte seinen Bogen gegen ihn und stieß ihn wieder ins Wasser zurück.

„Kleiner Enkel!" sagte der Walfisch, „hast du keine Pfeife übrig?" Gluskap füllte eine Pfeife mit Tabak, zündete sie an und steckte sie ihm ins Maul. Wolkengroße Rauchsäulen blasend, schwamm der Walfisch fort.

Gluskap ist zwar gegenwärtig unsichtbar; aber er wird wiederkehren. Wo er wohnt, weiß man nicht genau; schon häufig ist er von Solchen besucht worden, die sich ein großes Geschenk holen wollten; der Weg aber soll schwer zu finden und mit Schwierigkeiten aller Art verbunden sein.

Gluskap ist nicht der alleinige Bewohner jenes schönen Landes im Westen, sondern er theilt dies mit zwei anderen Geistern untergeordneten Ranges, nämlich mit Kenkw („Erdbeben") und Kulpnjot („mit einem Hebebaum umgedreht"). Der letztgenannte Geist hat keine Knochen und kann sich daher nicht bewegen; aber infolge eines Befehles von Gluskap wird er zweimal jährlich auf die andere Seite gelegt. Im Frühjahr sieht er gegen Osten und im Herbste gegen Westen.

Gluskap gewährt nicht jede an ihn gerichtete Bitte; so führte er einst einen Mann, der sich ein sehr langes Leben gewünscht hatte, auf einen steilen Berg und verwandelte ihn dort in eine hohe Tanne, die vom Wipfel bis zur Erde so dicht mit Zweigen besetzt war, daß ihr unmöglich Jemand nahen und sie umhauen konnte. Einem Andern, der ein Mittel haben wollte, das alle

Krankheiten heilt, gab er ein kleines Päckchen und befahl ihm, es nicht zu öffnen, ehe er nach Hause käme. Die Neugierde war bei diesem jedoch größer als die Achtung vor Gluskap's Gebot, und er öffnete es an einer Seite ein wenig und verlor das Heilmittel dadurch. Andere, die Medizin gegen hitziges Temperament oder einen wirksamen Liebestrank wünschten, gingen befriedigt nach Hause.

Kaktugwasis.

Tief im Urwalde stand eine einsame Hütte, die von einem alten Ehepaare nebst dessen einzigem Sohne bewohnt war. Letzterer war aufgewachsen, ohne außer seinen Eltern irgend ein menschliches Wesen gesehen zu haben; ja, er wußte nicht einmal, daß sonst noch überhaupt Menschen existirten. Der alte Greis hieß Kaktugwak, Donner, und nach einem alten indianischen Gebrauche wurde sein Sohn Kaktugwasis, der kleine Donner, genannt.

Als derselbe eines Tages bemerkte, daß seine Mutter nicht mehr gut sehen konnte und sie deshalb befragte, antwortete sie, daß sie zu alt und zu schwach würde, um ihren häuslichen Pflichten genügen zu können, weshalb er sich auf die Beine machen müsse, ihr eine Gehülfin zu suchen. Danach gab sie ihm die nöthige Anweisung, half ihm ein Hochzeitskleid machen und schickte ihn der untergehenden Sonne entgegen. In seiner rechten Hand trug er sein Bündel mit den neuen Kleidern, die er erst anziehen durfte, wenn er das Dorf erreichte, in dem das Mädchen wohnte, das er sich zur Frau nehmen sollte.

Als er in der Nähe des Platzes war, wo die Sonne unterging, hörte er plötzlich den Ton einer Flöte und fand sich bald danach im Wigwam eines mächtigen Häuptlings, in dem es recht lustig herging. Der Name dieses Häuptlings war Kikwaju, oder der Hamster. Er empfing den Fremdling außerordentlich freundlich, und Kaktugwasis erzählte ihm den Zweck seiner Reise und blieb die Nacht über in seinem Wigwam.

Am andern Morgen sagte der Häuptling nach dem Frühstück zu einigen Mitgliedern seines Stammes: „Freunde, wollen nicht zwei oder drei von euch unsern Bruder auf seiner Reise begleiten?" Sie antworteten ihm, daß er selber dazu die meiste Zeit habe, und riethen ihm, mitzugehen, und da er sich davon große Freude versprach, so machte er sich auch gleich reisefertig.

Sie begaben sich also auf den Weg und kamen nach kurzer Zeit zu einem Manne, der auf einem Beine stand und sich das andere auf den Rücken gebunden hatte. Als ihn Kaktugwasis deshalb befragte, gab er zur Antwort, daß er sich nur auf diese Art gegen das Fortlaufen schützen könne. Wenn er den andern Fuß losschnalle, so könne er in einem Tage bis ans Ende der Welt laufen. Darauf sagte der Häuptling, daß er und sein Freund zu einer großen Festlichkeit reisten und daß er ebenfalls höflichst dazu eingeladen sei. Jener nahm die Einladung an und ging mit.

Am andern Tage fanden sie einen Mann, der sich beide Nasenlöcher verstopft hatte, und zwar — wie er den Dreien mittheilte — aus dem Grunde, weil sein Athem so stark war, daß, wenn er ihn nicht im Zaume hielt, sich augenblicklich ein Sturm erheben und sie Alle wegblasen würde. — Kikwaju wollte dies jedoch nicht glauben und wünschte eine Probe seiner Kunst zu sehen, die ihm auch sehr bald ward; denn sobald er seine Nasenlöcher geöffnet hatte, ward der Häuptling so hoch in die Luft gewirbelt, daß man ihn kaum noch sah. Zuletzt hielt er sich an einem weitragenden Felszacken fest und bat den merkwürdigen Mann, doch um Alles in der Welt seine Nase wieder zu verstopfen.

Darauf fragten sie ihn, ob er nicht mitgehen wolle, und da jener augenblicklich nichts Besseres zu thun wußte, schloß er sich den Dreien an.

Kurz danach begegneten sie einem Holzhacker, der die höchsten und dicksten Bäume wie Grashalme fällte und sie zu einem Zaun um seinen Wigwam benutzte. Sie luden ihn ebenfalls ein, mitzugehen, aber Guowaget sagte, daß er eine zahlreiche Familie habe, die Noth leiden würde, wenn er lange ausbliebe. Doch Kikwaju wußte zu helfen. Sie blieben die Nacht über in seiner Wohnung und überfielen am andern Morgen in der Frühe ein benachbartes Dorf und raubten einen solchen Vorrath von Lebensmitteln, daß der Holzhauer getrost mitziehen konnte. .

Die fünf Freunde reisten nun weiter. Als es nun Nacht wurde, erhielt Guowaget den Auftrag, Feuerholz zusammenzutragen, während die Anderen auf die Jagd gingen. Nachdem sie mehrere Hasen getödtet hatten und wieder zurückgekommen waren, fanden sie, daß ihr Kamerad einen ganzen Wald ausgerissen und damit ein riesiges Feuer gemacht hatte. Kikwaju sagte ihm, ein kleines Feuer sei genügend, worauf sie die Hasen verzehrten und sich niederlegten.

Am nächsten Morgen reisten sie weiter. Sobald es Abend war, mußte der Holzhacker wieder Feuer anmachen, und die Anderen gingen auf die Jagd. Guowaget riß viele Bäume aus und baute damit eine Hütte, in deren Mitte er ein winzig kleines Feuer anzündete. Der Häuptling sagte ihm, daß er diesmal wieder zu weit gegangen sei; er solle einfach ein kleines Feuer anmachen, sich sonst aber um nichts bekümmern.

Am nächsten Abend kamen sie in die Hütte des mächtigen Gluskap, wo sie sehr freundlich empfangen wurden. Da Kikwaju zu rauchen wünschte, so gab ihm Gluskap eine Pfeife, die jedoch so klein war, daß man sie kaum sehen konnte. Als jedoch der Häuptling anfing zu rauchen, stellte es sich heraus, daß sie ihrem Zwecke vollständig entsprach.

Danach schickte der Wirth den „kleinen Marder" nach Wasser aus und ließ den Kessel über das Feuer hängen. Die alte Frau nahm dann einen Biberknochen, fing an, ihn abzuschaben und warf die Späne in den Kessel. „Das wird ein armseliges Abendessen geben", sagte der Häuptling zu sich;

aber er wurde bald sehr angenehm überrascht, denn die Späne wurden mit jedem Augenblick dicker und schmeckten so angenehm, daß Kikwaju zu viel davon aß und infolge dessen krank ward.

Am andern Morgen schickte Gluskap den „kleinen Marder" aus, um nach den Fischreusen zu sehen. Derselbe kehrte bald mit der Meldung zurück, daß sich ein kleiner Walfisch darin befinde.

Danach führte Gluskap den Häuptling an den See und bat ihn, ein Bad zu nehmen. Als er dies gethan, brachte er ihm einen wunderschönen Anzug, der ihn mit der Gabe der Zauberei beschenkte und zum sogenannten Megumuwesu machte. Kikwaju zog diese geheimnißvollen Kleider an und ging mit dem „kleinen Marder" nach einer andern Stelle des Seeufers, woselbst er das Kanoe theeren und ausbessern sollte. Aber er konnte dort weiter nichts als einen eigenthümlich geformten Felsen sehen; doch als er denselben um=drehte, fand er aus, daß derselbe das gesuchte Kanoe war.

Als er es ausgebessert hatte und wieder zur Hütte Gluskap's gegangen war, bat er den großen Magier, ihn gegen die mannichfachen Gefahren seiner Weiterreise zu feien und ihm auch sonst mit seinem weisen Rathe an die Hand zu gehen. Gluskap willfahrte seinem Wunsche und erzählte, daß er sehr bald einer großen Anzahl Biber begegnen würde, von welchen hauptsächlich einer sehr wild und gefährlich sei. Derselbe sei eigentlich ein mächtiger Zauberer, der sich deshalb in einen Biber verwandelt habe, damit er leicht die Kanoes umwerfen könne. Kikwaju sollte sich deshalb eine Tschigumakun oder Trommel mitnehmen, und wenn er ihn sähe, dieselbe schlagen und dabei so gut singen, als es ihm nur möglich sei. Wenn er den Biber durch seinen Ge=sang bezaubern könne, so würde derselbe aus dem Wasser kommen und vom Ufer aus zuhören; er wäre alsdann in seinem Kanoe vollständig sicher.

Nach diesen Instruktionen reisten die Abenteurer ab.

Als sie mehrere Hindernisse glücklich überwunden hatten, sahen sie auf einmal einen mächtigen Biberschwanz aus dem Wasser ragen. Gleich griff Kikwaju nach seiner Trommel und fing an zu singen. Seine Musik hatte den gewünschten Erfolg; der Biber setzte sich ans Ufer und ließ sie ungestört passiren.

Bald danach kamen sie an ein großes Dorf und landeten daselbst. Sie gingen sofort in die Wohnung des Häuptlings, welcher bereits den Zweck ihrer Reise kannte, Kaktugwasis gleich als seinen Schwiegersohn anredete und ihm einen Platz im hinteren Theile des Wigwams anwies. Jener Häuptling hieß Keukw oder „Erdbeben".

Die Hochzeit sollte am andern Morgen gefeiert werden, und die Vor=bereitungen dazu wurden augenblicklich getroffen.

Am nächsten Morgen erschienen die Hochzeitsgäste in solch großer Anzahl, daß sie in der Wohnung des Häuptlings kaum Platz finden konnten. Dicht vor dem Eingange hatten sie einen geräumigen Platz für die Tänzer geebnet; aber ehe die Lustbarkeiten begannen, trat ein Krieger hervor, der unter keiner Bedingung zugeben wollte, daß die schöne Häuptlingstochter von einem Fremden heimgeführt würde. Er hatte die Gestalt des mächtigen Zauberers Tschepich-kalm angenommen und wollte das Mädchen ohne Weiteres aus dem Wigwam holen. Der Hamsterhäuptling rief ihm zu: „Was willst du hier?" und da er keine Antwort erhielt, so schlug er ihm mit seinem Tomahawk den Kopf ab, zerhackte seinen Körper in kleine Stücke und warf sie aus dem Wigwam, wobei die Hochzeitsgäste ruhig zusahen.

Als sie sich am Hochzeitsschmause recht gütlich gethan hatten, befahl Kenkw den jungen Leuten, die Spiele zu beginnen. — Zuerst sollte ein Mann mit dem Kameraden des „Hamsters" um die Wette laufen. Jeder mußte dabei einen Topf voll Wasser tragen, um zu sehen, wer am ruhigsten bliebe. Beide liefen nun in aller Eile um die Erde; der Freund des kleinen Donners blieb Sieger, da er am ersten zurück war und keinen Tropfen verschüttet hatte, während der andere Läufer kaum einen halben Topf voll zurückbrachte.

Danach begann das Wettringen. Ein starker Holzhacker ward herbei-geführt, aber er ward von dem Baumfäller der Abenteurer mit solcher Gewalt gegen einen Felsen geschleudert, daß kein Knochen an ihm ganz blieb. Da-nach endeten die Spiele. Der „kleine Donner" nahm seine Braut und begab sich auf den Heimweg. Aber die Gefahren waren noch nicht vorüber, denn die Krieger und Zauberer des fernen Westens hatten sich fest vorgenommen, den ihnen angethanen Schimpf durch Vernichtung der fremden Eindringlinge zu rächen. Kaum hatten sich dieselben in ihre Kanoe gesetzt, als jene einen schreck-lichen Sturm heraufbeschworen; aber der Hamsterhäuptling befahl seinem Bläser, die Nasenlöcher zu öffnen und einen Gegensturm loszulassen; dieser war so mächtig, daß sich ihre Feinde so schnell wie sie konnten vom Ufer entfernten.

Die Gefahren, welche ihnen auf der Hinreise begegneten, hatten sie auch auf der Heimreise zu überwinden. Der große Biber erschien wieder an seinem alten Platze und ließ sich auch diesmal durch Kikwaju's Musik friedlich stimmen.

Glücklich kamen sie endlich wieder in der Hütte Gluskap's an; derselbe freute sich sehr über den erfolgreichen Ausgang ihres Unternehmens und bat sie, noch einen Tag bei ihm zu bleiben und die Hochzeit noch einmal zu feiern. Da sie damit einverstanden waren, so mußte sich der „kleine Marder" waschen und in seine besten Kleider stecken und seine zahlreichen Freunde, die Wiggu-ladummuchkik oder Elfen, einladen. Jene erschienen auch bald in festlichem Schmucke und labten sich an den köstlichen Speisen, die Gluskap's Haushälterin inzwischen hergerichtet hatte. Danach wurde bis an den andern Morgen ge-tanzt und der alte Gluskap tanzte bis zu allerletzt mit. Mit dem ersten Sonnenstrahl verschwanden die Elfen, und die Abenteurer reisten nach Hause.

Der Läufer, der Blaser und der Hamsterhäuptling verließen die Gesellschaft nach und nach, und Kaktugwak, der „alte Donner", rieb sich vor Freude die Hände, seinen „kleinen Donner" mit der hübschen Tochter Keukv's wohlbehalten wieder bei sich zu sehen.

Askulsk.

Es lebte einst eine alte Wittwe, welche zwei Töchter hatte, die so schön und weiß waren, daß sie die Askulsk oder „Wiesel" genannt wurden. Eines Tages, als sie ihre Mutter ausgeschickt hatte, Haselnüsse zu suchen, verirrten sie sich und konnten ihren heimatlichen Wigwam nicht wiederfinden. Als es Abend ward, machten sie sich aus Zweigen und Gras ein weiches Lager, aber aus lauter Furcht war es ihnen nicht möglich, einzuschlafen.

Es war eine wunderschöne Nacht, und die hellen Sterne zogen die Aufmerksamkeit der Mädchen auf sich. Sie glaubten, dieselben seien menschliche Augen, und ergingen sich in allerlei Betrachtungen darüber.

„Liebst du die großen oder die kleinen Sterne? Wünschest du dir einen Mann mit großen oder kleinen Augen?" fragte die Jüngste.

„Mir gefallen die großen Sterne, und ich würde einem Manne mit großen, leuchtenden Augen den Vorzug geben", erwiederte die Andere.

„Und ich", sagte die Jüngste wieder, „liebe die Männer mit kleinen Augen, die kleinen Sterne gefallen mir am besten."

Danach schliefen sie ein. Kurz darauf bewegte die Jüngere ihren Fuß und stieß gegen einen fremden Mann.

„Nimm dich in Acht", sagte derselbe, „du hast meine Nebidschegwode — Medizin für die Augen — umgeworfen!" Sie stand auf und sah ein altes, verkrüppeltes Männchen mit tief eingefallenen kleinen Augen vor sich; dasselbe hatte ihr Gespräch gehört und nahm sie nun beim Worte.

Nach einigen Minuten stieß ihre Schwester mit dem Fuße an etwas und hörte darauf folgende Worte: „Nimm dich in Acht! Du hast meine Sekwon — rothe Farbe — umgeworfen!" Sie sprang auf und sah einen schönen, mit glänzenden Federn und Waffen geschmückten Krieger vor sich stehen. Seine großen, stechenden Augen waren auf das Mädchen gerichtet, welches die großen Sterne liebte.

„Bleibt liegen", sagten die Fremden, „bis ihr die Eichhörnchen singen hört; achtet aber nicht auf das Singen des Abuduech (Baumeichhörnchen), sondern steht erst auf, wenn das Abalkakumech (Erdeichhörnchen) singt!"

Sie blieben also liegen, bis sie die Stimme des Abalkakumech hörten. Was sie aber beim Erwachen am meisten erschreckte, war, daß sie sich auf einem hohen Baume befanden. Sie hatten sich zu hohe Dinge gewünscht, und dies war nun ihre Strafe dafür. Die armen Wiesel — wir müssen sie jetzt als solche betrachten — waren von einem sehr feinen Netze umgeben, so daß sie nicht fallen, aber auch ohne fremde Hülfe nicht heraussteigen konnten und nun auf Jemand warten mußten, der sie erlöste.

Zuerst kam Tiam, das Elenthier, vorbei: „N'sesenen" (älterer Bruder), riefen sie, „komm her und hole uns von dem Baum und wir wollen deine Weiber sein!"

Tiam sah geringschätzend auf die kleinen Wiesel und sprach: „Ich bin schon verheirathet; ich feierte im vergangenen Herbst Hochzeit!"

Als er fort war, kam Muin, der Bär. Auch er wurde gebeten, den Baum zu besteigen, um sie gegen das Versprechen, daß sie seine Weiber sein wollten, aus ihrer gefährlichen Lage zu befreien. Aber Muin antwortete, er brauche kein Weib mehr, da er sich bereits im Frühjahr verheirathet habe.

Danach kam ein kleines niedliches Thier, nämlich Abistananch, der Marder. Auch dieser wollte sich nicht zu ihrer Rettung entschließen, da er sich ebenfalls bereits zu Anfang des Frühjahrs vermählt hatte.

Kikwaju, der Hamster, war der nächste, den sie um Hülfe anflehten. Dieser war ein heimtückischer Geselle und wollte sich mit ihnen ein Späßchen erlauben. Er kletterte den Baum hinauf und holte die jüngste Schwester zuerst herunter. Während dieser Zeit band die andere ihre schöne Haarschnur so fest um einen Ast, daß es lange dauerte, sie wieder los zu machen. Als sie ebenfalls auf dem Boden angekommen war, bat sie den freundlichen Hamster, doch ihre Haarschnur, die sie vergessen hatte, zu holen; doch solle er ja Acht geben, daß er sie nicht zerreiße. Der Hamster gehorchte. Während er die vielen Knoten sorgfältig aufband, bauten die beiden Schwestern einen kleinen Wigwam, trugen einen Ameisenhaufen, ein Wespennest und einen großen Haufen Dorngebüsch hinein und liefen dann fort.

Als der Hamster die Hutschnur abgelöst hatte, kletterte er hinunter und ging in den Wigwam, aus welchem ihm muntere Scherze und lautes Lachen entgegentönten. Da er glaubte, dies ginge von den beiden Schwestern aus, so lief er schnurstracks hinein und fiel unglücklicherweise in den Dornbusch, den er, da es etwas dunkel war, nicht bemerkt hatte. Vor Schmerz laut aufschreiend, wollte er fortlaufen; aber da rief eine Stimme: „Namiskale (lauf' meiner älteren Schwester zu)!" und er stürzte nach deren vermeintlichem Sitze hin, wobei er in den großen Ameisenhaufen gerieth, dessen Bewohner nun zu Tausenden in seinem Felle herumkrabbelten.

„N'kwuchkale (gegen meine jüngere Schwester)!" sprach nun eine andere Stimme, und der Hamster lief nach der andern Ecke, wo sich das Wespennest befand. Er sah also ein, daß er der Gefoppte war, und schwur, daß er sich blutig rächen und die Wiesel in tausend Stücke zerreißen werde.

Die beiden Schwestern hatten inzwischen das Weite gesucht und waren am Ufer eines großes Flusses angekommen, an welchem sie Tumgoligumech, den Kranich, stehen sahen. Sie redeten ihn mit „Oheim" an und baten ihn, sie hinüber zu tragen.

„Ohne Bezahlung arbeite ich nicht", erwiederte jener; „ihr müßt wenigstens zuerst die Schönheit meiner Gestalt und Federn anerkennen! Gesteht also, daß ich geradgewachsen bin und elegante Federn habe!"

„Wahrlich, unser Oheim hat die schönsten Federn von der Welt!" gaben sie zur Antwort.

„Gesteht, das ich einen langen geschmeidigen Hals habe!"

„Wahrlich, unser Oheim hat den schönsten Hals von der Welt!"

„Gesteht, das meine Beine außerordentlich gerade sind!"

„Wahrlich, die Beine unseres Oheims sind außerordentlich gerade!"

Nachdem so die Eitelkeit des alten Kranichs befriedigt war, streckte er seinen Hals so weit aus, daß er bis ans andere Ufer reichte und die Wiesel gefahrlos hinüberklettern konnten.

Kaum hatten sie das jenseitige Ufer erreicht, als der wüthende Kikwaju ankam. Da er keine Brücke in der Nähe sah, so befahl er dem Kranich in barschem Tone, ihn hinüber zu tragen. Solches Betragen war dieser aber nicht gewohnt und wollte vor allen Dingen erst die Erklärung haben, daß er das schönste Geschöpf der ganzen Welt sei.

„Ja wol", sagte der Hamster, „deine Beine sind geradgewachsen, wenn auch etwas dünn! Deine Federn sind außerordentlich schön, leider aber mit Koth besprizt! Dein Hals ist so gerade wie dieser Stock!" Und dabei nahm er ein dünnes Stöcklein und bog es hin und her.

Darauf streckte der Kranich seinen Hals bis ans andere Ufer aus und der Hamster versuchte, hinüber zu klettern. Als er in der Mitte war, bog sich der Hals jedoch so sehr nach einer Seite, daß er hinab ins Wasser fiel und vom Strome fortgetrieben wurde. „Ich will in Kajaligumuch landen!" rief er beständig und landete auch da, aber er stieß dabei so heftig mit dem Kopfe gegen einen Felsen, daß er todt niedersank.

Die Mädchen waren inzwischen in einem verlassenen Dorfe angekommen und hatten sich in einen leerstehenden Wigwam gesezt, um dort die Nacht zuzubringen. Da die ältere Schwester den Einfluß geheimer Zaubereien fürchtete, bat sie die jüngere, nichts anzurühren. Aber dieselbe schleuderte den Halsknochen eines Thieres, der vor der Thür lag, mit dem Fuße weit fort.

Kaum hatten sie sich jedoch zur Ruhe niedergelegt, als Chumuchkegwech, der Halsknochen, anfing, sich bitter über die ihm widerfahrene Mißhandlung zu beklagen, und erklärte, sich an der Uebelthäterin zu rächen.

„Habe ich dir nicht gesagt", rief die ältere Schwester, „daß du uns umbringen würdest, wenn du nicht Alles ruhig liegen ließest?!"

Doch dies vergrößerte nur noch die Angst des Mädchens, und flehentlich bat sie ihre Schwester, sie zu verbergen. Sobald sie ein Wort sprach, wiederholte es in spöttischem und beleidigendem Tone der Halsknochen. Am Morgen war jedoch Alles wieder ruhig.

Sie marschirten rüstig weiter und kamen an einen Fluß, an dessen jenseitigem Ufer sie einen schönen jungen Mann sahen. Auf ihre Bitte, ihnen hinüber zu helfen, legte er sich auf das Wasser und beide schritten ruhig über ihn weg. Zu Ehegattinnen wollte er sie aber nicht nehmen, da er mehr Weiber hatte, als er versorgen konnte.

Nach einer Weile sahen sie ein Kanoe mit zwei Männern und baten diese, sie hinein zu nehmen. Sie thaten es auch und fuhren weiter. Ihre Namen waren Kwimu, „Taugenichts", und Magwis, „Bruder Liederlich". Als sie weiterfuhren, verliebte sich Kwimu in die beiden Mädchen und sagte, daß er aus dem Lande der Owealkesk oder der schönen Seemöven sei; aber Magwis winkte ihnen, ihm nicht zu glauben, da er ein abgefeimter Lügner wäre.

Bald danach erreichten sie das Land der Owealkesk; die Seemöven fanden an den fremden Mädchen solch großen Gefallen, daß zwei Söhne ihres Häuptlings sie zu Gattinnen nahmen. Die Hochzeit wurde mit großem Glanze gefeiert und die Wettspiele wollten gar kein Ende nehmen.

Der arme Kwimu ärgerte sich über seinen Mißerfolg so sehr, daß er alles Mögliche aufbot, die Hochzeitsgäste zu ärgern. So warf er erst sein Kanoe um und rief den jungen Mädchen zu, ihn doch zu retten. Aber eine alte Seemöve sagte, man solle sich weiter nicht um ihn bekümmern, denn wenn er ertrinken würde, so würde nicht viel an ihm verloren sein. Da er ausfand, daß er Allen gleichgiltig war, so schwamm er wieder ans Ufer und verließ das Land auf Nimmerwiedersehen.

Der Mann aus Asche.

Vor langer, langer Zeit gedachten die Schawanen, die Walkullas, welche in Florida am großen Salzsee wohnten, mit Krieg zu überziehen. Aber ein Theil schien damit nicht recht einverstanden zu sein, da ihr Häuptling gesagt hatte, daß die Walkulla's tapfer und listig, und daß auch, wie die Medizinmänner glaubten, ihre Götter mächtiger seien. Der „Närrische Büffel" und die anderen jungen Krieger, welche streitsüchtigen Charakters waren, wollten indessen nicht darauf hören und sagten, die Walkullas seien lauter Feiglinge. Die Furchtsamen und Alten, die Verzagten und Knieschlotterigen möchten ja ruhig zu Hause bei Weibern und Kindern bleiben; nach zwei Monaten kämen sie mit vielen Gefangenen wieder zurück und würden sie alsdann zu geröstetem Walkullabraten einladen.

Den meisten jungen Leuten des Schawanenstammes leuchteten diese

Bemerkungen ein und sie bereiteten sich zum Kriegszuge vor; die Aelteren und Klügeren aber blieben ruhig zu Hause und gingen der friedlicheren Jagd nach.

Es verstrichen zwei, ja drei Monate, aber die Krieger kehrten nicht zurück; und da das Land der Walkullas nur eine Weiberreise von sechs Sonnen von dem der Schawanen entfernt war, so glaubten Letztere, ihre Leute seien besiegt und erschlagen worden.

Da rief der Häuptling alle zurückgebliebenen Krieger und Medizinmänner zusammen und fragte sie, wo ihre Söhne seien.

„Sie sind todt!" sagte Tschenos, der älteste und weiseste der Zauberer; „die Walkullas sind von Männern von fremder Farbe und Sprache unterstützt worden. Dieselben kamen auf dem Rücken eines mächtigen Vogels mit großen weißen Flügeln über das Salzmeer und kämpften mit Donner und Blitz."

Darauf fingen die Frauen an zu weinen und die Männer griffen zu den Waffen, um die Walkullas und ihre fremden Verbündeten zu bekriegen. Doch Tschenos befahl ihnen, sich niederzusetzen. „Einer lebt noch", sagte er, „und er wird bald hier sein; denn sein Fußtritt ist in meinem Ohre. Er hat seine Rache gekühlt und das Blut seiner Feinde aus großen Kürbisflaschen getrunken. Doch vor den Männern mit Donner und Blitz floh er — ich sehe ihn kommen. Er ist müde und hungerig und sein Köcher enthält keine Pfeile mehr; in seinen Armen trägt er einen Gefangenen. Leget darum Hirschfleisch auf die Kohlen und holt Mais; ärgert ihn aber nicht, denn er hat gefochten wie ein hungeriger Löwe!"

Als der weise Tschenos diese Worte geredet hatte, trat der „Närrische Büffel" ruhig und gelassen unter sie. Er stand da wie eine schlanke Fichte und sah den Häuptling und die alten Medizinmänner stumm an. Sein Körper war über und über mit Blut bespritzt und seinen linken Arm hatte er mit einer Thierhaut umwickelt. Er sah hager und hohläugig aus, als ob er lange gefastet hätte. Sein Köcher war leer, aber an einer Stange trug er sieben Skalpe; sechs davon hatten langes schwarzes Haar und das des siebenten war gelb wie dürres Laub und gelockt wie wilde Epheuranken.

„Wo sind unsere Söhne?" fragte der alte Häuptling.

„Frage den Wolf und den Panther!" erwiederte Jener.

„Sage uns, wo unsere Söhne sind! Unsere Weiber verlangen nach ihnen!"

„Wo ist der Schnee des vergangenen Jahres? Floß er nicht den Fluß hinunter in das große Salzmeer? Unsere Brüder sind auf dem Strome der Zeit in das Meer der Ewigkeit getragen worden. Der große Stern sieht sie am Ufer des Walkullaflusses, aber sie sehen ihn nicht. Panther und Wolf heulen ungestört zu ihren Füßen und die Adler schreien über ihnen, aber sie hören sie nicht. Der Geier wetzt seinen Schnabel an ihren Knochen und sie fühlen es nicht; denn sie sind todt."

Als er diese Rede geendet hatte, fingen die Weiber an laut zu schreien, und die Männer sprangen auf, um ihre Säcke mit Mais und getrocknetem Fleisch zu füllen, zur Reise in das Lande der Mörder ihrer Söhne.

Doch Jener fuhr fort: „Wer hat jemals gehört, daß der „Närrische Büffel" gelogen und sich vor seinen Feinden gefürchtet hätte?! Väter, die Walkullas sind schwächer als wir; ihre Arme sind nicht so stark und ihre Herzen nicht so groß wie die unserigen. Sie können so wenig gegen die Schawanen Krieg führen, wie ein furchtsames Hirschlein gegen einen hungerigen Wolf, und der „Närrische Büffel" hätte die Skalpe des halben Stammes ganz gut allein nehmen können. Aber es ist ein fremdes Volk unter sie gekommen; die Haut desselben ist so hell wie die Falten der Wolke, und ihr Haar leuchtet wie der Stern des Tages. Sie kämpfen nicht wie wir mit Pfeilen und Keulen, sondern mit Donner und Blitz und eisernen Spießen. Seht auf meinen linken Arm! Er wurde vom Donnerkeil eines Weißen getroffen; der Skalp des Schützen liegt nun vor den Füßen unseres Häuptlings.

„Wir überfielen die Walkullas, als sie ganz unvorbereitet waren und den „Grünen Korntanz" aufführen wollten. Wir schlichen uns nahe heran und verbargen uns still im Dickicht in der Nähe ihres Lagers; denn die Schawanen sind wie die listige Natter und nicht wie die dumme Klapperschlange. Sie bereiteten dem Großen Geiste ein Opfer und wußten nicht, daß er die Schawano's geschickt hatte, ihr Blut damit zu vermischen. Ihr Häuptling erzählte ihnen, daß der Meister des Lebens die Walkulla's liebe und daß er viele fette Bären und Hirsche für sie in die Jagdgründe getrieben habe; ihr Korn habe er groß und süß werden lassen, damit sie den Fremden, welche auf den weißen Flügeln eines Vogels zu ihnen gekommen seien, Nahrung bieten könnten. Als wir diese Worte hörten, wußten wir nicht, was wir thun sollten; der Kriegsgott hatte sie in unsere Hände gegeben, aber wer waren die Fremden? Führten sie dieselben Waffen wie wir und war ihr Schutzgeist mächtiger als der unserige? — Krieger, ihr kennt den „Jungen Adler", den Sohn des „Alten Adlers", der gegenwärtig in unserer Mitte ist. Er sagte: „Ich sehe viele fremde Männer um ein Feuer sitzen und will hingehen und ausfinden, wer sie sind." Der „Alte Adler" scheint fragen zu wollen, warum ich nicht selber ging, und ich will es ihm sagen. Der „Närrische Büffel" ist größer als der größte Mann seines Stammes: kann sich der Hirsch in einer Fuchshöhle und ein Schwan hinter einem Grashalm verbergen? Der „Junge Adler" aber war klein; er war die listige schwarze Schlange, welche geräuschlos im Grase kriecht und nur dann bemerkt wird, nachdem sie gestochen hat. Als er zurückkam, erzählte er, daß sich viele fremde Männer in unserer Nähe befänden; ihre Gesichter und Wigwams seien so weiß wie der Schnee auf dem Rückgrat des Großen Geistes (das Alleghanygebirge). Das „Fliegende Eichhorn" sagte, Flucht sei jetzt keine

Feigheit; aber der „Närrische Büffel" hat nie einem Feinde den Rücken gezeigt, ohne vorher sein Blut gesehen zu haben, und der „Junge Adler" hatte
kurz vorher die neuen Mokassins angezogen und war zum kriegstüchtigen
Manne erklärt worden. Da ihn die alten Krieger sicher verachtet hätten, wenn
er ohne Skalp zurückgekehrt wäre, so beschlossen wir Beide, die Walkulla's und
ihre Verbündeten allein anzugreifen. Als dies unsere anderen jungen Krieger
sahen, griffen sie ebenfalls zu den Waffen und stürzten sich mit uns auf die
Feinde. Die Walkullas fielen wie Regen in den Sommermonaten; aber plötzlich
stand ein Feind gegen uns auf, dem wir nicht widerstehen konnten — die
Fremden griffen uns mit Donner und Blitz an. Väter, eure Söhne fielen wie
dürre Blätter bei heftigem Sturmwinde, und die wilden Thiere sättigen sich
jetzt an ihrem Fleische. — Ein Donnerkeil der Fremden traf meinen Arm,
aber ich floh nicht; diese sechs Skalpe entriß ich den Walkullas; der andere
hat gelbes Haar. Habe ich meine Schuldigkeit gethan?"

Die umstehenden Krieger antworteten bejahend; Tschenos aber sagte:
„Nein! Du gingst in das Lager der Walkullas, um ihr Opfer, das sie dem
Großen Geiste bringen wollten, mit Menschenblut zu vermischen; dies ist die
Ursache unseres Unglücks, und wenn du den beleidigten Gott wieder versöhnen
willst, so opfere ihm das, was dir am liebsten ist!"

Der „Närrische Büffel" sah den Priester grimmig an und sagte: „Ich
fürchte den Großen Geist, aber ich opfere ihm weder Eltern noch Geschwister;
doch will ich einen Hirsch tödten und zu seiner Ehre verbrennen!"

„Du hast", sagte Tschenos, „uns deine Skalpe gezeigt und von der unglücklichen Schlacht erzählt; von deinem Gefangenen aber hast du, wie es scheint,
absichtlich geschwiegen. Der Große Geist hat mir mitgetheilt, daß du einen
Gefangenen mit zarten Füßen und zitterndem Herzen mitgebracht hast!"

„Der „Närrische Büffel" hat nie gelogen; er hat einen Gefangenen, eine
Frau, eine Tochter der Sonne, und sobald ich mein Haus gebaut habe, soll sie
es mit mir bewohnen und die Mutter meiner Kinder werden."

„Wo ist sie?"

„Sie sitzt am Ufer des Flusses neben dem Baume, den der Große Geist
mit einem Blitze spaltete. Ich habe sie dort gelassen, weil jene Stelle heilig
ist. Ich werde sie holen; aber rührt sie nicht an, denn sie ist furchtsam wie ein
junges Reh und weint wie ein kleines Kind, das seine Mutter vermißt."

Darauf ging er fort und holte sie. Ihr Gesicht war mit einem weißen
Schleier bedeckt. Der Häuptling bat sie, ihn abzunehmen, und sie that es.
Die Thränen rollten unaufhörlich über ihre Wangen, und der „Närrische
Büffel" gab ihr zu verstehen, daß sie nichts zu befürchten habe. Ihre Augen
waren wie der Nordstern, der sich nie bewegt; der Große Geist hatte nichts
Schöneres geschaffen.

„Ich habe tapfer für sie gefochten", sagte der „Närrische Büffel"; „drei rothbemalte Krieger und drei mit Donner und Blitz bewaffnete Blaßgesichter standen an ihrer Seite; wo sind sie jetzt? — Ich trug sie fort, und als es dunkel ward, wickelte ich sie in warme Thierfelle ein und wachte an ihrer Seite, bis die Sonne wieder aufging. Wer sagt nun, daß sie nicht mein Weib und die Mutter meiner Kinder werden soll?"

Der „Alte Adler" stand auf, ging zu der fremden Jungfrau und legte seine Hand auf ihren Kopf und weinte. Die anderen Krieger, welche ihre Söhne verloren hatten, weinten ebenfalls, aber traten nicht an sie heran.

„Wer kann ewig leben?" sagte der Krieger; „den schnellen Fuß hemmt das Alter und das leuchtende Auge verdunkelt Sorge und Gram. Es ist besser, sie starben als tapfere Jünglinge, als daß sie alt und schwach wurden."

„Rache!" schrien sie plötzlich Alle laut auf; „hört nicht auf den jungen Krieger, den die Tochter der Sonne bezaubert hat!"

Der „Närrische Büffel" reichte ihnen die Friedenspfeife, aber sie nahmen sie nicht an und sangen unter Thränen ein weitschallendes Lied der Klage und Rache.

Als die Fremde sie so klagen und singen hörte, weinte sie ängstlich und schmiegte sich Schutz suchend an den wilden Krieger. Sie lispelte einige Worte, aber Niemand verstand sie, und Tschenos sagte, sie bete zu ihrem Gotte. Der „Alte Adler" und die anderen Indianer, welche ihre Söhne verloren hatten, baten den Priester, er solle sie doch ihrer Rache opfern; aber Jener erwiederte:

„Brüder und Krieger! Unsere Söhne thaten großes Unrecht, die Walkullas zu überfallen, als sie dem Großen Geiste für seinen reichen Segen dankten; er gab daher den Donner in die Hand der Fremden, damit sie diese Frevelthat bestrafen konnten. Laßt uns daher vorsichtig sein, seinen Zorn gegen uns nicht von Neuem anzufachen. Wenn wir diese Fremde dem Opfertode weihen, so kommt der Große Geist vielleicht selber mit Donner und Blitz über uns und zerschmettert uns, wie er den „heiligen Baum" zerschmetterte. Laßt sie diese Nacht ruhig bei uns bleiben; sie mag sich am Feuer im Rathhause wärmen und Jeder mag darauf bedacht sein, daß ihr kein Leid widerfahre. Morgen wollen wir unserm Gotte ein Opfer von Hirschfleisch bringen, und er wird uns alsdann sagen, ob wir sie dem Feuertode überantworten sollen, oder nicht. Wenn er nicht spricht, nun, dann soll ihr Schicksal vom Willen des „Alten Adlers" und der anderen Krieger abhängig sein."

„Dein Rath ist gut", sagte der Häuptling; „macht ihr ein weiches Bett von Thierfellen und behandelt sie freundlich, denn es ist leicht möglich, daß sie die Tochter des Großen Geistes ist."

Darauf zogen sich Alle in ihre Wigwams zurück; nur der „Närrische Büffel" blieb vor dem Rathhause sitzen und wachte.

Am andern Morgen gingen sie auf die Jagd und tödteten einen fetten

Hirsch, den sie Tschenos zum Opfern brachten. Er legte ihn auf das Feuer und stimmte einen heiligen Gesang an. „Laßt uns horchen", sagte er, „ob uns der Große Geist hört."

Sie lauschten, aber sie hörten nichts. Sie fragten ihn, warum er nicht spreche, aber er antwortete nicht. Tschenos sang weiter.

„Husch!" rief er plötzlich, „ich höre das Krähen des Donnerhahnes; der Große Geist ist in unserer Nähe." — Er ging näher ans Feuer und sprach mit ihm; aber Niemand verstand, was er sagte.

„Was theilt dir der Große Geist mit?" fragte der Häuptling.

„Er sagt, die junge Frau soll hier bei uns bleiben und die Mutter vieler Kinder werden."

Viele freuten sich deshalb und äußerten den Wunsch, sie als ihre Schwiegertochter zu sehen. Diejenigen aber, welche ihre Söhne verloren hatten, schrien: „Wir wollen Blut sehen und wenn wir um Rath beim **bösen** Geist anfragen müssen!"

Nicht weit vom Rathsfeuer der Schawanen war ein großer, mit verfaulten Baumstämmen und scharfkantigen Steinen besäeter Hügel. In demselben war eine große Höhle; wie lang dieselbe war, wußte Niemand, außer Sketupah, dem Priester des bösen Geistes, der dort seinen Meister verehrte.

Es war ein unheimlicher, allgemein gefürchteter Platz. Wenn Jemand am Eingang der Höhle ein Wort sprach, so wurde es im Innern in donnerähnlicher Stimme nachgeahmt.

Sketupah war ein merkwürdiger Gesell; er ging stets tief gebückt, hatte schlangenähnliches Haar und einen Mund, der von einem Ohre bis zum andern reichte. Seine Augen schienen zwei feurige Kohlen zu sein und seine langen Beine waren nicht dicker als ein Bäumchen von zwei Sommern. Die Indianer fürchteten ihn ebenso sehr wie den bösen Geist selber und brachten ihm zahlreiche Geschenke, um sich seiner und seines Meisters Gunst zu versichern.

Der „Alte Adler" ging vor die Höhle und rief: „Sketupah!"

„Sketupah!" antwortete die heisere Stimme des Bewohners, und bald darauf kam er hervor und fragte den Krieger nach seinem Begehr.

„Rache für unsere Söhne, die von den Walkullas und ihren Freunden, die auf dem Rücken eines weißflügeligen Vogels über das Salzmeer kamen, umgebracht worden sind!"

„Rache!" erwiederte die hohle Stimme.

„Hört uns dein Meister?" fragte der „Alte Adler."

„Mein Meister sehnt sich erst nach einem Opfer; er will Blut sehen!" sagte der Alte. „Er wird euch späterhin mittheilen, ob er euren Wunsch gewähren wird. Geht hin und fangt einen Wolf, eine Klapperschlange und eine Schildkröte und bringt sie, wenn der Stern des Tages aufgeht, her!"

Die rachsüchtigen Krieger thaten nach seinem Befehle und brachten ihm das Verlangte. Sketupah befahl ihnen, aus giftigen Pflanzen und fruchtlosen Bäumen ein Feuer anzumachen, während er das Opfer bereite. Er zog dem Wolf das Fell ab und band es mit der Klapperschlange um seinen Körper. Die Schale der Schildkröte befestigte er mit den Gedärmen des Wolfes auf seinem Kopfe, warf die Reste jener Thiere ins Opferfeuer und fing an zu singen und zu tanzen.

Als er damit fertig war, horchte er; aber der böse Geist gab keine Antwort von sich. Doch als er sich zu einem neuen Tanze anschickte, sah man, wie sich ein großer Ball den Berg hinaufrollte. Als er vor ihnen angekommen war, kroch ein merkwürdig aussehender kleiner Mann daraus hervor; sein Gesicht war so schwarz wie Rabenfedern und seine Augen so grün wie Gras. Sein Haar, aus dem der Ball gemacht war, war so lang, daß es im Winde wie der Schweif eines Feuersternes aussah. Er fletschte die Zähne und lachte laut auf.

„Was willst du von mir?" fragte er Sketupah.

Der Priester antwortete: „Die Schawanen verlangen nach Rache. Sie wollen die schöne Tochter der Sonne opfern, die der „Närrische Büffel" aus dem Lager der Walkullas gebracht hat."

„Geht hin und holt sie her!" donnerte der böse Geist.

Der „Alte Adler" und die anderen Krieger thaten also. Der „Närrische Büffel" stand wachend vor ihrem Wigwam und hatte eben die Keule erhoben, um die Eindringlinge niederzuschlagen, als Tschenos sagte: „Laß sie die Tochter der Sonne mitnehmen, und die Nation der Schawanen wird, ehe ein Tag vergeht, sehen, wessen Gott der stärkste ist, der meinige oder der Sketupah's!"...

Darauf banden sie die Jungfrau an einen Pfahl und errichteten einen Scheiterhaufen. Der „Närrische Büffel" hatte sich bis jetzt ruhig verhalten, da er im zuversichtlichen Glauben war, daß sie der Große Geist befreien würde; doch als er sah, daß der Holzstoß angezündet wurde und die Flammen nach allen Seiten sprühten, ließ er den Kriegsruf erschallen und streckte die Hand nach Sketupah aus. Aber es war vergebens, denn sein Meister blies ihm ins Gesicht, und augenblicklich stürzte er leblos zusammen. Darauf befahl der böse Geist, Tschenos zu ergreifen. Sie gehorchten ihm, und als sie ihn ebenfalls auf den brennenden Holzstoß festgebunden hatten, rief er mit lauter Stimme:

„Hilf mir, Meister des Lebens! zerreiße die Bande und errette mich von dem Feuertode!"

Darauf sahen die umstehenden Indianer plötzlich zwei große Lichter, heller und größer als die größten Sterne, über des „Großen Geistes Rückgrat" kommen und sich nach dem Lande der Schawanen bewegen. Zuerst waren sie ganz nahe beisammen, doch als sie näher kamen, theilten sie sich. Bald erkannte man, daß es zwei Augen waren, und allmählich kam der ganze Umriß eines

Mannes zum Vorschein, der so groß war, daß sein Kopf bis an den Himmel reichte. Der Große Geist stand vor ihnen.

Als der Teufel seiner ansichtig ward, that er sich ebenfalls aus einander und ward so groß wie sein Feind; doch sobald er das Zeichen des Friedens von sich warf, sprach der Meister mit einer Stimme, die alle Berge erbeben machte: „Du logst!"

„Ich log nicht!" erwiderte Jener.

„Hast du mir nicht versprochen, bei den Blaßgesichtern zu bleiben und meine rothen Kinder nicht mehr zu belästigen?"

„Ja! Aber diese Jungfrau kam aus meinem Lande; sie ist weiß und gehört mir!"

„Sie gehört dir nicht; denn ich gab sie einem braven Krieger zum Weibe, den du getödtet hast!"

„Ich muß sie haben!" rief der böse Geist ärgerlich.

„Wenn deine Kraft größer ist als die meinige, und wenn deine Augen weiter sehen als die meinen, dann kannst du so sprechen. Geh' wieder zu deinen Leuten am Aufgange der Sonne und laß meine braven Rothhäute in Frieden!"

Der Feige verstummte und schrumpfte wieder zu der Gestalt zusammen, in der er sich zuerst gezeigt hatte. Darauf wickelte er sich in sein langes Haar und rollte den Berg hinab. Als er fort war, nahm der Große Geist menschliche Gestalt an und sprach:

„Schawanen! Ich habe euch immer geliebt und liebe euch noch. Ich habe eure Feinde in eure Hand gegeben, euer Korn wachsen lassen und die Jagdgründe mit fettem Wilde gefüllt. Wem ging es besser und wer kämpfte tapferer als die Schawanen? Das Gras wächst hoch, das Wasser ist kühl und süß; bewohnt ihr nicht das schönste Land der Erde?

Warum aber überfielt ihr die Walkullas, als sie mir ihr Dankopfer darbrachten? Warum überfielt ihr sie, als sie ihre Waffen niedergelegt und die Kriegsfarbe abgewaschen hatten, um mir zu Ehren einen Tanz aufzuführen? Ihr erschlugt sogar ihren Priester, meinen Diener. Deshalb gab ich eure Söhne in ihre Hände und rettete nur einen Krieger, um euch ihr Schicksal zu melden.

Schawanen! Die fremden Männer, die auf den Flügeln des großen Vogels über das Salzmeer kamen, sind eure Brüder. Obgleich sie weiß sind und ihr roth seid, obgleich ihr Haar die Farbe der untergehenden Sonne und das eure die eines verkohlten Baumstammes hat, so seid ihr doch Brüder, denn ich habe euch Alle erschaffen. Die Schawanen sind beständig roth, da nie Furcht ihr Herz ängstigt und das Blut aus ihren Wangen treibt. Das Herz des Blaßgesichtes ist wie das eines Vogels; es zittert vor Angst und deshalb ist sein Gesicht stets blaß. Auch die Schawanen waren früher weiß und bewohnten mit ihren weißen Brüdern dasselbe Land; doch als ich sie hierher brachte und sie zwischen Bären, Schlangen und blutdürstigen Wilden leben ließ, wurden sie stark und kühn und verloren die Farbe der Furcht.

Meine lieben Schawanen! Die Walkullas und ihre Verbündeten haben viele von euch getödtet, aber ich werde euch andere und stärkere Männer geben. Ihr habt jetzt drei Stämme, bald aber werdet ihr vier haben, und der vierte soll der größte und stärkste aller Indianer-Stämme sein!

Schawanen! Wenn ihr meinen Worten folgt, werdet ihr meine Macht und Güte sehen. Fügt der weißen Gefangenen kein Leid zu und behandelt sie freundlich, wenn ihr nicht von wilden Thieren zerrissen und von den Blitzen meines Athems vernichtet werden wollt!

Scharrt die Asche und Kohlen des Scheiterhaufens zusammen und legt den Körper des „Närrischen Büffels" hinein, sobald der Abendstern aufgegangen ist. Ruft alsdann die ganze Nation zusammen und laßt Jeden Holz herbeitragen. Legt aber kein Fichtenholz darauf, noch Holz von dem Baume, der weiße Blumen trägt. Auch dürft ihr nicht den Strauch, dessen Thau krank macht, mitbringen. Laßt das Feuer zwei Monate lang Tag und Nacht brennen. Am ersten Tage des dritten Monats müßt ihr nichts mehr darauf legen, sondern es ausgehen lassen, und am Tage danach kommt ihr Alle her mit euren Weibern und Kindern und alten Vätern und Müttern. Tschenos, dem ihr stets gehorchen müßt, wird dann die Jungfrau zum Aschenhaufen führen. Fürchtet euch nicht vor dem, was danach geschehen wird!"

Als der Große Geist diese Worte gesprochen hatte, nahm er seine frühere Riesengestalt wieder an; aus seinen Schultern wuchsen große weiße Flügel, auf denen er sich aus dem Lande der Schawanos erhob. Dasselbe betrat er seither nicht wieder.

Die Indianer befolgten sein Gebot. Sie geleiteten die weiße Jungfrau in ihr Rathhaus und legten den Körper des „Närrischen Büffels" in einen Aschenhaufen und unterhielten während der angegebenen Zeit ein Feuer darauf. Am ersten Tage des dritten Monats ließen sie es ausgehen und riefen am folgenden Morgen alle Mitglieder ihrer Nation herbei, und der Priester führte die weiße Jungfrau aus der Rathshütte vor die Asche. Der MequachakeStamm, dessen Mitglieder meistens Medizinmänner waren, stand am nächsten und dann kam der Kiskapokoke-Stamm, der wegen seiner tapferen, furchtlosen Krieger allgemein berühmt war.

Als sie so still umherstanden, fing die Asche an sich zu beleben und nach allen Richtungen, nach der Sonne, nach dem großen Sterne, nach dem Fluß der Flüsse und dem Lande der Walkullas zu verfliegen. Wie dies die Priester und die Krieger sahen, klatschten sie in die Hände, tanzten und riefen: „Piqua", welches „der Mann, welcher aus der Asche kommt", bedeutet. Sie logen nicht; denn plötzlich trat ein junger, schlanker Mann hervor, der viel schöner als

irgend Einer der ganzen Nation der Schawanen war. Das Erste, was er
that, war, daß er den Kriegsruf ausstieß, und Pfeil, Bogen, ein Beil und
Kriegsfarbe verlangte, die ihm auch augenblicklich gegeben wurden. Doch als
er das weiße Mädchen erblickte, warf er Alles wieder weg, ging zu ihr und sah
ihr in die Augen.

„Diese Jungfrau muß mein Weib werden!" sagte er zu dem Häuptlinge.

„Wer bist du?" fragte Jener.

„Ich bin ein Mensch aus Asche gemacht."

„Wer machte dich?"

„Der Große Geist."

Darauf fragte der Häuptling den Priester Tschenos, ob sie der Große
Geist zu seiner Frau bestimmt habe.

„Ja", erwiderte dieser, „denn sie lieben sich und ihrer Ehe wird ein großer,
mächtiger Stamm entspringen, den man „Piqua" nennen wird."

Der Fischmann.

Vor langer Zeit wohnten die Schawanen auf der andern Seite des großen
Salzmeers zwischen dem Aufgang der Sonne und dem Abendsterne. Es war
ein gar kaltes und trauriges Land und manche Monate vergingen, ohne daß
ein einziger Sonnenstrahl darauf fiel. Alle Seen waren alsdann erstarrt und
der Schnee lag höher als die höchste Wigwamstange. — Wenn die Sonne dann
wieder erwachte, brannte sie mit solcher Macht, daß die meisten Menschen besinnungslos zusammenbrachen. Die Leute sehnten sich deshalb nach einem
andern Lande, von welchem ihnen die Medizinmänner erzählt hatten, daß es
jenseit des Salzmeeres läge, und daß man daselbst keine Schneeschuhe brauche
und die Sonne sich nie länger als die Dauer eines Kinderschlafes verstecke.

Einstmals als die jungen Knospen wieder keimten und die jungen Vögel
anfingen zu zwitschern, schwamm ein merkwürdiges, menschenähnliches Geschöpf
auf dem Rücken eines großen Fisches heran. Sein Haar schien aus langem
Seegras gemacht zu sein, und sein an die Gestalt einer Schildkröte erinnerndes
Gesicht hatte eine widerwärtige, schlammartige Farbe. Um seinen Hals hing
eine lange Schnur aus großen Seemuscheln, und seine Stirne schmückte ein
Kranz aus den Zähnen des Kaiman; als Stock diente ihm die Rippe eines
Walfisches. Die Schawanen schlugen vor Verwunderung, daß ein Mensch wie
ein Fisch oder eine Ente leben könne, die Hände über dem Kopfe zusammen;
doch je näher das Ungeheuer kam, desto größer war ihr Erstaunen, denn es
war wirklich ein Fisch — ja, jedes seiner Beine war sogar ein Fisch für sich.
Der Fischmann redete ihre Sprache, und als er anfing, mit helltönender Stimme
ein bezauberndes Lied zu singen, glaubten sie, er käme aus dem Lande der
gesegneten Fischereien, und liefen vor Furcht in die Wälder.

Er kam ans Ufer und sang stundenlang von den vielen Freuden, die er beständig erlebte, und von den merkwürdigen Dingen, die er in den Tiefen des Ozeans gesehen, und schloß dann mit den weitschallenden Worten: „Folgt mir und seht, was ich euch zeigen werde!“

Täglich, wenn die Wellen schliefen und die Winde sich in ihre Schlaf=kammer zurückgezogen hatten, kam er hervor und erfreute sich am Anblicke des grünbelaubten Waldes; die Indianer aber fürchteten sich so sehr, daß keiner mehr zu fischen wagte. Nur aus sicherem Verstecke sahen sie seinen sonderbaren Bewegungen zu und lauschten seiner Einladung, die er beständig wiederholte. Doch mit der Zeit schwand ihre Furcht, und da ihre Weiber und Kinder dem Hungertode nahe waren, weil sie keine Fische mehr hatten, so beschlossen einige Krieger, einen Ausflug auf den Ozean zu unternehmen.

Als sie eine kurze Strecke vom Ufer waren, erschien der fremde Fischmann dicht bei ihnen und sah ihnen aufmerksam zu. Wenn sie einen Fisch gefangen hatten und er ihren Händen wieder entglitt, lachte er laut auf, plätscherte lustig im Wasser und rief spöttisch: „Ha, ha! Es ist gut, daß er euch angeführt hat!“ Speerten sie aber einen Fisch und warfen ihn glücklich ins Kanoe, so ward er böse und schalt wie ein altes Weib, wenn ihr Gemahl ohne Wildpret von der Jagd zurückkommt. Als sie so lange und geduldig gefischt hatten, ohne viel ge=fangen zu haben, und die Sonne sich hinter die Wolken der warmen Winde (Süd= und Südwestwind) zurückziehen wollte, rief der Fischmann:

„Folgt mir und seht, was ich euch zeigen werde!“

Kiskapokoke, der Häuptling jenes Stammes, bat ihn darauf, er möge sich doch näher erklären, und sagte: „Glaubst du denn, daß ich so ein Narr bin, dem ersten besten Unbekannten mir nichts dir nichts zu folgen, ohne zu wissen, wohin?“

„Sieh nur, was ich dir zeigen werde!“ war die einzige Antwort des Fischmannes, und danach schlug er mit seinem rechten Bein ins Wasser, daß Kiskapokoke keine trockene Stelle am ganzen Körper behielt.

„Kannst du uns bessere Dinge zeigen, als wir dort haben?“ sagte der Krieger und zeigte nach dem Ufer: „gute Weiber, brave Kinder und treue Hunde?“

„Ja, und schreckliche Stürme in den Monaten des Blätterfallens und Eisschmelzens, Hunger und beständige Furcht vor Bären und Wölfen und be=malten Kriegern! Aber geht mit mir, und ihr werdet überall große Thierherden finden und die Sonne beständig auf blumenreiche Landschaften lächeln sehen. Dort quält euch keine Kälte; die Leute sind so stattlich und schlank wie die Fichte und die Frauen so lieblich wie die Sterne der Nacht!“

Die Fischer fürchteten sich und sehnten sich nach dem Ufer, doch als sie zu rudern anfingen, schien es, als ob eine unsichtbare Hand ihr Kanoe zurückzöge. Sie ruderten, daß ihnen der Schweiß aus allen Poren drang, aber sie kamen keine Hand breit vorwärts. Fische von allen Gestalten und Farben erschienen und bespritzten sie über und über mit Wasser. Zuletzt fragte Kiskapokoke seine Gefährten, was sie thun sollten.

„Folgt mir!" rief der Fischmann wieder, und die Fischer, denen kein anderer Ausweg blieb, thaten es auch. Er schwamm beständig neben ihrem Kanoe, und als es Nacht wurde, erhob sich plötzlich ein heftiger Sturm und das Zischen der großen Seeschlange ward vernehmbar. Die armen Indianer erwarteten mit jedem Augenblick ihr Ende; aber der Fischmann sprach ihnen Muth zu und blieb nahe am Boote, bis die Sonne wieder aufging.

Als es Tag geworden war, sahen sie nichts mehr vom Ufer ihrer Heimat. Der Sturm tobte noch immer und die Wellen gingen baumhoch, und hätte ihnen der Fischmann nicht große Muscheln gegeben, womit sie das Wasser aus ihrem Kanoe schöpfen konnten, so wären sie sicherlich Alle ertrunken. Auch wurden sie allmählich hungerig und durstig, und als ihm Kiskapokoke dies bemerkte, sagte er:

„Gut, ich werde für euch sorgen und Speise und Trank holen; bleibt nur ruhig, wo ihr seid, und wartet auf meine Rückkehr!"

Danach tauchte er unter; wie tief, wußten die Schawanos nicht. Als er wieder heraufkam, blies er einen großen Wasserstrahl gleich einem Walfische aus und sagte, er sei sehr müde. Er hatte einen großen Sack voll Mais, eine Muschelschale voll trinkbaren Wassers und ein dickes Stück gebackenen Fisches mitgebracht.

„Für meine schwere Arbeit", sagte er, „wurde ich noch obendrein tüchtig geschimpft und ausgescholten; aber so geht es Einem, wenn man ein böses Weib hat!"

Nachdem sie sich satt gegessen und getrunken hatten, ruderten sie weiter und schwammen beinahe zwei und einen halben Monat lang auf dem großen Salzmeer herum, bis eines Morgens der Fischmann ausrief: „Seht dorthin!" Sie wischten sich die Augen aus und als sie nach der angegebenen Stelle sahen, entdeckten sie zu ihrer größten Freude ein wunderschönes, mit stattlichen Bäumen bewachsenes Land, dessen Ufersand gleich dem der Geisterinseln glänzte. Hinter dem Ufer waren große Berge, von welchen riesige Feuerstrahlen blitzgleich in den Himmel züngelten. Das Ufer des Salzmeeres wimmelte von spielenden Seehunden, und unabsehbare Schwärme wilder Enten ergingen sich in der milden Sonne.

Auch eine große Anzahl fremdaussehender Männer stand am Ufer, doch als diese die Schawanen und den merkwürdigen Fischmann herannahen sahen, flohen sie wie verscheuchtes Wild nach allen Himmelsgegenden und kamen nie mehr zum Vorschein. Als sie ausgestiegen waren, sagte ihnen der Führer, sie sollten ihr Kanoe nur ruhig weiter treiben lassen, da sie es nicht mehr brauchten. Danach gingen sie eine kurze Strecke in den Wald, und der Fischmann theilte dem Geiste jenes Landes mit, daß er die versprochenen Leute gebracht habe, wonach er in einer tiefen Höhle verschwand. Doch kurz danach kehrte er wieder zurück und brachte ein Geschöpf mit sich, das noch viel merkwürdiger war als er. Seine Füße und Beine waren die eines Menschen und nach indianischem Gebrauche bekleidet; aber sein Kopf war der eines Ziegenbockes mit großen Hörnern und langem Barte, und der obere Theil seines Körpers war mit moosähnlichem Haare bedeckt gleich dem der Ziegen, welche auf dem Rückgrat des Großen Geistes hausen. Die Stimme des Ziegenmannes entsprach seiner äußeren Erscheinung.

„Ihr geht nach dem schönsten Lande der Erde", sagte er; „Alles, was ihr euch nur wünscht, werdet ihr dort finden. Das Wild, das ihr sehen werdet, ist fett und zahm; die Mädchen sind munter und schön, und in den Thälern wächst schmackhafter Mais. Ihr habt klug gethan, eure elende Heimat zu verlassen, um sie mit dem Lande des ewigen Sommers zu vertauschen!"

Danach schwamm der Fischmann zurück und holte die anderen Schawanen. Dieselben verheiratheten sich mit den liebenswürdigen Mädchen des gesegneten Landes, und die Zahl ihrer Kinder ward zuletzt so groß, daß sie Niemand mehr zählen konnte.

Das Paradies der Tetonen.

Wenn man an einem sternenhellen Abende im Monate des Blätterwelkens seine Augen nach der Gegend des Jägersternes (Nordstern) und des ewigen Schnees richtet, wird man den Himmel oft mit einer zarten Röthe, ähnlich der Röthe auf den Wangen einer Jungfrau, wenn der Name ihres Geliebten erwähnt wird, geschmückt sehen. Auch wird der aufmerksame Beobachter dann und wann ein geheimnißvolles halbunterdrücktes Lachen hören und zuweilen auch die lustigen Gestalten der froh Lachenden, die in der Umgebung der Sterne ihre freudenvollen Tänze aufführen, bemerken. — Dieser Anblick erfüllt die Brust des Indianers stets mit der höchsten Freude; denn er glaubt, die Geister seiner verstorbenen Freunde zu sehen, die sich dort oben in ihren Lieblingsspielen ergehen.

Einst hatten sich die Tetonen zur Zeit der Reife des grünen Kornes zum Erntefest versammelt, und um zu gleicher Zeit dem Großen Geiste für seine zahlreichen Wohlthaten zu danken, da selbst die ältesten Indianer sich keiner glücklicheren Zeit, wo Wild und Fische so zahlreich waren und auf dem Felde Alles so herrlich gedieh, erinnern konnten

Als nun die Tetonen in ihren festlichen Tänzen begriffen waren, wurden sie plötzlich durch ein stürmisches Hageln und Schneien erschreckt, und in der Mitte ihres Tanzplatzes erschien ein Luftgeist in der Gestalt einer Frau von niegesehener Schönheit. Ihr Haar und ihre Haut waren so weiß wie der Schnee, und ihre Augen so blau wie der Himmel, aus dem sie gekommen war.

Augenblicklich verstummten die Gesänge, und die Tänzer setzten sich voll Erstaunen nieder.

„Brüder!" hub die Fremde an, „ich bin der Hauptgeist im Lande des Schnees. Weit aus dem Norden bin ich hergeeilt, um die glücklichen Tetonen, deren Muth und Geschicklichkeit im Jagen und Fischen weit und breit bekannt ist, bei ihrem heutigen Feste zu sehen. Euer Ruf ist bis zu meinen Ohren gedrungen, und ich will mich nun selber überzeugen, ob ihr auch wirklich die tapfersten und besten Männer der Erde seid, wofür man euch allgemein hält. Doch dies ist nicht der einzige Grund, warum ich meine Heimat im Norden verlassen habe; nein, noch ein anderer und viel mächtigerer Wunsch zwang mich dazu. Ich, die ich schon lange Zeit, ehe der älteste Tschippewäer die Erde aus dem Ozean hervorholte, den Himmel bewohnt habe, bin hergekommen, die Freuden und Leiden des Menschengeschlechts zu theilen, und um mein Herz jenes unbeschreibliche Gefühl, das man Liebe nennt, empfinden zu lassen."

Hier machte sie eine längere Pause, und der alte Nikanape, welcher der weiseste Mann seines Stammes war, sprach — da er glaubte, daß Stillschweigen die Fremde beleidigen würde — nun folgende Worte:

„Schöne Geisterfrau des Schneelandes! Du sehnst dich nach einem liebenden Herzen unter den glücklichen Tetonen, aber du bist ein Geist und solltest klüger sein. Verzeihe einem alten erfahrenen Manne diese Bemerkung; denn Diejenigen, welche weder Rache noch Gnade, weder Liebe noch Haß, weder Freude noch Sorge kennen, beten beständig zum Großen Geiste, daß er sie im Zustande der Unwissenheit erhalten möge. Warum also sehnst du dich nach Liebe?"

„Um die Freuden derselben kennen zu lernen."

„Die Freuden der Liebe dauern nicht so lange wie die Blume, die heute blüht und morgen ihren Schmuck dem Winde überläßt."

„Auch ihre Leiden will ich kennen lernen."

„Sie sind zahlreicher als die Johanniswürmchen, welche in einer Sommernacht die unabsehbare Prairie erleuchten."

„Als ich einst in einer Nacht aus meinem Schneereiche auf die Erde niederschaute, sah ich, wie sich zwei Liebende, die lange nichts von einander gehört hatten, in den Armen lagen. Ich hörte ihre Liebesworte und sah die höchste Freude auf Beider Wangen. War dies nicht Glückseligkeit?"

„Gewiß!"

„Und würdest du es nicht verzeihlich finden, die Länge eines Adlerlebens mit einem Monate solcher Liebesfreuden zu vertauschen?"

„Der große Prophet der Tetonen ist ein Mann von kurzen Worten. Er sieht die Geisterfrau aus dem Schneereiche fest entschlossen, eine Sterbliche zu werden, und warum sollte er versuchen, sie davon abzubringen? Möge es einem Jünglinge meines Stammes gelingen, deine Zuneigung zu gewinnen!"

„Von meinem eisigen Wohnsitze aus habe ich einen braven Krieger bemerkt, der an Schnelligkeit, Schönheit und Tapferkeit nicht seines Gleichen hat."

„Du meinst gewiß den „Schnellfuß", den Stolz unsers Stammes. Ich werde ihn rufen!"

Der junge Krieger kam und trat vor die schöne Schneefrau. Sie liebte ihn; aber ihre Wangen erötheten nicht, noch füllten Freudenthränen ihre Augen.

„Weißt du auch, was deine künftige Gattin ist?" fragte sie.

„Ein Geist!" erwiederte er.

„Weißt du auch, daß, wenn du mich an deinen Busen drückst, du eine Eisgestalt in deinen Armen hälst?"

„Meine Liebe wird dich erwärmen."

„Mein Hauch ist der Athem des Winters!"

„Und der meinige ist die milde Sommerluft, welche die zarten Blüten der Blumen hervorruft. Willst du, schöner Geist, das Weib eines Tetonen werden, in dessen Wigwam mehr Skalpe hängen, als er Finger an der Hand hat, und dessen Kameraden alle auf Pferden reiten, die er von seinen Feinden erbeutet hat?

„Ich will, tapferer Krieger!"

„Schöner Geist!" sagte er darauf, als er sie umarmt hatte, „du bist wirklich sehr kalt, und meine Zähne klappern vor Kälte wie eine Klapperschlange; aber du sollst mein Weib werden und der Tod soll mich nicht von deiner Umarmung abhalten!"

Darauf rief er mehrere Frauen herbei und bat sie, die Vorbereitungen zum Hochzeitsfeste zu treffen. Dieselben beeilten sich so schnell es ging, seinem Wunsche nachzukommen, und die Tochter des Eisreiches ward dem schönen Tetonen angetraut . . . .

Am andern Morgen versammelten sich die neugierigen Indianer vor dem Wigwam des jungen Ehepaares, um zu sehen, ob nicht ein Unglück vorgefallen sei. Bald erschien denn auch die liebliche Eisfrau; aber wie hatte sie sich verändert! Ihre Wangen schmückte ein zartes Roth und ihr Haar war schwarzbraun geworden.

Der alte Nikanape fragte sie, ob sie es nicht bereue, ihre Heimat verlassen und die Gestalt sterblicher Menschen angenommen zu haben, und sie erwiederte, daß ein Monat der Liebe angenehmer sei als eine Ewigkeit ihrer früheren Existenz.

Die Liebe zu ihrem Gemahl wuchs mit jedem Jahre; ihr Mitleid mit den Armen und Kranken kannte keine Grenzen und ihre Weisheit und Klugheit wehrte manches Unglück von den Tetonen ab. Wenn die Jäger auf die Jagd gingen, so fragten sie stets bei ihr zuerst um Rath an und hatten es nie zu bereuen, wenn sie denselben pünktlich befolgten.

Knorh, Aus dem Wigwam.   Leipzig: Verlag von Otto Spamer.

Im Paradies der Selonen.

Als nach zehnjähriger Ehe zehn schmucke Kinder ihren Wigwam zierten, kam es den meisten Indianern vor, als sei die Eiskönigin nicht immer in der glücklichsten Stimmung. Man hatte im Laufe der Zeit bemerkt, daß sie, sobald die Nacht die Erde umhüllte, nie vor die Thür trat, sondern still in der dunkelsten Ecke des Wigwams sitzen blieb. So lange die Sonne schien, war sie munter und guter Dinge, aber sobald sie unterging, erbleichten ihre Wangen, und wenn gar der Nordwind blies oder es hagelte, zitterte sie vor Angst so auffallend, daß ihr Gemahl sie mehrmals über die Ursache dieser Bedenken erregenden Erscheinung befragte, ohne jedoch eine befriedigende Antwort zu bekommen.

Als so der elfte Winter herannahte, kam einst in einer sternhellen Nacht ein Mann, dessen Kleider und Haar aus Eis gemacht zu sein schienen, in das Dorf der Tetonen. Er war von kleiner Statur, kaum so groß wie ein Knabe von zwölf Sommern, und seine Haut war so blendend weiß, wie die der Eisfrau, als sie ihren nördlichen Wohnplatz verließ. Sie fragten ihn, wer er sei und woher er käme, aber er gab keine Antwort darauf und fragte in stürmischem Tone:

„Habt ihr meine Frau gesehen?"

„Welche Frau?" fragte der Häuptling.

„Diejenige, die sich gestern aus meinen Armen riß; die schöne Schneekönigin!"

„Es ist jetzt im elften Jahre, daß eine schöne Jungfrau, die dir sehr ähnlich sieht, zu uns kam und das Weib unseres tapfersten Kriegers wurde. War sie vielleicht dein Weib?"

„Zehn deiner Jahre sind nur ein Tag in den Augen der Geister."

„Wer bist du?"

„Ich bin der König der Stürme!"

„Dafür scheinst du denn doch etwas zu klein und zu schwach zu sein!"

„Zweifle nur an meiner Stärke, wenn du sie fühlen willst. Hole mir mein schlechtes Weib her!"

Der alte Häuptling ging in den Wigwam der Schneekönigin und sagte, daß ein Fremder da sei, der sie als Gemahlin beanspruche. Diese Nachricht schien ihr nicht unerwartet zu kommen; sie küßte unter Thränen ihre schlafenden Kinder und ging vor die Thür.

„Endlich habe ich dich doch gefunden! Nun, wie gefällt dir dein neuer Gemahl?"

„So gut, daß ich bei ihm bleiben werde, wenn du's zufrieden bist!"

„Nichtswürdiges Geschöpf! Bist du ernstlich gewillt, die Herrscherfreuden mit der verabscheuenswerthen Arbeit einer Squaw zu vertauschen?"

„In dem Wigwam eines Tetonen gefällt es mir besser als in den Eisregionen des Nordens. Krankheiten und Elend des menschlichen Lebens sind

immerhin einer gefühllosen und liebeleeren Geisterexistenz vorzuziehen.   Ich
bitte dich, lasse mich, wo ich bin!"

„Fürchtest du nicht den Tod?"

„Nein; denn ich werde vorher gelebt haben."

„Deine Seele —

„Wird zum Lande des Eises zurückkehren."

„Ich frage dich noch einmal: willst du auf der Erde bleiben?"

„Ja! In meinem Wigwam ist ein braver Krieger, den ich liebe. Um ihn
herum stehen zehn blühende Kinder, die die Eiskönigin mit ihrer eigenen Milch
gesäugt hat; der Tetone ist ihr Vater. Du bist gefühllos und kennst die Leidenschaft meines Herzens nicht; wer mich von meinen Angehörigen wegreißt, zerstört meinen Frieden auf immer!"

„Wir werden uns wiedersehen. — Auch ich möchte in Menschengestalt
wie du einen Wigwam bewohnen und frohe Kinder um mich sehen, wenn es
dem Gebieter der Stürme geziemte. Du bist nun sterblich geworden und wirst
dich deines Erdenlebens nur noch wenige Jahre erfreuen, und dann werden
wir uns in unserm alten Reiche wiedersehen!"

Danach nahm er Abschied. — Die Frau des Tetonenkriegers trocknete
ihre Thränen, und die Freude zog wieder in ihr Herz ein. Sie blieb Abends
nicht mehr scheu in der dunklen Wigwamecke sitzen, sondern betheiligte sich an
den munteren Tänzen der erwachsenen Mädchen und war dabei stets die Lustigste.
Sie behielt ihre jugendliche Frische; aber ihr Gemahl ward allmählich schwach
und starb zuletzt. Die Medizinmänner versuchten sie zu trösten; aber sie wollte
sich nicht trösten lassen und sprach, als sie sich anschickten, seine Leiche zu begraben:

„Seit zwanzig Sommern, Tetonen, leben wir zusammen; wir sind stets
Freunde gewesen und wollen auch als solche scheiden. Ich werde meinem Gemahl in die Wohnung folgen, die ihm in meiner Heimat bereitet worden ist.
Meine Kinder aber vertraue ich eurer Sorge an; beschützt und ernährt sie so
lange, bis sie der Große Geist ebenfalls abruft! Ihr seid unter allen Indianern
als die geschicktesten Tänzer berühmt; kein anderer Stamm führt den Kriegstanz, den Kalumet= und Skalptanz so gut auf wie ihr, und da ihr so große
Freude daran habt, so soll es euch auch erlaubt sein, nach dem Tode im Himmel
weiter tanzen zu dürfen. Der Himmel des Nordens war einst mein Reich, und
morgen werde ich die Herrschaft darüber wieder antreten!"

„Aber es ist sehr kalt in dieser Gegend", sagte der alte Häuptling; „und
ich glaube nicht, daß uns in dem Lande des Schnees und Eises das Tanzen
besonders warm machen wird."

„Meine Geister werden ein Feuer anzünden, dessen Flammen den kalten
Nebel verscheuchen werden. — Wenn ein Tetone stirbt, so wird seine Seele
im Himmel des Nordens eine Heimat finden. Dies soll euer Paradies sein."

Danach verschwand sie.

Sie behandelten ihre Kinder getreu nach ihren Wünschen, und sie hielt ebenfalls ihr Versprechen, wovon sich Jedermann, der in einer Herbstnacht den feurigen Himmel betrachtet, überzeugen kann.

Ursprung des weißen, rothen und schwarzen Mannes.

Als Florida sich als Territorium der Vereinigten Staaten organisirte, war die erste Sorge des Gouverneurs William P. Duval darauf gerichtet, die Eingeborenen für die Civilisation zu gewinnen. Zu diesem Zwecke berief er einst eine Versammlung der Häuptlinge der Seminolen und sagte ihnen, es sei der Wunsch des Großen Vaters, daß sie Lehrer und Schulen haben und daß ihre Kinder gerade so wie die der Weißen unterrichtet werden sollten. Die Häuptlinge hörten mit großer Aufmerksamkeit zu und baten sich nach geendeter Rede einen Tag Bedenkzeit aus. Am folgenden Tage erschienen sie zur festgesetzten Zeit wieder, und einer derselben redete den Gouverneur im Namen der Uebrigen an wie folgt:

„Mein Bruder! Wir haben uns den Vorschlag unseres Großen Vaters wohl überlegt und sind ihm sehr dankbar für das Interesse, das er an uns nimmt. Wir müssen jedoch sein Anerbieten zurückweisen, denn was für den weißen Mann paßt, ist nicht gut für den rothen. Ihr weißen Männer sagt, die Menschen stammten alle von einem Vater und einer Mutter ab, aber dem ist nicht so. Der „Große Geist" schuf zuerst den schwarzen Mann; es war dies sein erster Versuch, Menschen zu schaffen, und als solcher immerhin ganz gut. Späterhin kam er ihm jedoch als Pfuscherei vor und er schuf den rothen Mann, den er mehr liebte. Aber da dies immer noch nicht das war, was er wollte, so versuchte er es abermals und schuf den weißen Mann; danach war er zufrieden. Du siehst also hieraus, daß du zuletzt geschaffen bist, weshalb ich dich meinen jüngsten Bruder nenne.

„Danach rief der Große Geist die drei Männer zusammen und zeigte ihnen drei Kästchen. Im ersten waren Bücher, Karten und Papiere; im zweiten Pfeile, Bogen, Messer und Tomahawks; im dritten Spaten, Aexte, Hämmer und Hacken. „Dies sind", sagte er, „die Werkzeuge, mit denen ihr euch euern Lebensunterhalt verschaffen müßt; wählt nun nach Belieben!" — Der weiße Mann, welcher sein Liebling war, hatte die erste Wahl. Er ging an dem Kästchen mit Werkzeugen vorbei, ohne es kaum anzusehen; beim nächsten aber blieb er stehen und schaute es ernstlich an. Der rothe Mann zitterte, denn er sehnte sich nach diesem Kästchen. Doch nach einigen Augenblicken ging er weiter und wählte sich das Kästchen mit Büchern und Papieren. Dann kam die Reihe an den rothen Mann; er nahm das Kästchen mit Waffen, und dem schwarzen blieben so die Werkzeuge übrig. Hieraus ist also klar zu ersehen, daß der Weiße lesen und schreiben lernen, allerlei Künste erfinden und auch Rum und Whiskey bereiten soll. Der Rothe aber sollte Jäger und Krieger werden und mit Büchern nichts zu thun haben; auch soll er weder Whiskey machen noch solchen trinken, weil er ihm schädlich ist. Die Aufgabe des schwarzen Mannes ist, für den rothen und weißen zu arbeiten, was er auch thut. Wir müssen also nach dem Wunsche des Großen Geistes leben, damit wir nicht bei ihm in Ungnade fallen. Lesen und Schreiben ist gut für den weißen Mann, dem rothen aber ist es schädlich. Den Weißen macht es besser, den Rothen aber schlechter. Einige der Kriks und Tschoktahs lernten es, und diese sind die größten Vagabunden geworden. Sie reisten einst zum Großen Vater, um mit ihm über die Wohlfahrt ihrer Nation zu sprechen. Als sie bei ihm waren, beschrieben sie ein kleines Stück Papier, was später ein Agent vorzeigte und sagte, dies sei ein Vertrag mit dem Großen Vater. Sie wußten nicht, was das sei; es war ein kleines Stück Papier, aber es bedeckte ein großes Stück Land. Ihre Brüder, die lesen und schreiben konnten, hatten ihre Häuser, Ländereien und die Gräber ihrer Vorväter verkauft, und der weiße Mann beanspruchte sie als sein Eigenthum. Sage also unserem Großen Vater, daß wir seine Lehrer nicht annehmen können; Lesen und Schreiben ist gut für den weißen, aber sehr gefährlich für den rothen Mann!"

Was die Indianer von dem Felsengebirge denken.

Die Stämme der östlichen Prairien nennen das Felsengebirge die „Berge der untergehenden Sonne"; Einige nennen es auch den „Rücken der Welt" und glauben, daß dort Wakonda, der Meister des Lebens, hause. Andere glauben auch, daß sich dort ihr erwartetes Paradies, die glücklichen Jagdgründe, befänden, die jedoch für sterbliche Augen unsichtbar seien. Auch soll sich dort die große, schöne Stadt befinden, in der die edlen Indianer, welche stets die Gebote des Großen Geistes gehalten haben, alle erdenklichen Freuden genießen. Wieder Andere behaupten, daß sie diese Berge nach ihrem Tode besteigen und die höchsten Felsspitzen erklimmen müßten. — Nach monatelanger unbeschreiblicher Anstrengung erreichten sie endlich den geheimen Gipfel, von dem sie in das Land der Seelen sehen können. Die Seelen der Braven und Tapferen wohnen dort in schönen Zelten, die an den Ufern klarer Flüsse stehen; sie machen auf die Hirsche und Büffel Jagd, die sie in ihrem Leben erlegt haben. Haben sie sich während ihres Lebens gut betragen, so wird ihnen erlaubt, in jene Ebene zu steigen; waren sie jedoch Bösewichter, so werden sie von den Felsen gestürzt und müssen unter dem schrecklichsten Hunger und Durst ewig durch unendliche Sandwüsten wandern.

Der Schutzgeist.

Die Delawaren glauben, sie seien von einem mächtigen Manito, der in Gestalt eines nur selten sichtbaren Adlers über ihnen schwebe, beschützt. Ist er mit ihrem Betragen zufrieden, so fliegt er niedrig und umkreist die weißen Wolken am Himmel; auch ist dies zugleich ein sicheres Zeichen, daß das kommende Jahr ein ausgezeichnetes wird, daß der Mais gut gedeiht und sie großes Glück auf der Jagd haben werden. Zuweilen wird er auch böse und läßt seine Stimme im Donner hören und im Blitzen seine zornigen Augen sehen und schlägt dann Diejenigen todt, die ihm mißfallen.

Diesem mächtigen Geiste pflegen die Delawaren regelmäßig zu opfern. Zum Zeichen, daß er es wohl aufnimmt, läßt er manchmal eine Feder fallen, die unsichtbar und unverwundbar macht.

Einstmals wurden die Delawaren von den Pahnies auf einer großen Prairie umringt und beinahe sämmtlich umgebracht. Nur ein sehr kleiner Rest flüchtete sich auf eine kleine Anhöhe, woselbst der Häuptling dem Schutz= geiste sein Pferd opferte. Plötzlich erschien ein großer Adler, trug das Opfer in seinen Krallen fort und ließ eine Feder fallen. Der Häuptling hob sie auf, band sie vor seine Stirne, führte seine Leute wieder in die Ebene gegen den Feind und schlug sich glücklich durch, ohne daß auch nur Einer der Sieger eine Wunde erhielt.

Vom Donnerkeil.

Ein Krieger vom Konsastamme wurde einst auf einer Prairie von einem starken Gewitter überfallen, gegen das er sich nicht zu schützen wußte. Er fiel ohnmächtig nieder und blieb eine Zeit lang besinnungslos liegen. Als er wieder zu sich kam, sah er einen Donnerkeil neben sich liegen, und nicht weit davon stand ein Pferd. Er hob den Keil auf und schwang sich auf das Pferd; in der Eile hatte er sich jedoch verkehrt darauf gesetzt. Im Augen= blicke durchflog er Ebenen, Wälder, Wüsten und Berge und ward zuletzt am Fuße des Felsengebirges abgeworfen. Er hatte mehrere Monate zu reisen, bis er wieder bei seinem Stamme eintraf.

Ein anderer Indianer fand einst einen Donnerkeil mit zwei wunder= schönen Mokassins dabei. Er glaubte wunder, was er da gefunden hätte, zog sie an, und fort trugen sie ihn in das Land der Geister, aus dem er nie wiederkehrte.

Die Blume der Prairie.

Eine große Abtheilung der Osagen hatte sich am Nickanansaflusse niedergelassen. Unter ihnen befand sich auch ein junger tüchtiger Jäger, der sich mit dem schönsten Mädchen des Stammes, der „Blume der Prairie", verlobt hatte. Derselbe ging einstens nach St. Louis, um seine Pelze zu verwerthen und Schmucksachen für seine Braut zu kaufen. Nach Verlauf einiger Wochen kehrte er wieder zurück, fand jedoch das Lager aufgebrochen, und nur wenige Pfosten zeigten die Stelle an, wo es früher gestanden hatte. In einer Entfernung sah er am Ufer des Flusses eine junge Frau, die zu waschen schien. Es war seine Verlobte. Er eilte auf sie zu, um sie zu umarmen, aber sie wandte sich weinend von ihm ab. Er ahnte, daß seinem Stamme ein Unglück begegnet war.

„Wo sind unsere Leute?" fragte er.

„Sie sind nach dem Wagruschkausse gezogen."

„Warum bliebst du allein zurück?"

„Ich wartete auf dich!"

„Dann laß uns schnell zu unseren Leuten eilen."

Darauf gab er ihr sein Bündel und ging voraus. Als sie den Rauch des neuen Lagers sahen, sagte sie: „Es paßt sich nicht, daß wir Beide zusammen hingehen; ich will hier warten!"

Der Jäger ging allein in das Lager und ward daselbst von ihren Verwandten mit traurigen Gesichtern empfangen.

„Was ist vorgefallen und warum seht ihr Alle so traurig aus?" fragte er. Doch Niemand gab ihm Antwort.

Darauf ging er zu seiner Schwester und bat sie, seine Braut ins Lager zu führen.

„Wo soll ich sie suchen? Sie starb vorgestern", antwortete sie.

Er aber wollte dies nicht glauben und sagte, daß er sie in bester Gesundheit ganz in der Nähe zurückgelassen habe und sie zu ihr führen wolle.

Er führte seine Schwester an den Baum, bei welchem sich seine Braut niedergesetzt hatte; aber diese war nirgends zu sehen. Sein Bündel lag auf der Erde.

Der Weg zum Meister des Lebens.

Ein armer Delaware-Indianer suchte den Weg zum Meister des Lebens. Als er lange gefastet hatte und ihm allerlei Traumgestalten erschienen waren, genoß er endlich die hohe Gnade, die betreffende Richtung angedeutet zu bekommen. Schnell machte er sich marschfertig, nahm sein Jagd- und Kochgeräth und ging ab. Er irrte lange Zeit herum, ohne jedoch das Gewünschte zu finden. Endlich, am Abend des achten Tages, bemerkte er vor sich drei große weiße Pfade im Walde, die ihm immer heller entgegen leuchteten, je dunkler es sonst ringsum ward. Er ließ sein halbfertiges Abendessen stehen und wählte den breitesten Gang. Als er einige Schritte gegangen war, gebot ihm eine aus der Erde hervorschießende Flamme plötzlich

Halt. Der Indianer ging also zurück nach dem nächsten Eingange, wo ihm dasselbe passirte. Auf dem dritten Pfade, den er danach betrat, ging er einen ganzen Tag lang unbelästigt fort und kam zuletzt an einen großen blendend-weißen Berg. Weil derselbe zu steil war, so dachte er, ihn zu umgehen. Da erschien ihm auf einmal eine ganz in Weiß gekleidete wunderschöne Frau und sagte zu ihm: „Wie konntest du nur denken, so beladen wie du bist, jenen steilen Berg zu erklimmen? Gehe dort unten an das klare Flüßchen, wirf Pfeil, Bogen und Alles, was du sonst noch bei dir hast, hinein, bade dich und komm' wieder hierher, dann will ich dir weiteren Rath geben." Er that, wie ihm befohlen, und trat verzagten Herzens wieder zu der himmlischen Frau. Die bedeutete ihm nun, daß er seine mühevolle Reise nur mit einer Hand und einem Fuße fortsetzen dürfe. — Mit beinahe übermenschlicher Anstrengung erkletterte er nun den Gipfel und sah eine große blühende Ebene vor sich, auf welcher drei Dörfer standen. Er nahm seinen Weg ins größte derselben, aus dem ihm ein stattlicher Mann entgegenkam und ihn hineinführte. Dort hieß er ihn niedersitzen und sprach: „Sieh', ich bin der Herr des Himmels und der Erde, der Bäume, Flüsse, Seen, Winde und aller anderen Dinge! Ich bin der Erschaffer und Erhalter der Menschheit, und weil ich dies bin, müssen sich die Völker auch nach meinen Geboten richten. Das Land, das ihr bewohnt und das euch und euren Familien den Unterhalt liefert, habe ich nur für euch geschaffen — für euch und Niemand anders! — Warum duldet ihr denn den weißen Mann unter euch? Der weiße Mann wird euch verdrängen, und der Wald wird bald kein Wild mehr für euch haben! Meine Kinder, ihr habt die heiligen Sitten eurer Vorfahren vergessen und das Angedenken eurer Vorväter beschimpft. Warum kleidet ihr euch nicht mehr wie früher in Häute und braucht den Pfeil und Bogen und die Lanze mit der Steinspitze? Jetzt habt ihr Flinten, Messer, Kessel und große Decken — Dinge, die euch zu Vasallen des Blaßgesichts gemacht haben; wahrlich, man kennt euch nicht mehr! Und was nun das Allerschlimmste ist: ihr trinkt sogar das Feuerwasser des weißen Mannes, das euch zu Narren macht. Darum schleudert diese Dinge weg und lebt, wie es eure Vorväter thaten! Die Engländer, jene tollen Hunde in rothen Kleidern, sind gekommen, euch eurer Jagdgründe zu berauben und das Wild wegzuschießen; auf diese müßt ihr eure Geschosse richten und für sie Skalpmesser und Tomahawk schärfen! Vertilgt sie auf immer von der Erde, auf daß ihr wieder glücklich und zufrieden werdet! Ganz anders ist es mit den Kindern des großen französischen Vaters; diese sind nicht wie die Engländer, diese sind eure Brüder, die euch lieben und achten und auch mich anbeten!" — Darauf gab ihm der Meister des Lebens noch mannichfache Lehren über Sitten und Religion: Keiner solle Vielweiberei treiben und Keiner solle auf die

Reden der Medizinmänner hören, welche teuflischen Ursprungs seien. Zum Abschied erhielt der Indianer noch einen Stock, auf welchem in Hieroglyphen ein Gebet aufgezeichnet war, von dem er Abschriften an alle Bruderstämme schicken sollte. Als er darauf wieder auf der Erde ankam, machte er das Abenteuer, welches er im Himmel gehabt, allenthalben bekannt.

Der Jungfernfels.

Die lieblichen Ufer des Pepinsees in Mississippi waren von jeher der Lieblingsaufenthalt der Indianer. In der Mitte dieses Sees steht ein großer Felsen, der sogenannte Maiden Rock, an den sich folgende Sage knüpft:

Sechzig Meilen unterhalb des erwähnten Sees steht das alte Dakotahdorf Wabascha, wo viele Jahre vorher, ehe das Blaßgesicht jene Gegend entheiligte, der mächtige Häuptling Keora lebte. Keora hatte eine wunderliebliche Tochter, Wenona oder die Erstgeborene genannt. Als dieses Mädchen einst einsam im Walde spazieren ging, gesellte sich ein blühender junger Mann zu ihr, mit dem sie sich so angenehm unterhielt, daß er ihr versprechen mußte, sie am folgenden Tage wieder an einem bezeichneten Orte zu treffen. Der junge Krieger hieß Talangamana oder der rothe Flügel, und war Spion des feindlichen Menomenistammes. Das holde Lächeln seiner Freundin und Geliebten machte ihn aber seine Aufgabe vergessen. — Täglich streiften Beide Arm in Arm im Walde umher und gewannen sich dabei so lieb, daß sie sich ewige Treue schwuren.

Aber die häufige und längere Abwesenheit Wenona's schien ihren Brüdern verdächtig; sie schlichen ihr daher einst nach, nahmen Talangamana gefangen und verurtheilten ihn zu einem grausamen Tode. Er wurde in ein dunkles, von alten Indianern bewachtes Gefängniß geworfen und erwartete da die Vollstreckung des scheußlichen Urtheils.

Nun ist es bei den Rothhäuten Sitte, daß Jedermann den Gefangenen am Abend vor seiner Hinrichtung besuchen darf. Auch Wenona machte von diesem Rechte Gebrauch. Die Wache ließ sie gern ein und sah sie auch, ohne dabei etwas Auffallendes zu bemerken, wieder fortgehen.

Der Morgen erschien und brachte eine Menge ungeduldigen Volkes vor das Gefängniß. Als man aber die Thür öffnet, um das unglückliche Opfer herauszuführen, steht die blasse Wenona da; der feindliche Krieger war in ihren Kleidern entflohen. Der stolze Keora schäumte vor Wuth, faßte sich jedoch bald wieder und befahl seiner Tochter, nach Hause zu gehen und sich auf ihre Vermählung mit Tahunker oder dem Büffel vorzubereiten.

Aber Wenona wollte lieber den Scheiterhaufen besteigen, als in dieses Bündniß einwilligen. Darauf wurde nun der alte Vater so wüthend, daß er sicher sein Kind umgebracht, wenn sie noch länger mit ihrem Jaworte gezögert hätte. Die nöthigen Vorkehrungen wurden denn getroffen, um die Hochzeit am Fuße des erwähnten Felsens im Pepinsee mit großem Pomp abzuhalten.

Wenona, die bis dahin in trüber Stille verharrt, schlich sich, als alle ihre männlichen Begleiter auf die Jagd ausgezogen waren, mit den Geschenken ihres Geliebten Talangamana geschmückt, ungesehen auf die steilste Felsenspitze, wo sie ein herzzerreißendes Klagelied ertönen ließ. Sie sang von ihrem zerstörten, hoffnungslosen Liebesglück, verabschiedete sich von Vater und Brüdern und stürzte sich dann hinunter in die gräßliche Tiefe. Keine Spur wurde mehr von der Unglückseligen gesehen. — Dieser Felsen heißt seit jener Zeit der Jungfernfels (Maiden Rock).

Das Todtenfeuer.

Wenn ein Indianer den Weg alles Fleisches gegangen ist und den ewigen Schlaf begonnen hat, so legen seine Anverwandten den Leichnam in einen Sarg von Birkenrinde und stellen denselben so lange auf ein hohes Gerüst, bis der Körper vollständig verwest ist. Damit der Geist, der sich nach der Meinung der Indianer noch einen Monat lang bei seiner ehemaligen Hülle aufhält, keine Noth leide, werden rundum Körbe voller Speisen und vollgestopfte Tabakspfeifen aufgehangen. Ist es Winter, so wird während dieser Zeit ein mächtiges Feuer unterhalten, damit der Geist nicht friere und der Körper gegen hungerige Wölfe geschützt sei.

Den Ursprung dieses Todtenfeuers erzählt sich der Tschippewästamm auf folgende Art:

Der genannte Stamm hatte einst einen hartnäckigen Feind besiegt, aber seinen geliebten Häuptling dabei verloren. Alle weinten bitterlich, drückten ihm recht herzlich die Hand und legten ihn mit dem Gesichte nach der Gegend, wohin der Feind geflohen war, unter einen Baum. Aber der Häuptling war nur scheintodt und mußte, ohne seine Leute beruhigen zu können, ihr Jammern und Klagen regungslos mit anhören. Endlich erholte er sich wieder so weit, daß er sich aufrichten und sprechen konnte. Aber Niemand sah, noch hörte ihn. Er schrie so laut, wie er nur vermochte, doch kein Mensch achtete darauf. Er kam mit seinen Kriegern in das Dorf und ging in seinen Wigwam zu seiner Frau, die sich aus lauter Kümmerniß ihr Haar ausgerissen hatte.

Er tröstete sie, aber sie weinte immer heftiger. Er schrie mit aller Kraft, daß er noch am Leben sei, augenblicklich vor ihr stehe und großen Hunger habe. Die Frau hörte dies jedoch eben so wenig, was den Häuptling so schrecklich ärgerte, daß er ihr eine derbe Ohrfeige verabreichte, wonach sie über plötzliches Kopfweh klagte. Da fiel ihm ein, daß er eigentlich nur ein Geist und sein Körper auf dem Schlachtfelde liegen geblieben sei. Eilig kehrte er also zurück. Ein gewaltiges Feuer versperrte ihm aber den Weg; wenn er sich drehte, drehte sich die Flamme ebenfalls, worüber er zuletzt so hitzig wurde, daß er einen tüchtigen Anlauf nahm und kühn darüber wegsetzte. Dieser Sprung hatte ihn jedoch dermaßen angestrengt, daß er von seinem schweren Fiebertraume erwachte. Er blickte um sich und sah den Kriegsadler auf einem Baume sitzen. Derselbe hatte die Raubthiere während seines Schlafes ferngehalten.

Einige Heilkräuter linderten bald die Schmerzen, die ihm seine Wunden verursachten, und ein magisches Feuer briet ihm das Wild. Als er sich auf diese Weise wieder glücklich erholt hatte, trat er die Heimreise an. Ein allgemeines Freudenfest wurde zu seinem Empfange veranstaltet, wobei er den Mitgliedern des Stammes den Rath ertheilte, bei jeder Leiche auf kurze Zeit ein Feuer zu unterhalten, damit der Kriegsadler mit der Bewachung derselben nicht zu sehr geplagt werde und der Geist auch wisse, wo er sich seine Speisen zu bereiten habe. Dies wurde auch alsbald eingeführt.

Der Waldwolf und der Steppenwolf.

Ein großer Waldwolf und ein kleiner Steppenwolf durchstreiften einst das Land in allen Richtungen nach Nahrung. Als sie schon beinahe verhungert waren, kamen sie an einen Wigwam, aus welchem ihnen eine frischgebratene Hirschkeule entgegenduftete. Dieser verlockende Geruch machte sie gleichgiltig gegen alle Gefahren, und sie beschlossen, auf die Hütte loszugehen und um Nahrung zu fragen. Die Indianer fütterten und behandelten sie sehr freundlich. Die Wölfe aßen sich satt und ruhten sich auf den Fellen aus, die man für sie hingelegt hatte.

Als sie nun am Morgen wieder abreisen wollten, sagte der Steppenwolf: „Wir haben hier eine angenehme Heimat gefunden; Alles ist in Hülle und Fülle vorhanden; warum sollen wir sie nun verlassen? Laß uns doch bei unseren lieben Freunden bleiben!" — „Einverstanden!" sagte der Waldwolf, und als die Indianer ihre Absicht hörten, machten sie sich gleich daran, ihnen eine geräumige Hütte zu bauen.

Während man mit dem Bauen dieser Hütte beschäftigt war, lief der Waldwolf im Lager umher, stahl alles Fleisch, das er nur finden konnte, verbarg es in einer Felsspalte und sagte zu seinem Gefährten: „Wenn Alle schlafen, nehmen wir all das Fleisch und laufen damit in die Wälder!" Doch der Steppenwolf war damit nicht einverstanden und sagte es den Indianern; diese aber ergriffen den Waldwolf, hielten ihm sein Verbrechen vor und jagten ihn mit Schimpf und Schande aus ihrem Dorfe. Der Steppenwolf aber blieb und wurde allmählich zum Hunde; der Waldwolf hingegen und der Indianer leben seit jener Zeit in beständiger Feindschaft und bekämpfen und bekriegen einander, wo sie sich nur finden.

Arezuma.

Auf den alten spanischen Karten wird das Territorium Arizona „Are=
zuma“ genannt, und eine alte Tradition der Puebla=Indianer erzählt, daß
dies der Name einer aztekischen Königin sei, die einst am Golf von Kalifornien
regiert habe. Mehrere Könige des Südens, die von ihrer großen Schönheit
gehört hatten, kamen und trugen ihr ihre Hand an, aber sie hatte keine Lust,
ihr Schicksal und das ihres Volkes in die Hände fremder Männer zu legen,
und erklärte, sie wolle lieber unverheirathet bleiben. Darauf sagten ihr die
südlichen Fürsten den Krieg an und überzogen ihr Land mit einer furchtbaren
Armee. Als die Königin sah, daß ihre Streitmacht zu klein war, um erfolg=
reich kämpfen zu können, zog sie sich mit einigen ausgewählten Kriegern in die
Berge zurück und ließ nichts mehr von sich hören.

Einige sagen, sie sei von wilden Thieren zerrissen worden, Andere be=
haupten, sie werde mit Montezuma zurückkehren, um die aztekische Nation
wieder in ihrer alten Macht und Herrlichkeit herzustellen.

Häufig vernimmt der einsame Jäger ihre Seufzer und sieht sie in gol=
denem Kleide, mit einem silbernen Bogen in der rechten Hand und einem leeren
Köcher in der linken nach den Schneegipfeln ziehen.

Einer andern Sage nach wird sie um das Jahr 2000 wieder auftauchen.

Der Todtenvogel.

Auf dem linken Ufer des Mississippi, zwei Meilen unterhalb Klein=
Rabendorf, liegt die sogenannte rothe Felsenprairie, die von den Indianern
göttlich verehrt und häufig mit Tabak, Waffen, Eßwaaren rc. versorgt wird.
Dicht bei jenem Dorfe liegen zwei kleine Inseln, von denen eine die Jungfern=
insel getauft ist, weil die Rothhäute daselbst früher jährlich ihr Jungfernfest
abgehalten haben sollen. Wenn sich die Indianerinnen gegen die Keuschheit
vergehen, so bestrafen sie sich auch selbst dafür und geben sich zuweilen den
Tod, indem sie sich von einem hohen Felsen hinunterstürzen oder an einem
ganz dünnen Baume aufhängen. Einen dünnen Baum wählen sie nämlich
deshalb, weil sie glauben, sie müßten denselben bei der Seelenreise nach dem
Jenseits beständig nachschleppen.

Von dieser Insel erzählt man sich folgende Geschichte:

In der Umgegend lebte ein mächtiger Häuptling von geachteter Linie.
Er führte den schwersten Bogen und besaß solche Kraft in seinen Armen, daß
er seinen Pfeil durch den dicksten Büffel schießen konnte Er hatte auch eine
wunderschöne Tochter, Wowanosch, sie war 16 Jahre alt und besaß alle er=
forderlichen Eigenschaften, welche das Ideal einer wahren Indianerin aus=
machen. Sie hatte sich auch schon verliebt, und zwar in einen ganz jungen

Krieger, der sich aber noch keiner außergewöhnlichen Heldenthaten rühmen konnte. Deshalb war der Alte natürlich böse und sprach zu ihm: „Höre, mein Sohn, du stammst aus dem ganz gemeinen Volke, hast keine Ahnen, auf die du stolz sein kannst, und vor deinem Wigwam flattern noch keine Skalpe! Bedenke, wie viele Häuptlinge würden sich glücklich schätzen, wenn sie mich Schwiegervater nennen und meine Freunde sein könnten! Drum nimm den Rath auf deinen Wunsch zur Antwort: Gehe hin und erwerbe dir erst einen geachteten Namen und sprich dann wieder bei mir vor!"

Der junge Krieger ging hin und rief alle seine Bekannten zu einem Kriege gegen einen feindlich gesinnten Stamm zusammen. Sie kamen auch Alle, bewaffneten sich vorschriftsmäßig, zündeten dann ein großes Feuer an und führten mit Begleitung ermuthigender Gesänge ihre Kriegstänze auf. Darauf zogen sie ganz vergnügt ab und ließen nur Freudiges von sich hören. Aber unser Held fiel im Gefechte. Als Wowanosch diese Botschaft überbracht wurde, erblaßten ihre Wangen und ihre lustigen Lieder verstummten. Ihr einziges Vergnügen bestand nur noch darin, daß sie sich täglich unter einen abgelegenen Baum setzte und die Lüfte mit ihrem Trauergesange erfüllte. Zuletzt erschien ihr jedesmal ein wunderschöner Vogel, der ihre Gesänge beantwortete. Sie hielt ihn für die Seele ihres Geliebten und war von nun an von jenem Baume nicht mehr hinwegzubringen. Zuletzt verschwand sie gänzlich, und nach langem Suchen fand man sie auf der erwähnten Insel an einem dünnen Bäumchen hängen.

Den Vogel sah man auch nicht mehr, er hatte die Seele des Mädchens nach Ponema begleitet.

Ampata Saba.

In der Nähe von Ontario, neun Meilen oberhalb Fort Snelling, begegnen wir den Wasserfällen von St. Anthony, welche von den Dakota-Indianern „Minnehaha" oder „Lachendes Wasser" genannt werden. Die Franziskanermönche waren die ersten Weißen, welche diese prachtvolle Gegend durchstreiften und unter den Rothhäuten Proselyten für das Christenthum zu werben suchten, oder auch: um sich ad majorem dei gloriam die Kopfhaut abschälen zu lassen.

Die Minnehahafälle brechen sich Bahn durch eine Reihe malerischer Felsen, deren größter den Indianern häufig zur Opferstätte dient. Jedem Indianer ist dieses ein heiliger Ort, an den er allerlei interessante Legenden zu knüpfen weiß. Nur eine davon, die von der Frau Ampata Saba, „Der dunkle Tag", sei hier mitgetheilt. Ampata Saba war mit einem tüchtigen Krieger vermählt, der wegen seines Muthes und der Sicherheit, mit der er den Bogen zu führen wußte, bei seinem Stamme in großem Ansehen stand. Das Ehepaar lebte recht glücklich und zufrieden; er war beständig auf der Jagd und sie unterhielt während dieser Zeit das Feuer im Wigwam, bereitete das Essen, fütterte die Vögel und pflegte die Kinder. Ein langwieriger Krieg, in dem er das Skalpir= messer am erfolgreichsten handhabte, brachte ihn an die Spitze seines Stammes, und Alle wünschten sich Glück zu ihrem neuen Häuptlinge.

Aber ein neuer Stand erheischt auch neue Gebräuche und vergrößert die menschlichen Bedürfnisse. So wäre es z. B. durchaus nicht standesgemäß für einen Häuptling gewesen, wenn er sich mit nur einer Frau begnügt hätte; im allergeringsten Falle muß er deren wenigstens zwei haben, um einigermaßen seine Würde zu repräsentiren. Unser neuer Häuptling wollte nun auch keine Ausnahme machen; er ging zur Tochter eines andern mächtigen Häuptlings und heirathete sie. Als er darauf nach Hause kam, erzählte er seiner ersten Frau, daß er ihr eine Gehülfin ausgesucht habe, welche ihr die Hälfte ihrer schweren Arbeit abnehmen und ihr in jeder Beziehung zu Diensten stehen solle. Ampata Saba aber erwiederte, daß ihre Arbeit durchaus nicht zu hart für sie sei und sie viel lieber mit ihm allein sein wolle, als seine Liebe mit einer andern Frau theilen. Der Häuptling blieb jedoch unerschütterlich bei seinem Vorsatz und ging, um seine zweite Ehehälfte heimzuholen.

Als er fort war, packte Ampata Saba ihre wenigen Sachen zusammen, nahm ihre beiden blühenden Kinder an die Hand und wanderte fort zu ihrem Vater, mit dem festen Vorsatze, ihren treulosen Gatten nie wieder zu sehen. Den Winter durch blieb sie beim Vater und begleitete ihn auf allen Jagdzügen; doch als der Frühling kam und die Jäger schwer beladen nach ihrem alten Wohnplatze zurückkehrten, blieb sie absichtlich mit ihrem Kanoe etwas hinter den Anderen zurück und lenkte es ungesehen einem der größeren Fälle zu. Als sie bemerkt wurde, war sie nicht mehr zu retten; der brausende Wasserstrudel schleuderte das leichte Schifflein in die Tiefe und brachte es nie mehr zum Vorschein. Man hörte vorher noch ihr wehmüthiges Klagelied von der heißen Liebe zu ihrem Gatten, wie sie ihn so sorgsam gepflegt, wie sie das Hirschleder für ihn gegerbt, seine Mokassins daraus geschnitten und seine Kinder so wohl genährt habe. — — —

Noch heute wollen sentimentale Gemüther beim Scheine des Mondes die Todtenklage der unglücklichen Frau an den Fällen von St. Anthony hören und dabei die Sängerin mit ihren beiden Kindern an der Brust in das rauschende Grab fahren sehen.

Mehrere amerikanische Dichter haben mühsam versucht, das Sterbelied Ampata Saba's nachzubilden, aber man hat bis jetzt noch keinen Longfellow darunter gefunden.

Nadowekweiamisch.

In der Nähe von Mackinaw in Michigan befindet sich eine kleine Landspitze, welche von den Missionären St. Ignaz genannt wurde, bei den Indianern aber nur unter dem Namen bekannt ist, welchen wir zur Ueberschrift
gewählt haben. Folgende Sage knüpft sich an diese Bezeichnung:

Als noch die Irokesen oder Nadoweg diese Landspitze nebst der dabei
befindlichen Bucht besaßen, waren sie beständig den Angriffen der an Zahl
überlegenen Tschippewäer ausgesetzt, weshalb sie zuletzt beschlossen, ihre Hab-
seligkeiten zusammenzupacken und sich anderswo ein friedliches Plätzchen zu
suchen. Ehe sie jedoch diesen Plan ausführten, überfielen sie plötzlich die
Tschippewäer in einer Nacht und tödteten sie Alle ohne Ausnahme. Während
des Kampfes sollen sich die Irokesen sehr feige benommen und wie Weiber auf
den Knien um ihr Leben gefleht haben.

Seitdem wurde dieser Platz Nadowekweiamisch genannt, d. h. unglückliche
Bucht der irokesischen Squaw.

Wie Menabuscho die Biber am Superiorsee fangen wollte.

Menabuscho hatte einst den tollen Einfall, alle Biber des Superiorsees
zu fangen, weil sie ihn sehr geärgert hatten. Da er dies nun nicht allein fertig
bringen konnte und er den übrigen Jägern nicht traute, so rief er seine alte
Großmutter, die Nokomis, herbei und ließ sie sich in der Gegend von Sault
St. Marie aufstellen. Dort sollte sie auf die Biber Acht geben, und wenn
vielleicht einer versuchen wollte, durch die Stromschnellen zu entkommen, ihn
schnell darauf aufmerksam machen. Menabuscho war so flinken Fußes, daß
er kaum eine Minute gebrauchte, um den ganzen See herum zu laufen. Rings
um das Ufer hatte er die Erde so fest gestampft, daß sich unmöglich ein Biber
durchwühlen konnte. Als er seinen Stock in die Erde stieß, um sich von der
Festigkeit derselben zu überzeugen, blieben drei kleine Sandkörnchen daran
hängen, die er späterhin in die Stromschnellen schleuderte, woselbst sie dann
zu allerliebsten Inselchen wurden, die dem Freunde von Naturschönheiten noch
heute große Freude bereiten.

Doch die Biber schienen sich nicht viel aus der Wachsamkeit der Nokomis
zu machen, denn sie wußten, daß die alte Frau kurzsichtig war und auch nicht laut
rufen konnte. Sie warteten daher ab, bis sich Menabuscho auf dem entgegengesetzten Ufer befand und entschlüpften dann alle sammt und sonders durch
die Stromschnellen und ließen sich auf einer großen Insel des Saultflusses
nieder, welche heute noch die Große Biberinsel (Grand Beaver Island) heißt.
Als dies Menabuscho erfuhr, ward er wüthend und rasend und versetzte seiner

Großmutter einen gewaltigen Faustschlag auf die Nase, so daß ringsum alle Inseln mit Blut bespritzt wurden. Daher stammen denn auch die zahlreichen rothen Flecken, die man noch heute auf diesen Inseln sehen kann.

Der Piasafels.

In der Nähe der Vereinigung des Illinoisflusses mit dem Mississippi wird der Reisende eine lange Reihe auffallend gebildeter Felsengruppen bemerken, an deren Füßen sich das kleine Flüßchen Piasa-Krihk mühsam zum „Vater der Ströme“ windet. Hat der Wanderer einen Indianer bei sich, so wird ihn derselbe bald mit einer Miene scheuer Wichtigthuerei auf das monströse Bildniß eines kolossalen Vogels aufmerksam machen, das in ungeheurer Höhe an einer flachen Felswand prangt. Dieses Schreckbild wird von ihm mit dem Namen Piasa belegt, was „der Vogel, der die Menschen verschlingt“ bedeutet.

Folgende Erzählung knüpft er daran:

„Zu der Zeit, als noch kein Mensch an ein Blaßgesicht dachte, als das Wild noch allenthalben in Hülle und Fülle umherlief und die berühmten Häuptlinge Megalonga und Mastadin noch ihre Tomahawks schwangen, erschien plötzlich ein Vogel von nie gesehener Größe. Er war so stark, daß er einen Büffel mit Leichtigkeit wegtragen konnte. Sein Magen schien bodenlos zu sein, denn er verschlang Alles, was ihm in die Quere kam. Eine Familie nach der andern packte ihren birkenrindenen Wigwam zusammen, um ihn eiligst in einem schützenden Dickicht aufzuschlagen. Auch hatte seit einiger Zeit jenes beflügelte Ungethüm angefangen, nur Menschenfleisch zu seiner Sättigung einzunehmen; anderes Fleisch mundete ihm seither nicht mehr. — Unversehens überfiel er die arme Nothhaut, schleppte sie mit sich weg in seine grausige Höhle und verspeiste sie dann mit aller Behaglichkeit. Ganz Illinois weinte und wehklagte; ein Wigwam nach dem andern wurde leer, und kein Krieger, der sich unterstand, seine Pfeile nach dem Piasa zu richten, kam mit dem Leben davon.

Ein tapferer Jäger, Namens Owatoga, lebte zu jener Zeit. Er führte Bogen und Skalpirmesser mit Glück und Sicherheit und hatte nach einer Schlacht stets die zahlreichsten Skalpe vor seinem Wigwam flattern. Als dieser die Noth und das Elend sah, das der höllische Piasa über seine Brüder gebracht hatte, verbarg er sich an einem einsamen Orte und bestürmte mit Fasten und Beten den Meister des Lebens so lange, bis dieser sich genöthigt sah, ihm in höchst eigener Gestalt zu erscheinen und ihm folgenden Rath zu geben:

Er sollte sich zwanzig der sichersten Schützen aussuchen und jeden mit den schärfsten Pfeilen bewaffnen. Einer davon habe sich alsdann dem Vogel zur Beute hinzustellen, während die Anderen schußfertig im Dickicht lauern, um den Piasa zur rechten Zeit zu treffen.

Der edle Krieger that, wie ihm befohlen, und setzte sich selbst den Klauen des teuflischen Vogels aus. Piasa schoß wüthend auf ihn los, und als er eben sein Opfer packen wollte, stürzte er, von sicheren Pfeilen getroffen, röchelnd zur Erde nieder und verschied. Owatoga war gerettet.

Danach wurde die Gegend wieder bewohnbar und allenthalben zeigten sich die alten Zelte wieder."

Tschibai-Minis, oder die Insel der Todten.

Wenn man den Lauf des Portageflusses auf der Kiwenahalbinsel (Lake Superior) ungefähr zwei und eine halbe Meile von der Mündung aus verfolgt, so bemerkt man auf der linken Seite eine kleine, spärlich bewaldete Landzunge, die früher eine Insel bildete und gewöhnlich „Battle Island" genannt wird, weil dort im Anfange des vorigen Jahrhunderts eine blutige Fehde zwischen den Tschippewäern und den Irokesen ausgefochten wurde, wobei Erstere Sieger blieben. Die dort wohnenden Tschippewäer nennen jene Stelle Tschibai=Minis oder die Insel der Todten, und erzählten mir folgende auf jene Bezeichnung bezügliche Sage:

„Als sich einst einige Indianer auf jener Insel niedergelassen hatten, um daselbst die Nacht hindurch zuzubringen, hörten sie ringsum ein verdächtiges Flüstern, und es schien auch, als gingen Männer im Lager auf und ab, trotzdem, daß nirgends ein fremder Mensch zu sehen war. Als aber die Tschippewäer am andern Morgen erwachten und das Frühstück kochen wollten, sahen sie zu ihrem größten Erstaunen, daß sie weder Fische, noch Mais, Enten oder Moschusratten hatten, und daß ihre Kessel, Körbe und Taschen gründlich geleert waren. Nach ihrer Ansicht hatten die Geister der erschlagenen Nadoweg (Irokesen) den Ort ihrer Niederlage besucht und sich an den Leckerbissen der Nachkommen ihrer Besieger gelabt."

Der Ursprung der Klapperschlangen.

Ein schöner junger Mann mit weißem Gesichte und in weißer Kleidung kam einst unter die Tscherokesen und befahl ihnen, ihren alten Sitten und Gebräuchen zu entsagen und eine neue Religion anzunehmen. — Trotzdem er die mildeste Sprache führte und sich in jeder Beziehung als ein Mann von edlem Charakter zeigte, gelang es ihm doch nicht, sich Freunde zu erwerben, und die Medizinmänner verschworen sich, ihn umzubringen.

Sie bereiteten die stärksten Gifte und mischten sie in sein Essen, aber sie schadeten dem Fremden nicht, und auch mit ihrer Zauberei konnten sie ihm

nichts anhaben. Da machten sie denn ein kleines Kästchen und schmückten es
mit Muscheln und künstlich bearbeiteten Knochen und opferten es dem Großen
Geiste mit der Bitte, ihnen ein Mittel zur Unschädlichmachung des weißen
Mannes zu zeigen. Als Antwort kroch eine große giftige Schlange herbei,
die sie fingen und an den Rand des Bächleins verbargen, wo ihr Feind täglich
zu baden pflegte. Als jener am nächsten Tage wieder kam, wurde er von der
Schlange gebissen und starb. Seit jener Zeit wird diese Schlange bei den
Tscherokesen in großen Ehren gehalten, und der Große Geist zeichnete sie dadurch aus, daß er ihr Klappern gab, die er aus dem geopferten Kästchen
gemacht hatte.

Der Teufelssee in Wiskonsin.

Der Teufelssee in Sauk County bildet eine der prachtvollsten Scenerien
in Mittel-Wiskonsin. Sein Wasser ist auffallend klar und durchsichtig, an
einigen Stellen ist er 170 m tief und an manchen hat man mit dem Senkblei
gar keinen Grund entdecken können. Er liegt ungefähr 22 m höher als der
benachbarte Barabufluß; weder Fluß noch Bach mündet in ihn, noch hat ein
solcher seine Quelle in demselben. Die Umgegend war früher der Lieblingsaufenthalt der Indianer, denn es fehlte dort weder an Fischen noch an Wild,
und das Blaßgesicht verirrte sich selten so weit. Nur ein waghalsiger Franzose
gesellte sich einst zu dem dort lebenden Stamme und nahm an allen Jagdzügen
und Abenteuern Theil. Mit der Zeit verliebte er sich auch in eine reizende
Indianerin, und da er Gegenliebe fand, so beschloß er, sie zu heirathen. Doch
als er darauf zu ihrem Vater ging, dessen Wigwam am Ufer des Teufels-
sees stand, um mit ihm in seiner Herzensangelegenheit Rücksprache zu nehmen,
fand er zu seiner größten Ueberraschung, daß ihm ein anderer junger Mann
bereits zuvorgekommen war, der allem Anschein nach die besten Aussichten auf
Erfüllung seines Wunsches hatte. Da aber der alte Häuptling das Verhältniß
seiner Tochter zu dem Franzosen kannte und er sich nicht gern parteiisch zeigen
wollte, so sprach er zu den beiden Heirathskandidaten:

„Auf der andern Seite des Sees steht eine Eiche, auf welcher sich ein
Adlernest befindet. Derjenige, der mir daraus zuerst einen jungen Adler
bringt, soll mein Schwiegersohn werden!"

Augenblicklich sprangen Beide in ihre Kanoes und ruderten dem andern
Ufer zu. Der Indianer betrat es zuerst, aber der Franzose war geschickter im
Klettern und bedeutend eher beim Neste. Doch als er wieder heruntersteigen
wollte, stieß ihn sein Nebenbuhler plötzlich von einem Aste; er fiel hinab auf
die steilen Felsen und kein Glied blieb ganz an ihm. Als dies die junge
Indianerin, welche jedem Schritt der Beiden mit großer Aengstlichkeit gefolgt
war, sah, übermannte sie der Schmerz so sehr, daß sie mit lautem Ruf in den

See sprang und nimmermehr zum Vorschein kam. Seit jener Zeit glauben die Indianer, daß die Stürme jenes Sees von der Seele des unglücklichen Mädchens geschickt würden, weshalb sie ihn auch mit dem Namen „Geistersee" belegt haben, aus dem dann die Blaßgesichter „Teufelssee" machten, da sie der Rothhaut keinen guten Geist zutrauten.

Die Muskiten.

Das Wild war einst bei den Winnepeg-Indianern so selten geworden, daß Viele Hungers starben. Als einst zwei Jäger einen Fjellfraß erlegt und sich gerade darüber hergemacht hatten, ihn zu zerlegen, kroch zu ihrem größten Schrecken auf einmal ein altes häßliches Weib aus seinem Bauche hervor. Sie sagte, sie sei eine heilige Medizinfrau und wünsche, bei ihnen zu bleiben. Da sie ihnen auch zu gleicher Zeit versprach, daß es ihnen so lange, als sie sie gut behandelten, nie an Wild fehlen würde, so nahmen die Beiden sie bei sich auf und hatten es auch nicht zu bereuen, da sie gar bald ausfanden, daß sie die Wahrheit gesprochen hatte.

Doch hatte sie die unangenehme Gewohnheit an sich, sich gleich von jedem erlegten Thiere den fettesten Bissen abzuschneiden, was einstens einen Indianer so sehr ärgerte, daß er sie todtschlug.

Um nun dem geweissagten Unglück zu entgehen, brachen sie ihre Wigwams ab und zogen in eine andere Gegend. Aber kurz danach verirrten sie sich auf der Jagd, kamen an die Stelle des Mordes und fanden die Knochen der Frau auf der Erde herumliegen. Als der eine Jäger dem Schädel höhnisch einen derben Fußtritt gab, flog plötzlich aus den Augen- und Ohrenhöhlen ein singender Insektenschwarm, der über sie herfiel und sie forttrieb. Diese Insekten vermehrten sich zusehends und füllten zuletzt alle Wälder und Ebenen und lassen die Rothhäute noch heute für ihre Grausamkeit büßen.

Die versteinernde Quelle bei Racine (Wiskonsin).

Die Tochter des berühmten Häuptlings Kenoscha hatte die Gewohnheit, jeden Morgen ihre Füße in einer klaren Quelle unweit des Wigwams zu waschen. Am Morgen ihres Hochzeitstages aber hatte sie das Unglück, ihre Füße plötzlich zu Stein verwandelt zu sehen. Augenblicklich wurde ein berühmter Medizinmann gerufen, der dahin entschied, man müsse sie verbrennen, da ein böser Geist in sie gefahren sei.

Ihr braver Bräutigam, der Alles vergebens aufgeboten hatte, dieses Urtheil rückgängig zu machen, bat schließlich um die Gnade, an ihrer Seite mitverbrannt zu werden, eine Vergünstigung, die ihm auch bereitwilligst gewährt wurde. Beide liegen oberhalb der Quelle begraben, und alte Leute erzählen, daß ſie oft an ſchönen Sommerabenden das Plätſchern der Füße des unglücklichen Mädchens gehört hätten.

Seit jener Zeit verwandelt dieſe Quelle Alles in Stein, und kein Mädchen wagt es, die Füße darin zu baden.

Die erſten Tſchippewäer.

Die Tſchippewäer wohnten anfänglich im Himmel. Da ließ einſt der Große Geiſt ein Paar von ihnen in Krähengeſtalt auf die Erde fliegen; dieſe Beiden flogen durch die ganze Welt, koſteten das Fleiſch des Büffels, des Bären, des Bibers, des Hirſches u. ſ. w., nahmen aber am Geſchmacke wahr, daß jene Thiere im Laufe der Zeit ausſterben würden, weshalb ſie ſich auch nicht in den von denſelben bewohnten Ländern niederließen. Nachdem ſie lange auf der Erde herumgeflogen waren, kamen ſie an die Stromſchnellen bei Sault St. Marie am Lake Superior, koſteten das Fleiſch der Fiſche daſelbſt und fanden aus, daß dieſelben nie abnehmen würden. An der Stelle, wo jetzt das Fort ſteht, ließen ſie ſich nieder, und als ſie mit ihren Füßen die Erde berühr- ten, wurde plötzlich ein Menſchenpaar daraus.

Ni-Ni-Wah.

An dem romantiſchen Ufer des Peoriaſees, ungefähr an derſelben Stelle, wo jetzt die gleichnamige Stadt ſteht, dehnte ſich früher ein großes Indianerdorf aus, das lange Zeit als die Hauptniederlaſſung des kriegeriſchen Stammes der Peorier galt. Auf der andern Seite des Sees wohnten die blutdürſtigen Mackinahs, die mit den Peoriern in beſtändigem Kampf und Streit lebten.

Nun traf es ſich einſt, daß der Sohn Pu-ah-nah's, des Peorierhäupt- lings, auf der Jagd die ſchöne Ni-Ni-Wah, die Tochter des Mackinahhäupt- lings, ſah und ihre Liebe gewann. Seit jener Begegnung beſuchten ſie ſich ſo häufig, als es die wachſamen Augen der verfeindeten Rothhäute zuließen; doch es dauerte nicht lange, ſo ward den beiden Häuptlingen dies Geheimniß doch bekannt, und ſie ſannen auf alle möglichen Mittel, eine eheliche Verbin- dung zu verhindern, damit der alte Erbhaß nicht erlöſche. Das Verſteck, die Landſpitze am ſüdweſtlichen Ufer des genannten Sees, woſelbſt ſich die jungen Liebenden zu treffen pflegten, war von den Vätern bald aufgefunden worden, aber welche Hinderniſſe ſie ihnen auch in den Weg legten, die Verliebten fanden dennoch ſtets Rath, ihre Väter zu hintergehen. Zuletzt aber war Ni-Ni-Wah vor dem Zorne ihres Vaters des Lebens nicht mehr ſicher, und ſie beſchloß daher, zu flüchten und bei ihrem getreuen Bräutigam Schutz zu ſuchen. Als derſelbe davon Kenntniß erhielt, ſchleppte er eine Menge Büffel- felle in eine von dickem Unterholz bedeckte, ſchwer aufzufindende Höhle in der Nähe des Ufers und richtete dort eine Wohnung für ſeine Braut ein.

In einer vorher festgesetzten Nacht trafen sie sich und schwammen über den Fluß; die Wellen gingen sehr hoch und der Wind kam von der andern Seite, so daß es der größten Anstrengung bedurfte, um das Ufer zu erreichen. Kaum aber hatten sie das Land betreten, als zwei hohe, kräftige Gestalten mit Speeren auf sie zusprangen und sie wieder zurück ins Wasser trieben. Da die erschöpften Schwimmer glaubten, sie seien verrathen, so strengten sie ihre letzten Kräfte an und schwammen wieder zurück ans andere Ufer; aber auch dort wurden sie von zwei bewaffneten Männern empfangen, die ihre Landung ebenfalls verhinderten. Um seine Geliebte besorgt, bat der Peorier, man möchte ihr doch erlauben, sich einige Augenblicke auszuruhen; doch als er sie ans Ufer brachte, stieß man sie grausam zurück in die Flut. Er wollte ihr zu Hülfe kommen, aber auch ihn verließen die Kräfte, und Beide versanken in den tobenden Wellen.

Jene Krieger waren von den Vätern der beiden Liebenden, die von ihrem Vorhaben unterrichtet waren, abgeschickt worden.

Die Sage erzählt noch, daß man häufig in der Nacht, wenn der See hoch geht, schrille Klagetöne vernähme und zwei nebelhafte Gestalten in inniger Umarmung auf den Wellen schaukeln sähe.

Nisowassa.

Die Indianer, welche früher die Umgegend von Milwaukee bewohnten, hatten sich einst, um ihren beständigen Feindseligkeiten ein Ziel zu setzen, zu einem allgemeinen Verbrüderungsfeste versammelt. Ein Häuptling jedoch, der nur mit vieler Mühe zur Theilnahme bewogen werden konnte, glaubte nicht an einen günstigen Ausgang und wünschte ihn offenbar auch nicht, denn er steckte heimlich ein scharfes Messer zu sich, trotzdem ein Jeder unbewaffnet den Ort der Verhandlung betreten sollte.

Seine einzige Tochter, Namens Nisowassa, bemerkte dies aber, schlich ihm heimlich nach und verbarg sich hinter ihm, als er seinen Sitz im Rathe einnahm. Sie hoffte auf eine allgemeine Versöhnung der feindlichen Stämme und lauschte den Worten der Redner mit sichtlicher Begeisterung.

Als nun der letzte Redner hervortrat und sich hauptsächlich an ihren Vater wandte, griff derselbe hastig nach seinem verborgenen Messer, um die Brust des Redners zu durchbohren. Nisowassa, welche dies bemerkte, faßte ihn unverhofft um den Hals, entriß ihm die Waffe und senkte sie in sein eigenes Herz.

Als er so entseelt zu ihren Füßen in seinem Blute lag, trat sie stolz in den Kreis der Krieger und erklärte, daß sie nur der innigste Wunsch nach dauerndem Frieden zu diesem Morde bewogen, und daß sie, da sie ihren Vater über alle Maßen geliebt, sich nur mit schwerem Herzen entschlossen habe, das einzige Hinderniß aus dem Wege zu räumen. Danach verließ sie die Versammlung. Ihr Name aber ward von den Rothhäuten noch lange in Ehren gehalten.

Eine zoologische Fabel.

Kikwaju, der Hamster, ging einst auf die Jagd und nahm seinen kleinen Bruder mit sich. Sie waren sehr erfolgreich und legten sich Vorrath für den ganzen Winter ein.

In der Mitte des Winters kam ein kleiner Kerl, Namens Abistanauch, der Marder, zu ihnen auf Besuch, und zwar lediglich in der Absicht, sich an ihren köstlichen Speisen zu laben. Kurz danach kam ein anderer Freund, nämlich Abligumuch, das Kaninchen, und beide wurden in der freundlichsten Weise empfangen; sie aßen und tranken und erzählten allerlei schnurrige Geschichten.

Abistanauch gab eine ausführliche Beschreibung seines Landes und seiner Leute; er erzählte von Tiam, dem Eleuthier, von Muin, dem Bären, von Suntuk, dem Hirsch, von Boktusum, dem Wolf 2c.

Auch Abligumuch wußte sehr viel über seine Heimat zu erzählen, doch schnitt er ein wenig auf und prahlte damit, daß er zur Aristokratie gehöre und nur die wohlschmeckendsten Dinge von der Welt zu essen und zu trinken pflege. Abistanauch wollte ihn deshalb foppen und fragte: „Warum ist eigentlich deine Lippe gespalten?"

„O", erwiederte jener, „in meinem Lande ißt man mit scharfen Messern, und so kam es, daß ich mich eines Tages schnitt."

„Und warum bewegt sich dein Mund und dein Bart immer, ohne daß du ein Wort sprichst?"

„Ich denke und spreche innerlich; das ist bei uns so Mode!"

„Warum hüpfst du immer und läufst nicht, wie wir?"

„Das gehört zum guten Ton; wir angesehenen Herren bewegen uns nicht wie die Plebejer."

„Aber warum machst du immer so weite Sprünge?"

„Ich war einst damit beschäftigt, Wigadegunn — Depeschen — zu tragen und mußte sehr große Sprünge machen, was mir nun im Laufe der Zeit zur zweiten Natur geworden ist!"

Die Legende vom Salineflusse.

Vor vielen, vielen Jahren wohnte am Vereinigungspunkte des Platte- und des Salineflusses ein mächtiger Indianerstamm. Unter seinen Kriegern war einer, der weit und breit in der Umgegend wegen seines furchtlosen, unerschrockenen Auftretens bekannt war. Fast jeder Wigwam der feindlichen

Dörfer hatte seiner Mordbegier ein Opfer liefern müssen, und kein Bächlein floß in jener Gegend, das er nicht wenigstens einmal mit dem Blute eines Feindes geröthet hatte.

Häufig stahl er sich heimlich und unbegleitet weg, um seine Hände in Blut zu baden, was seine einzige Freude war. Aber nicht allein seine Feinde, sondern auch seine Freunde fürchteten ihn; sie rühmten sich zwar seiner Führung, aber vor näherem Umgange mit ihm schreckte Jeder zurück. Sein Wigwam blieb unbesucht, und in der Mitte seines Stammes lebte er als Einsiedler.

Dennoch wurde er geliebt, und zwar von der schönen Tochter des Häuptlings. Sie wurde sein Weib, und er liebte sie mit der vollen Leidenschaft seiner leicht erregbaren Natur. Er war wie ein gezähmter Tiger. Doch dies Glück dauerte nicht lang, denn sein getreues Weib starb. Er begrub sie; aber er klagte nicht, noch vergoß er eine Thräne.

Mit dem ersten Sonnenstrahle des nächsten Morgens verließ er seinen Wigwam; er hatte sich mit den Kriegsfarben bemalt und sein ganzer Aufzug deutete auf blutige Absichten. Düsteren Blickes ging er ans Grab seines Weibes und brach eine Blume ab. Dann drehte er sich um und schritt der Prairie zu.

Nach Verlauf eines Monats kam er wieder zurück; er war mit einer großen Anzahl Skalps von Männern, Weibern und Kindern beladen, welche er im Rauchloche seines Wigwams aufhing.

Nachdem er einen Tag unter seinem Stamme zugebracht hatte, verschwand er wieder; doch nach einer Woche war er wieder da und brachte einen großen Klumpen weißen Salzes mit. Seine Geschichte hatte er bald erzählt.

Er war über die Prairie gewandert und hatte sich todmüde am Abend ins weiche Gras gelegt. Kurz danach hörte er das Jammern und Wehklagen einer Jungfrau, und als er sich aufrichtete, sah er eine alte häßliche Indianerin, die den Tomahawk über dem Kopfe eines Mädchens schwang. Er wunderte sich sehr, die Beiden an dieser öden Stelle zu sehen, da sich innerhalb vierzig Meilen im Umkreise kein Dorf befand und er auch am Tage keine Jagdgesellschaft bemerkt hatte. Er ging auf sie zu; aber sie beachteten ihn nicht.

Da das Mädchen ihr Bitten und Flehen nutzlos fand, so sprang es plötzlich auf und versuchte, der Alten den Tomahawk zu entreißen. Aber Letztere blieb Siegerin und wollte eben ihrem Opfer den Todesschlag versetzen, als die Strahlen des Mondes plötzlich auf das Gesicht der Jungfrau fielen und der Krieger seine verstorbene Gattin erkannte. Im Augenblicke sprang er auf das grausame Weib zu und spaltete ihr mit seinem Beile den Schädel. Aber ehe er seine geliebte Gattin umarmen konnte, war sie in den Boden, welcher sich plötzlich geöffnet hatte, versunken und ein großer Salzfelsen stand an ihrer Stelle. Von diesem hatte er einen Klumpen abgebrochen und mitgebracht.

Der Donnervogel der Makahs.

In der Hütte eines der Häuptlinge an der Niah-Bai im Territorium Washington befindet sich ein großes Bret, welches von einem Clyoquot-Indianer mit drei merkwürdigen Figuren bemalt ist; dieselben repräsentiren T'hlukluts, den Donnervogel, Chetupuk, den Walfisch, und Hahektoak, ein fabelhaftes Geschöpf, welches den Blitz hervorbringen soll.

Die betreffenden Indianer glauben nämlich, daß das Geräusch des Donners und die Verdunkelung des Himmels beim Gewitter von den großen Flügeln eines Vogels herrühren, der unter dem Namen Katait, T'hlukluts und Tututsch bekannt ist. Derselbe soll eigentlich ein Riese sein und sich nur auf den höchsten Gipfeln der Berge aufhalten.

Wenn er Hunger hat, so zieht er ein großes, aus Federn gemachtes Gewand an, schnallt sich mächtige Flügel um und setzt sich einen Vogelkopf auf, wonach er sich den Hahektoak oder Blitzfisch umbindet. Der Kopf jenes Fisches ist so spitz wie eine Nadel und seine rothe Zunge sprüht beständig Feuer. So ausgeschmückt schwebt der T'hlukluts über dem Ozean und wartet auf Walfische. Sobald er einen bemerkt, läßt er den tödlichen Hahektoak in ihn fahren und trägt ihn danach in seinen scharfen Krallen nach seiner Felsenwohnung, wo er ihn in der größten Gemüthsruhe verzehrt. Zuweilen saust der Hahektoak auch Spaßes halber mit solcher Kraft in einen Baum, daß die Stücke nach allen Himmelsgegenden fliegen; auch ist es schon vorgekommen, daß er Menschen getödtet hat.

Sobald der Hahektoak in einen Baum oder einen andern Gegenstand fährt, geben sich die Indianer alle mögliche Mühe, irgend eine Reliquie von ihm zu finden; dieselbe soll den Besitzer mit allerlei nützlichen Eigenschaften versehen, und ein Knochen von ihm, der, wie erzählt wird, blutroth ist, soll Jedem die Befähigung verleihen, Walfische mit der größten Leichtigkeit tödten zu können.

Die Indianer, welche derartige Wunderdinge besitzen, zeigen dieselben jedoch nicht, da sie sie für große Heiligthümer halten, welche nur die rechtmäßigen Besitzer ansehen dürfen. Ein zum Kwinaiult gehöriger Krieger sah den Donnervogel einst auf einem hohen Berge sitzen und schlich unbemerkt so nahe an ihn heran, daß er eine seiner Schwanzfedern an einen Baum binden konnte. Als er fortflog, riß er die Feder aus, die jener Indianer nun als Amulet in großen Ehren hielt. Dieselbe soll 40 m lang sein. Trotzdem sie außer ihm noch Niemand gesehen hat, so glaubt es doch jeder Indianer gern, da der glückliche Besitzer seither ungemeine Fertigkeit im Tödten der Seeotter besitzt.

Die Sintflut der Makahs.

Vor langer, langer Zeit schwoll der Stille Ozean so hoch an, daß sein Wasser die Prairie zwischen dem Wäatschdorfe und der Niah=Bai bedeckte und somit das Kap Flattery zur Insel machte. Plötzlich aber war es wieder so tief, daß die Niah=Bai vollständig trocken ward. Vier Tage danach wuchs es jedoch plötzlich so hoch, daß es nicht allein das ganze Kap, sondern das ganze Land mit Ausnahme der Berge von Klyoquot überschwemmte. Das Wasser war sehr warm, und diejenigen Indianer, welche Boote hatten, legten ihre Geräthschaften hinein und fuhren mit der nordwärts treibenden Strömung fort. Als der Ozean seine gewöhnliche Höhe erreicht hatte, fand sich eine Ab=theilung der Indianer unterhalb Nutka, und dort wohnen ihre Nachkommen noch bis auf den heutigen Tag.

Der Stammvater der Makahs zu Niah-Bai.

Die Nittinats=Indianer griffen eines Tages mit großer Macht die Ma=kahs an, trieben sie aus allen ihren Dörfern und zwangen sie, sich in ihre Festungswerke auf den Flatteryfelsen zurückzuziehen. — Diaht, welcher damals ein junger, tapferer Mann von großem Einfluß war, wagte sich später=hin allein zurück und baute sich am Bache bei dem Niahdorfe eine Hütte. Bald folgte ihm sein Bruder Obii nebst einer großen Anzahl kriegstüchtiger Freunde. Als nun die Hosett=Indianer auf den Flatteryfelsen sahen, wie gut es den Fremden erging, griffen sie dieselben eines Tages an; aber Diaht schlug sie dermaßen, daß sie demüthig um Frieden baten, den er ihnen auch unter der Bedingung gewährte, daß sie ihm die Tochter des Hosetthäuptlings zur Frau gäben.

Nun hatte dieser Häuptling einen Sohn und eine Tochter, welche Zwil=linge waren und sich so ähnlich sahen, daß keines von dem andern zu unter=scheiden war. Er zog daher seinem Sohne Mädchenkleider an und schickte ihn zu Diaht. Als es aber dunkel ward, zog der Knabe ein verborgen gehaltenes Messer hervor und schnitt jenem Häuptling den Hals ab, wonach er sich eiligst aus dem Staube machte. Obii ward darauf zum Häuptling an seines Bru=ders Stelle erwählt und wird allgemein als Stammvater der Makahs zu Niah=Bai betrachtet.

Die Seelenwanderung der Makahs.

Die Makahs glauben, daß alle Bäume, Fische, Vögel und sonstigen Thiere früher Indianer waren, die wegen ihres schlechten Lebenswandels diese Ge=stalten annehmen mußten. Die älteren Indianer sollen nämlich, wie erzählt wird, solch schlechte und verderbte Menschen gewesen sein, daß zuletzt zwei Männer, Brüder der Sonne und des Mondes, auf die Erde kamen und die

Verwandlungen vornahmen. Jene Männer hießen Hohuapbeß, d. h. Leute, welche die Dinge verändern.

Der Seehund war einst ein berüchtigter Dieb, weshalb seine Arme gekürzt und seine Beine so fest an den Körper gebunden wurden, daß er nur noch die Füße bewegen konnte. Danach ward er in den Ozean geworfen und ihm gesagt, er möge sich zu seinem Lebensunterhalte so viele Fische fangen, als er nur könne.

Das Wiesel, Kwahtie, war einst ein lügnerischer, verschmitzter Indianer, von dessen Schelmenstückchen man nicht genug zu erzählen weiß. Kwisch-kwischi, die blaue Dohle (Garrulus cristatus), war seine Mutter. Als sich Kwahtie einst einen Bogen machte, befahl sie ihm, ihr schnell etwas Wasser zu holen; da er aber seinen Bogen zuerst fertig machen wollte und dabei sehr langsam zu Werke ging, so verwandelte sich seine Mutter inzwischen in eine Dohle und flog ins nächste Gebüsch. Er schoß nach ihr, traf sie aber nur leicht am Hinterkopfe, wodurch sich ein Federbusch bildete, der jenen Vogel heute noch ziert.

Die Indianer, welche zu Wölfen wurden, wohnten früher an der Clallam-Bay. Ihr Häuptling, Tschuchuhunkst'hl, ging eines Tages an dem Hause Kwahtie's vorbei, und da er sehr müde war, so nahm er die Einladung desselben, sich ein wenig bei ihm auszuruhen, dankbar an. Als er fest eingeschlafen war, stand Kwahtie leise auf und schnitt ihm mit einer scharfen Muschelschale den Hals ab und vergrub ihn im Sande. Zwei Tage danach kamen mehrere Abgesandte des Wolfstammes, um nach ihrem Häuptling zu suchen. „Ich habe seit einigen Tagen krankheitshalber meine Wohnung nicht verlassen können und ihn nicht gesehen", sagte Kwahtie, wonach sie sich wieder entfernten. Zwei anderen Gesandtschaften gab er dieselbe Antwort. Zuletzt sagte einer der Wölfe: „Kwahtie, du lügst, denn meine Nase sagt mir, daß du unsern Häuptling umgebracht hast." — „Gut", antwortete er, „wenn dies deine Ansicht ist, so rufe deinen ganzen Stamm herbei und wir wollen das Orakel fragen, ob du Recht hast oder nicht."

Nachdem sie sich Alle versammelt hatten, befahl ihnen Kwahtie, einen Kreis zu bilden und an der einen Seite eine Lücke zu lassen. Als sie dies gethan hatten, nahm er eine Flasche mit Oel in die eine und einen Kamm mit großen Zähnen in die andere Hand und sang ein Lied, in welchem er zuerst alle Bekanntschaft mit dem todten Häuptling ableugnete, zuletzt aber seine Mordthat eingestand und dann schnell aus dem Kreise lief. Er zerschmetterte darauf die Flasche, deren Inhalt sich in einen großen Wasserstrom verwandelte; seinen Kamm steckte er tief in den Sand, wodurch die Gebirge zwischen Klyoquot und den Flatteryfelsen entstanden. Danach tauchte er ins Wasser und verschwand. — Kwahtie war ein großer Medizinmann, ehe ihn Hohuapbeß verwandelt hatte. Es wurde ihm die Wahl gelassen, ob er zum Vogel oder zum Fisch werden wollte, aber er lehnte dies Anerbieten ab; da er von jeher große Vorliebe für Fischfleisch gezeigt hatte, so wurde ihm erlaubt, alle Fische zu essen, die er fände.

Klukschud, der Rabe, war einst ein starker, gefräßiger Indianer, und da seine Frau, Tschakado, oder die Krähe, ebenfalls außergewöhnlich großen Appetit zeigte und alles Eßbare verschlang, was sie nur fand, so wurden sie mit starken Schnäbeln versehen, damit sie die todten Thiere leicht zerhacken konnten. Kwahleß, der Kranich, war früher ein sehr geschickter Fischer, der beständig mit einem Speere im Wasser gesehen wurde. Die Tsasakadup, oder wasserdichte Mütze, kam nie von seinem Kopfe; dieselbe ward in Halsfedern und sein Fischspeer in einen langen Schnabel verwandelt. Tscheschkully, der Eisvogel, war ebenfalls ein Fischer und zu gleicher Zeit auch ein sehr berüchtigter Dieb, der das schöne Halsband der Tschetohduk oder Dentaliummuschel, aus dem späterhin der Ring weißer Federn um seinen Hals entstand, gestohlen hatte.

Als die Indianer Thiergestalten annahmen, gab es im ganzen Lande weder Busch noch Wald, und außer Gras und Sand war auf der Erde nichts zu sehen, so daß die Hohuapbeß gezwungen waren, sich so schnell wie möglich Brennholz zu verschaffen. Sie sagten daher zu einer Rothhaut: „Du bist alt, dein Herz ist eingetrocknet und deine Lebenssäfte sind hart geworden, dein Name sei von nun an Dohobupt oder Pechtanne, die, wenn sie dürr wird, das beste Holz zum Feuermachen liefert." Zu einem andern Indianer sagten sie: „Du sollst Klakabupt oder Tannenbaum heißen und festeres Brennmaterial liefern." Doptkobupt ward zum Holzapfelbaum, und da er ein sehr unleidlicher Geselle war, so mußte er saure, ungenießbare Aepfel tragen. Da ebenfalls elastisches Holz für Bogen und starkes für Keile, um Baumstämme zu spalten, verlangt wurde, so wurde der beide Eigenschaften in sich vereinigende Klaheik'tlebup in einen Eibenbaum verwandelt.

Da Klukschud, der Rabe, mit seinem Krähenweibe sehr unzufrieden war, so ging er einst den Fluß hinauf und stahl die Tochter des Ostwindes, Tuchi. Letzterer holte sie aber wieder zurück und wollte den Raben durch die Schenkung einer großen Landstrecke abfinden. Da es damals noch keine Ebbe und Flut gab, so machte ihm Tuchi das Anerbieten, das Wasser alle zwanzig Tage einmal wegzublasen, damit er während dieser Zeit nach Fischen und Krebsen suchen könne. Aber damit war der Rabe nicht zufrieden und schalt ihn einen gemeinen Kerl. Zuletzt verständigten sie sich dahin, daß die Ebbe nach jeden zwölf Stunden eintreten solle, was sämmtliche Raben und Krähen in den Stand setzte, sich sorgenfrei ernähren zu können.

Die Abgötter.
(Tradition der Ricaras.)

„Tapferer Krieger, Sohn des Bibers, Mann des schrecklichen Kriegsrufes, den die Mahas fürchten und die Pahnies hassen, wohin gehst du?"

„Ich gehe, um den Göttern einen Pfeil, Bogen und Speer zu opfern. Dort stehen sie bei den Weiden am seichten Bache: der Mann, die Frau und der Steinhund. Ich will zu ihnen beten, daß sie mir ein Pantherherz und eine Kinderseele geben und meinen Füßen die Schnelle des Windes verleihen!"

„Spute dich, Krieger!" . . . .

„Jäger, Mann des scharfen Auges, den Biber und Panther fürchten, wohin gehst du?"

„Ich gehe, um den Göttern, dem Mann, der Frau und dem Steinhunde, ein Opfer aus saftigem Hirschfleisch zu bringen. Ich will sie bitten, daß sie meine Pfeile segnen und meine Augen schärfen."

„Spute dich, Jäger!" . . . .

„Priester, Mann der Weisheit, der du die Geheimnisse der Erde und des Himmels kennst, wohin gehst du?"

„Meinen heiligen Bärenmantel will ich den Göttern, dem Mann, der Frau und dem Steinhunde, am Rande des Baches zu Füßen legen und sie bitten, daß sie mir durch meinen Traumgeist mittheilen, wie ich die Ricaras zu besseren und glücklicheren Menschen machen und wie ich sie unterrichten kann, allen Mahas die Skalpe abzuziehen und den Blaßgesichtern die schwarzen Pferde zu stehlen!"

„Spute dich, Priester!" . . . .

Jungfrau, Taube des Waldes, schön wie der Jägerstern, wohin gehst du?"

„Den Federbusch des Vogels, der in der Nacht, als ich meinen Liebsten zuerst sah, uns freudige Grüße zuflüsterte, und Muscheln, die er mir aus der Ferne brachte, will ich den Göttern, dem Mann, der Frau und dem Steinhunde, am Bache opfern und sie bitten, daß sie seine Brust gegen die Pfeile der Mahas schützen und seinem Arme doppelte Stärke und seinen Füßen doppelte Schnelle verleihen."

„Spute dich, Jungfrau!" — — —

Und wer sind diese Götter? „Es lebten einst — fragt mich nicht, wann — im Lande ein Jüngling und eine Jungfrau, die sich liebten. Ihre Väter waren Freunde und wohnten in einem großen Wigwam friedlich beisammen. Sie jagten und kriegten gemeinschaftlich, während sich ihre Frauen einträchtig in die häuslichen Arbeiten theilten. Als ihre beiden Kinder noch klein waren, sagte der eine Ricara zu seinem Freunde: „Ich habe einen jungen Adler in meinem Horste und du hast eine zarte Taube in deinem Neste, laß sie uns

5*

zusammengeben. Sie sind noch jung und klein, aber ehe die Rose achtmal ge-
blüht hat, wird mein Adler seine Wangen mit Kriegsfarben bemalen und mit
meinen Waffen die Wälder durchstreifen; dann wird er sich eine Hütte bauen,
in welcher deine Taube das Feuer anmacht!" — Der Andere war damit zufrieden, und als die Zwei groß genug waren, um die Sprache der Augen verstehen zu können, baute sich der Jüngling eine Hütte, und die Leute sagten dem
Mädchen, sie solle sie mit ihm bewohnen. Aber der Jüngling schmückte sich
nicht mit den Federn des Kriegsadlers, noch stahl er den Bogen seines Vaters.
Ruhig blieb er am Feuer des elterlichen Wigwams sitzen und wagte sich nur
an hellen Sommertagen vor die Thür, um Blumen zu sammeln oder Singvögel zu fangen. Als dies der Vater seiner Braut sah, sprach er zu seiner
Tochter: „Ich dachte, ich hätte dich in deiner Kindheit mit einem Knaben verlobt, der später der Stolz unseres Stammes werden würde; aber ich habe mich
geirrt: denn der Adler meines Freundes hat das Herz eines furchtsamen Rehes
und die Wangen eines jungen Mädchens. Hörst du mich? Er singt keine
Kriegslieder, noch sehnt er sich nach Heldenthaten. Ich werde mein Wort nicht
halten. Gehe daher zu ihm und sage ihm, daß die Tochter des „Rothen Flügels" nur die Gattin des Mannes wird, der einen starken Arm und ein kühnes
Herz hat. Hörst du mich, meine Tochter?"

„Ich höre, Vater. Deine Worte fallen schwer auf meine Seele. Als wir
noch Kinder waren und munter im Walde herumliefen, sprachen die alten Leute
unter einander: „Wißt ihr auch, daß dem Sohn der „Gelben Tanne", wenn
er ein Mann geworden ist, die Tochter des „Rothen Flügels" das Feuer anmachen soll?" Und die Knaben und Mädchen des ganzen Dorfes sangen, ich
würde seine Frau werden. Ich weiß, sein Arm ist schwach und sein Auge ist
das sanfte Auge einer Taube; aber ich werde mich nicht von ihm trennen."

Als der Jüngling hörte, daß der „Rothe Flügel" sich bereits einen andern
Mann für seine Tochter ausersehen habe, nahm er seinen Hund und verließ
den Wigwam, um im einsamen Walde seine Thränen und Klagen zu verbergen.
Vor ihm her ging seine Braut; aber sie ging wie ein Reh, das der Pfeil des
Jägers gelähmt hat. — Bald war er bei ihr und lag in ihren Armen. Sie
beschlossen, im Walde zu bleiben. Aber das Wild war selten und die Beeren
waren bereits alle abgepflückt, und sie flehten zum Großen Geiste, er möge sie
doch zu sich nehmen. Der Große Geist, der auf dem Rückgrat der Erde saß,
hörte ihre Stimme und sprach zu dem neben ihm stehenden Schutzgeiste der
Indianer: „Siehst du das junge Paar, das sich im Walde verheirathet hat und
nun dem Hungertode nahe ist? Eile hin und ende ihre Noth!"

Die Nacht neigte sich zur Erde und die Fledermäuse durchkreuzten die
Luft. Die beiden Unglücklichen saßen am Rande eines Flusses und aßen saure
Trauben, die sie nach langem Suchen gefunden hatten. Da trat plötzlich ein

Manito zu ihnen und beschloß ihre Leiden. Sie blieben in der Wildniß stehen als ein ewiges Denkmal ihrer Treue und der Hartherzigkeit des „Rothen Flügels". Sie sind die Götter, denen der Krieger Pfeil und Bogen, der Jäger saftiges Rehfleisch, der Priester seinen heiligen Bärenmantel und die Jungfrau die Geschenke ihres Geliebten opfert."

Vater und Sohn.

Auf einem schmalen Landstriche zwischen zwei stürmischen Seen lebte ein junger Mann, Namens Tschappewi, dessen Vater der Erste aller Menschen war. Als dieser zuerst auf der Stelle, wo sich jetzt die Jagdgründe der Hundsrippenindianer befinden, die Welt betrat, fand er die Wälder voller Thiere, die Flüsse voll schmackhafter Fische und die Seen voll großer Walfische. Da sich sonst weder Mann, noch Frau, noch Kinder auf der Erde befanden, so schuf er gleich einige Menschen und gab ihnen zwei Sorten Früchte, eine schwarze und eine weiße, zu essen, verbot ihnen aber, die erstere zu genießen. Nachdem er ihnen sonst noch allerlei angenehme Dinge geschenkt hatte, steckte er tausend gebratene Meerschweinchen, einen Ozean voll gebackener Fische, dreißig große Walfische und einen hohen Berg von Tabak in seine geräumige Tasche und machte sich auf, um die Sonne zu besuchen, die damals die Erde noch nicht mit ihren Strahlen erwärmte.

Als er nach langer Abwesenheit wieder zurückkehrte, brachte er das helle Auge mit, das seit jener Zeit die Welt erleuchtet. — Seine Kinder hatten inzwischen seinen Rath befolgt und nur weiße Beeren gegessen und waren daher auch immer munter und gesund geblieben. Kurz danach däuchte es ihm, als sei das Licht der Sonne doch nicht das, für was er es gehalten hatte; denn es erhellte ihm die Erde nur auf kurze Zeit, und da er, als er sie holte, in ihrer Nähe noch ein ähnliches Auge gesehen hatte, so machte er sich abermals auf die Reise, um auch das andere zu holen. Diesmal aber hatten seine Kinder vergessen, sich genügenden Vorrath weißer Beeren einzulegen, und eine allgemeine Hungersnoth stellte sich ein, die zuletzt so schrecklich wurde, daß sie das Gebot ihres Vaters nicht mehr beachteten und schwarze Beeren aßen.

Als der alte Tschappewi zurückkam und den Mond, welcher am Abend die Sonne ablöst, mitbrachte, bemerkte er zu seinem großen Leidwesen, daß jedem Menschen der Tod aus den Augen sah, und er sprach daher zu ihnen: „Da ihr mein Gebot nicht gehalten habt, so sollt ihr in Zukunft ein Leben der Mühe führen und allerlei schmerzlichen Krankheiten und zuletzt dem Tode unterworfen sein!"

Dann ruhte der Alte von seinen beschwerlichen Reisen aus und überließ die Menschen ihrem ferneren Schicksale. Die Bäume, die früher gerade gewachsen waren, wuchsen nun krumm, und die Thiere, die früher fett waren, wurden so mager und schwach, daß sie sich kaum noch fortbewegen konnten. Mit der Zeit ward er so alt, daß ihm die Zähne den Dienst versagten und sich sein Schlund ganz ausgenutzt hatte; da er sich aber trotz Alledem doch nicht gern vom Leben trennte, so rief er einen Verwandten aus der zwanzigsten Generation zu sich und sprach zu ihm:

„Geh', mein Sohn, an den Fluß des Bärensees und hole mir einen Mann aus dem Geschlechte der „kleinen klugen Leute" (Biber). Derselbe muß einen braunen Ring um das Schwanzende und einen weißen Flecken auf der Nasenspitze haben. Er darf nur zwei Monate alt sein; dann sieh auch zu, daß sein Bauch nicht zu dick ist und seine Zähne scharf sind. Aber laufe so schnell du kannst."

Dieser ging und kam bald mit einem vorschriftsmäßigen Biber zurück.

„Trage ihn", sprach er darauf, „an die Quelle des Kupferminenflusses und laß ihn ein wenig Neschkaminnik trinken. Dann kämme sein Haar und kitzle ihn ein wenig am Bauche, damit er guter Laune wird, und sage ihm, er möge seine Nation nicht durch unmännliches Weinen und Klagen beschimpfen, wenn du ihm sieben seiner besten Zähne aus der rechten Kinnlade ziehst."

Der Indianer that's, und da der Biber sah, daß er gute Miene zum bösen Spiele machen mußte, sagte er: „Diesen Gefallen will ich dem alten Tschappewi gern thun; thue also, wie er dir befohlen hat." Darauf führte der Indianer ohne Mühe seine Aufgabe aus und brachte dem Alten die verlangten sieben Zähne. Dieser rief darauf alle seine Nachkommen zusammen und sprach:

„Ich bin alt und meine Kehle hat sich abgenutzt. Meine Zunge ist aus den Fugen und mehr als hundertmal habe ich mir neue Zähne eingesetzt. Ich habe alle Schönheiten der Welt gesehen und will nun sterben. Nehmt also die sieben scharfen Zähne des „klugen kleinen Mannes" und schlagt mir zwei davon in die Schläfe, einen in die Stirne, einen in jede Seite der Brust, einen in meinen Rücken und den letzten in die große Zehe meines rechten Fußes."

Sie folgten seinem Befehle, und als sie den letzten Zahn in die große Zehe seines rechten Fußes geschlagen hatten, starb er.

Der junge Tschappewi ernährte sich und seine Familie mit Jagen und Fischen. — Wenn er sein Netz ins Wasser warf, so zog er es stets mit reichlicher Beute gefüllt heraus, und wenn er seinen Speer aufs Gerathewohl ins Wasser stieß, so traf er jedesmal den fettesten Fisch.

Nun geschah es eines Tages, daß das Wasser infolge eines Dammes, den er gebaut hatte, aus den Ufern trat und seinen Wohnsitz gänzlich überschwemmte. Um sich daher zu retten, ließ er alle seine Hausthiere und die Mitglieder seiner Familie in ein großes Kanoe gehen und überlieferte sich dem Elemente, das immer höher und höher stieg und mehr als zwei Monate die ganze Erde bedeckte. Da inzwischen seine Nahrungsmittel ausgingen und jede Hoffnung auf Rettung geschwunden war, so sagte er zu den Thieren, daß eines untertauchen

und Erde holen müsse, wenn sie nicht alle umkommen wollten. Der Ochs erwiederte, daß er dies nicht gut thun könne, da ihm sein Schwanz im Wege sei;
der Hirsch entschuldigte sich ähnlicherweise mit seinem Geweih, und so fanden
zuletzt alle Thiere mit Ausnahme des Bibers eine wohlbegründete Ausrede.
Letzterer tauchte denn auch unter, aber er kam nie wieder zum Vorschein.

Danach ließ sich die Moschusratte zu diesem Wagstücke bereden, aber sie
blieb so lange aus, daß man befürchtete, sie habe ebenfalls das Leben dabei
eingebüßt; doch als man daran war, ein anderes aufopferungsfähiges Geschöpf
auszufinden, erschien sie todmüde auf der Oberfläche und hielt einige Bröcklein
nasser Erde in ihren Klauen. Aus diesen machte nun der junge Tschappewi
einen kleinen Ball und warf ihn ins Wasser, wonach er immer größer ward
und zuletzt wie eine Insel aussah, so daß er seine Thiere und Menschen aus-
laden konnte. Einen Wolf, der ihm beständig in seinem Kanoe im Wege war,
setzte er zuerst darauf; aber dieser war so schwer, daß er die Erde ganz auf
eine Seite drückte, wodurch er gezwungen war, ein ganzes Jahr lang so schnell
wie er konnte von einem Ende zum andern zu laufen. Nach dieser Zeit war auch
die Insel so groß geworden, daß alle anderen Geschöpfe landen konnten.

Da Tschappewi sah, daß nirgends ein Baum war, so steckte er einen Stock
in den Grund, und bald ward derselbe zum Tannenbaum und wuchs so hoch,
daß die Spitze bis in den Himmel reichte. Kurz danach bemerkte er ein flinkes
Eichhorn und versuchte es zu fangen; aber es kletterte auf jenen Baum hinauf,
und zwar so hoch, daß es in das Reich der Sterne kam. Doch der furchtlose
Indianer folgte ihm und fand sich bald von allerlei merkwürdigen Dingen,
von Meteoren, Wolken und tanzenden Geistern umgeben. Kalte und warme
Winde, Blitze, Donner, Hagel und Schnee umspielten ihn, und endlich kam er
so hoch, daß er das Paradies betreten konnte. Aber das Eichhorn war nirgends zu sehen; da er es jedoch um jeden Preis fangen wollte, so kletterte er
wieder auf die Erde zurück, um sich aus dem Haare seiner Schwester eine
Schlinge zu flechten. Nachdem er dies gethan und sie in den Himmel gelegt
hatte, wartete er das Weitere in aller Gemüthlichkeit in seiner Wohnung ab.

Am nächsten Mittag aber verschwand plötzlich die Sonne und es ward
mit einem Male stockfinstere Nacht. Da dies die ältesten Leute noch nie erlebt
hatten, so sagte die Frau Tschappewi's: „Du hast sicherlich irgend ein Unglück
angerichtet, als du oben im Himmel warst, denn die Sonne, die uns dein Vater
gebracht hat, verbirgt sich nun vor uns!"

„Ich habe leider einen großen Fehlgriff begangen", erwiederte er, „aber
ich kann nichts dafür, daß die Sonne in der Schlinge hängen geblieben ist.
Sie muß unter jeder Bedingung wieder befreit werden!"

Danach rief er eine wilde Katze herbei und befahl ihr, in den Himmel zu
klettern und die Schlinge durchzuschneiden. Dieselbe versuchte es auch, wurde

aber von den heißen Sonnenstrahlen zu Asche verbrannt. Der Wolf und der Panther versuchten danach ihr Glück, aber es ging ihnen ebenso, und der junge Tschappewi wußte zuletzt keinen Rath mehr. Da kam endlich der Maulwurf herbei und sagte, er wolle die Sonne losbinden. Doch als die anderen Thiere das häßliche Geschöpf sahen, lachten sie alle laut auf und ergingen sich in allerlei ehrenkränkenden Bemerkungen. Doch der Maulwurf kümmerte sich nicht weiter darum, sondern kletterte flink den hohen Baum hinauf und befreite die Sonne wirklich. Aber er verlor sein Augenlicht dabei und seine Schnauze und Zähne wurden ganz braun gebrannt.

Danach richtete der junge Tschappewi sein Augenmerk auf die bessere Einrichtung der Erde und schuf, indem er mit den Fingern über das Land fuhr, eine große Anzahl schöner Flüsse und grub die Stellen für Seen mit seinem Suppenlöffel aus. Als er die Berge betrachtete, stutzte er. „Was soll ich mit diesen Erdhaufen thun?" fragte er, und da er sich augenblicklich keine befriedigende Antwort zu geben wußte, so beschloß er, sie vorläufig zu lassen, wie sie waren. Dann wies er den Thieren besondere Wohnplätze an und sagte, sie möchten sich in Zukunft selber gegen die Menschen vertheidigen. „Wenn ihr sterbt", fuhr er, um sie wegen ihrer Zukunft zu trösten, fort, „dann werdet ihr wie Grassamen sein, der, wenn man ihn ins Wasser wirft, zu neuem Leben erwacht!" Aber das gefiel den Thieren durchaus nicht, und das Schwein, welches das Wort führte, erwiederte: „Laß uns lieber nach dem Tode zu einem Steine werden, denn der verschwindet doch wenigstens vor den Augen der Menschen, wenn man ihn ins Wasser wirft!"

Der junge Tschappewi erklärte sich damit einverstanden und machte nur eine Ausnahme mit dem Hunde, der seinem Herrn auch nach dem Tode folgen dürfe.

Die Nachfolger Tschappewi's lebten lange Zeit in Frieden; doch als einst zufälligerweise einige junge Männer im Spiele getödtet wurden, entstand ein allgemeiner Krieg, der die einzelnen Familien nach allen Himmelsgegenden trieb. Mehrere zogen sich in die hohen Gebirge zurück und Andere nahmen ihren Wohnsitz am Ufer des Ozeans. Ein Indianer ließ sich mit seinem Hunde am „Großen Bärensee" nieder, und dieser Hund bekam nach kurzer Zeit acht Junge. Als der Indianer nun eines Tages nach Hause kam, schallte ihm ein fröhliches Kindergelächter entgegen; doch als er seinen Wigwam betrat, fand er nur seine Hunde darin. Am nächsten Tage passirte ihm dasselbe, doch diesmal schlich er sich unbemerkt herbei und sah zu seinem größten Erstaunen acht wunderschöne Kinder, welche ihre Hundefelle abgelegt hatten, am Feuer sitzen. Eilig sprang er herzu und warf die Häute ins Feuer, wonach die Kinder ihre neue Gestalt behielten.

Diese wurden späterhin die Stammväter der Hundsrippenindianer.

Indianisches Lager.

Vierzig Sagen.

Mitgetheilt von Chingorikhoor.

Säketschäk. Tutockämula. Der Vogel der Ewigkeit. Die sechs Nantikoken. Die All-Mutter. Milwor oder der rothe Manito. Spottvogels Ursprung. Die alte Eule. Manitobach. Eine Sage der kalifornischen Indianer. Die guten alten Könige. Der Traum des Abnakihäuptlings. Die Schlangensquaw. Der König der Hirsche. Die Sonnentöchter. Das Mädchen und der Vogel. Die Dampfgeister. Namatawaschta. Der Feuergeist. Awaschank. Der Teufel vom Kap Higgin. Die Adlerinsel. Garranga. Pomperaug. Der Wasserfall von Melsingah. Die Mutter der Welt. Watonda's Sohn. Die Entdeckung der Oberwelt. Akkiwässi. Der Himmel der Delawaren. Die Jagdgründe der Schwarzfüße. Die Sintflutsage der Tschoktahs. Wie der Mais entstand. Der namenlose Tschoktah. Mount Hood und Mount Helens. Die kleine, weiße Taube. Die Expedition der Lenni Lenapes. Der Berg der kleinen Geister. Die Auferstehung des Bison.

Säketschäk.

Auf dem kleinen Hügel Wetscheganawaw, am Ufer des Kaddoquesees, lebte ein tüchtiger Jäger und Fischer, Namens Säketschäk oder „Otterfänger". Er war mager, aber sehr groß, und konnte sechs Tage hinter einander fasten, ohne daß man es ihm ansah. Auch war er ein tapferer Krieger, und wenn sich die Padukas seinem Stamme mit feindlichen Absichten näherten, so war er immer der Erste, der den Kriegsruf ausstieß und den ersten Skalp erbeutete.

Sein Rath wurde stets befolgt, da er ein weiser und kluger Mann war, der seine Augen nach allen Seiten richtete. Auch war allgemein bekannt, daß er fromm war und daß er nie vergaß, dem Großen Geiste das beste Stück Fleisch zu opfern, wenn er nach einer erfolgreichen Jagd nach Hause kam. Dafür war auch Alles, was er nur angriff, vom Segen des Lebensgeistes begleitet. Doch die übrigen Indianer schienen sich kein Beispiel an ihm zu nehmen, denn sie kümmerten sich wenig darum, ob sie ihrem Gotte zu Gefallen lebten oder nicht.

Nun geschah es, daß Säketschäk den Großen Geist einst im Traume sah. Es war ein großer, starker Mann; seine Hände waren scharfe Speere und seine Zunge glich einem langen Pfeile. Seine Augen glänzten wie die Sonne, doch waren sie viel größer, und sein Haar hing bis auf die Erde herab. Seine Füße waren breiter als der Kaddoquesee, und seine Stimme war dem rollenden Donner ähnlich.

„Säketschäk!“ rief er.

„Ich höre!“ erwiederte jener.

„Die Menschen sind sehr schlecht geworden!“

„Ich weiß es!“

„Sie danken mir weder für den Regen, der ihr Land erfrischt, noch für die Sonne, die ihr Korn zur Reife bringt. Sie danken mir nicht mehr für die fetten Bären und Hirsche in ihren Jagdgründen, noch für die schmackhaften Fische in den Flüssen. Die Erde muß daher von ihnen gesäubert werden!“

„Willst du auch mich mit ihnen vernichten?“

„Nein, denn du hast mir stets treu gedient. Gehe nun hin auf den Berg, wo im letzten Fiebermonat mein Blitz einschlug, haue eine zehn Sommer alte Tanne um und trage sie nach dem Hügel Wetscheganawaw. Verbrenne die Zweige und Zapfen, und wenn du die Asche um dich herum gestreut hast, stecke den Stamm auf dem Platz, wo das fetteste Gras steht, in die Erde. Dort liegt die Quelle des Wassers, die bald den ganzen Erdboden überfluten wird!“

Danach verschwand der Große Geist, und Säketschäk that am nächsten Morgen, wie ihm befohlen worden war, und bald sah die Erde wie eine große Wasserfläche aus. Nur er und seine Familie und einige Thiere, welche sich zu ihm in seinen heiligen Aschenkreis geflüchtet hatten, wurden gerettet.

„Wenn der Mond gerade über dir steht“, rief eine bekannte Stimme, „wird er auch deinen Berg mit Wasser überziehen, denn er ist mir böse, da ich einen Schweifstern, den er sehr liebte, geschlagen habe. Ohne ihn zu zerstören, kann ich das Unglück nicht von dir abwenden; aber dies darf ich nicht thun, da er ein sehr nothwendiges Geschöpf und mit mir verheirathet ist. Befehle also einem jeden Menschen und Thiere bei dir, einen Nagel von der rechten Hand oder Klaue zu reißen und darauf zu blasen, wobei du sie die

Worte „Schät teb stäpeschim os" („Nagel, werde ein Kanoe, damit mich der Mond nicht zerstört") aussprechen läffest. Die Nägel werden alsdann zu Schiffen werden, in denen Alle sicher sind."

Säketschäk gehorchte und band später die Kanoes an einander, damit sie beisammen blieben.

Nachdem sie mehrere Tage auf dem Waffer herumgeschwommen waren, sagte er: „Das geht nicht mehr! Wir müffen Land haben! Du, Rabe, hast scharfe Augen und bist flink und kannst daher leicht ein Stückchen Erde aus der Tiefe holen!"

Den Raben freute diese Schmeichelei, und augenblicklich rupfte er seine Schwanzfedern aus und tauchte unter. Aber er erfüllte seine Aufgabe nicht, und die Fischotter mußte danach ihr Glück versuchen. Sie war glücklicher; denn als sie heraufkam, hielt sie ein Klümpchen Erde in ihren Krallen und überreichte es Säketschäk. Dieser wußte aber nicht, was er damit anfangen sollte, und bat daher den Großen Geist, ihm mit seinem Rathe beizustehen. Derselbe erschien ihm denn auch bald danach in einem Traume und sagte: „Theile das Stückchen Erde in fünf gleiche Theile und lege das mittlere Stück in deine hohle Hand und vermische es mit Speichel. Mache alsdann ein Küg= lein daraus und wirf es ins Waffer und sprich: „Eijaaskki" („Ich mache eine Erde"), und nach drei Monden wird es so groß sein, daß du dich darauf nieder= laffen kannst!"

Säketschäk that, wie ihm befohlen, und band zu größerer Sicherheit die junge Erde an einem Strick aus den Sehnen einer Schildkröte fest. Das Küg= lein wuchs zusehends und war nach drei Monden wirklich so groß, daß er darauf wohnen konnte. Bald danach kamen auch die Bäume wieder zum Vor= schein; aber da sie keine Aeste hatten, so schoß Säketschäk mehrere Pfeile hinein, und augenblicklich verwandelten sich dieselben in Zweige und Aeste.

Von den Nachkommen Säketschäk's stammen alle übrigen Menschen der ganzen Erde ab.

Tutockännla.

Es ist schon sehr lange her, daß die Kinder der Sonne ihren Wohnsitz im Yo=Semite=Thale aufschlugen und sich der Wohlthaten erfreuten, mit denen sie Tutockänula, der auf einem hohen Bergrücken wohnte, segnete. Er hütete die unzähligen Herden in den oberen Ebenen und trieb die Bären aus ihren Felsenwohnungen, damit sie der brave Jäger leicht erlegen konnte. Wenn er im Namen seiner geliebten Indianer zum Großen Geiste betete, so fehlte dem Korne weder der erfrischende Regen noch die reifenden Sonnenstrahlen. Wenn er lachte, so kräuselte sich die silberne Oberfläche der Flüffe, und wenn er seufzte, so sangen die jungen Zweige im Walde.

Seine Gestalt war so gerade wie ein Pfeil und so geschmeidig wie ein Bogen. Sein Fuß war schneller als der des Rehs, und seine Augen waren hell wie die Sonne.

Nun geschah es eines Tages, daß er, als er sein schönes Reich überblickte, auf einem hohen Granitfelsen eine liebliche Mädchengestalt sitzen sah. Ihr Haar war nicht rabenschwarz wie das der Jungfrauen im Thale, sondern hing in goldgelben Locken auf ihre zierlich geformten Schultern herab, und ihre Augen glichen dem tiefblauen Abendhimmel in den entfernten Gebirgen zur Zeit des Sonnenuntergangs. An ihren Schultern hatte sie wolkenähnliche Flügel und ihre Stimme erklang gleich zärtlichem Vogelsange.

„Tutockänula!" lispelte sie, und augenblicklich machte sich dieser auf, zu ihr hinaufzuklettern. Doch plötzlich trübten zarte Schneeflocken, die der Wind vom Gebirge geweht hatte, seine Augen, und als er sie wieder ausgewischt hatte, war die bezaubernde Jungfrau spurlos verschwunden.

Nun suchte er jeden Morgen ihren Wohnsitz auf und brachte jedesmal süße Nüsse und blühende Blumen mit. Er hörte ihren Fußtritt, trotzdem er nicht mehr Geräusch als ein fallendes Blatt machte; er sah ihre schöne Gestalt und ihre sanften Augen, aber sie sprach nie mehr zu ihm.

Tutockänula liebte sie, und da er Tag und Nacht an sie dachte, so vergaß er alles Andere um sich her. Die Blumen verwelkten, denn es fiel kein Regen mehr; die Bienen fanden keine Nahrung mehr und ihre Zellen in den hohlen Bäumen standen leer, aber Tutockänula merkte es nicht und bekümmerte sich auch nicht weiter darum. Doch das Mädchen sah das Unheil und bat den Großen Geist, die Bäume und Blumen wieder wachsen zu lassen und die Ebenen mit fetten Thieren zu beleben. — Gleich darauf öffnete sich der Granitfelsen unter ihr mit furchtbarem Donnern und die Schneeberge zerschmolzen und bewässerten das Thal. Das Korn wuchs und die Blumen blühten wieder und schickten dankbar ihren Wohlgeruch der schönen Wohlthäterin entgegen.

Als sie danach ihre Flügel zur Abreise schwang, ward das Ufer des Spiegelsees, den sie geschaffen hatte, mit Flaumfedern überschüttet, woraus späterhin weiße Blümchen wurden. Der in der Nähe stehende, mehrere tausend Fuß hohe Berg ward zu ihrem Andenken mit dem Namen „Tissääk" belegt.

Als Tutockänula sah, daß sie nicht mehr zurückkehrte, verließ er sein Berghaus, um sie zu suchen; vorher aber schnitt er mit einem Messer das Bild seines Kopfes in den Felsen, der heute noch seinen Namen trägt.

Der Vogel der Ewigkeit.

Der Vogel der Ewigkeit wohnte über den Sternen. Unter ihm war nichts als ein unabsehbarer Ozean, in dem sich kein lebendes Wesen regte; doch als er einst das Wasser desselben unversehens mit seinen Flügeln berührte,

Knorh, Aus dem Wigwam.   Leipzig: Verlag von Otto Spamer.

Tuloskänufa.

schoß plötzlich die Erde hervor und war so frisch und grün wie im herrlichsten Sommer. So weit sein Auge reichte, erblickte er himmelhohe Berge und fruchtbare Thäler, die im üppigsten Pflanzenschmucke standen; nirgends aber sang ein Vogel, noch graste ein Hirsch; auch gab es nirgends Menschen.

„Das muß anders werden!" sagte der Vogel zu sich und flog auf die höchste Spitze des Donnerberges. Dort setzte er sich nieder, kratzte sich mit seinen mächtigen Krallen den Kopf und besann sich, was hier zu thun sei. Zuletzt fiel ihm ein, daß sein Vater, der schon lange vor dem Anfange der Zeit gelebt, eines Tages die Bemerkung fallen gelassen hatte, daß irgend einer seiner Nachkommen, der innerhalb sieben Tagen weiter nichts als den Thau des Lorberbaumes zu sich nehme, die Kraft erlange, Alles zu vollbringen, was er nur wolle. Da sein Vater ein sehr ehrenwerther und kluger Mann gewesen war, so dachte er, er wolle es einmal versuchen, und fing also an zu fasten.

Am Morgen des achten Tages sprach er zum Wasser: „Belebe dich mit Fischen von jeder Größe!" und zum Lande: „Bringe vierfüßige Thiere, Schlangen und Vögel hervor!" und augenblicklich regte und bewegte sich's überall. Auch die Menschen wurden mit Ausnahme der Tschippewäer auf diese Weise ins Leben gerufen. Jener Stamm entstand nämlich erst lange nachher, und zwar aus einem Hunde. Dies ging so zu:

Unter den Krihs lebte einst ein Mann, dessen Oberlippe so weit gespalten war, daß man die ganze obere Reihe seiner Vorderzähne sehen konnte. Dieser war so furchtsam, daß ihm das Brummen eines Bären oder sogar das Geschrei eines Raubvogels den größten Schreck einjagte. Er hatte immer eine große Anzahl Hunde um sich, die er ungemein liebte; auch besaß er die Gabe, dieselben für die Dauer eines Tages in Menschen verwandeln zu können. Da er nun gern gesehen hätte, daß einige seiner Hunde auch Menschen geblieben wären, und doch nicht wußte, wie er dies fertig brächte, so stieg er auf den Donnerberg und legte dem Vogel der Ewigkeit seinen Wunsch vor. Dieser gab ihm nun den Rath, an den „Wäldersee" zu gehen und sich dort den weißen flachen Stein, der auf dem südlichen Ufer läge, zu holen; dieser würde einen jeden Krihindianer befähigen, Alles zu thun, was er nur wolle.

Er ging also an den „Wäldersee" und holte den berühmten „Memahoppa" oder Medizinstein, der seit jener Zeit Eigenthum seines Stammes ward. Er legte ihn in eine Ecke seines Wigwams und verwandelte seinen schönsten Hund in einen schmucken Jüngling. Dann setzte er denselben auf den heiligen Stein und betete zu diesem, daß er ihn in dieser Gestalt erhalten möge. Und so geschah es auch. Der junge Mann heirathete kurz darauf ein schönes Krihfräulein und ward der Stammvater der gefürchteten Nation der Tschippewäer.

Als der allmächtige Vogel der Ewigkeit sein Schöpfungswerk vollendet hatte, machte er zur Erinnerung daran einen großen Pfeil und sagte den

Tschippewäern, sie sollten ihn in ihrem Rathhause bis ans Ende der Zeit aufheben. So lange sie ihn in Ehren hielten, würden sie über alle Feinde triumphiren und ihr Wort würde allen Indianern von dem Eissee bis zum Lande der Schawanos und von den Städten der Irokesen bis zum Donnerberge Gesetz sein. Würden sie ihn aber durch Nachlässigkeit verlieren, so seien sie der größten Schmach preisgegeben und der verrufenste und schwächste Stamm würde sie besiegen.

Lange, lange Jahre befolgten sie die Lehre des Vogels und waren während dieser Zeit die glücklichsten Menschen der Erde. Mit der Zeit aber wurden sie übermüthig und nachlässig und ließen sich sogar den Glückspfeil stehlen. Dies ärgerte den Vogel so sehr, daß er wieder zum Donnerberge zurückkehrte und sich seitdem nicht mehr sehen ließ.

Die sechs Nautikoken.

Ein wunderschöner Tag lachte in dem Monat, wo die Alse *) das Salzwasser verläßt und in die Süßwasserflüsse steigt, auf das Ufer des „Großen Sees". Auf dem großen, weiten Ozean regte sich keine Welle und der Gott der Stürme hielt die Winde in seiner tiefen Felswohnung eingeschlossen. Vögel, Käfer und Schlangen freuten sich im heiteren Sonnenschein; Menschen aber gab es damals noch nicht. Doch ehe das Auge des Tages sich schloß, sah es plötzlich sechs Indianer vom Stamme der Nautikoken am Ufer des Ozeans sitzen. Woher sie kamen, ob sie aus dem Wasser oder aus dem Schlamm gekrochen, oder ob sie aus der Luft gefallen waren, konnten sie selbst nicht sagen; sie wußten nur, daß sie da waren und daß sie sich Kleider und Nahrung nur durch Jagen und Fischen verschaffen konnten.

Mit der Zeit trieben sie auch Ackerbau und pflanzten Korn und Tabak. Süße Beeren und Trauben wuchsen überall in Hülle und Fülle, und diese Sechs hätten ein ganz vergnügtes Leben führen können, wenn sie nicht auf den Gedanken gekommen wären, daß man zum menschlichen Leben auch noch der Frauen bedürfe. Sie verließen also ihre Hütten, und Jeder schlug einen andern Weg ein, um sich ein Weib zu suchen. Der Erste ging nach dem Lande des Schnees, der Zweite nach dem Reiche der Sommerwinde, der Dritte nach Osten, der Vierte nach dem Lande des Sonnenuntergangs, der Fünfte kroch in das Innere der Erde und der Sechste kletterte an einem Sonnenstrahle in die Höhe. Vorher aber hatten sie verabredet, im Monate der Trauben wieder nach ihrer Heimat zurückzukehren und alsdann solle ein Jeder seine Abenteuer erzählen.

Als die Trauben reif waren, saßen sie auch Alle wieder mit sechs wunderschönen Frauen an dem bestimmten Platze und schienen überglücklich zu sein.

*) Clupea arolsa.

Die Pfeife wurde fröhlich herumgereicht und lustiges Gelächter hallte durch Berg und Thal. Endlich stand Einer, Namens Sinipuxent, auf und sprach:

„Ich kletterte, wie ihr wißt, an einem Sonnenstrahle in die Höhe und kam nach tagelanger und beschwerlicher Reise endlich an die Stelle, wo sich die Sonne während der Nacht auszuruhen pflegt. Es war Morgen, als ich dort anlangte, und die Sonne war eben aufgestanden, um ihre Tagereise anzutreten; aber ihre Kinder lagen ringsum noch im tiefsten Schlafe. Die schönste ihrer erwachsenen Töchter — seht hin und fragt euch, ob sie es nicht ist — wusch ihr Gesicht im Thau des Morgens und badete ihre Füße in dem klaren Strome neben ihrer Wohnung. Als sie mich erblickte, wollte sie fliehen.

„Schöne Jungfrau!“ sprach ich zu ihr, „warum fürchtest du dich? Der Fremde, der vor dir steht, würde sich eher dem Tode weihen, als einem Haar deines Lockenkopfes ein Leid zufügen. Mein Herz sagt mir, daß du der Gegenstand bist, den ich suche, und ich bitte dich, verlasse die Wohnung deiner Eltern und ziehe mit mir in das schöne Land der Nantikoken. Das Wasser ist dort klar, kühl und süß und die Reben beugen sich unter der Last schmackhafter Trauben und das ganze Land prangt im farbenreichsten Blumenschmuck. Komm mit mir und zünde das Feuer in dem Wigwam an, den ich für uns gebaut habe!“

„Die liebliche Jungfrau hörte mich verwundert an, aber sie wußte nicht, was sie antworten sollte; denn sie hatte mich nicht verstanden. Doch endlich gestand sie, daß sie mich liebe und mit mir gehen wolle, wenn es ihre Eltern zufrieden wären.

„Am Abend, als die Sonne wieder zurückgekommen war, sagte ihre Ehehälfte zu ihr: „Einer der sechs Nantikoken, die im Froschmonate vom Nordstern auf das Ufer des „Großen Sees“ fielen, ist hier und hat um die Hand unserer Tochter Atahensik angehalten. Es ist ein schöner Jüngling, und so viel ich bemerkt habe, liebt sie ihn auch.“

„Ich werde sie ihm nie und nimmermehr geben!“ erwiederte sie barsch darauf; „denn das Blut der Sonne darf sich unter keiner Bedingung mit dem der Erdenkinder vermengen!“

„Mir sagte die Sonne einfach, ich solle mich so schnell wie ich könne meiner Wege scheren, und da ich nicht gern Streit anfangen wollte, so nahm ich diese Worte gelassen hin, blieb aber ruhig da und verheirathete mich in der nächsten Nacht, als sie in tiefem Schlafe lag, mit der schönen Jungfrau. Bei Tage versteckte jene mich gewöhnlich und es dauerte geraume Zeit, bis die Eltern unser Ehebündniß entdeckten. Aber da waren wir die längste Zeit oben gewesen, denn die Sonne packte uns und warf uns auf die Erde hinunter, und ich kann von Glück sagen, daß weder ich, noch mein Weib, noch unser geliebtes Kind Schaden dabei genommen haben. — Brüder, ich bin zu Ende!“

Danach erhob sich Konestogo und erzählte:

„Als ich mich von meinen fünf Brüdern trennte, stieg ich in eine tiefe Höhle, welche in den Bergen westlich vom Nautikokeflusse liegt. Ich marschirte mehrere Tage lang im Dunkeln weiter und lebte während dieser Zeit von getrocknetem Fleische, das ich mitgenommen hatte. Endlich kam ich in eine geräumige Felsenhalle, die auf dicken Säulen, welche wie Eiszapfen im Sonnenscheine glänzten, ruhte. Die Decke schien aus grünem, weißem, rothem und gelbem Eise gemacht zu sein; doch was das Allerschönste war — im Hintergrunde tanzte eine muntere Gesellschaft junger Mädchen in blendend weißer Kleidung. Ihre schwarzen Augen, ihr lieblicher Gesang, ihre wohlgeformten Schultern, ihre niedlichen Füße, ihr graziöser Gang — wer will dies Alles beschreiben?!

„Als sie mich bemerkten, stießen sie plötzlich einen Schrei des Schreckens aus und verschwanden in den gewölbten Gängen. Ich folgte ihnen natürlich so schnell ich konnte und kam bald in ein Zimmer, das etwas kleiner als das erste, aber eben so schön war. Hinter den Säulen standen die Mädchen und streckten ihre Köpfe hervor und schienen gar nicht mehr so ängstlich zu sein, wie vorher. Da ich durch das beständige Laufen sehr müde geworden war, so setzte ich mich auf einen Stein und brannte ruhig meine Pfeife an; denn, dachte ich, wenn man den jungen Mädchen nicht nachläuft, dann kommen sie von selber zu Einem. Und da hatte ich Recht. Bald streckten sie ihre Köpfe weiter vor, auch ihre Hände und Füße wurden sichtbar; aber ich that, als merke ich nichts davon, und als sie sahen, daß ich mich durch gar nichts stören ließ, kamen sie Alle hervor und hießen mich mit lächelnder Miene willkommen. Dann setzten sie sich neben mich und bestürmten mich auf einmal mit so vielen Fragen, daß ich die meisten überhörte.

„Wer bist du? Wie alt bist du? Wo kommst du her? Wie weit willst du noch gehen? Wer ist dein Vater? Wie heißt deine Mutter? Hast du noch Brüder? Wie viele Schwestern hast du? Lebt deine Großmutter noch? Wie lange willst du hier bleiben? Wohin willst du dann gehen?" — und so ging es in Einem fort, ohne daß sie irgend eine Antwort abwarteten. Aber sie waren nicht Alle so redseliger Natur, es war auch eine darunter, und zwar die Schönste, die still in einer Ecke saß und sich kaum regte; ihre gesenkten Augen aber redeten eine Sprache, die nur ein liebendes Herz versteht. Und diese gefiel mir am besten. Während dem nun die Anderen unaufhaltsam scherzten und lachten und ihre weißen Zähne zeigten, dachte ich nur an die stille, bescheidene Jungfrau, und mein Blick begegnete dem ihrigen sehr häufig. Allmählich rückte die Zeit zum Schlafengehen heran und die lustigen Mädchen verließen mich. Die Stille ging zuletzt fort und warf mir einen so vielsagenden Scheideblick zu, daß ich in der ersten Hälfte der Nacht kein Auge schließen konnte.

Am nächsten Morgen stand ich früh auf und sah in meiner Nähe ein kleines Bächlein, dessen kaltes, klares Wasser langsam über Kieselsteine da hinfloß und sich in einer Felsspalte verlor. Als ich mich dort eine Zeit lang hingesetzt hatte, erschien auch das Mädchen und erzählte, da es mich nicht bemerkte, dem Echo der Höhle, daß sie den Fremden mit dem schwarzen Haare und dem stolzen Blicke liebe und sehnlichst wünsche, seine Frau zu werden. Sie würde sicherlich noch viel mehr gesagt haben, wenn ich sie nicht herzlich an meine Brust gedrückt und ihren Mund mit zärtlichen Küssen geschlossen hätte.

„Du sollst mein Weib werden!" rief ich freudig; „heute noch mußt du's werden! Anfangs hielt ich dich für stumm, weil du dich still in eine einsame Ecke zurückgezogen hattest, während der Mund deiner Schwestern keinen Augenblick still stand. Ich danke dem Großen Geiste, daß er mich dein Geständniß hören und uns hier zusammentreffen ließ. Komm' nun mit mir in das fruchtbare Land der Nantikoken!"

„Sie ging mit und sitzt nun an meiner Seite. Brüder! Ich bin fertig!"

___

Danach stand der Dritte, Namens Appomattox, auf und erzählte Folgendes:

„Als ich das Lagerfeuer meiner Brüder verlassen hatte, überschritt ich den großen Arm des Salzsees und zog dem Lande der kalten Frühlingsstürme zu. Da es kurz danach zu regnen anfing, so baute ich mir eine Hütte aus Birkenrinde und legte mich hinein. Kaum war ich jedoch eingeschlafen, als ich plötzlich meinen Namen zweimal laut rufen hörte.

„Hier bin ich!" erwiederte ich, und als ich mich aufrichtete, sah ich ein häßliches, braunes Männchen vor mir im Mondenscheine stehen. Es war halb so groß wie ich, und seine Arme und Hände waren kaum so lang wie die eines einjährigen Kindes. Sein Kopf glich dem eines jungen Hundes, und seine Augen waren so roth wie die Blätter des Zuckerbaumes im Herbste. Seine Haut war grün wie Frühlingsgras und sein Haar struppig wie Felsenmoos. Seine Nase stand aufwärts; seine Ohren waren so groß wie der Nagel an meinem Daumen, und in seinen Mund konnte man kaum einen Grashalm stecken. Seine Bewegungen glichen denen einer Katze, der man auf den Schwanz getreten hat.

„Wer bist du?" fragte er mich und schlug einen Purzelbaum.

„Ich bin ein Nantikoke, einer von den Sechsen, die im Froschmonat vom Himmel fielen. Und wer bist du?"

„Du scheinst ein tüchtiger junger Mann zu sein und bist zweifelsohne wegen einer Frau hiergekommen. Komme mit mir. Ich wohne in einer Höhle nicht weit von hier und ich will dir dort einige fette, gebackene Kröten, oder auch, wenn du willst, einen wohlschmeckenden Hasenbraten zum Abendessen vorsetzen. Doch du fragtest mich, wer ich sei: darauf kann ich dir keine befriedigende Antwort geben. Ich weiß nur so viel, daß ich zu einer sonderbaren Fischfamilie gehöre."

„Da ich seit geraumer Zeit nichts gegessen hatte, so ging ich mit ihm.

„Auf dem Boden seiner Wohnung krabbelten eine große Anzahl Kinder herum, die noch häßlicher waren als ihr Vater. Das eine hatte kein Haar, und ein anderes hatte wieder den ganzen Körper voll; die meisten hatten nur eine Hand und ein Auge. Doch eins davon war schön; es war ein kleines Mädchen, daß ruhig in einer Ecke saß und sich tief in seinen Pelzmantel gehüllt hatte.

„Als das Abendessen aufgetragen wurde, zog die Jungfrau ihre besten Kleider an und setzte sich neben mich an den Tisch. Wir redeten kein Wort mit einander, aber jedes ihrer Augen sprach: „Ich liebe dich!"

„Ihre Eltern, welche aus eigener Erfahrung die Sprache der Liebe kannten, verließen darauf mit den anderen Kindern das Zimmer, und wir Beide waren nun allein. Ich faßte sie zärtlich an der Hand und flüsterte ihr allerlei liebliche Geschichten ins Ohr. Bald waren wir in unserer Sache einig, und da die Eltern nichts gegen unsere Verheirathung einzuwenden hatten, so traten wir gleich den Weg zum Lande der Nantikoken an.

„Brüder, ich bin zu Ende!"

––––––––––

Danach erhob sich der Vierte und sprach:

„Ich nahm meinen Weg nach dem Gebirge, das man gewöhnlich den Rückgrat des Großen Geistes nennt. Als ich mich am sechsten Tage ein wenig hingesetzt hatte, um auszuruhen, vernahm ich entfernte Musik, und allmählich konnte ich sogar die Worte eines lustigen Liedes verstehen. Da ich gern wissen wollte, woher diese lieblichen Töne kamen, so stieg ich den Berg hinunter und fand im Thale eine Gesellschaft munterer Mädchen, die fröhlich im grünen Grase herumhüpften. Die meisten davon waren sehr klein, und nur sehr wenige schienen ausgewachsen zu sein. Eine von den letzteren schien die Königin zu sein, denn sie ertheilte Befehle, die stets mit der größten Gewissenhaftigkeit befolgt wurden. Sie war die größte und schönste von allen; ihre Haut war fast schneeweiß und ihre Wangen waren so roth wie die Blume, die zwischen den Dornen blüht.

„Ich setzte mich unbemerkt auf die Erde und beobachtete die Spiele und Tänze der Mädchen. Zuletzt endeckte mich aber eines, und gleich kamen alle zornig auf mich zu.

„Warum", sprach die Königin ernst, „hast du dich hierher geschlichen? Weißt du nicht, daß wir Berggeister sind, die allabendlich dahier ihre heiligen Tänze aufführen? Was hast du zu sagen, um dich vom Tode zu retten?"

„Als ich oben auf dem Berge saß", erwiederte ich, „hörte ich plötzlich
süßere Töne als sie der Spottvogel zu singen vermag, und als ich denselben
entgegenging, sah ich die schönsten Geschöpfe der Erde und der Luft vor mir
und setzte mich hin, um sie zu bewundern. Das ist das ganze Verbrechen, das
ich begangen habe — und anstatt dafür zu sterben, möchte ich lieber die schöne
Jungfrau vor mir zur Frau nehmen!"

„Diese Bemerkung kam den Berggeistern sehr lächerlich vor; die Königin
aber ließ bedenklich den Kopf hängen. Ich ging zu ihr und sagte ihr leise
ins Ohr, daß ich sie liebe und sie gern mit in meine sonnige Heimat
nehmen möchte. Nach kurzem Bedenken erklärte sie sich damit einverstanden
und ging mit.

„Hier sitzt sie nun an meiner Seite."

————

Danach stand der Fünfte auf und sprach:

„Ich reiste nach dem Lande der lächelnden Sonne, dem warmen Süden.
Kein Thier, an dem ich meine Kunst im Schießen hätte probiren können, kam
mir in den Weg, und ich war nahe daran, zu verhungern, als ich mich nieder-
legte, um dem Großen Geiste mein weiteres Schicksal zu überlassen. Dieser
erschien mir denn auch im Traume und sagte, ich solle am nächsten Morgen
dem Laufe des Flusses, dessen Quelle vor mir sei, folgen, und dann würde
ich an einen Hügel kommen, in dessen Nähe ein mit zahlreichen Fischen
gefüllter See sei.

„Am nächsten Morgen stand ich also früh auf und folgte dem vorge-
schriebenen Pfade und kam bald an den besagten See.

„Der Hügel dabei war kaum halb so hoch wie der Flug eines Pfeiles,
und die Fische in dem benachbarten See waren so lang wie mein kleiner Finger.

„An den Ufern des Sees standen zahlreiche Bäume und neben denselben
eine große Anzahl Hütten, die so niedrig waren, daß sie mir kaum bis an die
Hüften reichten. Als ich mich ein wenig niedergesetzt hatte, kroch ein kleines
schwarzes Thier mit vier Beinen aus dem Wasser und legte sich vor mich ins
Gras und fing an, mit sich selbst zu sprechen. Da ich noch nie ein Thier
hatte sprechen hören, so näherte ich mich ihm, und als es mich kommen sah,
redete es mich mit folgenden Worten an:

„Fremder, sei willkommen im Lande der Moschusratten! Bis jetzt hat
uns noch Niemand von deiner Rasse besucht, und da mir eine innere Stimme
sagt, daß du gekommen bist, um unsern Frieden zu stören, so müssen wir
Anstalten treffen, einen Freundschaftsbund mit dir zu schließen. Tritt also
gefälligst in meine Hütte!"

„Ich ging mit ihr. Ihr Haus stand am andern Ufer des Sees und
war viel höher und schöner als die Wohnungen der anderen Moschusratten.

Da ich nicht aufrecht stehen konnte, so setzte ich mich nieder, und der Ratten-häuptling lief fort, um mir etwas zu essen zu holen.

„Kurz danach kam er wieder zurück, und nachdem ich meinen Hunger gestillt hatte, versammelten sich alle übrigen Moschusratten des ganzen Dorfes um mich, und die schöne Tochter des Häuptlings erschien ebenfalls.

„Was denkst du von meiner Tochter?" fragte er mich.

„Sie ist das schönste Moschusrättchen, das ich bis jetzt noch gesehen habe; ich bedaure nur, daß sie eine Ratte ist!" erwiederte ich.

„Sie ist unstreitig das schönste Thier im ganzen See und Keine versteht so gut Haus zu halten, wie sie; auch ist sonst Keine in der Umgegend klüger als sie. Willst du sie nicht heirathen?"

„Alles, was du zum Lobe deiner Tochter sagst, glaube ich gern; aber — sie hat vier Beine und ist auch viel zu klein für mich!"

„Sie hat nicht mehr Beine als du; denn was sind deine Arme anders als Beine? Doch ihre Fehler sind leicht abzustellen; warte nur noch eine Weile!"

„Danach zog sich der Häuptling hinter den Hügel zurück und grub eine kleine Höhle, die er mit rothem Sande und Schlamm ausfüllte. Dann schüttete er sieben Tropfen einer grünen Flüssigkeit darauf und sprach den Namen des Schutzgeistes der Moschusratten mehrmals dabei aus. Danach legte er sich nieder und stellte sich, als ob er schlafe.

„Gleich kam eine riesige Moschusratte, deren Beine so hoch als die höchsten Bäume waren und deren Schwanz noch zweimal so dick wie ich war, aus dem See und trat vor den Häuptling. Sie hatte einen weißen Ring um ihren Hals und ihr Bauch war blutroth. Das Merkwürdigste aber war, daß sie einen Menschenkopf hatte.

„Was wünschest du?" rief sie dem Häuptling zu.

„Gieb meiner Tochter die Gestalt eines Nantikofen!"

„Da mußt du meinen Meister fragen; doch will ich zusehen, was in dieser Sache für sie gethan werden kann!"

„Dann wisperte sie dem schönen Töchterlein einige Worte ins Ohr und ging fort in den Wald und fällte eine junge Tanne, suchte sich eine Eichel und eine Haselnuß und ein Birkenblatt und legte dies in das Feuer des Nantikofen.

„Als diese Dinge verbrannt waren, sammelte sie die Asche und goß sieben Tropfen einer grünen Flüssigkeit darauf und rief ihren Meister an. Plötzlich kroch ein kleiner rother Mann aus der Höhle des Häuptlings und sprach:

„Was wollt ihr von dem Meister des Lebens, daß ihr ihn aus seiner unterirdischen Wohnung hervorruft?"

„Der Geist erzählte ihm den Wunsch des Moschusrattenkönigs, und jener erklärte, ihn erfüllen zu wollen.

„Nimm deine Braut", sprach er zu mir „und führe sie an das Ufer des Sees, und wenn sie ihre Füße ins Wasser setzt, so sprich zu ihr: „Sei zum ersten Male ein Weib und lege im Namen des Großen Geistes deine Thier- gestalt auf immer ab!"

„Ich that, wie er befahl, und kaum hatte ich jene Worte gesprochen, als ihr Fell abfiel und die schönste Jungfrau vor mir stand.

„Brüder, ich bin fertig!"

„Ich reiste", erzählte darauf der Sechste, „nach dem Lande des Eises und der Kälte und kam in eine tiefe Thalschlucht. In der Mitte derselben befand sich ein Brunnen, der gar keinen Boden zu haben schien. Das Wasser darin war grasgrün und voll glänzender Augen. Da ich sehr müde war, so legte ich mich nieder, und als der Mond die höchsten Berge erklommen hatte, kam es mir vor, als steige eine große Menge menschenähnlicher Geister aus dem Brunnen. Sie waren von allen Farben, Größen und Altersstufen; nur ihre Augen waren gleich einnehmend. Als sie alle oben waren, bildeten sie einen Kreis und fingen an im grünen Grase herum zu tanzen, und als der erste Sonnenstrahl die Erde traf, hüpften sie wieder in ihre Wasserwohnung zurück.

„Da ich gern näher mit ihnen bekannt werden wollte, so beschloß ich, noch eine Nacht am Brunnen zuzubringen, und baute mir in der Nähe eine kleine Hütte. In der nächsten Nacht erschienen sie richtig wieder und kamen dicht an meinen Wigwam heran. Um mich nun Allen auf einmal bemerklich zu machen, sprang ich plötzlich in ihren Kreis; aber dies schien sie nicht im Geringsten zu kümmern, denn sie tanzten um mich herum und einige hüpften sogar über mich weg. Als ich sah, das sie gar keine Notiz von mir nahmen, fing ich an, so laut zu rufen, wie ich nur konnte; aber sie thaten, als hörten sie es nicht, und tanzten lustig weiter.

„Das muß anders angegriffen werden", dachte ich bei mir selber und ging auf die schönste Jungfrau los und umarmte sie. Aber wen zog ich an meinen Busen? Einen Schatten, ein lebloses Trugbild. — Ich ergriff eine Andere, machte aber dieselbe Erfahrung.

„Am nächsten Morgen verschwanden sie wieder, und ich sank durch die zweifachen Nachtwachen in tiefen Schlaf. Und da geschah es, daß der Manito der Träume zu mir herabstieg und Folgendes sprach:

„Nantikoke, die Schatten, welche dir nächtlich erscheinen, sind die Geister des Brunnens. Sie haben ihre eigene Welt, und der Meister des Lebens hat sie so geschaffen, daß sie von der übrigen nichts wahrnehmen!"

„Aber wie muß ich's anfangen, daß mich die schöne Jungfrau, die ich umarmte, auch sieht?"

„Höre! mache dir aus den Weinreben, die keine Beeren tragen, ein langes Seil, und binde einen flachen Sandstein mit hellen Flecken daran. Diesen lasse dann in den Brunnen und sprich: „Komm' hervor, schöne Jungfrau mit den hellen Augen, und nimm einen menschlichen Körper an, so daß du auf der oberen Erde wohnen und meine Frau werden kannst!"

„Ich folgte seinem Rathe und hatte es nicht zu bereuen; denn ich drückte die blühende Jungfrau bald als liebende Gattin an meine Brust.

„Brüder, ich bin zu Ende!"

Die All-Mutter.

Ehe noch die Erde existirte, lebte der Große Geist mit der All-Mutter allein im leeren Weltraume.

Kein Sonnenstrahl beschien das Wasser, in dessen Tiefe die Erde verborgen lag. Dieselbe kam erst dann zum Vorschein, als die All-Mutter einst herunterkam und sich niedersetzte. Anfangs war sie nur so groß, daß sie ihr hinlänglichen Raum zum Sitzen gewährte, aber sie wuchs so schnell, daß man sie zuletzt gar nicht mehr überblicken konnte; auch schossen überall Blumen und Bäume hervor.

Kurze Zeit danach gebar die All-Mutter drei Söhne, einen Bären, einen Wolf und einen Rehbock. Sie pflegte dieselben sehr sorgfältig, und als sie groß geworden waren, verheirathete sie sich mit ihnen und belebte die Erde mit Thieren von jeder Art. Danach erhob sie sich wieder zum Himmel und erzählte dem Großen Geiste, was sie gethan hatte.

„Du hast", erwiederte jener, „leider Eins vergessen; wer will jene Thierherden nun beaufsichtigen? Warum schufst du nicht auch ein Geschöpf, das Weisheit und Klugheit genug besaß, um den anderen sagen zu können, was sie zu thun und zu lassen haben? Gehe also wieder zurück und bringe einen Menschen hervor!"

Sie folgte augenblicklich und kam wieder zur Erde hernieder. Dort erwählte sie sich eine sehr schöne Eule, die ein Stiefbruder von einem Bären und einem Wolfe, und mit einem Hunde, einem Hirsch, einem Adler, einem Fuchs und einer Schlange weitläufig verwandt war, zum Gemahl und gebar bald danach zwei Kinder, welche die Eigenschaften der ganzen Verwandtschaft besaßen. Diese wurden die Stammeltern des Menschengeschlechtes.

Mikwon, oder der rothe Manito.
(Tradition der Mohikaner.)

Eines Tages, als mehrere Indianer am großen Salzmeer standen, sahen sie ein merkwürdiges Ding auf dem Wasser; es war so ungeheuer groß, daß sie aus Furcht eiligst zurückliefen und dem ganzen Stamme die Wundermär erzählten.

Sie fingen nun an, zu rathen, was es wol sein möge. Der Eine hielt es für einen riesigen Fisch, und der Andere meinte, es sei ein schwimmendes Haus; aber da Keiner sich entsinnen konnte, jemals etwas Aehnliches gesehen zu haben, so wurden augenblicklich Schnellläufer an die benachbarten Stämme abgeschickt, um sie herbeizurufen. Diese kamen denn auch bald, und da sie glaubten, der Große Geist wohne in jenem Wasserhause, so bereiteten sie sich vor, ihn würdig zu empfangen, damit er ihr Land und Volk segne. Die Abgötter wurden herbeigeholt und gründlich gereinigt und die besten Jäger eilten in den Wald, um die nöthigen Opferthiere zu schießen. Die Medizinmänner hüllten sich in ihre magischen Gewänder, banden Schlangen um ihre Lenden, bemalten sich mit allerlei Farben und schickten sich an, die Fragen der Männer und Weiber durch Beschwörungen zu beantworten. Aber ihre Schutzgeister blieben stumm, und die ihnen zu Ehre angeordneten Tänze hatten nicht den ersehnten Erfolg.

Als sie so völlig rathlos dastanden, kamen mehrere Indianer, die sich dem fremden Gegenstande in ihren Canoes genähert hatten, zurück und erklärten, daß es das schön bemalte Haus des Großen Geistes, und daß es von Leuten von schneeweißer Hautfarbe, von denen Einer einen blutrothen Anzug anhabe, bewohnt sei.

Als das Haus ganz nahe war, sahen sie, daß es eigentlich ein großes Canoe war, auf dem sich noch mehrere kleinere befanden. Eins derselben ward heruntergelassen und ein Mann mit rothem Kleide setzte sich hinein und fuhr ans Land. Später kamen auch die anderen Fremden nach und gingen in das Rathhaus der Mohikaner und schüttelten ihnen die Hände. Jene betrachteten sie von oben bis unten mit der größten Verwunderung, und die Medizinmänner, welche den rothgekleideten Fremden für den Großen Geist hielten, glaubten jeden Augenblick, er würde sie doch als alte Bekannte anerkennen.

Dieser aber machte wenig Worte und goß aus einer großen Flasche eine wasserähnliche Flüssigkeit in ein Glas und reichte es dem neben ihm stehenden Häuptling zum Trinken. Derselbe roch jedoch nur daran und gab es seinem Nachbar, der es wieder weiter reichte, so daß es unberührt im Kreise herumging.

Als dies der „Bieger des Tannenbogens", einer der tapfersten Krieger, sah, sprach er:

„Es ist nicht recht, daß wir das Getränke des rothen Manito zurückgeben, ohne davon gekostet zu haben. Wenn es Gift enthält, nun so will ich mich opfern und zuerst trinken!"

Danach nahm er von seiner Familie feierlichen Abschied und trank das ganze Glas aus. Bald danach wankten seine Füße unter ihm und er fing an, so sonderbare Gesichter zu schneiden, daß Alle glaubten, er sei närrisch geworden. Zuletzt fiel er in tiefen Schlaf und seine Frau glaubte, er sei gestorben. Aber der Fremde sagte ihr, er würde bald wieder aufstehen. Dies traf denn auch wirklich ein, und als Jener erzählte, daß er noch nie so glücklich gewesen sei wie in diesem Schlafe, da sehnten sich auch die Anderen nach jenem Wunderwasser, und der rothe Manito ließ Jeden ein großes Glas voll trinken. Bald lagen nun Alle bewegungslos im Grase, und als sie am nächsten Morgen wieder gerade auf den Beinen stehen konnten, sagte ihnen der Fremde, daß sie im nächsten Frühjahre wieder kommen und mit ihren Frauen und Kindern bei ihnen bleiben wollten. Da die Indianer damit zufrieden waren, so ließ er Aexte und Kleidungsstücke unter sie austheilen und fuhr mit seinen Gefährten ab.

Im nächsten Frühjahr kam er auch richtig wieder und brachte das ganze Schiff voll Leute mit. Als diese die Indianer sahen und bemerkten, daß sie die Aexte als Schmuck am Halse trugen und die Strümpfe zu Tabaksbeuteln benutzten, lachten sie laut auf und zeigten ihnen den eigentlichen Gebrauch dieser Dinge.

Die Fremden blieben bei ihnen und ließen sich auf dem Lande nieder, das ihnen die Mohikaner geschenkt oder verkauft hatten. Doch als sie sich im Laufe der Zeit vermehrten und immer mehr Land wünschten, entspann sich ein blutiger Krieg, der mit der völligen Vertreibung der Mohikaner endete.

Spottvogels Ursprung.

Die junge und schöne Prinzessin Neroyah liebte den tapfern Krieger Tonaka, aber die beiden Stämme, zu denen sie gehörten, waren einander sehr feindlich gesinnt, deshalb konnten die beiden Liebenden ihre geheimen Zusammenkünfte nur mittels einer Verkleidung und unter der größten Vorsicht halten. Glücklicherweise war Tonaka von dem Großen Geiste, der seine wunderbaren Segnungen immer mit einem Alles sehenden Auge nach den künftigen Bedürfnissen des Empfängers vertheilt, mit einer ganz ausge= zeichneten Nachahmungskraft begabt worden. Er besaß darin ein solches Talent, daß er ohne die geringste Anstrengung die Stimme jedes Vogels und jedes Thieres unter der Sonne nachahmen konnte.

Oft stahl sich Neroyah in der Mitternachtsstunde, wenn sie das vorher verabredete Signal hörte, von ihrem Lager auf einem Bärenfell weg und schlich sich in den dichten Wald, um dort den Geliebten zu finden, der sie mit ängstlicher Ungeduld erwartete. Zuweilen bestand das Signal in dem grellen Schrei des Panthers oder der wilden Katze; zu einer andern Zeit in dem Bellen eines Hundes, am häufigsten aber in dem schönen und feinen Gesange irgend eines Nachtvogels in den Wäldern. Die genußreichen Zusammen= künfte dauerten einige Monate, als, trotz ihrer außerordentlichen Vorsicht, ihre Liebe bekannt wurde, worauf ihre beiden eben mit einander Krieg führenden

Stämme beschlossen, sie zur Strafe zu tödten. Der Beschluß war Beiden unbekannt, aber als man sie Beide an den verhängnißvollen Pfahl gebunden und die wilden und bemalten Krieger um sie her die Holzscheite für das Feuer aufgethürmt hatten, und die Marterwerkzeuge bereit waren und ihnen gezeigt wurden, bat jedes von ihnen den Großen Geist, der in den Wolken über ihnen saß und auf die Scene herabblickte, das Leben und das Glück des Andern ewig zu bewahren.

Das Herz ihres Gottes wurde durch diese zärtliche Liebe gerührt, sein Mitleiden geruhte, sie dem Zorne seiner Verfolger zu entreißen, und zwar durch einen heftigen Wirbelwind, der sich um sie her erhob und die Augen der erschrockenen Krieger mit Staub füllte, und als der Wirbelwind aufhörte, waren die Gefangenen verschwunden und nicht wieder aufzufinden.

Der Große Geist hatte aber nicht vergessen, daß die Liebenden, die sich seit so vielen Monaten nur ihrer Leidenschaft hingegeben und darüber nachgedacht hatten, wie sie ihre Zusammenkünfte geheim halten könnten, sich eine Ver-nachlässigung der ihm schuldigen Verehrung hatten zu Schulden kommen lassen, und deshalb wollte er ihnen nicht die sofortige Vereinigung bewilligen, nach der sie bisher allein gestrebt und die sie über die Freuden erhoben hatten, die den tapferen Krieger auf den Jagdgründen der andern Welt erwarten sollen.

Er verwandelte den jungen Krieger in eine Spottdrossel und die Prin-zessin in einen schönen, wundervollen Vogel mit dem prachtvollsten Gefieder, die aber kein Männchen haben und immer allein wandern sollte, der einzige Typus ihrer Art auf der Erde, bis es dem Spottvogel gelingt, einen ganz eigenthümlichen Ton von der schönsten und schwierigsten Harmonie hervor-zubringen, der allein die Macht haben sollte, sie an seine Seite zu rufen. Durch diesen Ton können sie sich allein erkennen. Seitdem ist sie unerkannt durch die Welt gewandelt, aber sie lebt noch immer, und Tonaka, welcher sein Nachahmungstalent noch besitzt, singt fortwährend, ahmt jeden Ton, den er hört, selbst das Wimmern eines Kindes, nach und strengt sich an, seine ver-lorene und so heißgeliebte Neroyah wiederzufinden. Sein vereinsamtes und liebendes Herz veranlaßt ihn, die Nächte durch seinen melodiereichen Gesang zu verschönern, dem sich oft die Nachtigall anschließt; er singt sanft, senkt seinen Kopf und lauscht — es ist aber nicht die Stimme der verlorenen Geliebten, und mit einem verzweiflungsvollen Schrei flieht er fort in die unbekannte Ferne.

Die alte Eule.

Ein junger Delaware=Indianer, der sich lange Zeit in den Jagdgründen aufgehalten hatte, ohne etwas Nennenswerthes geschossen zu haben, fing zuletzt eine Eule, die in einer hohlen Eiche wohnte. Da das Wild damals überall selten war, so beschloß er, sie zu tödten und seiner Liebsten zu bringen, die seit mehreren Tagen kein Fleisch gesehen hatte. Er band sie also an dem rechten Beine an einen Ast und schliff sein Messer auf einem Sandsteine, der in der Nähe lag. Die Eule sah ihm mit großen Augen zu und fragte ihn, was er thue. Der junge Indianer, der nicht gewohnt war, zu lügen, antwortete, er mache sich fertig, ihr den Kopf abzuschneiden.

„Was!" rief die listige Eule, „wie wird es meiner alten Frau, meinen großen Töchtern und unmündigen Kindern ergehen? Meine Frau ist alt und blind und kann keine Mäuse mehr fangen."

„Ich glaube, andere Familien werden für deine Kinder sorgen und deine Alte wird eine andere Eule heirathen."

„Das mag bei euch Gebrauch sein, bei uns aber ist es nicht. Außerdem ist meine Frau auch so alt und häßlich, daß sie sicherlich selbst dem Teufel mißfallen würde. Wenn du mich schlachtest, so müssen meine Kinder ver= hungern. Am Tage können sie nicht gut sehen und bei Nacht getrauen sie sich nicht aus dem Neste."

„Aber ich bin sehr hungerig! Seit mehreren Tagen hat Keiner meines Stammes weder Wild noch Fisch gesehen, und das Mädchen, das ich liebe, ist dem Hungertode nahe; du bist ein willkommener Leckerbissen für sie!"

„Alt und zäh, alt und zäh! Weißt du nicht, daß es viel schlimmere Dinge als den Tod giebt? Schande und Gefangenschaft sollte der Krieger doch mehr fürchten als unbefriedigten Appetit!"

„Die Delawaren sind Männer; sie sind Herren der Erde, und Niemand hat sie je zu Gefangenen gemacht. Sie werden schon selber dafür Sorge tragen, daß sie nicht beschimpft werden. Du aber mußt meiner Liebsten ein Abendessen abgeben."

„Der jüngste Sohn der „grauen Eule" wird sich diese Nacht mit einer meiner Töchter verheirathen; die Gäste sind bereits versammelt, die Speisen sind bereitet und Alles wartet auf mich; darf ich nicht hingehen?"

„Nein!"

„Dann wird sich der Delaware=Krieger als größerer Narr zeigen, als das Thier, das eine Klapperschlange heirathete, ohne ihr zuerst den Schwanz abzuschneiden. Du hörst nicht auf die Stimme des Großen Geistes; deshalb sieh' dich in Zukunft vor!"

„Bist du denn ein Medizinmann?"

Sie nickte mit dem Kopfe. „Wenn du mir erlaubst, zurückzugehen, dann wird sich mein ganzer Stamm dankbar zeigen. Wenn die Delawaren müde von Krieg und Jagd in Schlaf sinken, so werden auf jedem Baume um ihr Lager zwei feurige Augen wachen und die herannahende Gefahr rechtzeitig kundgeben!"

„Geh!" erwiederte der Jäger darauf und erlöste den Vogel aus der Gefangenschaft. Er flog in seinen hohlen Baum zurück und wohnte dem Hochzeitsfeste seiner Tochter bei. Der junge Krieger schoß kurz darauf einen fetten Hirsch und wanderte damit seelenvergnügt nach der Wohnung seiner Braut.

Viele Sommer waren verflossen. Der Delaware-Indianer hatte sich verheirathet und war Vater vieler Kinder geworden. Seines Muthes wegen hatte man ihn zum Häuptling der Unamis oder des Schildkrötenstammes, der als der stärkste der Familie der Delaware gilt und sich als Vater aller Indianer betrachtet, erwählt, und diese Wahl hatte sich als eine außerordentlich glückliche herausgestellt. Sie hatten unzählige Schlachten mit den Stämmen aller Himmelsgegenden, mit den Schawanos am Walkullaflusse, den Mengwes an den großen Seen, den Dakotas hinter dem Flusse der Fische und den Narragansetts im Lande der Stürme, gefochten und waren stets siegreich gewesen. Die Krieger des „brennenden Flusses" hatten eingestanden, daß sie alte Weiber seien, die Dakotas hatten ihren Tribut in Bärenfellen und die Narragansetts in wunderschönen Muscheln entrichtet, und die Mengwes hatten sich wie verscheuchtes Wild in ihre dichtesten Wälder zurückgezogen. Von dem Kriege gegen letztern Stamm kehrten sie soeben, mit vielen Skalpen geschmückt, ihrer Heimat zu. Sie waren müde und erschöpft; aber da der Indianer keines von beidem je eingesteht, so tanzten sie zu Ehren ihres Gottes Wakondo den Skalptanz und sangen und jauchzten so laut dabei, daß es über alle Berge hallte. Danach legten sie sich schlafen, und bald war Alles still.

Drei Bogenschuß weit von den schlafenden Unamis rauschte es leise im dürren Grase; es bog sich und eine große Gestalt schritt darüber weg. War es ein Büffel? Nein, der ist nicht schlau genug, sich zu verstecken. War es ein Hirsch? Die Hirsche stehen am Ufer des großen Sees und trinken. Eine Adlerfeder und eine schwarze Skalplocke wurden sichtbar, und zwei feurige Augen leuchteten durch das Dickicht. Es waren nicht die Augen einer wilden Katze noch eines Wolfes; es waren die des Hundes der Seen, des verhaßten Mengwe, dessen Stamm sich zur Rache nächtlich herangeschlichen hatte. Aber sie wußten nicht, daß sie bewacht wurden, und daß eine alte weiße Eule in einem hohlen Baume in der Nähe ihres Versteckes saß.

Die Eule sagte nichts und ließ sie recht nahe herankommen; dann rief sie auf einmal: „Auf, auf! Gefahr, Gefahr!" und augenblicklich ertönte derselbe Ruf von allen umstehenden Bäumen. Die Unamis erwachten und griffen zu ihren Waffen, sahen aber nur die Rücken der fliehenden Mengwes.

Seit jener Zeit ist die Eule den Delawaren heilig. Wenn sie in der Nacht ihre Stimme ertönen läßt, so erhebt sich der Indianer von seinem Lager und wirft Tabak in sein Wigwamfeuer, damit ihr der aufsteigende Rauch die Versicherung bringe, daß man ihrer noch immer in Dankbarkeit gedenke.

Manitobah.

Der See Manitobah, der der neuen aus dem Red=River=Gebiet ge=
schaffenen Provinz den Namen lieh, verdankt selbst seinen Namen einer kleinen
Insel, aus der in der Stille der Nacht eine für die Indianer geheimnißvolle
Stimme erklingt.

Die seltsame Erscheinung füllt das Gemüth der dort hausenden Tschippewä=
Indianer mit einer gewissen ehrfurchtsvollen Scheu, so daß sie der Insel weder
sich nahen, noch darauf landen, in dem Glauben, daß der Ort heilig sei als
die Wohnung des Manitobah — des sprechenden Gottes. Die Stimme des
sprechenden Gottes rührt übrigens von dem Wellenschlag gegen den aus
großen Kieselsteinen geformten Ufersaum her. An der Nordküste der Insel
zieht sich ein niederes Riff von feinkörnigem dichtem Kalkstein hin, der unter
dem Schlage des Hammers wie Stahl ertönt. Die durch den Wellenschlag
sich lösenden Steinchen schlagen im Falle auf einander, wodurch der seltsame,
einem aus der Ferne erklingenden Glockenspiele ähnliche Ton entsteht. Die
Erscheinung macht sich besonders bei Stürmen aus dem Norden bemerklich.
Beginnt der Sturm sich zu legen, werden die Winde ruhiger, so vernimmt
man gedämpfte Klagetöne, ähnlich dem Geflüster der Stimmen. Und das ist
dem Aberglauben des Tschippewäers sein „sprechender Gott". Reisende er=
zählen, daß diese Naturerscheinung einen tiefen Eindruck hervorruft, und
daß es ihnen, vom nächtlichen Schlummer erwacht, wie das ferne Geläute
harmonischer Glocken vorkomme.

Eine Sage der kalifornischen Indianer.

Nachdem die beiden großen Geister, welche alle Dinge erschaffen, mit
ihrer Arbeit zu Ende waren und die Erde vollendet und mit dem Thierreich
bevölkert hatten, ruhten sie von ihren Anstrengungen aus. Der Aeltere stieg
wieder zum Himmel hinan, und der Jüngere blieb auf der Erde zurück. Die
Abwesenheit seines Bruders machte Letzterem indessen den Aufenthalt mit der
Zeit langweilig, so daß er sich zum Zeitvertreib aus Erde eine Anzahl Söhne
in menschlicher Gestalt zusammenknetete. Er flößte denselben Leben ein und
wohnte mit ihnen und verbrachte angenehme Tage mit denselben in ver=
schiedentlichem Zeitvertreib, hauptsächlich indem er ihnen Unterricht ertheilte.

Zu dieser Zeit war auch der Mond ein Bewohner der Erde, und jede
Nacht, wenn der Vater sich mit seinen Söhnen in ihre Wohnung zurückgezogen,
kam der Mond und hielt am Eingang Wache. In den Herzen der Kinder
entwickelte sich bald eine Zuneigung für den Mond, die sich rasch zur innigsten
Liebe ausbildete. Glückseligkeit war Aller Los. Während die Kinder bei Tag
den Unterricht ihres Vaters empfingen, wurde ihnen bei Nacht die aufmerksamste
Sorge ihres Begleiters und Beschützers, des lieben Mondes, zutheil.

Dieser Zustand ungetrübten Glückes wurde einstmals unterbrochen, als die Söhne die Entdeckung machten, daß der Vater anfing, seine Liebe und Zuneigung weniger ihnen als dem nächtlichen Hüter gegenüber auszulassen. Ja, der Vater vernachlässigte seine Söhne oft so weit, daß er häufig ihr Schlafgemach verließ und ganze Nächte im Genusse des Lichtes des Mondes zubrachte und mit dem letzteren tändelte. Es waren nicht viele Monate vergangen, als sich in den Handlungen des Mondes eine gewisse Furchtsamkeit und Zurückgezogenheit bemerkbar machte, was unter den Söhnen ein großes Herzeleid verursachte.

Der Söhne Gedanken bei Tag und ihre Träume bei Nacht kamen immer wieder auf das sonderbare Benehmen des Mondes zurück, und es währte nicht lange, bis ihr Schmerz in vollständige Verzweiflung ausartete. In einer Nacht wurden sie plötzlich durch einen vorher nie gehörten Schrei aufgeweckt. Sie befanden sich nicht allein in völliger Finsterniß, sondern waren auch verlassen von ihrem Vater. Den Rest der Nacht brachten sie in Thränen und Klagen über ihre verlassene hülflose Lage zu, bis die ersten Morgenstrahlen die Dunkelheit verscheuchten. Da erblickten sie an der Thürschwelle ein neugeborenes Kind, aber ihr Vater, der Geist, war fort und konnte nirgends mehr gefunden werden.

Inmitten ihrer Sorge und Betrübniß widmeten sie sich der Pflege des hülflosen Kindes. Der erste Tag war ein langer und mühseliger für sie, der erste ohne die gewohnte schützende Sorge ihres Vaters. Unter Leid, Traurigkeit und Angst ging der Tag vorüber, und als die Schatten des Abends sich einstellten, sahen sie den vollen erröthenden Mond, ein blühendes Mädchen, in ein goldenes Kleid gehüllt, den östlichen Horizont emporsteigen und seinen Thron inmitten des Himmelszeltes aufschlagen. Bei diesem majestätischen Anblick erfüllte wieder Freude ihre Herzen, und in fröhlicher Hingebung übernahmen sie die Pflege und Erziehung des Pfandes, welches ihnen durch den Großen Geist und den Mond zurückgelassen war, als Beide von der Erde wieder zum Himmel emporstiegen. Mit unermüdlicher Sorgfalt und Liebe wurde so das erste weibliche Kind aufgebracht. Frisch wie der Morgen und schön wie das Licht.

Die periodische Wiederkehr des Mondes mit seinem goldenen Glanze wird seitdem stets mit Entzücken begrüßt, zum Angedenken an seine frühere Sorge für das Wohl der Erdensöhne, und zugleich in dem kindlichen Dankgefühle gegen die Mutter der menschlichen Familie. Und wie die Mutter, so sind auch alle nachherigen Töchter verehrt, und die Unbeständigkeit und auch die Liebe zu glänzen sind ihnen ebenfalls eigen geblieben, wie die Liebe der Erdensöhne.

Die guten alten Könige.

Am Tscherokesenflusse befinden sich zwei hohe, mit Tannen bewachsene Berge, von denen die umwohnenden Indianer allerlei merkwürdige Geschichten zu erzählen wissen. Jeder, der sie beim Sonnenuntergange betrachtet, wird dort Männer bemerken, deren Köpfe bis in den Himmel ragen und die behende von einem Berge auf den andern springen. Daß sie menschliche Gestalt besitzen, kann man klar und deutlich sehen; ihre Handlungen jedoch lassen auf überirdische Wesen schließen. Da sie nie ihre steilen Wohnsitze verlassen, so hat kein Indianer je näheren Umgang mit ihnen gehabt, und man weiß also nicht, wer sie eigentlich sind und wovon sie leben.

Zwischen jenen beiden Bergen befindet sich ein tiefes, von den Winden unbestrichenes Thal, das seit Erschaffung der Welt nur von den „guten alten Königen", nämlich riesigen Klapperschlangen, bewohnt ist. Niemand hat sich je in diese gefährliche Schlucht gewagt. Nachstehende Geschichte aber soll uns Auskunft geben, wie man in Erfahrung brachte, daß dort solche Geschöpfe hausen.

Unter den Tscherokesen lebte einst ein Mann, der weit und breit berühmt war, trotzdem er sich weder als Jäger noch als Krieger außergewöhnlicher Thaten brüsten konnte. Er war ein Priester, der den Willen des Großen Geistes besser, als jemals ein Anderer vor ihm, mitzutheilen wußte, und der mit allen Geistern der Erde und des Himmels in lebhaftem Verkehre stand. Er heilte alle Krankheiten und blieb auf keine Frage die Antwort schuldig. Wenn sie Regen brauchten und Tschepiasquit darum baten, so floß der Regen sicherlich bald in Strömen, und wenn es allzu sehr donnerte und die Blitze den Wald anzündeten, so brauchte er nur ein Wort zum Großen Geiste zu sprechen, und augenblicklich war Alles wieder ruhig und die schwarzen Wolken verschwanden pfeilschnell vom Firmament.

Da ihm so alle Elemente auf das Wort gehorchten, so hüteten sich die anderen Stämme sorgfältig, mit den Tscherokesen Krieg anzufangen. Letztere konnten daher ruhig ihren friedlichen Geschäften nachgehen, ihr Korn ungestört pflanzen und ernten und Nachts so unbesorgt schlafen wie die Kinder.

Tschepiasquit hatte vier Weiber, die ihm zahlreiche Kinder geboren hatten; von diesen war jedoch nur eins, eine Tochter, am Leben geblieben. Das Mädchen wuchs zur schönsten Jungfrau des ganzen Stammes heran. Ihre Eltern sahen mit Stolz und Freude auf sie, und alle jungen Krieger brachten ihr ihre Huldigungen dar. Aber sie wies sie Alle zurück, und trotzdem Viele ihrer Hand und ihres Herzens würdig waren, so zwang sie doch ihr Vater zu keiner Heirath wider ihren Willen.

Doch der Große Geist hatte nicht beschlossen, daß sie ihr Leben ehelos beschließen sollte. Als einst eine Abtheilung junger Jäger vom Stamm der

Muskogulschis in friedlicher Absicht durch das Land der Tscherokesen zog, fand auch die schöne Winona einen Jüngling, der ihren Träumen entsprach. Es war der Häuptling jenes Stammes, ein stattlicher, kräftiger Mann, dem im Laufen und Ringen kein Anderer gleichkam.

„Ich habe", sprach er zu Tschepiasquit, „deine Tochter gesehen und liebe sie. Ich habe ihr gesagt, daß mich ihre sanfte Stimme und ihre schwarzen Augen gefesselt haben, und auch sie hat mir gestanden, daß sie mit mir ziehen will, wenn du es erlaubst."

„Meine Tochter", erwiederte der Alte, „ist das Licht meiner Augen und die Freude meines Herzens, und ich kann ihrer Mutter, wenn sie nach ihr fragt, nicht sagen, daß sie mit einem fremden Jäger nach einem fremden Lande gegangen ist. Mein Wigwam würde traurig und öde sein, wenn wir ihre süßen Lieder vermißten. Nein, lieber Mann, ich kann meine Tochter nicht entbehren! Bleibe aber hier und baue dir eine Hütte neben der meinigen und dann wird ihr Vater auch der deinige sein!"

„Meine Eltern und Geschwister wohnen in dem Lande meiner Geburt, auch liegen dort die Gebeine meiner Vorväter — es ist ein herrliches, reiches Land — wie kann ich es verlassen? Alles Andere will ich gern für Winona thun, meine Heimat aber kann ich nicht aufgeben!"

Doch Tschepiasquit ließ sich nicht bereden, und betrübt und traurig ging der Muskogulschi zur Geliebten, um ihr sein Leid zu klagen. Dort fand er willig Gehör, und Beide beschlossen, noch die nächste Nacht heimlich zu entfliehen. Die Liebenden vergaßen freilich, daß der Große Geist ihren Plan leicht seinem treuen Diener mittheilen und ihn so vereiteln konnte. Tschepiasquit hatte nur nöthig, beim Schlafengehen ein Biberfell um die Augen zu binden, und der Manito der Träume erzählte ihm Alles, was von Wichtigkeit für ihn war. Kaum hatte er auf diese Weise die Absicht des liebenden Paares in Erfahrung gebracht, so beorderte er die jungen Männer des Stammes, seinen Wigwam zu bewachen, um die Flucht der Beiden zu verhindern. Da er jedoch jeden Streit gern vermeiden wollte, so beschied er Winona's Bräutigam zu sich und sprach zu ihm:

„Ich habe dir meine Tochter verweigert, aber ich nehme mein Wort zurück und lasse sie mit dir ziehen. Da es dir nicht an Muth fehlt, so hast du vorher indessen eine Aufgabe zu erfüllen. Du sollst nach dem Lande der „guten alten Könige" ziehen und mir von deren Leben und Treiben Kunde bringen. Es ist dies eine gefährliche Gegend. Wer die Bewohner nur im Geringsten beleidigt, ist dem sichern Tode verfallen. Niemand hat sich bis jetzt dorthin getraut, und so kommt es denn, daß wir nicht wissen, ob die Schlangen dort ewig leben und ob die brennenden Sonnenstrahlen daselbst, wie Viele behaupten wollen, nur die Blicke ihrer Feueraugen sind. Gehe also hin und erforsche diese Dinge genau. Bringe mir auch einen Backenzahn und eine Klapper eines lebenden Königs mit. Zum Lohn werde ich dir danach meine geliebte Tochter Winona zur Frau geben."

Der junge Mann hatte früher schon von dieser schreckenerregenden Schlucht gehört, und Gram und Sorge erfüllten ob dieser Aufgabe sein Herz. Da er jedoch einem Leben ohne Winona ohne weiteres Besinnen den Tod vorgezogen hätte, so beschloß er, das Wagestück zu unternehmen, und er nahm darauf von allen seinen Bekannten Abschied.

Als Tschepiasquit sah, daß der junge Muskogulschi zur Gewinnung seiner Tochter sein Leben willig aufs Spiel setzen wollte, sprach er zu ihm: „Du hast ein starkes Herz und einen kräftigen Arm, und mit dem Zaubermittel, das ich dir mitgeben werde, wirst du sicherlich deinen Zweck erreichen!" Darauf gab er ihm einen Beutel aus dem Felle der wilden Katze, der alle jene geheimniß= vollen Dinge enthielt, die dem Besitzer die Macht über seinesgleichen ver= leihen. Darin befanden sich ein Zweig vom Weinstock, der nie Frucht trägt; trockene Fichtenzapfen, die mit dem Thau der Blätter des Lorberbaums benetzt waren; große Tigerklauen, die Zähne eines Alligators, die Knochen einer Schildkröte und endlich Pulver aus getrockneten Schnecken.

„Wenn du diese starke Medizin gebrauchen willst", sprach er weiter, als er ihm das Amulet überlieferte, „so sprich folgende Worte dabei: „Ich bin verloren! Ich bin verloren! Rette mich! Im Namen der sieben Männer, die an einem nebeligen Morgen den „guten alten Königen" zum Frühstück vorgesetzt worden, flehe ich dich, Jungfrau der grünen Au, um deinen Schutz an! "

Danach hing der Jüngling seine Waffen um und machte sich auf den Weg nach dem verhängnißvollen Thale, an dessen Eingang er schon am nächsten Tage anlangte. Von den Bergen hallten allerlei unverständliche Töne; manch= mal klang es, als ob ein blutiger Krieg oben wüthe, und dann glaubte man wieder zärtliches Liebesgeflüster zu hören. Doch unser Held zog muthig und unbeirrt seines Weges. Bald sah er das Land, soweit das Auge reichte, mit Klapperschlangen von ungeahnter Größe bedeckt. Jede hatte nur ein Auge, das sich in der Mitte der Stirne befand und das alle Gegenstände, auf die sein Blick fiel, an sich zog. Eine Schlange lag dicht neben der andern, und ihr beständiges Klappern war dem lautesten Donner gleich. Seine Füße wankten bereits unter ihm, und ein breiter Rachen starrte ihm zum Verschlingen ent= gegen, als er seines Zauberspruches gedachte und ihn den vier Winden zurief.

Ein furchtbarer Donnerschlag vom nördlichen Berge war die Antwort darauf, und als dieser verhallt war, hörte er ein leises Flehen und Singen, und es schien ihm, als ob ein unsichtbarer Geist den Meister des Lebens um Gnade für ihn ersuche. Die Klapperschlangen regten und bewegten sich nicht mehr und der Zauberstrahl ihrer Augen erblaßte. Ihre feurigen Zungen zuckten nicht mehr gleich Blitzen in der Luft herum, und es schien, als seien alle plötzlich gestorben.

Der Gesang kam allmählich näher und näher, und als der Muskogulschi vor sich auf die Erde blickte, bemerkte er eine fingerdicke und armslange Schlange, die in allen denkbaren Farben schillerte.

„Ich bin", sagte sie, „der Geist, den du zu deiner Rettung kraft des Zaubermittels des tscherokesischen Priesters herbeigerufen hast. Es war nicht sehr klug von dir, dich in das Thal des Todes zu wagen; und schlecht war es jedenfalls von jenem Medizinmann, dich hierher zu schicken. Doch du sollst nicht sterben, denn ich bin die Jungfrau der grünen Aue und habe Gewalt über die guten alten Könige. Auch habe ich erfahren, daß du gewisse Dinge zurückbringen sollst; ich werde dir deshalb zur Erlangung derselben behülflich sein."

Darauf ging sie um ihn herum und stimmte ein anderes Lied an, das sämmtliche Schlangen zu immer wilderer Wuth belebte. Ihre Zungen zuckten von allen Seiten nach dem fremden Eindringlinge, aber den heiligen Kreis, den sein guter Schutzgeist um ihn herum gezogen hatte, konnten sie nicht durchdringen.

Die Jungfrau der Aue erzählte hierauf dem größten der alten Könige, daß ihr Schützling vom Priester der Tscherokesen hierher geschickt worden sei, um einen Zahn, eine Klapper und ein Auge von ihnen zu holen, wonach er ihm seine einzige Tochter zur Frau geben wolle.

„Ich weiß von keinem", erwiederte der angeredete Klapperschlangenkönig, „der solche Dinge gern hergäbe; ich wenigstens brauche alle meine Glieder selber. Auch mußt du wissen, daß deine Hauptaufgabe als Königin des Thales und der Berge darin besteht, uns zu beschützen und nicht darin, uns Schaden zuzufügen. Dann wird es dir nicht unbekannt sein, daß der Große Geist gesagt hat, wir würden alle unsere Sehkraft verlieren, wenn ein Auge von uns aus dem Thal gebracht wird!"

„Dieser Ausspruch ist mir allerdings unbekannt; aber ich gebe euch die feste Versicherung, daß er widerrufen wird. Auch soll derjenige, der dem Fremden die gewünschten Dinge giebt, keinen Schaden darunter leiden, sondern es soll ihm jedes Glied wieder anwachsen!"

Darauf hielten die Klapperschlangen eine große Rathsversammlung ab und losten, wer ein Auge, einen Zahn und eine Klapper hergeben solle, und der alte König, den das Los traf, fügte sich auch willig in sein Schicksal und ließ sich die betreffenden Glieder ausreißen.

Als er sie dem jungen Muskogulschi einhändigte, sprach er zu ihm: „Der Große Geist schuf uns erst, nachdem er alle anderen Wesen ins Leben gerufen hatte. Er saß nämlich einst an einem schönen Sommermorgen am sandigen

Ufer des Waldsees, und da er Langeweile hatte, so suchte er alle farbigen
Steine zusammen, legte einen neben den andern und bildete so mehrere lange
Reihen. Ich habe, sprach er dann zu sich selber, Thiere geschaffen, welche
gehen, schwimmen, fliegen und hüpfen; wie wäre es, wenn ich jenen Stein=
reihen Leben einbliese und sie kriechen ließe? Dies würde allen meinen
übrigen Geschöpfen große Freude bereiten. Aber ich glaube, ich kann sie noch
merkwürdiger machen. Und dann ging er hin und steckte hin und wieder noch
einige größere Steine in die Reihen. Danach ließ er sie herumkriechen und
freute sich herzlich über ihre sonderbaren Bewegungen. Ihr sollt, sprach er
weiter, mit dem ganzen Körper auf der Erde bleiben und nie in euerm Leben
versuchen, aufrecht zu gehen; doch da ihr eine sehr dünne Haut habt, so muß
ich euch in ein Land bringen, in dem euch die Kälte des Winters nichts an=
haben kann. Danach steckte er uns in seine große Tasche und trug uns in
dieses Thal, woselbst er uns unter den Schutz der Sonne stellte. Denjenigen,
die Klappern haben, gab er ewiges Leben; alle anderen aber müssen nach einer
bestimmten Zeit sterben."

„Dieser Große Geist hat dein Leben durch seine Dienerin gerettet; danke
ihm dafür, wenn du bei seinem Priester unter den Tscherokesen angekommen
bist und ihm die Dinge überliefert hast, wegen deren er dich hierher schickte."

Der Muskogulschi ging zurück und brachte an den Tscherokesenhäuptling
die gewünschten Klapperschlangenglieder, und als jener dieselben in Empfang
genommen und ihm seine Tochter zugeführt hatte, zitterte er am ganzen
Körper und fiel todt zur Erde nieder.

Der Traum des Abnaki-Häuptlings.

Wangewaha, der berühmte Häuptling der Abnakis, schlief einst unter
einem Tannenbaume ein und träumte einen sonderbaren Traum. Er sah fern
im Osten auf dem See eine hellweiße Wolke, die vom Winde dem Lande zu=
getrieben wurde. Als sie näher kam, bemerkte er jedoch, daß der untere
Theil derselben ganz schwarz war, und daß sie überhaupt eine merkwürdige
Gestalt hatte.

Die Söhne des Waldes versammelten sich in stillem Erstaunen am Ufer,
und die Priester stimmten heilige Gesänge an. Plötzlich verschwand jedoch die
Wolke, und ein großes Thier mit unzähligen Armen und Beinen kam zum
Vorscheine. Auch schien es, als ob sich darauf noch eine Masse kleinerer Thiere
in Menschengestalt mit der Schnelligkeit und Gelenkigkeit eines Eichhorns
bewegten, und zuletzt bemerkte man deutlich, daß sich mehrere derselben an
einem dicken Seile in ein kleines Kanoe herunterließen und sich dem Ufer
näherten.

Sie kamen auch richtig zu den Abnakis und stellten sich unter allerlei Förmlichkeiten als treue Freunde vor. Es hatte damit indessen nicht seine Richtigkeit; die Fremden hatten zwar Menschengestalt angenommen, waren aber nichts Anderes als schlaue und gefährliche Raubthiere. Sie waren stark und muthig und besaßen größere Klugheit als die Medizinmänner.

Eines dieser Thiere war von großer Schönheit und schien die Königin zu sein. Es hatte Frauengestalt und war mit einem langen Rocke von unbekanntem Stoffe bekleidet. An ihren Armen trug sie glänzende Ringe und in einer ihrer Hände hielt sie eine Art von Korn, wie man es nie vorher gesehen hatte. Ihre Brust war mit einem Schilde geschmückt, auf dem sich zwei Bilder befanden, die kein Priester erklären konnte. Diejenigen, welche mit ihr kamen, sagten, sie sei Königin über eine große Insel, die mächtiger als die ganze übrige Welt sei.

Kurz danach kam eine andere Frau aus dem Dickicht des Waldes, die viel größer und von der Gesichtsfarbe der Indianer war.

„Du gebietest über ein sehr schönes Land!" sprach die fremde Königin.

„Gewiß!"

„Seine Berge und Flüsse sind unvergleichlich!"

„Ich glaube es!"

„Seine Winde —"

„Sind sanft wie der Hauch eines jungen Mädchens!"

„Hast du noch Raum für mich in deiner Hütte?"

„Du bist zu jeder Zeit willkommen!"

„Weißt du nicht, daß wir Schwestern sind?"

„Nein; ich weiß es nicht!"

„Nun so höre. Wir haben noch zwei andere Schwestern und von allen bist du die jüngste. Ich bin die zweitjüngste und bin hierher gekommen, dir meinen Beistand anzubieten, und dein Land schöner und fruchtbarer zu machen. Ich habe deshalb einige Gehülfen mitgebracht!"

„Suche dir die schönsten Stellen meines Reiches aus und betrachte meine Unterthanen als die deinigen; denn ich glaube dir gern, daß wir Schwestern sind!"

„Wozu gebrauchst du jenen breiten Fluß?"

„Er liefert meinem Volke unzählige Fische."

„Ich wünsche, er gehörte mir."

„Ich kann ihn entbehren."

„Sieh' den See dort, wie schön er ist!"

„Es ist der schönste See meines Landes."

„Fluß und See gehören eigentlich zusammen!"

„Gewiß; und ich bin nicht Diejenige, die sie theilen will — betrachte den See als dein Eigenthum!"

„Nun habe ich einen prächtigen Fluß mit fruchtbaren Ufern und einen schönen See — aber du hast mir noch keinen Berg gegeben, dessen kühle Winde mich zur Zeit der Sonnenhitze erfrischen."

„Nimm dir den höchsten Berg, den du siehst, und sage mir, was du sonst noch brauchst."

„O, meine Wünsche sind bescheiden; nur noch einige Flüsse und Thäler, die du leicht entbehren kannst, und noch einen andern hohen Berg zum Sommeraufenthalte; dann noch einige Seen mit vielen Wasservögeln darauf, mehrere Wälder mit fettem Wilde darin und einen Theil des Großen Sees, damit ich meine Walfische unterbringen kann, weiter nicht; als vielleicht noch ein Thal, einen Fluß, einen Berg und noch ein anderes Stück des Großen Sees — das wäre so ziemlich Alles, was ich mir erbitten möchte!"

Die rothe Königin lächelte ob der bescheidenen Wünsche ihrer Schwester und sprach: „Du sollst Alles haben!"

Dann nahm jene von allen schönen Flüssen, Seen und Bergen des Landes Besitz und meinte, dies sei so wenig, daß es kaum des Dankes lohne.

Danach kamen alle fremden Thiere aus Land und richteten sich häuslich ein. O, wie waren sie so freundlich gegen die armen Indianer! Sie streichelten sie zärtlich mit der einen Hand und nahmen ihnen mit der andern ihre schweren Felle ab, damit sie sich nicht erhitzten. Dann kochten sie Feuerwasser und gaben es ihnen zu trinken, damit sie glücklich würden. O, sie waren sehr freundlich!

Jetzt erwachte Wangewaha. Er hatte so lebhaft geträumt, daß er sich die Augen ausreiben mußte, um sich zu überzeugen, daß es nur ein Traum gewesen war. Kurz danach schlief er wieder ein und sah im Lande seiner Kindheit eine unzählige Masse fremder Menschen, welche die Wälder niedergehauen hatten und die Flüsse mit kleinen Wolken befuhren.

Am Ufer eines dieser Flüsse stand ein Indianer mit seiner Frau, die ein sterbendes Kind in ihren Armen hielt, und vor ihnen lag ein abgemagerter Hund.

„Siehst du nichts in dem Strome?" fragte ihn die Frau.

„Ich sehe nichts", erwiederte Jener, „denn die Netze der Fremden haben dem Speer der Indianer nichts übrig gelassen."

„Hörst du nicht die Tritte eines Büffels?"

„Ich höre nichts; denn die Fremden haben uns nichts als die Maus und den Maulwurf gelassen!"

„Dann muß unser Kind Hungers sterben; doch dort sehe ich eine Hütte, deren Farbe mir verräth, daß sie von einem Blaßgesichte bewohnt ist."

„Willst du vielleicht, daß der rechtmäßige Erbe dieses Landes bei seinem Räuber betteln soll?"

„Denkst du nicht mehr an deinen Traum im Wurmmonate?"

„Ja, du haſt Recht; der Sohn der Wildniß wird ſeinen Stolz beugen und den Fremden um Brot für ſein Kind bitten."

Darauf gingen ſie nach dem Hauſe. Der Weiße, der ſie kommen ſah, donnerte ihnen entgegen: „Warum haſt du meine Blumen mit deinen plumpen Füßen zertreten und meine Herden durch dein wildes Geſchrei verſcheucht!"

„Der weiße Mann hat am Tage Eulenaugen; ich habe deine Blumen nicht berührt noch dein Vieh geſtört; ich komme nur, dich um Nahrung für mein hungerndes Kind zu erſuchen!"

„Hebe dich aus meinen Augen, Hund!"

„Aber mein Kind wird ſterben!"

„Dann giebt es eine Rothhaut weniger!"

„So ſprachen die Abnakis nicht zu den Fremden, als ſie arm und hungerig in ihr Land kamen. Sie gaben ihnen das Brot aus dem Munde und die warmen Felle vom Leibe; doch ſie ſind ſchlecht dafür belohnt worden!"

Die Augen des Träumenden füllten ſich mit Thränen. Am Saume eines Waldes ſah er eine todte Frau liegen, die ein halb verweſtes Kind in den Armen hielt. Dicht dabei ſtand ſorgenvoll ein Indianer und lehnte ſich in ſtillem Nachdenken verſunken auf ſeinen Bogen. Aus ſeinen Zügen ſprach unbegrenztes Elend, aber ſeine Augen ſprühten wie Feuer. Er lachte; denn vor ihm loderte das Haus des Blaßgeſichtes in Flammen auf, und er lag nebſt Frau und Kindern von ſicheren Pfeilen getroffen in den blutigen Blumen ſeines Gärtchens. Der Sohn der Wildniß hatte ſich bitter gerächt.

Dann ſah der Träumer die beiden Göttinnen wieder auf demſelben Platze, wo ſie ſich zuerſt begegnet waren.

„Du haſt ein ſchönes Land!" ſagte die jüngſte.

„Ein wunderſchönes Land!" erwiederte die andere und ſah ſtolz auf die herrliche Gegend vor ſich.

„Es hat ſchöne Berge!"

„Die Berge ſind hoch und ſchön!"

„Es hat viele prächtige Flüſſe!"

„Unzählige!"

„Haſt du nicht Platz für mich in deiner Hütte?"

„Platz genug — aber glaubſt du, daß er für dich da ſei?"

„Weißt du nicht mehr, daß wir Schweſtern ſind?"

„Das weiß ich allerdings nicht!"

„Wir ſind Schweſtern, denn du ſagteſt es ja ſelber, als wir uns zuerſt ſahen und ich dir alle Berge, Seen und Flüſſe ſchenkte, die du nur wollteſt!"

„O du Närrin, die du warſt, Dergleichen wegzugeben!"

„Aber ich wollte dir eine Freude machen; warſt du denn nicht meine Schweſter?"

„Ich kann mich dieser Geschichte nicht mehr entsinnen, aber wenn du mir wirklich früher einmal Gefälligkeiten erwiesen hast, so ist es sicherlich unverschämt, mich daran zu erinnern, und solche Frechheit macht dich selbstverständlich einer jeden Belohnung verlustig! Komme mir deshalb nicht mehr vor die Augen!"

Die dunkelfarbige Königin zog sich scheu zurück und der Abnaki-Häuptling erwachte und erzählte den Traum seinem Stamme.

Die Schlangen-Squaw.

Auf dem Gerundewaghberge lebten einst vierundzwanzig Männer und eben so viele Frauen in Liebe und Eintracht beisammen. Zank und Krieg waren damals noch nicht erfunden; auch gab 'es nur eine einzige Sprache, welche jedem leicht verständlich war.

Als diese vierundzwanzig Paare, von denen alle anderen Indianerstämme der Welt abstammen, einst rauchend und scherzend auf ihrer heimatlichen Anhöhe saßen, sagte Einer, der die schärfsten Augen hatte, daß er merkwürdige, dicken Baumstämmen ähnliche Gestalten herankriechen sähe, was es aber eigentlich sei, könne er sich nicht gut denken. Allmählich bemerkten es auch die Anderen, und je länger sie hinsahen, desto deutlicher erkannten sie die drohende Gefahr; denn eine unabsehbare Herde furchtbarer Schlangen kroch heran und verschlang alle Menschen, die ihr in den Weg kamen. Was war da zu thun? Fliehen wäre feig und sicherlich auch nutzlos gewesen, da die Schlangen flinker waren; und so blieb denn nichts Anderes übrig, als den Berg in aller Eile zu befestigen und sich in Vertheidigungszustand zu setzen.

Kaum waren sie damit fertig, so sahen sie ihre Todfeinde auch schon vor den Mauern liegen. Da es diesen nun nicht gelang, sich einen Eingang zu erzwingen, so verpesteten sie die Luft mit ihrem giftigen Athem, wodurch sie jene bisher unbekannte Krankheit, die das Haar bleicht, die Zähne lockert, das Auge verdunkelt und zuletzt den Tod herbeiführt, erzeugten.

Unsere vierundzwanzig Helden aber fürchteten sich vor nichts und schossen einen wahren Regen von Pfeilen auf sie ab. Doch dies war vergebens, denn der Schuppenpanzer der Schlangen war undurchdringlich.

Da war nun guter Rath theuer. Die Schlangen vermochten zwar nicht ihre Festung zu erklettern, aber die armen Indianer konnten auch nicht heraus, und ihre in der Eile zusammengerafften Lebensmittel waren bald aufgezehrt. Endlich zwang die Noth Mehrere, sich vor die Mauer zu wagen, um die Belagerer mit Speeren zu verscheuchen; aber jene ließen sie ganz ruhig herankommen und schnappten sie wie die Fliegen weg.

Zuletzt blieben nur noch zehn Frauen und elf Männer übrig, und dieser elfte Mann kam auf einen klugen Gedanken. Er hatte nämlich eine Schlange

mit blendenden Augen bemerkt und aus ihrem selbstgefälligen, eitlen Spiegeln
im nahen See geschlossen, daß es eine Frau sein müsse. „Wenn ich nur die
Zeit wüßte", sagte er, „wenn ihr Gemahl schläft, so ging ich gleich zu ihr
und machte ihr einen Liebesantrag." Er verstand sich nämlich gründlich auf
den Umgang mit dem weiblichen Geschlechte, wußte ganz genau den Augenblick, wenn ein Seufzer oder ein schmachtender Blick angebracht war, oder wenn
man den Beleidigten zu spielen habe, und war somit gerade der rechte Mann.

So oft er nun den Ehegemahl im Schlafe wähnte und die Frau sichtbar
war, stellte er sich auf die Festungsmauer und blickte so zärtlich zu ihr hinunter,
als er nur vermochte. Dann seufzte er und winkte ihr und sie schüttelte ebenfalls ihren Kopf und drehte ihn dann seitwärts, um ohne Gefahr für ihren
Geliebten vernehmlich seufzen zu können, denn ihr Athem war kein Blumen-
duft. Der elfte Mann hatte sich also nicht geirrt, aber über die Mauer ge-
traute er sich fürs Erste doch noch nicht; denn wie leicht hätte es der Fall
sein können, daß sie sich nur liebenswürdig zeigte, um ihn herauszulocken?

Doch da kein Bröcklein Speise mehr vorhanden war, so mußte sich der
Verliebte endlich auch zu diesem Wagestücke auf Glück und Unglück entschließen.
Er nahm also seine Waffen und machte sich auf den Weg. Der Alte lag
glücklicherweise in tiefem Schlafe, so daß sich seine Frau weiter keinen Zwang
anzuthun brauchte. Und das that sie denn auch nicht; denn sie umhalste den
ersehnten Geliebten zärtlich mit ihrem Schwanze und gab ihm unzählige Küsse.
Danach schwuren sie sich ewige Liebe, doch — da gähnte der Alte. Dieser
verhaßte Alte! Wenn er nun plötzlich erwacht wäre! Bald war auch das
nöthige Mittel gefunden, seinen Schlaf zu einem ewigen zu machen. Die
Schlangen-Squaw sagte ihm nämlich, er solle seine Pfeile in das Gift ihres
Schwanzes tauchen und ihm dann einen in ein Auge schießen. Er vergiftete
also seine sämmtlichen Pfeile und zog sich in die Festung zurück. Dann legte
er auf den Alten an, und im nächsten Augenblicke sprang er hoch auf und fiel
leblos zur Erde nieder. Der zweite Pfeil traf mit demselben Erfolge seine
Frau, und als dies die übrigen Schlangen sahen, flohen sie so schnell wie sie
nur konnten.

So wurden die elf Männer und die zehn Frauen befreit. Was aber das
Merkwürdigste war, der Athem der Schlangen hatte solchen Einfluß auf die
Luft gehabt, daß Niemand mehr des Anderen Sprache verstand. Auf diese Art
entstanden die verschiedenen Sprachen.

Der König der Hirsche.

Unter den Ottawäern am Großen Bibersee lebte einst ein junger Mann,
den Jeder für den Sohn des großen Manitu hielt. Sechzehn Jahre vor der
Zeit, von welcher ich spreche, hatte man nämlich ein Knäblein, das kaum zwei

Sommer alt sein konnte, gefunden, und von dem Niemand wußte, woher es kam, noch wer seine Eltern waren. Daß das Kind nicht zum Stamme der Ottawäer gehörte, sah man seiner Gesichtsfarbe an; auch waren seine Arme und Beine mit Schwimmhäuten versehen und sein Kopf glich dem eines Bibers; dann hatte es sich auch die meisten Gebräuche jenes Thieres angeeignet.

Täglich ging der Knabe an den See und hielt sich mitunter einen halben Tag lang im Wasser auf. Fische zog er einer jeden andern Speise vor, und zuweilen leckte er auch den Saft junger Weiden. So wuchs er allmählich zum Manne heran, ging aufrecht und sprach wie ein anderer Mensch; aber seine Gewohnheiten waren noch immer die eines Bibers. Er war sehr gutmüthigen Charakters und von einem unermüdlichen Fleiße. Währenddem die faulen Ottawäer schlafend in der Sonne lagen, trug er Feuerholz herbei oder flickte die Netze. Nie sang er ein Kriegslied, noch sehnte er sich nach Kriegsruhm; sein Herz war das einer Frau, welcher der Friede über Alles geht.

Da nun die Ottawäer glaubten, daß ihr Hauptgott Mischabo sein Vater sei, so ließen sie ihm sein unmännliches Wesen gern ohne Tadel hingehen und sagten ihm nur, er habe keine Aussichten, jemals Häuptling zu werden.

Nun bemerkten die Leute einst im siebzehnten Sommer, daß sich der Jüngling sehr häufig vom Dorfe entfernte und auch seine Arbeiten, in denen früher seine einzige Freude bestanden hatte, vernachlässigte. Niemand wußte, wohin er ging, noch was er eigentlich that. Sobald die Sonne unterging, begab er sich nach dem Walde und blieb darin den größten Theil der Nacht. Die Greise fragten ihn mehrmals nach dem Grunde dieser nächtlichen Wanderungen, aber er gab keine Antwort; die jungen Mädchen suchten durch Aufbietung ihrer ganzen Liebenswürdigkeit hinter sein Geheimniß zu kommen, doch gelang es ihnen ebenfalls nicht. Endlich fand es ein altes Weib heraus.

Auf einer großen Ebene, welche sich vom Ottawadorfe nach dem Lande der untergehenden Sonne hinzog, lebte ein Völkchen, mit dem die Ottawäer stets im besten Einvernehmen gestanden hatten. Jene Leute liefen auf vier Beinen, hatten sehr lange Köpfe mit weitausgeschnittenen Mäulern und breiten Naslöchern und auf dem Kopfe trugen sie zwei mit vielen scharfen Zacken besetzte Hörner. Ihr Körper war mit hellgrauen und dunkelrothen Haaren bedeckt.

Die Hirsche — so hießen nämlich die Nachbarn der Ottawäer — waren im Ganzen genommen ein sehr gutherziges Volk; aber wenn man sie ärgerte, so mußte man sich so schnell wie möglich aus dem Staube machen.

In das Land dieser Leute war also ein altes Weib dem Biberjünglinge unbemerkt gefolgt und bis zum Versammlungsplatze der Hirsche gekommen. In der Mitte derselben stand ein wunderbarer Hirsch, welcher König zu sein schien und so groß war, daß die übrigen gegen ihn aussahen wie Muskiten neben einem Büffel. Seine Hörner glichen breitastigen Eichbäumen und seine Haut war so dick, daß der schärfste Pfeil nicht durchgedrungen wäre. Der König bemerkte das alte Weib bald, und einer seiner Diener fragte sie barsch: „Was willst du hier?"

„Ich bin dem Bibersohne gefolgt."

„O, dann bist du wol der Hochzeit wegen gekommen; schade, daß du zu spät kommst."

„Was? Wie? Wer hat sich hier verheirathet?"

„Wer? Ei, der Jüngling, den die Ottawäer den Sohn ihres Gottes und die Hirsche den Knaben mit dem Schweinsgesichte nennen, hat sich diese Nacht mit der Tochter eines unserer weisesten Männer vermählt."

„Also das ist die Ursache dieser Versammlung?"

„Nicht die einzige. Die Meisten sind hergekommen, unserm Könige zu huldigen und ihm ihre Dienste anzubieten. Du mußt dich ihm auch vorstellen."

Darauf führte sie der Hirschdiener, der mit dem König auf sehr ver= trautem Fuße zu stehen schien, vor seinen Herrn. Dieser fragte die alte Frau, warum sie ohne alle Einladung zum Hochzeitsfeste des schweinsköpfigen Otta= wäers gekommen sei. Seine Stimme hallte gleich fernem Donner durch das Thal, und die alte Frau wäre sicherlich vor Schrecken hingefallen, wenn sein milder Blick ihr nicht den Muth verliehen hätte, ihm den Beweggrund ihres Hierseins erzählen zu können.

Der alte König, der wol wußte, daß man die Neugierde einer alten Frau nicht als Verbrechen auslegen dürfe, lachte heimlich und bat seinen vertrauten Diener, das junge Paar herbeizurufen. Während dieser nun forteilte, machte sich der König das Vergnügen, der Ottawafrau zu erzählen, wie seine Leute ihre Ohren mit den Hinterfüßen kratzten und wie sie mit ihren Hufen alle Krankheiten heilen könnten, außer der, die durch den Genuß von Branntwein entsteht, denn Branntwein sei ein Getränk, welches aus Weiberzungen und Kriegerherzen gemacht sei. Er hätte ihr sicherlich noch viele interessante Ge= schichten erzählt, wenn nicht plötzlich ein mächtiger Hase, in dem er Mischabo, den Hauptgott, erkannt hätte, vor ihn getreten wäre.

„Warum hast du meinen geliebten Sohn mit der Tochter eines arm= seligen Hirsches verheirathet?" rief er dem Hirschkönig zu. „Was freilich einmal geschehen ist, kann selbst ein Gott nicht mehr ändern; um nun für die Zukunft ähnlichen Vorfällen vorzubeugen, werde ich die Thiere, besonders aber die Hirsche, ihrer Sprache benehmen, sodaß sie sich unter einander nicht mehr verstehen können!"

Dann wandte er sich zur Ottawafrau und bat sie, ihm ein Seil aus dem Baste des Maulbeerbaumes zu drehen, was sie augenblicklich mit großer Geschicklichkeit that. Dann bohrte er mit einem spitzen dicken Dorne dem Hirschkönig ein Loch in die Zunge, zog das Seil hindurch und befestigte es an einem Tannenbaum. Danach hieß er die Frau schwarze Pilze und Beeren und einige andere Pflanzen holen, und als sie dies gethan hatte, zerrieb er sie und machte kleine Pillen, die kaum so groß waren wie das Auge eines Kolibri, daraus und feuchtete sie mit dem Speichel der großen Zunge des Hirschkönigs an. Dann rief er:

„Geister der Thiere in der Luft, im Wasser und auf der Erde, mit Ausnahme der Menschen, hört auf die Stimme Mischabo's und kommt hierher!"

Diese gehorchten auch und kamen. Jedem gab er dann eine seiner Pillen zu verschlucken, und als sie dies gethan hatten, verloren sie mit Ausnahme des Spottvogels, der nur eine halbe gegessen, und des Papageis, der seine wieder ausgespuckt hatte, die Gabe, mit den Menschen reden zu können.

Da noch einige Pillen übrig blieben, so gab sie Mischabo der Ottawafrau, die sie zwar einsteckte, aber nie davon Gebrauch machte.

Die Sonnentöchter.

Im südlichen Theile der Länder, die einst die Krihks, Walkullas und andere Stämme bewohnten, befinden sich die beiden Flüsse Flint und Oakmulgee. Zwischen diesen liegt das Sumpfland Ouaquaphenogan, das so groß ist, daß man mehrere Monate braucht, wenn man es umgehen will. Nach anhaltendem Regen gleicht es einem See mit zahlreichen Inseln, von denen die größte von den Krihks für den heiligsten Platz der Erde gehalten und mit folgender Legende in Verbindung gebracht wird.

An einem schönen Sommermorgen nahmen einst vier junge Männer ihr Jagdgeräthe und gingen in den Wald, welcher an jenes Sumpfland grenzte. Da dieses infolge anhaltender Dürre ziemlich trocken war, so wagten sie sich ziemlich weit hinein, um auszufinden, ob sich keine Seevögel darin aufhielten. Doch sie fanden nichts; als sie aber wieder umkehren wollten, konnten sie ihre Spur nicht mehr finden, und die sternenlose Nacht brach herein.

Aengstlich wanderten sie in der Dunkelheit umher, und keiner wußte, welche Richtung zur Heimat zurückführte. Da sagte der Eine: „Ich höre Mädchenstimmen in der Nähe!" Bald darauf sahen sie auf einem wunderschönen Grasplatze vier reizende Mädchen in lustiger Unterhaltung beisammen sitzen.

„Wer seid ihr?" fragten jene.

„Wir sind vier Jäger vom Stamme der Krihks und haben uns verirrt."

„Dann gehört ihr zu demselben Stamme, der vor langen, langen Jahren unsere Voreltern mit Krieg überzog und in diese Gegend trieb. Euere Greuelthaten gegen uns sind uns Allen noch frisch im Gedächtniß, und wenn euch unsere Väter und Brüder entdecken, werdet ihr euer Leben sicherlich auf dem Scheiterhaufen enden. Flieht also, so schnell ihr könnt!"

„Aber so viel Zeit werden sie wol noch haben, um in unsere Hütte zu treten und Erfrischungen zu sich zu nehmen", fügte Eine hinzu.

Die Anderen waren damit ebenfalls einverstanden, und da die Jäger sehr hungerig waren, so nahmen sie die freundliche Einladung dankbar an und folgten den schönen Mädchen.

Nachdem sie sich an Speise und Trank recht gütlich gethan, sagte eins der Mädchen: „Junge, liebenswürdige Freunde! Es geziemt sich, daß wir euch mittheilen, wer wir eigentlich sind. Unsere Väter stehen unter dem direkten Einflusse der Sonne, und der Gemüthszustand unserer ganzen Rasse ist daher ebenso veränderlich wie das Licht des Tages. Häufig weinen wir am Morgen, doch kurze Zeit danach, wenn die Sonne mild herabblickt, lachen wir wieder und sind fröhlich. Ihr haltet uns für schön, und es ist möglich, daß wir es auch sind; aber bedenkt, daß ihr uns gerade in der glücklichsten Stimmung antrefft. Doch wenn euere Liebe zu uns so stark ist, um die stürmische Zeit zu überdauern, dann laßt uns Hochzeit machen!"

„Ihr lieben, netten Mädchen!" erwiederte einer der Jäger, „laßt mich im Namen meiner Freunde antworten. Nicht allein die Frauen auf der glück= lichen Insel im Ouaquaphenogansumpfe, sondern auch die der Krikhnation sind so wankelmüthig wie das Wetter; aber auf den Winter folgt der Sommer und auf Regen Sonnenschein, und da dies einmal, so lange wie die Welt steht, nicht anders gewesen ist, so seid uns als Frauen herzlich willkommen!"

„Da wir euch", sagten Jene darauf, „bereits von der Grausamkeit unserer Väter und Brüder erzählt haben, und es hier für euch nicht sicher ist, so müßt ihr fliehen; wir fliehen natürlich mit, wohin es auch immer gehen möge!"

Und dies thaten sie denn auch, und die jungen Jäger hatten es nie zu bereuen.

Das Mädchen und der Vogel.

Tetontuaga, ein Häuptling der Tuskaroras, lag in einer Nacht im Monate der reifen Beeren in seinem Wigwam und konnte keinen Schlaf finden, trotzdem er den Schlafgott mehrmals inbrünstig darum ersucht hatte. Da be= merkte er plötzlich, daß ein fremder Häuptling in vollem Kriegsschmucke leise wie der Fall des Schnees in seine Hütte trat und ihn mit vielsagenden Blicken anstarrte. Augenblicklich sprang er auf und griff nach seinem eschenen Bogen, doch als er den Pfeil darauf gelegt und eben abdrücken wollte, war die Gestalt spurlos verschwunden. Er ging hinaus und weckte die anderen Krieger in seiner Nachbarschaft, aber keiner hatte von einem fremden Eindringling weder etwas gesehen noch gehört.

Danach wickelte er sich in seine Büffeldecke und legte sich abermals nieder. Nach kurzer Zeit erschien der geheimnißvolle Krieger wieder, und Tetontuaga betrachtete ihn diesmal etwas genauer. Er war noch ein halbmal so hoch wie der höchste Mann der Irokesen, und seine schwarzen Augen waren größer als die des Büffels, aber so glanzlos wie die eines Todten. Um seine Schultern hatte er ein eigenthümlich gefärbtes Tuch geschlungen und am Halse mit einem glänzenden Sterne befestigt; seine Mütze bestand aus einem Thierfelle, wie er nie ein ähnliches gesehen hatte. Seine Sprache war fremd; aber dem Tuskarora-Häuptling doch verständlich. Er erzählte von den Allegewis, wie sie von den Vorvätern der Irokesen besiegt und nach einer Gegend getrieben worden seien, über die nur der Große Geist und die Manitos Auskunft geben könnten. Dann beschrieb er ein Volk von Zwergen und eins von Riesen, deren Gräber man noch überall bemerkte.

Danach kam er auf ein anderes Thema und erzählte vom Lande der Seelen, das die Guten nach dem Tode bewohnten.

Endlich gab er folgende Geschichte zum Besten:

Es war in einer mondhellen Nacht, als ein Jüngling und eine Jungfrau erschöpft aus dem Walde traten.

„Ruhe dich aus", sagte er, „denn jetzt sind wir gerettet. Unser Pferd hat uns pfeilschnell durch das Dickicht getragen, und deine Brüder und dein Vater werden wol ohne dich zurückkehren müssen. Setze dich ruhig hin, und ich werde mich inzwischen nach einem Kanoe umsehen, das uns über den Fluß vor uns bringen soll."

„O bleibe hier", seufzte das Mädchen darauf, „denn deine Abwesenheit erfüllt mein Herz mit Furcht und Sorge."

„Es droht dir jetzt keine Gefahr mehr, und bald werden wir in meiner Heimat und bei meinen Brüdern sein!"

Danach ging er ans Ufer, und bald war er ihr aus den Augen entschwunden. Eine Wolke verhüllte den Mond, und die Thränen des ängstlichen Mädchens flossen in Strömen. Doch sobald die Wolke vorüber war, stand auch ihr Geliebter wieder vor ihr und sprach:

„Eile dich, geliebte Mekaia, das Boot steht bereit!"

Sie setzten sich hinein und fuhren ab. Da er weder Segel noch Ruder gebrauchte, so sagte das Mädchen: „Merkst du nicht, daß wir dem schrecklichen Oniagara zufahren?"

„Beruhige dich, Geliebte, ich bringe dich sicher ans Ufer!"

Mekaia schwieg, und immer schneller ging's stromabwärts.

„Sage mir doch", rief sie zitternd nach einigen Minuten, „wohin führst du mich? Wir entfernen uns immer mehr und mehr vom Ufer, und der Donner kommt doch nicht vom Himmel, an dem ja doch keine einzige Wolke steht!"

„Sei ruhig, Mekaia, dein Geliebter leitet das Kanoe!"

Sie fuhren weiter und lauter tönte der Wasserfall. Das Boot flog pfeil-schnell, und Mekaia rief: „Geliebter, wir fahren ins Land der Seelen! Nur der Große Geist kann uns noch retten!"

„Wenn er es auch wollte", erwiederte der Jüngling, „er könnte es nicht, und wenn ihm alle Manitos der Welt behülflich wären!"

Sie sank an seine Brust und erwartete den Tod. Da ward der Manito des Kataraktes sichtbar auf dem wellenumtobten Felsen und freute sich seines Opfers. Kurze Zeit darauf verschwand das Kanoe.

Als der Jüngling wieder zu sich kam, fand er sich in einer hohen Felsen-höhle, in der ihm ein leuchtender Vogel als Wegweiser vorausging. Die Wände glitzerten wie Eis, und auf dem blendenden Boden lag eine hülflose Frau, neben welcher der häßliche Manito von Oniagara kniete.

„Schöne Mekaia", sprach er, „der mächtige Geist des Kataraktes bittet um deine Liebe. Alle Diamanten und alles Gold der Tiefe bietet er dir zum Geschenke an; auch wird er eine schönere Gestalt annehmen und dich nur mit Gewalt freien, wenn du seinen Antrag verschmähst!"

Darauf verließ er das Felsenzimmer, und der Vogel mahnte zur schnellen Flucht. Sie folgten seinem Winke und waren am Ufer, ehe der grimme Manito ihre Flucht entdeckt hatte und ihnen nacheilen konnte. Er reckte seine riesigen Hände nach ihnen aus; aber sie hatten die Grenze seines Reiches bereits überschritten, und da er derselben nicht achtete, so fiel er in die Hände der guten Geister, die ihn knebelten und den Wasserfall hinunterstürzten.

Der Geistervogel verlor sich danach wieder in der Höhe, und die beiden Liebenden begleiteten ihre Retter nach ihrer Heimat, dem „See der tausend Inseln".

Die Dampfgeister.

Unter den Knisteneaux lebte einst ein berühmter Häuptling, der auch ein sehr gelehrter Medizinmann war. Er sagte jeden Sturm voraus, regulirte das Wetter ganz nach Belieben und Bedürfniß und wußte für jede Krankheit ein unfehlbares Heilmittel. Infolge dessen starben sehr wenige Leute, und da der Teufel mit Schrecken sah, daß er gar keine Seelen mehr bekam, so ging er zum Großen Geiste und sprach:

„Als wir Beide Menschen schufen, schlossen wir einen Vertrag ab, daß ich die schlechten und du die guten Seelen haben solltest; oder ist dem nicht so?"

„Gewiß! Willst du vielleicht sagen, daß ich meinen Kontrakt nicht ge-halten hätte?"

„Nein; auch ich habe ihn nicht gebrochen, und dennoch hat ihn Einer gebrochen!"

„Wie so? Wer hat es gethan?"

„Makusue, der Häuptling der Knisteneaux, der mich beständig in jeder Weise zu beeinträchtigen sucht. Will mir Jemand ein Opfer bringen und er sieht es, so löscht er ihm augenblicklich das Feuer aus, und ist Jemand meiner Leute am Sterben, so giebt er ihm einen Zaubertrank, und bald danach ist er wieder gesund!"

„Aber was willst du von mir? Makusue ist mein treuester Diener, dem ich nichts zu Leide thun lassen darf. Doch will ich dir erlauben, die Seelen aller Knisteneaux drei Tage und drei Nächte lang zu quälen, aber nur mit Feuer, das du in einer sumpfigen Gegend anzünden mußt. Die Seelen der Schlechten kannst du danach mitnehmen."

Der Böse Geist war damit zufrieden und stellte sich vor das Dorf der Knisteneaux, um ihre Seelen aufzufangen.

Inzwischen hörte Makusue von diesem Vertrage und bat seinen Meister, seinem Stamme diese Strafe zu erlassen, damit nicht die Unschuldigen mit den Schuldigen leiden müßten.

„Ich gestehe gern ein", erwiederte der Große Geist, „daß ich hier unrecht gehandelt habe; aber gesagt ist gesagt und mein Wort mag ich nicht gern brechen."

„Doch ich glaube, es giebt noch einen Ausweg!"

„Welchen?"

„Laß die Seelen der Todten in die Sumpfgegend ziehen, aber gieb ihnen vorher eine Gestalt, welcher der Teufel nichts anhaben kann; laß sie entweder zu Rauch oder Nebel werden!"

Der Große Geist stimmte damit überein und gab den Seelen der Knisteneaux eine unantastbare Gestalt aus Rauch, wonach der Teufel mit leeren Händen abziehen mußte.

Namatawaschta.

Namatawaschta oder der „schöne Baum" hatte sich schon in zartem Kindesalter mit einem grausamen Häuptling der Minnitaris verheirathet, und trotzdem sie tagtäglich dem Großen Geist Opfer gebracht hatte, so war ihre Ehe doch kinderlos geblieben. Ihr Gemahl behandelte sie deshalb so schlecht, daß sie mit dem Gedanken umging, sich das Leben zu nehmen. Doch da wurde ihr von einem alten Medizinmann erzählt, daß in der Nähe zwei heilige Berge seien, und daß dort ein freundlicher Geist hause, der die Gebete unglücklicher Frauen stets erhört habe.

Darauf beschloß sie, dahin zu gehen und ihm ihre Bitte vorzulegen.

„Namatawaschta!" rief da plötzlich eine Stimme, und als sie sich umdrehte, sah sie eine schlanke Frau in langem Schleppkleide und blutrothen Mokkassins vor sich stehen.

„Weshalb weinſt du ſo bitterlich?" fragte ſie.

„Seit ſieben Jahren bin ich verheirathet und noch hat kein Kind auf meinem Schoße geſpielt. Deshalb bin ich meinem Gemahle im Wege und er ſchimpft und ſchlägt mich, wenn er mich nur ſieht. Seinen anderen Weibern muß ich ſtets als Zielſcheibe des Spottes dienen, und wenn ich vor die Thür trete, ſo deuten alle Leute verächtlich mit dem Finger auf mich."

„Ich weiß nun, was dich hierher gebracht hat, und will dir gern helfen. Der Berg, auf dem du ſitzeſt, war einſt eine ſtattliche Frau und der Hügel gegenüber war ein ſtolzer Krieger.

„Als der Große Geiſt die Erde mit menſchlichen Weſen beleben wollte, ließ er ſie einfach aus der Erde kriechen, gerade ſo, wie jetzt die Bäume und Blumen; da nun jene Frau, auf deren Hügel du ſitzeſt, einem ſehr ſetten Boden entſprang, ſo ward ſie das fruchtbarſte Weib, das jemals gelebt hat. Beinahe jeden Monat beſchenkte ſie ihren Gemahl mit einem Sohne oder einer Tochter, und da dieſe ſich wieder ebenſo ſchnell vermehrten und infolge deſſen der Große Geiſt fürchtete, daß bald die Erde zu klein ſein würde, ſo verwandelte er die Stammeltern in jene zwei Berge. Doch ſprach er dabei zu der Frau: „Damit deine Fruchtbarkeit nicht verloren gehe, ſo ſei es dir erlaubt, jedem unglücklichen, kinderloſen Weibe, das flehend zu dir kommt, zu helfen. Sage ihr alsdann, ſie ſolle nach zwölf Sonnen wieder kommen und ſie werde eins oder auch zwei flinke Kinder zu deinen Füßen ſpielen ſehen; dieſe muß ſie dann zu fangen ſuchen, allein wenn ſie ſich ängſtlich zu dir flüchten, ſo ſchließe ſie an deinen Buſen. Dort wird ſie die Kälte bald tödten; ihre Seelen aber werden mit der kummervollen Frau ziehen und ſich von ihr wiedergebären laſſen."

„So ſprach der Große Geiſt, und wenn du ſeinem Rathe folgſt, ſo wirſt du ſicherlich deinen Wunſch bald erfüllt ſehen."

Namatawaſchta that, wie ihr befohlen und war nach kurzer Zeit Mutter zahlreicher Kinder.

Mit der Zeit wurden die Minnitaris jedoch ſo ſchlecht, daß ſich der Große Geiſt gezwungen ſah, den Berg ſeiner heiligen Gabe zu benehmen, und ſeit dieſer Zeit ging der genannte Stamm ſchnell ſeinem Untergange entgegen.

Der Feuergeiſt.

Als einſt die Nanſemonds mit den Eries Krieg führten, ſahen ſie ſich unverhofft in einem Engpaß gefangen. Auf beiden Seiten waren unüberſteigliche Berge; vor ihnen lag ein See und hinter ihnen befanden ſich die blutdürſtigen Feinde. Da die Nanſemonds ſonſt allgemein als ſchlaue und verſchmitzte Krieger bekannt waren, ſo wird es wol Manchem unerklärbar erſcheinen, daß ſie ſich in dieſe Falle locken ließen; aber ſie waren einigermaßen dadurch zu entschuldigen, daß es ein mächtiger Manito, nämlich der Geist des Feuers, gewesen war, der ihnen diesen Streich gespielt hatte.

Kurz nach Anbruch der Nacht hatten sie einen großen Feuerball vor sich gesehen, und da sie ihn für den Wegweiser eines freundlich gesinnten Geistes hielten, so waren sie ihm in gutem Glauben gefolgt. Da sie alle tapfere Krieger waren, so beschlossen sie ihr Leben so theuer wie möglich zu verkaufen, und als sie eben die Vorbereitungen zum verzweifelten Todeskampfe trafen, sahen sie plötzlich einen fetten, über alle Beschreibung häßlichen Mann, dessen Gesicht breiter als lang war, in der Mitte ihrer Versammlung stehen. Sein ganzer Körper war feuerfarben und seine Augen sprühten Funken nach allen Seiten.

„Wer bist du?" fragte ihn der Häuptling.

„Ich bin der Geist des Feuers!" erwiederte er.

„Wo wohnst du?"

„Ueberall, wo Menschen sind."

„Warum hast du uns unseren Feinden überliefert?"

„Damit ich mich rächen kann. Weiß der Häuptling der Nansemonds denn nicht mehr, daß er, als ich die Prairie angezündet hatte, seinen Leuten befahl, dem Feuer Einhalt zu thun?"

„Wenn wir auch damals gegen dich gesündigt haben, sind wir sonst nicht immer deine aufrichtigen Verehrer gewesen? Wenn deine Funken wüthend durch die Luft schossen, haben wir uns stets andachtsvoll niedergeworfen und deine Allmacht anerkannt, und doch belohnst du uns jetzt dafür mit dem schrecklichsten Tode!"

„Woher wißt ihr denn, daß ich euch hierher geführt habe?" fragte höhnisch der Geist.

„Wie breit ist das Thal?"

„Einen Bogenschuß! Und hat es keinen andern Ausweg als gerade durch das Lager der Eries?"

„O ja; aber was nützt er uns? Hast du vielleicht die nöthigen Kanoes?"

„Was wollen mir die Nansemonds geben, wenn ich sie aus dieser Gefahr errette?"

„Wir werden dir jedes Jahr zu Ehren die Prairie anzünden!"

„Angenommen!"

Danach machte er einen Ball aus Schlamm, blies ihn an, sodaß er feurig ward, und stieß ihn mit seinem rechten Fuße in die Luft und sprach: „Tschepiasquit, bringe die guten Nansemonds in Sicherheit!"

Die Nansemonds folgten ihm nach dem See, woselbst sie eine kleine Bucht sahen, die voller Kanoes war. Sie setzten sich hinein und fuhren ab. Am nächsten Morgen sahen sie sich am jenseitigen Ufer, von wo sie ein bekannter Pfad nach ihrer Heimat führte.

Ihr Verſprechen vergaßen ſie nicht und legten jedes Jahr im Korn=
monate, wenn die Prairie dürre und trocken war, eine brennende Kohle in
das Gras, und wenn es dann anfing hell aufzulodern, ſo brachten ſie dem
Feuergeiſte ihre aufrichtig gemeinten Dankſagungen dar.

Awaſchank.

Eine faulere und häßlichere Jungfrau als Awaſchank gab es ſicherlich
nicht auf der ganzen Erde. Sie ſchielte mit beiden Augen, und ihre Naſe war
ſo lang und dünn, daß ſie wie ein in das Geſicht geſteckter Stock ausſah.
Ihre Zähne ſtanden weit aus dem ſchiefgeſchnittenen Munde hervor, und ihre
Ohren waren ſo lang, daß ſie ihr bis auf die Schultern hingen. Ihre Arme
waren nichts als fleiſchloſe Knochen, und ihre Beine waren ſo krumm wie ein
ſtraff angeſpannter Bogen. Wo ſie ſich nur ſehen ließ, wurde ſie ausgelacht
und verhöhnt; aber eine Eigenſchaft hatte ſie, in der ihr Niemand gleichkam:
ſie konnte außerordentlich ſchön ſingen.

Oft ſaß ſie tagelang auf ihrem Lieblingsplatze, einem kleinen Hügel
im Walde, und ſang, und ihre liebliche Stimme hallte ſo weit, daß ſie alle
Thiere der Umgegend hörten und ſie dann herbeikamen, um ſie auch zu ſehen.
Sobald ſie anfing zu ſingen, füllten ſich die Aeſte mit unzähligen Vögeln; die
Mäuſe verließen ihre Löcher, und die Fiſche im nahen Fluſſe hüpften vor
Freude ſo hoch wie eine Wigwamſtange.

Unter den Fiſchen, welche ſich allabendlich regelmäßig zu jenem Konzerte
verſammelten, war auch der berühmte Kriegshäuptling der Forellen, der bei=
nahe ſo groß und dick wie ein Mann war, was ſich durch den Umſtand, daß
ſeine Mutter ein rieſiger Flunder war, auch leicht erklären ließ. Da er nun
einen ſo außergewöhnlichen Umfang hatte und er ſich ſtets alle erdenkliche
Mühe gab, ſo nahe wie möglich an die Sängerin heranzuſchwimmen, ſo ſtieß
er ſich häufig die Naſe an den Steinen blutig; aber dies kümmerte ihn wenig,
und er arbeitete ſich endlich ſo nahe herbei, daß er mit dem Mädchen ſprechen
und ſie ſeiner innigſten Liebe verſichern konnte. Von Liebe und Heirath hatte
bis jetzt noch Niemand zu ihr geſprochen, und daß ſie unbeſchreiblich ſchön ſei,
hörte ſie jetzt auch zum erſten Male. Aber was ſollte aus dieſer Liebſchaft
werden? Er konnte doch nicht auf dem Lande und ſie nicht im Waſſer leben?

Als ſie ſich nun eines Abends wieder ihr Leid klagten und weinten, daß
ſich zwei liebende Seelen mit dem beſten Willen nicht heirathen könnten, ſah
die Jungfrau einen kleinen, mit farbigen Streifen über den ganzen Körper
bedeckten Mann neben ſich ſtehen. Um ſeinen Hals trug er einen blendenden
Muſchelkranz, und ſein üppiges Haar ſchien mit grünen Seepflanzen durch=
flochten zu ſein. Seine Hände und Füße glichen den Finnen eines Fiſches,

und wäre er nicht aufrecht wie ein Mensch gegangen, so hätte man ihn auf den ersten Blick für einen Fisch halten können.

„Warum schlagt ihr die Augen so traurig nieder?" fragte er die Verliebten.

Da das Mädchen nicht den Muth hatte, die wahre Ursache ihres beiderseitigen Kummers einzugestehen, so ergriff der Forellenhäuptling das Wort und erklärte, daß sie sich seit Monden geliebt hätten, aber leider so geschaffen seien, daß sie nicht zusammen leben könnten.

„Wenn euch sonst nichts fehlt", erwiederte der Geist, „da kann ich euch bald helfen. Ich bin nämlich der Schutzgeist der Fische, und es wird mir als solcher sehr leicht, einen Menschen in eine Forelle zu verwandeln, und wenn mir das Mädchen folgen will, so wird es sich bald mit seinem Geliebten vereint sehen."

Das ließ sich Awaschank nun nicht zweimal sagen; gleich hob sie ihren Rock in die Höhe und watete fröhlich in die Flut. Der Fischgeist besprizte sie alsdann mit Wasser, und nachdem er einige Zauberworte, die nur er verstand, gesprochen hatte, ging die Verwandlung vor sich. Ihr Körper bedeckte sich mit Schuppen, ihre Beine und Arme wurden zu Flossen, und nach wenigen Augenblicken war sie eine echte Forelle und schwamm fröhlich und wohlgemuth von dannen an der Seite ihres liebenden Gatten.

Der Teufel vom Kap Higgin.

Lange Zeit, ehe die Insel Nope von den Blaßgesichtern besiedelt wurde, lebte daselbst ein gutmüthiger alter Geist, den die Indianer Moschup und die Weißen den Teufel vom Kap Higgin, wo sein Lieblingsaufenthalt war, nannten. Unter dem Worte „Moschup" versteht man nun einen sehr bösen Zauberer; aber der Alte war durchaus nicht so gefährlich, wie man allenfalls aus seinem Namen schließen könnte. Fehler hatte er allerdings; doch wer hat diese nicht? Wenn er aber die seinen mit denen der Indianer verglich, so konnte er mit gutem Gewissen sagen, daß er doch noch besser als Alle sei.

Er war nur manchmal etwas grob und sagte seiner Frau nicht immer schmeichelhafte Liebenswürdigkeiten, aber dafür war er desto aufmerksamer gegen die Frauen seiner Nachbarn. Nie trank er etwas Anderes als Wasser, und zu Mittag aß er nie mehr als einen Walfisch und allenfalls noch sechs oder acht fette Schildkröten dazu. Auch legte er seinen rothen Schutzbefohlenen keine zu großen Abgaben auf; denn mit dem zehnten Theile aller Walfische, die sie fingen, und mit den Schildkröten, deren sie im Froschmonat habhaft werden konnten, war er vollkommen zufrieden.

Mit seinen guten Rathschlägen kargte er nie, und wer sich nach denselben richtete, hatte es sicherlich nicht zu bereuen. Besonders stand er den jungen Leuten beiderlei Geschlechts in ihren Herzensangelegenheiten hülfreich zur

Seite, und mancher halsstarrige Vater, der mit aller Gewalt an dem Geliebten seiner Tochter etwas aussetzen wollte, mußte sich seiner Gewalt fügen und dem Mädchen den erwählten Bräutigam selber zuführen. Auch besaß er eine große Fertigkeit darin, den Frauen die ewigen Zänkereien abzugewöhnen, und so war es denn kein Wunder, daß er allgemein mit großer Ehrfurcht behandelt wurde.

Doch die Zeiten ändern sich und mit ihnen auch die Menschen und Götter. So kam es denn auch, daß Moschup, je älter er ward, immer mehr Gefallen an allerlei unheilvollen Streichen fand und gerade das Gegentheil von Dem that, wofür er früher so hoch geachtet wurde. Der zehnte Theil der Walfische war ihm nicht mehr genug; er wollte nun die Hälfte haben, und wehe Dem, der versuchte, ihn zu betrügen. Statt daß er früher die Heirathen beförderte, gab er sich jetzt alle erdenkliche Mühe, sie zu hintertreiben und überall Zank und Streit zu stiften. Die wilden Enten der Umgegend verscheuchte er durch sein grauenerregendes Schreien, so daß der Jäger vergeblich nach ihnen ausging, und die Folge davon war, daß die meisten Indianer die Insel verließen und sich auf dem Festlande ansiedelten.

Auf dem nördlichen Theile des Eilandes, der fast beständig mit Nebel bedeckt war, lebte der mächtige Hiawassi, der mit Moschup auf sehr vertrautem Fuße stand und ihm auch keine Abgaben zu entrichten brauchte. Dieser hatte eine junge Tochter, welche das schönste Mädchen auf der ganzen Insel war und folglich auch eine große Anzahl Anbeter um sich hatte. Aber sie liebte nur Einen, und dies war der tapfere Sohn Moschup's. Mit diesem war jedoch ihr stolzer Vater nicht zufrieden; denn er hatte nur drei Skalpe in seinem Wigwam hängen, und seine Voreltern konnten sich keiner besonderen Thaten des Muthes und der Tapferkeit rühmen. Da beschlossen nun die beiden Liebenden, ihr Herzeleid dem alten Moschup zu erzählen, und machten sich auch augenblicklich auf den Weg zu ihm.

Sie fanden ihn gerade in der besten Laune; er hatte großes Glück beim Walfischfang gehabt, und ein guter Freund hatte ihm einen ganzen Berg Tabaksblätter geschickt. Als sie ihm ihr Anliegen vorgebracht hatten, nahm er seinen Sohn auf den rechten und das Mädchen auf den linken Arm und eilte im Sturmschritt zur Hütte Hiawassi's.

Dieser saß gerade beim Abendessen, aber Moschup wartete nicht so lange, bis er fertig war, sondern theilte ihm mit kurzen Worten den Zweck seines Besuches mit und fragte, was er gegen seinen Sohn einzuwenden habe.

„Armuth — Unberühmtheit — unbedeutende Vorfahren!" erwiederte Jener.

„Ist dies Alles, alter Narr, was du zu sagen hast? Was verlangst du von meinem Sohne?"

„Er muß ein großes Stück Land, wenigstens eine Insel besitzen!"

„Dem kann gleich abgeholfen werden; folge mir nur!"

Darauf blies Moschup eine gewaltige Rauchwolke aus seiner Nase und führte Hiawassi nebst den beiden Verlobten auf eine Anhöhe von Tuckanuck, einem Eilande, das sich kurz vorher von der Insel Nope losgerissen hatte. Dort grub er eine tiefe Höhle in die Erde und warf unter kräftigen Zauber= sprüchen eine Anzahl heißer Steine hinein. Dann stopfte er seine Pfeife wieder, steckte sie mit einem vorbeifahrenden Blitze an und fing an so stark zu qualmen, daß bald Alles in Nacht und Nebel gehüllt wurde. Ein furchtbarer Gewittersturm erhob sich und dauerte so lange, bis Moschup seine Pfeife aus= geraucht und die Asche dem Winde preisgegeben hatte. Als sich darauf der Himmel wieder aufgeklärt hatte, sahen sie die versprochene Insel vor sich; sie war aus der Asche entstanden.

Moschup gab sie dem jungen Paare zum Hochzeitsgeschenk, und sie erhielt den Namen Nantucket, den sie noch bis auf den heutigen Tag trägt.

Die Adlerinsel.

Eine kurze Strecke unterhalb den Fällen von St. Anthony befindet sich eine kleine felsige Insel, die von den Geistern der Adirondacks bewohnt ist. Die Krieger jenes Stammes hatten sich nämlich einst vermessen, gegen die Manitos der Fälle ins Feld zu ziehen, waren aber besiegt und zur Strafe in Adler verwandelt worden, in welcher Gestalt sie nun ewig auf jenem nebeligen Eiland hausen müssen.

Die Nation der Adirondacks war früher die mächtigste des ganzen Landes und hatte sich alle anderen Stämme tributpflichtig gemacht. Dadurch waren sie jedoch mit der Zeit so übermüthig und anmaßend geworden, daß sie ver= gaßen, dem Großen Geiste, dem sie ihren ganzen Ruhm und ihr unvergleich= liches Kriegsglück doch nur allein zu verdanken hatten, die gebührende Achtung zu bezeigen; ja, sie glaubten zuletzt sogar, daß sie ohne seine Hülfe eben so gut fertig werden könnten.

Nun lebte ein schöner Jüngling unter ihnen, der von seiner Geburt an der Liebling des Großen Geistes gewesen und schon in der frühesten Kindheit mit der Weisheit des erfahrensten Greises begabt war. Derselbe sagte einst, als sich die jungen blutdürstigen Krieger zu einem Zuge gegen die Kupfer= minen=Indianer vorbereiteten:

„Ihr werdet diesmal nicht erfolgreich sein. Die Kupferminen=Indianer bewohnen ein sehr kaltes Land, zu dem ihr den Weg über Schnee und Eis bahnen müßt. Sie kennen jeden Pfad, und ihr Siegesgesang gellt bereits in meinen Ohren!"

Aber sie kümmerten sich nicht um seine Warnung und erwiederten spöttisch, so könne nur ein ohnmächtiger Knabe sprechen. Darauf nahmen sie Waffen und zogen ab.

Doch kehrten sie auch wieder zurück?

Frage den Wolf und den Adler und sie werden dir erzählen, daß sie im Lande der Feinde ein großes Fest feierten und sich am Fleische der Adirondacks gütlich thaten.

———

Zu derselben Zeit lebte unter den nahe wohnenden Ottawäern ein Mädchen, Namens Menana, welches die schönste Jungfrau war, die je dem Gesange eines Vogels gelauscht hatte. Sie liebte Jeden und ward auch von Jedem wieder geliebt. Sie war die Tochter des großen Wasserfalles, und als sie ein Ottawakrieger zuerst sah, hatte nur ihr Oberkörper Menschengestalt, während ihre Füße zwei Fischen glichen. Sie war damals so groß wie ein Kind, das anfängt zu gehen, und da sie der Indianer für einen Geist hielt, so bat er sie, beim Meister des Lebens ein gutes Wort für ihn einzulegen.

„Ich kann dein Schutzgeist nicht werden", erwiederte sie, „denn ich werde meine frühere menschliche Gestalt wieder annehmen. Vor vielen, vielen Jahren war ich auch ein sterbliches Wesen und bat einst den Großen Geist, mich hinauf auf den Regenbogen steigen zu lassen, was er mir auch bewilligte; und am nächsten Morgen schwebte ich dem Adler gleich durch das unzählige Heer der Sterne. Diese Feuerbälle waren von jeglicher Größe; sie beschäftigten sich gerade mit der Vorbereitung zu einem Tanze, zu dem von unsichtbaren Händen aufgespielt wurde.

„Da es nun dort oben gar keine Abwechselung gab und man weiter nichts als ewigen Lichtglanz sah, so sehnte ich mich wieder auf die Erde mit ihren Bergen und Thälern, Flüssen und Wäldern zurück und bat den Großen Geist um die Erlaubniß, zurückzukehren.

„Das geht nicht an!" erwiederte er; „denn du bist jetzt ein Geist und dein Körper ist verfault."

„Aber kann ich", fragte ich darauf, „nicht schnell in einen Körper, dem soeben der Athem ausgegangen ist, fahren?"

„Auch das geht nicht an. Aber wenn du zur Erde zurückkehren und vorläufig weder eine sterbliche noch unsterbliche, weder eine menschliche noch thierische Gestalt annehmen willst, so sei es dir erlaubt. Nur dann erst, wenn du unten im Wasserfalle, den du bewohnen sollst, den Ruf hörst: ‚Jetzt ist es Zeit!‘ kannst du ans Land zu meinem geliebten Volke, den Ottawäern, gehen und allmählich wieder die Gestalt annehmen, die du früher besaßest. Auch wirst du, sobald die Liebe in deinen Busen einzieht, deine unsterbliche Seele wieder erhalten."

„Darauf stieg ich auf einem Regenbogen in den Wasserfall unter mir und ward dort vom Häuptling der Flut als Tochter angenommen. Jetzt, Ottawakrieger, stehe ich vor dir und flehe dich um deinen Schutz an?"

Jener erwiederte, daß sein Wigwam eine unbesetzte Ecke habe und auch Speise und Trank genug darin vorhanden sei; sie möge also nur ruhig eintreten.

Mit jedem Tag legte sie ihre Fischnatur mehr und mehr ab; die Schuppen fielen von ihren Händen und Armen und ihre beiden Schwänze wurden allmählich zu zwei wohlgeformten Beinen. Anfangs konnte sie sich nicht gut von dem früheren Elemente trennen und schwamm noch jeden Tag eine Zeit lang darin herum; auch mundeten ihr die Speisen der Indianer nicht besonders, und sie vergaß nie, sich jedesmal Seegrassamen und Fische von ihrer Lieblingsart mit nach Hause zu nehmen; doch mit der Zeit änderte sich auch dieses.

Leider aber hatte sie keine Seele, und sie konnte sich weder mit den Fröhlichen freuen, noch mit den Weinenden traurig sein.

Nun geschah es, daß zwischen den Andirondacks und Ottawäern Feindseligkeiten auszubrechen drohten, und daß, um diese zu schlichten, die Häuptlinge des ersteren Stammes nach dem Hauptdorfe des letzteren geschickt wurden. Unter diesen befand sich auch der junge Piskaret, den sein Vater seiner allbekannten Weisheit wegen mitgenommen hatte.

Als die Abgesandten der Andirondacks bei den Häuptlingen der Ottawäer im Rathhause saßen, trat auf einmal die schöne Menana herein, ging auf den jungen Piskaret zu und sprach zu ihm: „Du bist sehr schön; sage mir doch, wie ich deine Liebe gewinnen kann?"

Diese Frage kam dem Jüngling ganz gelegen; denn er hatte nie eine schönere Jungfrau gesehen, und er erklärte sich deshalb auch augenblicklich bereit, sie zum Weibe zu nehmen. Da lächelte die Tochter des Wasserhäuptlings und vergoß eine Freudenthräne — sie hatte eine unsterbliche Seele empfangen.

Doch die Andirondacks wollten nichts von dieser Verheirathung wissen; „denn", sagten sie, „die Jungfrau stammt von einem Wassergeiste ab, und dieses Geschlecht ist uns stets verderblich gewesen."

Sie rissen ihn also aus ihren Armen und schleppten ihn in ihr Dorf zurück.

Die Jungfrau siechte langsam dahin; ihr Auge verlor den Glanz und ihre fröhlichen Lieder verstummten. Tag und Nacht durchwanderte sie wie irrsinnig die Wälder, und als sie einst den Wassergeistern ihr Leid klagte, sagte ihr der Meister des Lebens, sie solle sich wieder mit ihren Bekannten im Wasserfalle vereinigen.

Darauf rief sie alle ihre Freunde zusammen und nahm Abschied von ihnen. Die ottawäischen Krieger begleiteten sie bis an den Katarakt, und als sie sich hineingestürzt hatte, erschienen die Wassergeister auf der Oberfläche

und beschworen die Indianer, das Schicksal der armen Menana an den grau=
samen Audirondacks zu rächen. Doch ehe sie dies ausführen konnten, unter=
nahm jener Stamm unter der Anführung Piskaret's einen Kriegszug in das
Land einer andern Nation und hatte den Fluß oberhalb des besagten Falles
zu überschreiten. Als sie sich nun in der Mitte desselben befanden, tauchten
plötzlich die wüthenden Geister empor und zerstörten ihre Kanoes. Nur Wenige
entkamen, um das traurige Ende ihrer Kameraden erzählen zu können. Piskaret
war von seiner geliebten Braut in die Tiefe gezogen worden.

Die Seelen der umgekommenen Audirondacks wurden späterhin zu Adlern,
und diese fliegen heute noch um die kleine Insel unterhalb des Falles.

Garanga.

Unter die Indianer am St. Lawrenceflusse kam einst ein junger Mann
vom Geschlechte der Blaßgesichter, dessen Weisheit und Klugheit ihn zur Würde
eines Häuptlings berechtigte. Er war der schönste und größte Mann jenes
Stammes und wegen seiner Schnelligkeit und Stärke allgemein geachtet.

Die Mädchen verglichen seine Haut mit der Farbe der Wasserlilie und
seine Augen mit dem tiefen Blau des Himmels. Manches junge Mädchen
scheute einen langen Umweg nicht, wenn es ihm nur begegnen und sich über
seine Schönheit freuen konnte. Unter jenen Jungfrauen zog Garanga, die
Tochter eines irokesischen Häuptlings, die Aufmerksamkeit des Jünglings in
solchem Grade auf sich, daß er ihr einen Heirathsantrag machte, der auch
augenblicklich angenommen wurde. Da ihrem Vater diese Verbindung nur
angenehm sein konnte, so wurde auch alsbald die Hochzeit gefeiert.

Als nach einem Jahre ein schöner Knabe in dem Wigwam des jungen
Paares schrie, fragte der Häuptling seine Gattin:

„Liebst du deinen Gemahl auch wirklich?"

„Der Große Geist nur weiß es allein, wie sehr ich dich liebe!"

„Freust du dich auch über die hellen Augen und die frischen Wangen
unseres Söhnleins?"

„Wie kannst du so fragen? Oft, wenn du schläfst, füllen sich meine
Augen mit Thränen; denn der Gedanke, daß es dereinst sterben muß, läßt
mich selten den Schlaf finden!"

„Grämt es dich nicht, daß wir, die wir uns so sehr lieben, uns nicht im
Lande der Geister wiederfinden werden?"

„Du durchbohrst mein Herz, Geliebter! Was sollen diese Reden?"

„Unsere Götter sind nicht dieselben, und das Paradies des weißen Mannes
ist weit entfernt von dem des rothen!"

„Aber warum willst du dich dort von mir trennen? Du liebst doch die
Jagd, und unsere paradiesischen Gründe sind mit dem fettesten Wilde überfüllt!"

„Garanga, ich kann dich nicht dahin begleiten. Der Himmel der Christen ist nicht mit dem der Heiden zu vergleichen.“

„Dann gehe ich mit dir; denn die Trennung von dir würde mir jeden Ort zur Hölle machen. Unterrichte mich also, wie ich deinen Gott verehren soll.“

Und so kam es, daß Garanga die Religion ihres Volkes abschwur und sich ein silbernes Kreuz um den Hals hing. Ihre Eltern gaben sich alle mögliche Mühe, sie von diesem Schritte zurückzuhalten, aber es war vergebens. Endlich verfiel Mekumeh, ihr Bruder, auf eine List.

Der weiße Häuptling war einstmals auf die Jagd gegangen und war länger als sonst ausgeblieben. Garanga saß auf einer Anhöhe und wartete ängstlich auf den Flintenschuß, der gewöhnlich seine Ankunft verkündete. Endlich hörte sie den Schuß, als sie sich aber umsah, stand ihr wilder Bruder mit einigen Kriegern neben ihr. Mutter und Sohn wurden gewaltsam in zwei Kanoes geschleppt und nach einem entfernten Walde gebracht. Dort banden sie Garanga an einen Baum und setzten den Knaben mit der Weisung, kein Glied zu rühren, zu ihren Füßen nieder. Dann machten sie ein großes Feuer an, kochten ein junges Reh und aßen es. Als sie damit fertig waren und sich noch einmal versichert hatten, daß Garanga sich unmöglich losmachen konnte, legten sie sich nieder und schliefen ein.

Aber den beiden Gefangenen kam kein Schlaf, und als der Knabe Alle bewußtlos im Grase liegen sah, schlich er sich leise an seinen Oheim heran, nahm ihm das Messer aus dem Gürtel und schnitt damit die Fesseln seiner Mutter durch. Danach eilten Beide geräuschlos ans Ufer, setzten sich in ein Kanoe und fuhren nach ihrer Heimat zurück.

Bald genug erwachten die Indianer und verfolgten die Fliehenden; ehe sie Jene indessen einholen konnten, kam der weiße Häuptling zur Rettung der Seinen herbei. Nach kurzem Kampfe flohen die Feinde; Mekumeh indessen fiel in seine Hände. Die edle Behandlung, die er in seiner Gefangenschaft genoß, ließ ihn seine Vorurtheile und seinen Groll gegen die christliche Religion vergessen. Ja, später ward er der treueste Freund der Weißen und nahm auch ihren Glauben an.

Pomperaug.

Im Lande der Mohawks hatte sich einst eine kleine Abtheilung Blaßgesichter unter Leitung eines alten Priesters niedergelassen, und da sich dieselben sehr friedlich benahmen, so legte ihnen auch kein Indianer Hindernisse in den Weg. Sie bauten sich Häuser und pflanzten Kartoffeln und Korn.

Da sie nun das urbar gemachte Land gern als ihr Eigenthum gesehen hätten, so machte der Priester dem Häuptling Pomperaug, der ihn eines Tages in seiner Hütte besuchte, den Vorschlag, ihm die betreffende Landstrecke gegen entsprechende Bezahlung abzutreten.

„Höre, was der rothe Mann spricht!" erwiederte dieser. Siehst du dort den Adler? der Himmel ist seine Heimat, und sein Herz würde brechen, wenn er sie aufgeben müßte. Glaubst du wol, er würde sie mit der See vertauschen? Sieh' in den Fluß und frage die munteren Fische, ob ihnen der Platz ihrer Geburt feil sei, und wenn sie sprechen könnten, so würden sie dir ein lautes „Nein" zurufen. Soll nun die Rothhaut das Land, welches die Asche seiner Väter enthält gegen werthlose Perlen und Tücher vertauschen? Gewiß nicht. Doch, Vater, ich will mich von meinen geliebten Wäldern trennen, wenn du mir den süßen Singvogel mit den blauen Augen, den du in deinem Wigwam hast, überläſſeſt!"

„Scheusal!" schrie der Priester empört; „willst du etwa, daß ich ein Lamm in eine Wolfshöhle schicken soll? Lieber halte ich meiner eigenen Tochter heute noch die Grabrede!"

Im Auge des Häuptlings loderte es wild auf, und stumm verließ er die Hütte des Priesters. Er liebte das weiße Mädchen, aber da seine Werbung um sie so schnöde abgewiesen wurde, so fand er nur noch Trost im Haſſe gegen die Weißen. Als dieselben daher einst auszogen, um die Ermordung eines der Ihrigen zu rächen, nahm er muthig den Kampf auf, und sein erster Pfeil durchbohrte die Brust des greisen Priesters.

Viele Jahre waren verflossen und Pomperang's Stamm war ausgestorben. Nur Blaßgesichter bewohnten sein Land und hielten die Stelle, auf der ihr Priester starb, in großen Ehren.

Dort kniete auch oft die verwaiste Tochter in ihrem Schmerze und schickte Gebete zu ihrem Gotte.

Bei dieser Andacht ward sie einst durch ein unerklärliches Geräusch erschreckt; als sie sich umblickte, sah sie die stolze Gestalt Pomperang's vor sich. Sie erschrak, und augenblicklichen Tod von seiner Hand erwartend, stürzte sie sich in den Abgrund neben ihr. Pomperaug hörte sie fallen, kletterte hinunter zu ihr und begrub sie.

.... Wieder waren viele Jahre verflossen. Die Spur der Indianer war verschwunden, und nur selten fand ein Ackersmann beim Pflügen eine steinerne Pfeil- oder eine Lanzenspitze.

An einem Sommerabende aber saß ein Farmer an der Stelle, von welcher sich die Tochter des Priesters in den Abgrund gestürzt hatte. Da sah er mehrere Indianer, von denen zwei ein schweres Bündel trugen, scheu herbeischleichen. Unbemerkt beobachtete er die Bewegungen der Fremden, wie sie ein Grab schaufelten und einen Todten hineinlegten. — Es war der Leichnam Pomperaug's, den seine Freunde neben der Tochter des weißen Priesters beerdigt hatten.

Der Wasserfall von Melsingah.

Lange Zeit, ehe der Urwald von den Axtschlägen der Blaßgesichter ertönte, lebte in dem Wasserfalle von Melsingah ein Manito, der von allen Indianern hoch verehrt wurde. Am Tage hielt er sich gewöhnlich im Wasser auf und am Abend sah man ihn häufig auf dem hohen Felsen in der Mitte des Falles stehen. Niemand konnte jedoch eine genaue Beschreibung von ihm geben, denn je näher man ihm kam, in desto unbestimmteren Umrissen erschien seine Gestalt. Da er Niemand ein Leid zugefügt hatte, so hielt man ihn allgemein für einen guten Geist und freute sich, wenn er sich in der Ferne blicken ließ.

Und so kam es denn, daß ihn die Tochter eines Häuptlings zu ihrem Schutzgeiste erwählte. Eines Tages wollte sie ihm ein reiches Opfer bringen, da glitt ihr Fuß in der Nähe des Wasserfalles aus und sie stürzte hinab in die Tiefe. Nach kurzer Bewußtlosigkeit wieder erwacht, fand sie sich am Rande des Stromes im Grase liegen. Niemand war in ihrer Nähe, aber da doch irgend Jemand sie gerettet haben mußte, so übertrug sie ihre Danksagung der Luft mit der Bitte, sie dem Retter zuzuführen.

Nun lebten die Indianer in den Gebirgen am Hudsonflusse in keinem guten Einverständniß, und ein junger Mohikaner brüstete sich einst, zu irgend einer Zeit das Jagdgebiet der Feinde betreten zu wollen. Da man seinen Worten keinen Glauben zu schenken schien, so machte er sich augenblicklich auf und fuhr nach dem Wasserfalle, woselbst er ausstieg und nach kurzer Zeit einen fetten Hirsch erlegte. Kaum aber hatte er ihn in sein Kanoe getragen, als er auch schon ein Boot mit fünf Indianern auf seiner Verfolgung begriffen sah. Sie waren Alle bewaffnet, und da sie viel schneller ruderten als er, so hatten sie ihn eingeholt, ehe er das Ufer erreicht hatte. Weil er nun keinen andern Ausweg wußte, sprang er ins Wasser und tauchte unter; aber augenblicklich sprangen ihm zwei tüchtige Schwimmer nach, und einer ergriff ihn am Schopf und zog ihn an die Oberfläche. Doch der junge Mohikaner tauchte wieder unter und zog seinen Feind mit hinab; als er nun müde und matt allein wieder heraufkam, fand er sich von den anderen Vieren so eng umringt, daß ihm nichts Anderes übrig blieb, als sich ruhig in sein Schicksal zu ergeben.

Darauf führte man ihn ans Land und hieß ihn, seinen Todesgesang anzustimmen, was er auch gleich that. Dann banden sie ihm die Hände auf den Rücken und führten ihn im Triumphe ihrem Dorfe zu. Da sich glücklicherweise die Häuptlinge und ersten Krieger auf einem Jagdzuge befanden, so ward beschlossen, den Gefangenen bis zur Rückkehr derselben aufzubewahren. Man legte ihn also in einen leeren Wigwam, knebelte ihm Hände und Füße und stellte eine Wache vor die Thür. Während dieser Zeit machten sich nun die Verwandten des Ertrunkenen ein Vergnügen daraus, den armen Mohikaner zu quälen und ihm tagtäglich von dem großen Scheiterhaufen, auf dem er bald sein Leben aushauchen würde, zu erzählen.

Doch es war auch Jemand da, der es gut mit ihm meinte, nämlich die schöne Jungfrau, von der bereits erzählt worden ist. Häufig blickte sie sorgenvoll in seinen Wigwam, und da sie merkte, daß er sie verstand, so bat sie einst den Wächter, ihr doch den Adler, der gerade vorbeiflog, zu schießen, sie wolle während dieser Zeit den Gefangenen im Auge behalten.

Jener folgte ihr auch, und das Mädchen ging zu dem Jünglinge hin und sprach:

„Junger Adler, ich bin gekommen, dir deine Flügel wieder zu geben! Fliehe so schnell wie du kannst!"

„Aber soll ich allein fliehen?" fragte Jener.

„Ich kann nicht mit dir gehen, denn dein Volk wird den Tomahawk gegen das meinige erheben! Aber wenn du mich als Führerin annehmen willst, so werde ich dich an einen sicheren Platz bringen, wo wir Beide ruhig abwarten können, bis sich die Kriegswolke verzogen hat!"

Der Mohikaner war damit einverstanden, und so beschlossen Beide, in der kommenden Nacht zu fliehen.

Kurz danach kam der Wächter zurück und brachte dem Mädchen den gewünschten Adler.

Da der Gefangene nie einen Fluchtversuch gemacht hatte, so dachte der Wächter, er könne während der Nacht gerade so gut schlafen wie wachen; auch würde es sicherlich Niemand einfallen, ihn von den Fesseln zu befreien, und so kam es denn, daß ihn die Jungfrau ohne die geringste Gefahr herausholen konnte. Beide flohen nun und kamen glücklich an den Wasserfall von Melsingah, dessen Manito sie um Hülfe anriefen.

Dieser erschien denn auch gleich und fragte sie, was sie hierher führte. Das Mädchen erzählte ihm darauf die ganze Geschichte ihrer Liebe und Flucht und bat ihn zuletzt, ihnen seinen Schutz angedeihen zu lassen.

„Den sollt ihr haben!" erwiederte der Manito und gab ihnen einige Kleidungsstücke, welche sie unkenntlich machten.

Danach baute sich der Mohikaner in der Nähe des Wasserfalles eine Hütte und bewohnte dieselbe bis an sein Ende ungestört mit seinem lieben Weibe.

Die Mutter der Welt.
(Eine Sage der Hundsrippen-Indianer.)

In den eisigen Gegenden des Nordens, weit hinter dem Lande, wo jetzt die Jagdgründe der Schlangen- und Kupferminen-Indianer sind, wohnte zur Zeit, als sonst gar kein menschliches Wesen existirte, eine Frau, welche die

Mutter der Welt ward. Sie war nach der Erzählung der alten Medizin=
männer klein und reichte einer Jungfrau kaum bis an die Schultern; aber
sie war sehr schön und klug. Ob sie gutmüthiger oder zänkischer Natur war,
ist unbekannt geblieben; denn sie hatte keinen Mann und sonst war auch
Niemand in ihrer Nähe, der sie hätte ärgern oder ihre Geduld auf die Probe
stellen können. Sie brauchte nicht, wie die jetzigen Indianerinnen, schwere
Büffel in die Hütte zu schleppen oder im eiskalten Wasser herum zu waten
und Fische zu speeren, während ihr fauler Herr Gemahl ruhig beim Wigwam=
feuer saß und behaglich seine Pfeife rauchte. Sie hatte nur für sich selber zu
sorgen, und das war keine schwere Arbeit; denn die Lebensmittel wuchsen so reich=
lich in ihrer Nähe, daß sie sich spielend Vorrath für den Winter einlegen konnte.

Obgleich sie mutterseelenallein war, war sie doch glücklich. Im Sommer
beobachtete sie das Wachsthum der süßen Beeren, die ihre Lieblingsfrucht
waren, und freute sich zur Zeit der Reife wie eine Mutter über das Lächeln
ihres erstgeborenen Kindes. Eines Tages, als sie wieder ausgegangen war,
Beeren zu pflücken, sah sie plötzlich ein merkwürdiges vierbeiniges Geschöpf
neben sich, das alle ihre Fragen mit drei unverständlichen Wörtern: „bau,
wau, bau!" beantwortete. Wollte es vielleicht Beeren? Nein, denn es wies
die saftigsten ohne Dank zurück. Wollte es sich vielleicht nur, wie sie, der
stattlichen Tannen und der farbenreichen Blumen erfreuen? Sie wußte es
nicht und ließ es deshalb allein und ging in ihre Höhle zurück.

Kaum hatte sie sich auf ihrem Bette von trockenem Laube niedergelassen,
als jenes Thier hereinkam und sich zu ihren Füßen niederließ. Allmählich
schlief es ein, und die Mutter der Welt that dasselbe. Darauf stieg der Manito
der Träume zu ihr hernieder und zeigte ihr erstaunliche Dinge. Sie träumte,
die Sonne sei hinter den Bergen zur Ruhe gegangen und es sei Nacht. Die
Zwergweide senkte ihr Haupt unter schwerem Thränenthau und der Löwen=
zahn bedeckte seine Blüte mit einem braunen Schleier. Sie träumte so lebhaft,
daß sie glaubte, sie sei wach, und daß Alles, was sie sähe, ihre eigene Umgebung,
ihre Höhle, Beeren, Blumen und Bäume seien. Doch vor ihrem Bette stand
auf dem Platze, den der Hund vorher eingenommen hatte, eine Gestalt, die
der ähnlich sah, die sie häufig auf dem Wasserspiegel bemerkt hatte, wenn sie
sich in der heißen Jahreszeit am Ufer abzukühlen pflegte. Sie war größer
als sie und ihr Blick wild und trotzig. Die Frau zitterte vor Furcht zum
ersten Mal in ihrem Leben, und ein unbekanntes Gefühl stahl sich in ihre
Brust. Sie wandte ihr Auge kurze Zeit von ihr ab, dann aber sah sie sie
wieder an und wünschte nicht, daß sie fortginge. Die fremde Gestalt lächelte,
und die Gedanken der Frau wurden verwirrt. — Als die Sonne durch die
Felsspalte der Höhle erschien, erwachte sie; das Traumbild war verschwunden
und an seiner Stelle lag das vierbeinige Thier mit dem eintönigen „Bau, wau!"

So verstrichen vier Monate. Die liebliche Traumgestalt kam jedesmal mit dem Einbruch der Nacht vor ihr Lager und verließ es mit den ersten Sonnenstrahlen wieder. Dann kam der Hund und blieb den ganzen Tag über an ihrer Seite. Mit der Zeit ging eine merkwürdige Veränderung mit ihr vor. Die saftigsten Beeren ließ sie unangerührt stehen, und an ihrer Schwester, der Rose, ging sie ohne zu grüßen vorbei. Sie wanderte fort in ein einsames Thal, um dort ihren verlorenen Frieden zu beweinen und des vermißten Freundes zu gedenken. Plötzlich verdunkelte sich der Himmel, und eine Gestalt, ähnlich der, die sie im Traume gesehen hatte, aber ungleich größer, näherte sich ihr von Osten. Der Kopf des Fremden war mit Wolken bekränzt, sein Haar streifte die höchsten Bergesgipfel, und seine Augen waren größer als das rothe Auge des Tages. Wenn er zu dem furchtsamen Hunde sprach, klang seine Stimme rauh und donnerähnlich; mit der traurigen Frau redete er jedoch liebevoll und leise. Sie erzählte ihm ihre Träume und fragte, warum sie sich seit einigen Monaten so verändert habe und keine Freude mehr an Dingen finde, die doch früher ihre einzige Wonne gewesen seien.

Darauf erwiederte der Mächtige, daß Das, was sie scheinbar geträumt habe, Wahrheit gewesen sei. „Dem Hunde", fuhr er fort, „der jetzt an deiner Seite steht, ist vom Großen Geiste die Macht verliehen worden, mit dem Anbruch der Nacht Mannsgestalt anzunehmen, in welcher er die Widerwärtigkeiten und Unannehmlichkeiten des Lebens durch Muth und Tapferkeit bekämpfen kann, während du Zuflucht zur Milde und Liebenswürdigkeit nehmen mußt. Er ist gerade das Gegentheil von dir, und dein jetziger Zustand, der deine Wangen mit Thränen näßt, ist nur in dem Umgang mit ihm zu suchen. Du wirst bald von zwei Kindern entbunden werden; dieselben mußt du sorgfältig pflegen und mit der Milch deiner Brust ernähren; denn aus ihnen wird ein großes Geschlecht entstehen, dem ich bereits die Erde wohnlich eingerichtet habe."

Bis jetzt war die Erde eine rauhe, formlose Masse gewesen, jener Starke aber hatte die hohen Felsen abgebrochen und damit die tiefen Schluchten ausgefüllt: die Schneeberge hatte er in brennende Abgründe geworfen und jedem See und Fluß sein bestimmtes Bett angewiesen.

Als er seine Rede geendet hatte, ergriff er den Hund mit beiden Händen und zerriß ihn trotz der jammernden Bitten der Frau in unzählige Stücke und streute dieselben über die ganze Erde. Die Eingeweide warf er ins Wasser und gebot ihnen, sich in Fische zu verwandeln, was sie auch augenblicklich thaten. Das Fleisch, das aufs Land fiel, ward zu Hirschen, Bären, Wölfen, Füchsen und wilden Katzen. Die Haare des Hundes, welche der Starke in die Luft blies, verwandelten sich in Adler, Möven, Enten und Falken.

Als er so Erde, Luft und Wasser mit lebenden Thieren gefüllt hatte, rief er die Frau und ihre Kinder zu sich und sagte, daß er dies Alles für sie geschaffen habe, und daß sie nun nach Herzenslust jagen und fischen sollten, wonach er verschwand und nie mehr zurückkehrte.

Die Kinder der Frau hatten dunkelrothe Farbe und wurden die Stammeltern der sogenannten Hundsrippen-Nation und somit der ganzen indianischen. Auch die weißen Männer stammen von den Hundsrippen-Indianern ab. Ein Jäger hatte einst eine Biberfalle gestohlen und war dabei erwischt worden. Der plötzliche Schrecken machte ihn so blaß, daß sich diese Farbe auf seine Kinder bis auf den heutigen Tag fortgeerbt hat.

Wakonda's Sohn.

Als die Otto-Indianer noch ihre Jagdgründe im Schatten der Berge des Großen Geistes durchstreiften, stand ihnen in Kriegs- und Friedenszeit ein tapferer und weiser Häuptling, Namens Wasabadschinga oder der „Kleine schwarze Bär", mit Rath und That zur Seite. Seine abenteuerlichen Kriegsfahrten und erstaunlichen Heldenthaten bildeten lange Zeit das fast ausschließliche Gesprächsthema aller Stämme zwischen dem Mississippi und den Bergen der untergehenden Sonne, und zwischen dem Missouriflusse und dem See der Wälder. Er war stärker als ein Bär, schneller als ein Reh und schlanker als ein Panther. Keiner war so geschickt im Pferdestehlen wie er; vor seiner Thür standen stets die besten Pferde des ganzen Landes, die er den Kusas, Omahas, Punkas, Sioux und anderen Stämmen abgenommen hatte. In sternheller Nacht hatte er sich einst in das Lager der Missouri-Indianer geschlichen und denselben zahlreiche Skalpe abgezogen; er war furchtlos in den Wigwam eines Arowak gegangen und hatte dessen liebste Squaw herausgeholt. Keiner hatte so geübte Augen, die Spuren der Menschen und des Wildes zu erkennen; er zeigte genau, wo sich die Schlange durchs Gebüsch gewunden hatte. So schnell wie ein Eichhorn konnte er den höchsten Baum erklettern und von dort aus die Lager der feindseligen Indianer beobachten. Hungern konnte er länger als die Landschildkröte oder der Bär des eisigen Nordens, und marschiren so lange als der stärkste Adler fliegen. Niemand konnte sich mit ihm an Weisheit und Stärke messen.

Er hatte neun Weiber, alle so schön wie der Weg des Großen Geistes (die Milchstraße). Obgleich sie alle in demselben Wigwam wohnten und aus derselben Schüssel aßen, so lebten sie doch stets in der größten Zufriedenheit und Eintracht. Wasabadschinga hatte zehn Söhne, die bereits alle so stark waren, daß sie den Bogen ihres Vaters spannen und seine Keule schwingen konnten. Der Töchter hatte er nur eine, und die war das schönste Mädchen im ganzen Lande. Ihre Augen waren so mild wie Taubenaugen; ihre Zähne waren blendend weiß und ihr Haar war ungewöhnlich schwarz und lang. Sie nahm an allen häuslichen Arbeiten regen Antheil, und Niemand hörte je ein Wort der Unzufriedenheit von ihr. Ihre Gespielinnen beneideten sie nicht wegen ihrer Schönheit, sondern fanden ihre größte Freude darin, ihr alle erdenklichen Schmucksachen zu schenken. Sie hieß Mekaia, oder die Sonnenblume.

Nun geschah es eines Abends im Kornmonat, daß ein junger Mann auf einem weißen Pferde in das Dorf der Otto-Indianer ritt. Er war groß und schlank; sein Haar war nicht so schwarz wie das der Indianer und dabei so fein wie die Federn auf der Brust des Kolibri. Er ritt sehr langsam und machte nicht eher Halt, als bis er vor die Hütte Wasabadschinga's kam, wo er abstieg und sein Pferd grasen ließ.

Er ging in den Wigwam des Häuptlings. Derselbe blieb ruhig auf seinem Lager aus Büffelfellen liegen und fragte ihn, wer er sei und woher er käme.

„Ich bin der Sohn Wakonda's und komme direkt aus der Wohnung meines Vaters in den hohen Gebirgen des Sonnenuntergangs."

„Hast du viele Büffel auf deiner Reise getödtet?"

„Gar keine."

„Aber dann mußt du sehr hungerig sein?"

„Wakonda's Sohn erhält seine Nahrung vom Himmel, da ihm das Fleisch der Thiere auf der Erde zu hart und rauh ist. Ich esse nur das Fleisch der Geisterbüffel, Geisterfische und Geistervögel, welche die Manitos am Blitzstrahle rösten und mir zuschicken. Als einziges Getränk dient mir der Regen, der frisch aus den Wolken fällt."

„Hat dir dein Vater keine Botschaft für den ‚Kleinen schwarzen Bär' der Otto-Indianer mitgegeben?"

„Gewiß. — Er zeigte mir von den hohen Bergen des Westens die schöne Tochter des Otto-Häuptlings und befahl mir, hinzugehen und um sie zu werben. Sie müsse — sprach er weiter — Vater und Mutter und alle Bekannten verlassen und mir nach dem Lande der ewigen Sonne und der milden Winde folgen, woselbst du sie nach einigen Jahren, wenn deine Kniee schlotterig werden und deine Augen den Glanz verlieren, wiedersehen und dich ihrer Kinder freuen wirst."

„Aber wie weiß ich, daß Wakonda dies gesagt hat?"

„Morgen, wenn die Sonne aus ihrem Schlafe erwacht, werde ich dir meinen Vater im wolkenlosen Himmel zeigen. Plötzlich wird dann ein undurchdringliches Dunkel den Himmel überziehen, und der Donner, der Wakonda's Stimme ist, wird mit solchem Getöse rollen, daß alle Indianer vor Furcht zur Erde fallen werden. Wenn sie wieder aufstehen, wird das Firmament wieder klar und hell sein und die Blitze, welche meines Vaters Augen

sind, werden hin und her zucken. An diesem Zeichen wirst du erkennen, daß
ich Wakonda's Sohn bin."

„Wenn dies wirklich geschehen wird, wie du sagst, dann werde ich dich
mit Freuden als Schwiegersohn begrüßen."

Bald ward überall bekannt, daß der Sohn Wakonda's da sei, um die
schöne Sonnenblume als Braut heimzuführen, und kein Auge im ganzen
Dorfe schlief in der folgenden Nacht.

Am nächsten Morgen versammelten sich alle Indianer vor der Hütte des
Häuptlings und warteten mit Furcht und Zittern auf die kommenden Stunden.
Der junge Mann hielt sein Versprechen pünktlich. Als die Sonne aufging,
war keine Wolke sichtbar, doch schon nach einem Augenblicke ward der Himmel
so schwarz wie in der dunkelsten Nacht und die Erde erzitterte unter dem
Krachen des schrecklichsten Donners, dem merkwürdigerweise keine Blitze vorher-
gingen. Bald aber war der Himmel wieder so hell wie vorher, und die Blitze
schossen von allen Seiten hernieder und zerschmetterten die dicksten Bäume
und größten Felsen. Dann schloß der Große Geist seine Augen wieder und
es ward still.

Als sich die Indianer von ihrem Schrecken erholt hatten, fielen sie vor
dem Fremden nieder und erkannten ihn als den Sohn Wakonda's an.

Wasabadschinga aber sagte: „Er hat sich meiner Tochter würdig gezeigt
und ich werde sie ihm in Gegenwart des ganzen Stammes zur Frau geben."

Darauf ging er in seinen Wigwam und holte sie. Der Sohn Wakonda's
nahm sie in seine Arme und erklärte, daß er ihrer Schönheit und Anmuth
wegen die himmlischen Gefilde seiner Heimat verlassen habe und nach dem
kalten und unfreundlichen Lande der Otto-Indianer gekommen sei. Sie
weinte, aber es schien mit ihren Thränen kein Ernst zu sein, denn sie lächelte
freudig dabei, so wie sich die Sonne an einem Frühlingsmorgen durch den
nebeligen Dunst des Himmels stiehlt.

Danach wurde das Hochzeitsfest gefeiert und fröhlich getanzt, gegessen
und gesungen, und als dies vorbei war, gaben sie dem glücklichen Paar das
Geleite bis an den Saum des nächsten Waldes. Dann sagte der Häuptling
zum Abschiede:

„Ich habe dir mein Liebstes auf der ganzen Erde, meine einzige Tochter,
gegeben: sei daher stets freundlich gegen sie. Laß sie keine schweren Lasten
schleppen und schicke sie nicht in den Wald, um Holz zu holen!"

„Solche Arbeiten", erwiederte der Sohn Wakonda's lächelnd, „kennt
man in den glücklichen Thälern meiner Heimat nicht; dort scheint die Sonne
stets so warm, daß man kein Feuer braucht, und mein Stamm hat weder Büffel
zu jagen noch Mais zu mahlen."

Darauf setzte er sein junges Weib hinter sich auf sein Pferd und ritt weiter.

Ungefähr drei Monate danach, zur Zeit der Ernte, als der Wald anfing, sein grünes Kleid auszuziehen und die Lüfte unfreundlich wehten, versammelten sich die Indianer des Ottostammes zu einem Feste in dem Wigwam ihres Häuptlings. Es war eine wundervolle Nacht und kein Lüftchen regte sich, doch als sie eben anfangen wollten, die guten Dinge des Waldes und Flusses zu verzehren, bewegte sich plötzlich die Erde unter ihnen hin und her und ein donnerähnliches Getöse ward hörbar. Sie wollten schnell den Wigwam verlassen, wurden aber beständig von einer Ecke in die andere geworfen, so daß sie die Thür nicht finden konnten. Als das Erdbeben nachgelassen hatte, sahen sie mit Schrecken die Veränderung ringsum. Die kleinen Ströme der Umgegend waren durch riesige Felsmassen zugedeckt, die Bäume waren mit furchtbarer Gewalt aus dem Boden gerissen worden und der Gesang der Vögel war verstummt. Sie riefen ihre Medizinmänner zusammen und fragten nach der Ursache dieser Zerstörung.

„Der Meister des Lebens ist böse", antworteten sie, „aber wir kennen den Grund nicht. Doch bald wird Jemand kommen, der uns bessere Auskunft geben kann."

Es vergingen drei Tage, ohne daß sich jemand Fremdes sehen ließ; doch als am Morgen danach der Häuptling vor seine Thür trat, sah er seine geliebte Tochter weinend davor stehen. Sie hatte sich sehr verändert; ihr Auge war erblaßt, ihre Wangen waren eingefallen und ihr Haar hing in wilder Unordnung auf ihre Schultern herab. Sie war nicht mehr die Sonnenblume des Stammes. Ihre Füße schwankten und ihre Stimme war kaum noch vernehmbar.

„Wo kommst du her, meine Tochter?" fragte Wasabadschinga.

„Aus dem Thale diesseit der Gebirge."

„Wo ist dein Gatte?"

„Todt."

Wasabadschinga hielt die Hände vor das Gesicht, um seine Thränen zu ersticken, und fragte nach der Ursache seines Todes.

„Ehe wir die heimatlichen Berge Wakonda's erreicht hatten, kam ein Mann mit weißem Gesichte auf einem kleinen schwarzen Pferde zu uns und bot wollene Decken, Perlen und Feuerwasser zum Verkauf an. Mein Gemahl wies ihn ab und machte ihm Vorwürfe, daß es sehr schlecht von ihm sei, die armen Indianer ins Unglück zu stürzen. ‚Ich bin ein besserer Mann als der Sohn Wakonda's', erwiederte jener stolz; ‚denn ich verehre den einzig wahren Gott und wohne nicht mit Bären und Wölfen im Walde zusammen.' Mein Gemahl lächelte ob dieser Worte; doch das Blaßgesicht ergriff seinen Speer, und im nächsten Augenblicke lag der Sohn Wakonda's leblos auf dem Boden."

Jetzt konnte Wasabadschinga seinen Schmerz nicht länger verbergen und klagte so laut, daß alle Männer und Frauen des ganzen Dorfes herbeistürzten. Die Weiber zerrauften aus Trauer ihr Haar und ritzten ihre Arme mit scharfen Steinen und stimmten einen rührenden Gesang der Klage an. Sie sangen von der Liebe und dem Glücke des jungen Paares, von der Grausamkeit des Blaßgesichtes und von dem Zorne Wakonda's, dem er in dem schrecklichen Erdbeben Luft gemacht habe.

Der Große Geist ließ die Sonnenblume nicht mehr lange auf der Erde, sondern rief sie bald zu seinem Sohne in das Land der Seelen ab. Doch kehrt sie oft zurück, und man sieht sie häufig im Schatten der Bäume sitzen, die sie früher pflanzte. Zur Zeit der Blumen pflückt sie sich in mondhellen Nächten die allerschönsten und bindet sie zu einem Strauße zusammen, den sie ihrem Gemahle bringt. Wakonda's Sohn aber ist nie mehr zurückgekehrt.

Die Entdeckung der Oberwelt.
(Eine Sage der Minnitaries.)

Die Minnitaries und alle anderen Indianerstämme wohnten zuerst in dem Innern der Erde. Der Große Geist hatte sie dort untergebracht, weil er oben noch nicht Alles für sie eingerichtet hatte. Im Innern der Erde lebten sie wie die Maulwürfe in einer großen Höhle, und nur sehr wenige hatten Menschengestalt. Die Paukunnawkuts waren Hasen, die Delawaren Schildkröten und die Tuskuroras, Sioux und andere waren Klapperschlangen; aber die Minnitaries waren immer Menschen, und der Theil ihrer Höhlenwohnung befand sich in der Nähe der Schneegebirge. Er wurde durch die Sonnenstrahlen, welche durch die zahlreichen Felsspalten drangen, erleuchtet, während dem die Wohnplätze der anderen Stämme gänzlich in Dunkel gehüllt waren. Ihr Leben war eintönig und traurig, da sie aber von keinem besseren Zustande wußten, so waren sie zufrieden und freuten sich ihres Daseins, so gut es ging. Sie hatten keine Kleider und starben so nackt wie sie geboren wurden. Sie aßen Schlangen, Würmer und Maulwürfe und zuweilen auch Fledermäuse, die sich durch die Felsspalten zu ihnen verirrten. Als diese Thiere selten wurden, nahmen sie, um den Hunger zu stillen, ihre Zuflucht zu Sand und Erde, und wurden dadurch allmählich so schwach und elend und mit ihrer unglücklichen Lage so unzufrieden, daß sie jedesmal Klagelieder anstimmten, wenn ein Kind geboren ward, und sich laut freuten, wenn Jemand starb.

Nun waren unter den Minnitaries zwei Knaben, die sich seit ihrer frühesten Kindheit durch erstaunliche Klugheit und großen Scharfsinn ausgezeichnet hatten. Dieselben fragten einst ihre Eltern, woher die hellen Strahlen und die Wurzeln der großen Weinstöcke kämen; ihr Vater sagte, er wisse es nicht, und die Mutter lächelte über diese alberne Frage. Darauf fragten sie die Medizinmänner, aber diese wußten es auch nicht genau und meinten, jene Strahlen seien die Augen eines großen Wolfes. Auch die Schild= kröten hatten auf diese Frage keine Antwort und ebenso die meisten anderen Thierindianer. Nur der Häuptling der Klapperschlangen sagte, er wisse es; doch ehe sie sich verbindlich machten, den Frieden zwischen ihrem und seinem Stamme dauernd herzustellen, wolle er es nicht mittheilen. Darauf gingen denn die beiden Knaben auch ein, und der Klapperschlangenhäuptling erzählte, daß oben noch eine andere, und zwar eine viel schönere Welt sei, die sie erreichen könnten, wenn sie der Wurzel des Weinstockes nachkletterten.

Bald danach vermißte man die beiden Knaben. Niemand wußte, wo sie hingegangen waren, und ein Medizinmann sagte, er habe sie im Traume als Bewohner des Geisterlandes gesehen.

Nach einigen Tagen kehrten sie jedoch zum Erstaunen Aller wieder zurück. Sie tanzten und sangen und sahen so groß, blühend und wohlgenährt aus, daß ihre Eltern sie kaum noch erkannten. Sie traten so fest und männlich auf, daß die ganze Höhle unter ihren Tritten erdröhnte. Ihr Körper war mit einem Stoffe bedeckt, den die Minnitaries nie gesehen hatten, nämlich mit Thierfellen, und Jeder trug ein Bündel schmackhafter Trauben und fetten Wildes.

„Als wir", so erzählten sie, „bis an das Ende der Felsspalte geklettert waren, befanden wir uns plötzlich in einem Lande, wo Alles Licht und Schön= heit war. Ein großer Feuerball — derselbe, dessen Strahlen unsere Höhle erleuchten — verbreitete angenehme Wärme, und rings umher war Alles mit grünem Grase und süß duftenden Blumen bedeckt. In den Wäldern sangen Vögel von blendender Farbenpracht, und in den klaren Gewässern regten sich unzählige Fische. Große Herden wilder Thiere, Bison genannt, durchzogen die Ebenen. Die Bewohner dieses Landes, welche viel schöner und stärker als wir sind, gaben uns Pfeil und Bogen und lehrten uns, wie man diese Thiere, deren Fleisch so schmackhaft und nahrhaft ist, schießen kann."

Die Indianer freuten sich ob dieser angenehmen Nachricht ungemein, aßen von dem Fleische und den Weintrauben und beschlossen, ihre traurige Wohnung zu verlassen. Nur der Dachs und der Maulwurf hatten keine Lust dazu und sagten, sie wollten auch da sterben, wo ihnen der Große Geist das Leben gegeben habe. Das Kaninchen wollte abwechselnd über und unter der Erde wohnen, und die Klapperschlange und Schildkröte baten sich aus, wenig= stens den Winter in einer Höhle verbringen zu dürfen.

Darauf begannen alle Weiber, Kinder und Männer der Minnitaries den Weinstock hinaufzuklettern. Die Hälfte davon hatte bereits die Oberfläche der Erde erreicht, als sich ein unverhofftes Unglück ereignete. Es befand sich nämlich ein sehr dicker Mann unter ihnen, der so viel wog, wie sechs andere.

Als dieser den anderen nachklettern wollte, zerriß die Wurzel des Weinstockes, und der Dicke und der Rest des Stammes mußten in der Unterwelt zurückbleiben.

Die Schildkröte, welche sehr stark ist, da sie von der „Großen Schild= kröte", welche die Erde trägt, abstammt, fand leicht einen andern Ausgang, aber die Mouseys oder Wölfe, die unter dem Onondogasee wohnten, hatten schon mit größeren Schwierigkeiten zu kämpfen; doch gelang es endlich dem Aeltesten auch, sich durch ein Loch hinauszuarbeiten. Derselbe fing gleich einen Hirsch und warf ihn seinen Brüdern hinunter. Diese aßen ihn und fanden sich dadurch so gestärkt, daß sie ebenfalls hinausklettern konnten. Auch die Truthähne kletterten durch dieselbe Oeffnung und später auch noch die Mengwes.

Bald danach schlossen die Stämme der Schildkröten, der Wölfe und der Truthähne ein Bündniß ab, um die mächtigen und grausamen Bären zu be= kriegen. Jene verbanden sich wieder mit den Klapperschlangen; doch dauerte dieser Vertrag nicht lange, da eine derselben zur Zeit, als die Großmesser (Engländer) ins Land kamen, einen Indianer biß, den sie irrthümlich für einen Weißen angesehen hatte.

Als sich die Minnitaries häuslich eingerichtet hatten, erschienen eines Tages merkwürdige Menschen, die oben Menschen= und unten Thiergestalt hatten. Es gelang ihnen, eines dieser Thiere zu schießen, wonach die anderen wegliefen. Bei der Gelegenheit stellte es sich heraus, daß der Mann auf das vierbeinige Thier nicht festgewachsen war. Da letzteres nur leicht verwundet war, genaß es bald wieder. Von ihm stammen die Pferde der Minnitaries ab.

Akkiwässi.

Vor langer, langer Zeit lebte unter den Dakotas ein Medizinmann, der ein so frommer Mann war, daß ihn sein Meister in alle Geheimnisse der Zu= kunft einweihte und ihm Dinge zeigte, wie sie vordem nie ein sterbliches Auge erblickt hatte. Er war sehr alt und wurde daher „Akkiwässi" genannt. Damit er ungestörter mit dem Großen Geiste Umgang pflegen konnte, hatte er seine Wohnung in einem hohlen Berge, in der Nähe des großen Dorfes der Dakotas, aufgeschlagen, und dort besuchten ihn denn die Indianer, wenn sie der Jagd oder eines beabsichtigten Kriegszuges wegen seines Rathes bedurften. Und daran thaten sie wohl, denn seine Lehren hatten sich stets als zuverlässig er= wiesen. Auch der Erzählung von seiner Reise nach dem Lande der Seelen hörten sie aufmerksam zu und glaubten sie gern.

Als Akkiwässi einst schlafend auf seinem Bette von Büffelfellen und weichem Grase lag, stieg der Manito des Traumes zu ihm hernieder und führte ihn nach Wanaretebe oder dem Wohnplatze der Seelen verstorbener Dakotas und befreundeter Stämme. Die Reise war lang und beschwerlich; sie führte über himmelhohe, steile Gebirge, durch wilde Ströme und unbetretene Wälder nach einem Felsgrat, dessen schmale Oberfläche so scharf wie das schärfste Messer war. Dort standen zahlreiche Seelen, die er im Leben gekannt hatte, und harrten auf die Belohnung und die Strafe ihrer guten und bösen Thaten. Ein Dakota-Indianer, der früher zu faul gewesen war und tagelang träumend auf seiner Matte im Wigwam zugebracht hatte, während sich seine Frau und Kinder Nahrung und Kleider bei wohlthätigen Verwandten erbetteln mußten, versuchte lange Zeit vergebens, die steile Felsenhöhe zu erklimmen, und als es ihm endlich gelungen war, ward er in den schwindelnden Abgrund herab= gestürzt, woselbst ihn der böse Geist auffing und zu einem Leben der Mühe und Arbeit verdammte. Ein großer Baumstamm ward ihm auf den Rücken gelegt und in jede Hand ein großer Eimer voll Wasser gegeben, und der Teufel lief beständig mit einer langen Peitsche hinter ihm her und trieb ihn zu schnellerem Gange an.

Eine andere Seele, die den Felsgrat ebenfalls erreicht hatte, wurde ver= urtheilt, ewig gegen die Schatten der Tetonen zu kämpfen. Jener Indianer hatte sich einst das Gesicht mit Kriegsfarbe bemalt, eine Skalplocke geflochten und den Kriegsruf gegen die feindlichen Tetonen ausgestoßen. Als es aber wirklich zum Kriege ging und seine Brüder wie Männer fochten, warf er Pfeil und Bogen weg und versteckte sich feige. Einem andern Dakota, der die Diener des Großen Geistes stets verspottet und verlacht hatte, ging es ebenso; und der Sohn eines alten Häuptlings, der seine Mutter geschlagen und seinem Vater ins Gesicht gespuckt hatte, ward auf eine dünne Stange, die beständig über dem schauerlichen Abgrunde schwebte, gebunden.

Diejenigen, welche tapfer gefochten und nie gelogen hatten und weder Eltern noch Medizinmännern unfolgsam gewesen waren, erreichten die Felsen= spitze leicht und bequem, und Akkiwässi begleitete sie nach der Wohnung Waktan Tanka's, des Großen Geistes, die in der Mitte eines blumenreichen Thales stand. Die Dörfer der Verstorbenen lagen rings umher, und Akkiwässi sah seine Eltern und viele andere Bekannte drin. Sie pflanzten Korn und jagten den Büffel mit scharfen Pfeilen, die stets trafen. Sie führten ein glückliches und zufriedenes Dasein.

Akkiwässi fragte dann, ob es jenen Seelen nicht erlaubt sei, ihre alte Heimat wieder zu besuchen, erhielt aber eine verneinende Antwort. Ausnahms= weise sei es jedoch Eltern, deren Kinder im Sterben lägen, erlaubt, den hohen Felsen wieder zu überschreiten, um die zarten Seelen ihrer Lieblinge auf der Reise nach dem Paradiese begleiten zu können.

Der Himmel der Delawaren.

Die Delawaren, welche die Stammväter aller anderen Nationen sind, glauben, daß sich hinter dem Himmel die Wohnung der Geister befände, und daß der Weg dahin über einen schrecklichen Felsen, auf welchem sich das Firmament mit donnerähnlichem Getöse hin und her bewege, führe. Aber wie wissen sie das? werdet ihr fragen; ich will es euch sagen.

Einst waren in dem Stamme der Unamis oder Schildkröten, der mächtigsten Familie der Delaware-Indianer, zwei brave Krieger, die nichts mehr fürchteten, als Verachtung und Schande. Der eine davon liebte ein schönes Mädchen desselben Stammes und ward von ihr wieder geliebt. Diese äußerte eines Tages den Wunsch, doch Nachricht von ihrer verstorbenen Schwester zu haben, und ob dieselbe auch den Vogel, der an ihrem Begräbnißtage todt auf ihren Leichnam gefallen war, mit süßen Beeren füttere.

Der andere Krieger hatte seine zärtlich geliebte Mutter verloren und wollte einmal gern mit eigenen Augen sehen, wie man sie im Paradiese behandele, und ob man ihr dort nicht zu schwere Lasten auflade. Beide beschlossen also, trotz mehrfacher Warnungen, die Reise nach dem Lande der Seelen zu wagen.

Nachdem sie mondelang gewandert waren, kamen sie an einen mächtigen Felsen, auf dem sich der Himmel beständig hin und her bewegte. Die Winde braußten mit furchtbarer Wuth und nahmen allerlei schöne und häßliche Gestalten an. Die Sterne, die doch sonst wie festgebunden scheinen, bewegten sich gleich einem Kanoe auf der hochgehenden See tanzend in der Luft; aber die Beiden gingen muthig weiter und erreichten glücklich das ersehnte Land.

Es war ein wundervolles Land. Der Himmel war beständig wolkenlos, und auf der Erde herrschte ein ewiger Frühling. Die Wälder waren voller Hirsche und Büffel und die Flüsse voll großer Fische, die mit der größten Leichtigkeit gefangen werden konnten. Also erzählten sie; aber ein anderer Stamm der Delawaren glaubt, daß das Paradies in einer ganz andern Gegend des Himmels liegt, und daß die Reise dahin nicht mit so großen Schwierigkeiten verknüpft ist. Zwei furchtlose und kluge Jäger, so erzählen die Unalachtas, welche alle Gebote des Großen Geistes treu erfüllt hatten, wünschten einst zu sterben, um die Wohnung der abgeschiedenen Seelen, von der ihnen so viel erzählt worden war, mit eigenen Augen zu sehen, und um sich selbst zu überzeugen, ob es dort keine Kriege, keinen Hunger und keine Kälte gäbe.

„Herr des glücklichen Landes", sprachen sie zu dem Meister des Lebens, „es ist nicht nöthig, daß wir dir unsere Wünsche mittheilen; denn du bist allwissend und kennst sie bereits. Gewähre uns also unsere Bitte und laß uns auf kurze Zeit durch den Tod in die Freuden des zukünftigen Lebens eingehen."

Sie baten ihn nicht umsonst.

Ihre Geister waren so leicht, daß sie den dünnsten Grashalm, über den sie schritten, nicht bewegten, und daß sie auf den Sonnenstrahlen hinauf nach dem Wege der Seelen, der Milchstraße, klettern konnten. Unzählige Geister von allen denkbaren Farben sahen sie dort und reisten mit ihnen weiter, bis sie in eine große Stadt kamen, die von einer hohen Mauer umgeben war. Innerhalb dieser Mauer, welche die schönsten Felder, Wälder und Flüsse einschloß, wohnten die Seelen der guten Männer, und außerhalb schwebten gleich hungerigen Habichten die Geister der Bösen. Häufig versuchten dieselben sich in das glückliche Land zu stehlen, aber der Meister des Lebens hielt sorgsam Wacht und trieb sie jedesmal mit unbarmherziger Hand zurück.

Der Wohnplatz der Seligen enthielt alle guten Sachen, die sich nur Jemand wünschen konnte. Die Flüsse enthielten die schmackhaftesten Fische; unabsehbare Scharen großer Seevögel verdunkelten die Seen, und Büffel und Rehe waren der Schnelligkeit der Geister gegenüber so gut wie lahm.

Als sie sich dort ungefähr drei Sommer aufgehalten hatten, befahl ihnen der Große Geist, wieder zurückzukehren und auf der Erde ihren Pflichten nachzukommen, wenn sie späterhin die glückliche Stadt bewohnen wollten. Danach belebte er ihre Körper wieder, und sie traten die Heimreise an. Sie lebten noch viele Jahre, und als endlich die Tage kamen, an denen sie den Bogen ihrer Jugend nicht mehr zu spannen vermochten, rief sie der Meister des Lebens zum Glücke des Jenseits ab.

Die Jagdgründe der Schwarzfüße.

Den Schwarzfuß-Indianern haben ihre Vorväter erzählt, daß sie nach dem Tode unter großer Anstrengung einen hohen Berg, von dessen Höhe sie das Land der Seelen betrachten können, besteigen müßten. Während sie nun die wundervolle Landschaft mit ihren malerischen Seen und Wäldern unter sich bewundern, kommen ihnen ihre Freunde, in neue Felle gekleidet, tanzend und singend entgegen und begleiten Diejenigen, die sich durch edle Thaten ausgezeichnet haben, nach dem Paradiese. Diejenigen aber, an deren Händen das Blut ihrer Stammesgenossen klebt und deren Stirne durch den Athem des bösen Geistes geschwärzt ist, werden erbarmungslos in den tiefen Abgrund gestoßen.

Frauen, die ihre eigenen Kinder zur Vermeidung der vielfachen Sorgen erstickt haben, dürfen nicht einmal den hohen Berg ersteigen, sondern müssen auf das Geheiß des Großen Geistes mit schweren Baumstämmen an den Füßen ewig die Gräber ihrer Opfer umschweben. Die melancholischen Töne, die man häufig vernimmt und fälschlich für das Geschrei der Eulen hält, sind nichts als die Klagen jener Mörderinnen, welche ihre Kinder ins Leben zurückzurufen suchen.

In dem Paradiese der Schwarzfüße wird Jeder nach seinen Thaten behandelt. Wer seine Pflichten, wegen deren ihm der Große Geist das Leben gab, getreu erfüllte, wer fleißig jagte, nie log und seinen Schöpfer stets in Ehren hielt, wird dort weder von Mühe noch Sorge geplagt, und die angenehmsten Freuden aller Art warten seiner. Der Schatten seiner Hunde, seiner Flinte und Wohnung mit allen Geräthen darin gehen mit ihm.

Aber die Seelen der Schlechten werden beständig von den Geistern der Dinge und Personen, die sie zerstört oder beleidigt haben, verfolgt. Wer seines Nachbars Kanoe oder seine Waffen zerbrach, sieht diese Dinge überall vor sich in der Luft, und die Pferde und Hunde, die er früher schlecht behandelte, quälen ihn Tag und Nacht. Wenn er in ein Kanoe tritt, so sinkt es mit ihm unter, und wenn er eine Flinte zum Abschießen anlegt, so richtet dieselbe augenblicklich den Lauf gegen seine eigene Brust.

Die Sintflutsage der Tschoktahs.

Die Welt war noch jung. Die kleinen Bäche unter den Hügeln und Bergen murmelten lustig, und die breiten Ströme zogen ihre gewohnten Bahnen durch friedliche Thäler. Mond und Sterne hatten seit Langem den Nachthimmel verschönt und den Jäger durch die Wildniß geführt. Die Sonne, die der rothe Mann die Glorie des Sommers nennt, war täglich erschienen. Viele Menschengeschlechter hatten gelebt und waren hingegangen. Aber im Verlauf der Zeit hatte sich das Aussehen der Welt verändert. Bruder stritt mit Bruder, und große Kriege bedeckten häufig die Erde mit Blut. Der Große Geist sah dies Alles und war unzufrieden. Ein schrecklicher Wind fegte durch die Wildniß, und die Ok-la-ho-ma oder die rothen Menschen wußten, daß sie Unrecht gethan; aber sie lebten, als ob es ihnen einerlei sei. Endlich erschien ein fremder Prophet unter ihnen und verbreitete in jedem Dorfe die Kunde, daß das Menschengeschlecht zerstört werden würde. Niemand glaubte seinen Worten, und die Sommermonde kamen und gingen wieder. Es war jetzt der Herbst des Jahres. Manche wolkigen Tage waren gekommen, und dann kam gänzliche Finsterniß über die Erde und die Sonne schien für immer geschieden zu sein. Es war sehr dunkel und sehr kalt. Die Menschen legten sich schlafen, wurden aber mit schweren Träumen geplagt. Sie standen auf, wenn sie glaubten, es sei Zeit zum Tagesanbruch; aber sie sahen nur, daß der Himmel noch von einer tieferen Schwärze verdunkelt war als die der schwersten Wolke. Mond und Sterne waren verschwunden, und rings um das Firmament rollte beständig der Donner. Die Menschen glaubten nun, daß die Sonne nie wiederkehren würde, und es war große Bestürzung durch das ganze Land. Die großen Männer

der Tschoktahnation sprachen verzagt zu ihren Brüdern und sangen ihre Todten=
lieder, aber im Düster der Nacht vernahm man diese Lieder kaum. Männer
besuchten sich einander mit Fackeln. Das Getreide und die Früchte des Landes
verfaulten, und die wilden Thiere des Waldes wurden zahm und scharten sich
um die Wachtfeuer der Dörfer und kamen sogar in ihre Dörfer.

Ein lauterer Donnerkrach, als man je vorher gehört, wiederhallte jetzt durch
das Firmament, und im Norden wurde ein Licht sichtbar. Es war nicht das
Licht der Sonne, sondern der Schimmer ferner Wasser. Diese machten ein
mächtig Getöse und wälzten sich in berghohen Wellen über die Erde. Sie ver=
schlangen das ganze Menschengeschlecht und zerstörten Alles auf der Erde. Nur
ein Menschengeschöpf wurde gerettet, und das war der geheimnißvolle Prophet,
der das Unglück verkündet hatte. Er hatte ein Floß aus Sassafrasstämmen
gebaut, und auf diesem fuhr er über die Wasser. Ein großer schwarzer Vogel
kam und flog in Kreisen um sein Haupt. Er rief ihn um Hülfe an, aber er
schrie laut und flog fort und kam nicht wieder. Ein kleinerer Vogel von
blauer Farbe mit rothen Augen und rothem Schnabel kam jetzt und schwebte
über dem Haupte des Propheten. Er sprach zu ihm und fragte, ob es einen
Flecken trockenen Landes irgendwo in der Wasserwüste gebe. Er flatterte mit
den Flügeln, stieß einen Klagelaut aus und flog in gerader Richtung nach jener
Seite des Himmels, wo die neugeborene Sonne soeben in die Wogen sank.
Nun erhob sich ein starker Wind, und das Floß des Propheten wurde rasch nach
dieser Richtung getrieben. Mond und Sterne erschienen wieder, und der
Prophet landete auf einem grünen Eiland, wo er sich lagerte. Hier genoß er
einen langen, erquickenden Schlaf, und als der Morgen anbrach, fand er, daß
das Eiland mit allen Arten von Thieren bedeckt, außer dem großen Shakarti
oder Mammuth, das zerstört worden war. Auch fand er Vögel in großer
Fülle. Er erkannte den schwarzen Vogel, der ihn seinem Schicksal auf dem
Wasser überlassen; und da es ein böser Vogel mit scharfen Klauen war, nannte
er ihn Fulluh=chitto oder Vogel des Bösen. Auch fand er mit großer Freude
den blauen Vogel, welcher veranlaßt hatte, daß ihn der Wind der Insel zu=
geführt, und wegen seiner Güte gegen ihn und wegen seiner Schönheit nannte
er ihn Prech=che=you=sho=ba oder die Turteltaube. Die Wasser zogen sich endlich
zurück, und im Verlauf der Zeit wurde dieser Vogel ein Weib und die Frau
des Propheten, und von ihnen stammen nun alle auf Erden lebende Menschen ab.

Wie der Mais entstand.
(Tschoktahsage.)

Es war in den frühesten Zeiten, als zwei Jäger die Nacht an ihrem
Wachtfeuer in einer Bucht des Alabamastromes zubrachten. Wild und Fisch
nahmen mit jedem Neumond mehr ab, und sie hatten nichts weiter, um ihren

Hunger zu stillen, als das zähe Fleisch eines schwarzen Geiers. Sie waren sehr müde, und als sie über ihre Lage nachdachten und ihrer hungerigen Kinder sich erinnerten, waren sie sehr unglücklich und verzagt. Doch brieten sie ihren Vogel am Feuer und versuchten sich ihres Mahles zu freuen. Kaum hatten sie zu essen angefangen, als sie einen seltsamen Laut vernahmen, gleich dem Girren einer Taube. Nach einer Seite blickend, sahen sie nichts Anderes als den Mond, der sich eben über die dichten Wälder auf dem andern Ufer des Flusses erhob. Den Strom auf und ab blickend, konnten sie nichts Anderes sehen als die sandigen Ufer und die dunkeln Gewässer, die ein leises Lied murmelten. Sie wandten ihre Augen der Gegend dem Mond gegenüber zu und fanden dort die Gestalt eines schönen Weibes, das auf dem Gipfel eines Grashügels stand. Sie eilten an ihre Seite, und sie sagte ihnen, daß sie sehr hungere; darauf holten sie ihren gebratenen Geier und gaben ihn dem Weibe. Sie kostete kaum von der dargebotenen Speise, sagte aber zu den Jägern, daß ihre Freundlichkeit sie vor Leiden bewahrt habe, und daß sie ihrer gedenken werde, wenn sie in die seligen Gründe ihres Vaters, welcher der Hosh-tal-li oder Große Geist der Tschoktahs sei, zurückgekehrt wäre. Sie habe aber um Eines zu bitten, daß sie nämlich, wenn der nächste Mond des Hochsommers komme, die Stätte besuchen, wo sie jetzt ständen. Ein sanfter Wind rauschte durch die Waldblätter und das fremde Weib verschwand.

Die Jäger waren erstaunt, kehrten aber zu ihren Familien zurück und behielten Alles, was sie gesehen und gehört, in ihren Herzen verborgen. Der Sommer kam und sie besuchten wieder die Anhöhe an den Ufern des Alabama. Sie fanden sie mit einer Pflanze bedeckt, deren Blätter gleich den Messern der Weißen waren; sie gab eine köstliche Nahrung, die seitdem unter den Tschoktahs unter dem Namen des süßen Toucha oder indianischen Mais bekannt ist.

Der namenlose Tschoktah.

Es lebte einst in der Indianerstadt E-ya-sho (Yazoo) eines Häuptlings einziger Sohn, der wegen seiner schönen Gestalt und stolzen Haltung berühmt war. Die alten Männer sahen mit Stolz auf ihn und sagten, daß sein Muth selten und daß er bestimmt sei, ein großer Krieger zu werden. Auch war er ein beredter Redner. Doch trotz allen diesen Eigenschaften durfte er im Rathe seiner Nation keinen Sitz einnehmen, weil er sich noch nicht im Kriege ausgezeichnet hatte. Er konnte nicht auf den Ruf Anspruch machen, einen Feind erschlagen zu haben, auch war er noch nicht so glücklich gewesen, einen Gefangenen zu machen. Er wurde sehr geliebt, und da er nach altem Brauche den Namen seiner Kindheit aufgegeben und noch keinen seiner Fähigkeit würdigen Namen errungen hatte, so hießen ihn seine Freunde den Namenlosen Tschoktah.

Auch lebte einst in der Stadt E-ya-sho die schönste Jungfrau ihres Stammes.
Sie war die Tochter eines Jägers und die Verlobte des Tschoktah ohne Namen.
Sie sahen sich öfters bei den großen Tänzen, doch sie behandelte ihn nach in-
dianischer Sitte als einen Fremden. Sie liebten sich, und nur ein Gedanke
warf einen Schatten auf ihre Seelen. Sie wußten, daß die Gesetze ihrer Nation
unabänderlich waren, und daß sie seine Frau nicht werden konnte, ehe er sich im
Kriege einen Namen gemacht, obwol er immer eine Masse Wild vor die Thür
ihrer Hütte legen und sie mit den schönsten Wampum und Federn bedecken konnte.

Es war eben Hochsommer und Abend. Der Liebende hatte seine Geliebte
auf dem Gipfel eines mit Fichten gekrönten Hügels getroffen. Von der Mitte
einer nahen Ebene stieg der Rauch eines großen Wachtfeuers auf, um das eine
Schar von vierhundert Kriegern tanzte. Sie hatten einen Zug gegen die
fernen Osagen beschlossen, und dies war die vierte und letzte Nacht der Vor-
bereitungsbräuche. Bis zu diesem Abend war der namenlose Tschoktah der
Führer bei den Tänzen gewesen, und selbst jetzt war er nur temporär abwesend,
denn er hatte sich weggeschlichen, um von seiner Geliebten Abschied zu nehmen.
Sie schieden, und als der Morgen kam, waren die Tschoktahkrieger auf dem
Kriegspfade, der zu den Quellen des Arkansas führte. An diesem Strome
fanden sie eine Höhle, in der sie sich versteckten, weil es Prairieland war. Dann
wurden zwei Männer zu Spähern erkoren, von denen der eine, der namenlose
Tschoktah, im Westen, der andere, im Osten spioniren sollte. Die Nacht kam,
und die Tschoktahs in der Höhle wurden von einem Osagejäger entdeckt, der
eingetreten war, um dem schweren Thau zu entkommen. Er lief sofort in das
nächste Lager, sagte seinem Volke, was er gesehen, und eine Schar Osagekrieger
eilte nach der Höhle. An ihrer Mündung bauten sie ein Feuer, und vor Anbruch
des Tages waren sämmtliche Tschoktahs zu Tode erstickt durch die Kriegslist
ihrer Feinde.

Der Tschoktahspäher, der gegen Osten gegangen, war Zeuge der Ueber-
rumpelung und des unglücklichen Loses seiner Kriegsbrüder, und nachdem er
bald darauf in sein Vaterland zurückgekehrt, berief er einen Rath und enthüllte
die traurige Kunde. Was das Schicksal des namenlosen Tschoktah betreffe,
der gen Westen gezogen war, so war er überzeugt, daß auch er eingeholt und
erschlagen worden war. Diese Geschichte fiel schwer auf das Herz einer Person:
die Verlobte des verlorenen Tschoktah begann hinzusiechen, und ehe der Mond
seinen Kreislauf vollendet, verschied sie und wurde an der Stelle beerdigt, wo
sie von ihrem Liebhaber Abschied genommen.

Doch was war aus dem namenlosen Tschoktah geworden? Es war nicht
wahr, daß er eingeholt und erschlagen worden war. Er wurde allerdings von
den Osages erspäht und weithin über die Prairien und Ströme verfolgt. Durch
viele Tage und Nächte dauerte die Jagd, aber schließlich entkam er. Sein Lauf

war sehr gewunden gewesen, und als er zu einem Halt kam, sah er mit Erstaunen, daß die Sonne auf der falschen Seite des Himmels aufging. Alles
schien ihm falsch und außer Ordnung. Endlich sah er sich am Fuß eines Berges,
der mit Gras bedeckt war und ungleich irgend einem andern, den er vorher gesehen. Es geschah jedoch am Ende eines gewissen Tags, daß er in ein Wald-
thal wanderte, und nachdem er eine rohe Hütte gebaut und ein Sumpfkaninchen
getödtet, ein Feuer anzündete und sich endlich einmal für ein ungestörtes Abendessen und eine ruhige Nacht vorbereitete. Am andern Morgen setzte er seine
Wanderungen fort. Viele Monde gingen vorüber; es wurde Sommer, und er
rief den Großen Geist an, ihm seinen Pfad zu ebnen. Er jagte in den Wäldern
nach einem gefleckten Reh, und nachdem er es getödtet, brachte er es als Opfer
dar und aß am Abende einen Theil vom Fleische. Sein Feuer brannte hell,
und obwol er einsam war, so war doch Frieden in seinem Herzen. Aber nun
hörte er einen Tritt in einem nahen Dickicht. Im nächsten Augenblick kroch
ein schneeweißer Wolf von ungeheurer Größe zu seinen Füßen und leckte seine
zerrissenen Moccasins. „Wie kamst du in dies fremde Land?" fragte der
Wolf; und der arme Indianer erzählte die Geschichte seiner vielen Widerwärtigkeiten. Der Wolf hatte Mitleid mit ihm und sagte, daß er ihn wohlbehalten in das Land seiner Freunde geleiten werde; und am folgenden Morgen
brachen sie auf. Lang, sehr lang war die Reise, und sehr wild und gefährlich
die Flüsse, über die sie setzen mußten. Der Wolf half dem Indianer für ihre
beiderseitige Erhaltung Wild tödten, und zu der Zeit, wo der Mond zum
Schneiden des Korns gekommen, war der Tschoktah wieder in sein Heimatsdorf
eingezogen. Dies geschah am Jahrestage seines Abschieds von seiner Braut,
und er fand jetzt sein Volk in Trauer ob ihres vorzeitigen Todes. Zeit und
Leiden hatten den Wanderer so verändert, daß ihn seine Verwandten und
Freunde nicht erkannten, und er gab sich auch nicht zu erkennen. Er ließ sich
jedoch oft die Geschichte ihres Todes erzählen und sang zum Erstaunen Aller
manches wilde Lied zur Erinnerung an die Geschiedene, die er Imma oder das
Idol der Krieger nannte. In einer wolkenlosen Nacht besuchte er ihr Grab,
und in einem Augenblicke, wo der Große Geist einen Schatten auf den Mond
warf, fiel er nieder und verschied. Die drei Nächte nachher wurden die Einwohner des Tschoktahdorfes durch das unaufhörliche Heulen eines Wolfs be-
unruhigt, und als es aufhörte, nahm der Fichtenwald auf dem Hügel, wo die
Liebenden im Frieden ruhten, den klagenden Laut auf und setzte ihn fort bis
zur gegenwärtigen Zeit.

Mount Hood und Mount Helens.

Wie Schildwachen, aus der Ebene bis über das Wolkengewimmel in den
Himmel emporragend, stehen Mount Hood (11,225') und Mount St. Helens

(etwas höher) etwa dreißig englische Meilen rechts und links am Eingange des Felsenthales des Cascadegebirges da, durch welches der Columbia dem Meer entgegenströmt. — — Einen schrecklich schönen Anblick muß diese Gegend gewährt haben, als noch anstatt des friedlichen Columbia Mount Hood und Mount St. Helens ihre rauchenden Lavaströme durch dieses Thal wälzten und die alten Bergesriesen wie zwei ungeheure Fackeln flammend und drohend am Eingange jener Höllenschlucht dastanden.

Unter den Indianern Oregons lebt noch eine alte Sage, wonach die Stelle, an welcher der Columbia gegenwärtig die Berge durchbricht und eine Reihe von Stromschnellen und Wasserfällen bildet, ehedem von einer kolossalen natür- lichen Felsbrücke überspannt war. Mount Hood und Mount St. Helens waren Mann und Frau, lebten im besten Einvernehmen in ihren beiderseitigen Berg- schlössern und pflegten sich über die Brücke hin gegenseitig Besuche zu machen, während ihre Kinder, die rothen Männer, in ihren Kanoes unter der Brücke im friedlichen Columbia Lachse fingen. Aber der eheliche Friede hatte keinen Bestand. Mann und Frau erzürnten sich, schleuderten sich gegenseitig Fels- blöcke an den Kopf und machten ihrem Zorne mit göttlichen Donnerworten Luft. Die Brücke brach von den drüber hin- und herrollenden gewaltigen Felsblöcken zusammen und füllte das Bett des Stromes mit ihren Trümmern, über welche die sonst so friedlichen Gewässer sich nun brausend einen Weg suchen mußten. Mann und Frau haben sich seit jener Zeit nie wieder ver- tragen und stehen jetzt stumm grollend einander gegenüber.

Diese Sage ist unter den verschiedenen Indianerstämmen von Oregon und Washington so allgemein verbreitet, daß man sich des Gedankens kaum erwehren kann, es lägen naturhistorische Thatsachen zum Grunde. Wahrscheinlich ist unter dem Zank der Berge eine gewaltige vulkanische Erdrevolution zu ver- stehen, welche das Bett des Stromes mit Trümmern und Felsblöcken bedeckte und Alles drunter und drüber warf.

Die kleine weiße Taube.

Der Große Geist, der wohl weiß, daß die Unversöhnlichkeit seiner rothen Kinder das größte Hinderniß ist, sie später im Lande der Seelen beisammen wohnen zu lassen, wies einem jeden Stamme eine besondere Gegend der „glück- lichen Jagdgründe" an, und so wurde denn auch für die Knistenaux, die mit den anderen Nationen in beständigem Zwiste lebten, ein eigener Platz reservirt.

„Falkenfuß", die schönste Frau jenes Stammes, starb plötzlich und ward in ihren besten Kleidern und kostbarstem Schmucke begraben; auch gab man ihr alle ihre häuslichen Geräthe und sonstige Sachen, die sie hochschätzte, mit. Ihr Kind, das sie kurz vorher geboren hatte, ward neben einem belebten Fußpfade begraben, so daß vielleicht eine vorbeigehende Frau seine Seele mitnehmen und sie wieder ins Leben zurückführen konnte. Als nach mehreren Tagen das all= gemeine Wehklagen verstummte, sah man zwei wunderschöne Tauben, eine große und eine kleine, auf dem Wigwam des Wittwers sitzen. Da nun den Knistenaux früher von ihren Vorvätern erzählt worden war, daß die Seelen nach ihrem Eintritte in das Land des Glückes in Tauben verwandelt wurden, so riefen sie Alle aus: „Sie sind wieder da! Der Falkenfuß nebst dem kleinen Kinde sind zurückgekehrt!" „Das Kind hat aus Liebe zu seiner Mutter verschmäht", so fuhren sie fort, „wieder geboren zu werden und bringt uns nun Nachricht vom Paradiese. Jetzt werden wir endlich erfahren, wie weit es nach dem Cheke Chekekame ist und ob der Reisende Lebensmittel und Waffen mitnehmen muß. Wir werden nun hören, ob die Seele des „Kleinen Wurmes", der von den Kupferminenindianern gefangen und auf einem Scheiterhaufen verbrannt wurde, noch den Quälereien böser Geister, die alle Diejenigen, welche den Feuertod er= leiden, ausstehen müssen, ausgesetzt ist, und ob der „Große Hund" noch den Unwürdigen den Eingang zum Paradiese verwehrt."

Danach liefen sie durch das ganze Dorf und riefen durch ihr Jauchzen und Singen alle Bewohner zur Bewunderung der beiden Tauben herbei.

Es waren wunderschöne Vögel und Glück und Zufriedenheit leuchtete aus ihren sanften Augen. Auch der trauernde Krieger kam herbei und wurde von ihnen mit freudigem Flügelschlage bewillkommt. Dann flog die Seele des „Falkenfußes" auf seine rechte Schulter und sprach: „Ich bin eine der Seelen des Falkenfußes und die kleine Taube neben mir ist mein Kind. Der Meister des Lebens hat jedem zwei Seelen gegeben: eine, welche der Athem ist, geht zuweilen in einen andern Körper über; besonders ist dies den Seelen der kleinen Kinder, die noch nichts vom Leben gesehen haben, gestattet. Sobald der Athem den kranken Körper verläßt, geht die andere ins glückliche Jenseits ein. Die Reise dahin dauert mehrere Monate und ist mit vielen Gefahren verknüpft. Zuerst kommt sie zur Stelle der Qual, an welcher hauptsächlich diejenige, welche in Feindeshand fiel und verbrannt wurde, Halt machen muß, dann hat sie einen Fluß zu überschreiten, dessen gefährliche Stellen schon viele verschlungen haben, und danach gelangt sie aus Ufer eines andern Stromes, wo ihr ein wüthender Hund die Ueberfahrt verwehrt.

„Die Seelen, deren gute Thaten die schlechten aufwiegen, werden vom Großen Geiste unterstützt, den Hund zu überwältigen; die schlechten Seelen aber werden von ihm zerrissen.

„Das nächste gefahrbringende Land ist der Wohnplatz der Wolf=, Bären= und Fischgeister, die sich den wandernden Seelen überall in den Weg stellen. Doch sie erschrecken nur, da die Zähne und Krallen derselben nur Schatten sind. Das Land der Thierseelen hat seine Freuden und Leiden; der Bär kann an seinen Klauen saugen, so lange er will, und die Schnecke ihre Fühlhörner so lang ausstrecken, wie sie gewachsen sind.

„Zuletzt erreicht die Seele die Gegend, die für ihren ewigen Wohnsitz bestimmt ist. Glück und Ruhe warten des Guten; Arbeit und Elend des Schlechten. Klarer Himmel, ewiger Frühling und schmackhafte Nahrungsmittel erfreuen Den, der seiner Pflicht nachkam; aber Stürme, Hunger, Durst und Kälte sind das Los Derer, die den Willen des Großen Geistes unbeachtet ließen.

„Männer und Frauen meiner Nation! Es liegt in eurer Hand, euch ewige Glückseligkeit zu sichern. Jäger, fürchte der Bären nicht und sei fleißig! Krieger, zeige deinem Feinde nicht den Rücken, und solltest du in Gefangenschaft fallen, so ertrage die Leiden derselben und stimme auf dem Scheiterhaufen ein lautes Sterbelied an! Und du, mein geliebter Gatte, wirst nur noch wenige Monate bei deinem Stamme verweilen und dich dann mit der Seele deines geliebten Weibes und Kindes vereinen; bis dahin lebe wohl!"

Danach wurden beide Tauben vom Athem des Großen Geistes wieder nach dem Lande des ewigen Glückes geführt.

Die Expedition der Lenni Lenapes.

Wangewaha, oder Hartherz, war der berühmteste Chef der Lenni Lenapes und konnte sich der meisten Skalpe, die auf den Köpfen seiner Feinde gewachsen waren, und der zahlreichsten Pferde, die er den „Flachköpfen" abgenommen hatte, mit Recht rühmen, denn an Muth und Klugheit hatte er nicht seinesgleichen.

Diesem träumte einst im Monat des grünen Kornes, daß seine Leute die Gebeine ihrer Voreltern ausgegraben und ihre Zelte und alle sonstigen Geräthschaften aufgepackt hätten und nach dem Lande der Sonne abgereist wären. Er sah hohe Berge, welche Feuer sprühten, und andere, auf denen die Schneegeister hausten, und hörte das Hissen der „Großen Schlange" in unermeßlich tiefen Abgründen. Er reiste mit seinem Stamme weiter und kam an einen mächtigen Strom, dessen Ufer von riesigen Kriegern, die in selbstgebauten Erdfestungen lebten, bewohnt war. Vor ihm stand eine Jungfrau, so schön wie ein Baum in der Frühlingsblüte, und ihre Stimme klang süßer wie die des Spottvogels. Sie hatte einen Rock aus der zarten Rinde des Maulbeerbaumes an und ihr Haar war mit den schönsten Blumen durchflochten. Sie redete ihn so freundlich an, daß er gleich beschloß, sie zu seinem Weibe zu machen; doch als er sie an sein Herz drücken wollte, nahm sie plötzlich die Gestalt eines Vogels an und flog auf den nächsten Baum.

Danach stieß er den Kriegsruf aus und feuerte seine Leute zum Kampfe an. Er war siegreich; der Feind floh über den „Großen Fluß" und die schöne Jungfrau wurde sein Weib.

Als er weiter reiste, kam er auf einen hohen Berg, von dem er das herr= lichste Land vor sich ausgebreitet sah.

„Wie gefällt dir diese Gegend?" sprach eine Stimme zu ihm; „die Flüsse sind reichlich mit Fischen gesegnet, und die Wälder sind voll der fettesten Thiere. Dies Land soll dein Stamm bis zur Ankunft Mikwon's bewohnen!"

Danach erwachte Wangewaha und erzählte den Medizinmännern seinen merkwürdigen Traum. Diese ordneten gleich darauf ein allgemeines Fest an, um den Großen Geist wegen der Deutung zu befragen.

Wakonda erschien denn auch bald und theilte ihnen mit, daß sie die Ge= beine ihrer Väter und Alles, was ihnen sonst noch heilig und theuer sei, sammeln und nach dem großen Memahoppa oder Medizinsteine, der in der Mitte einer mehrere Sonnen entfernten Prairie stand, ziehen sollten. Dort würden sie einen Mann finden, der ihnen mittheilen würde, was sie weiter zu thun hätten.

Die Lenni Lenapes gehorchten ihren Priestern und verließen ihre Heimat.

Als sie eine kurze Zeit auf dem Marsche waren, hörten sie ein verdächtiges Rascheln im Grase und sahen ein merkwürdiges Geschöpf vor sich, dessen weit heraushängende, gabelförmige Zunge keinen Augenblick still stand.

„Zurück!" schrie es.

„Wer bist du?" fragte ein Indianer.

„Ich bin der Führer der Klapperschlangen, und Wakonda hat mir befohlen, die Lenapes nach dem Fischflusse zu geleiten!"

„Wir sind die Lenapes!"

„Dann seid ihr die Leute, auf die ich wartete. Aber es scheint mir, als nahtet ihr meinem Stamme mit feindlichen Absichten, und es wird gut sein, euch zuerst ein wenig zur Ader zu lassen, damit ihr etwas zahmer werdet!"

„Laß uns lieber", antwortete ein Priester, „die Friedenspfeife rauchen", und da die Klapperschlange damit einverstanden war, so setzten sie sich im Kreise nieder und rauchten und plauderten.

Danach zogen sie weiter. Der Klapperschlangenhäuptling kroch stets voran und rekognoszirte, ob die Gegend auch sicher sei. Nun fand derselbe einst aus, daß sich in der Nähe eine Abtheilung Indianer befand, und als er dies seinen Schutzbefohlenen mittheilte, trafen sie gleich Anstalten, sie zu überfallen.

„Laßt uns lieber", sagte er darauf, „Frieden mit ihnen schließen und ihnen den Wampumgürtel bringen!" Da sich Alle zuletzt damit einverstanden erklärten, so wurde der „kleine Bär" beauftragt, dieses Geschäft zu übernehmen. Derselbe zog seine besten Kleider an, bemalte sich eine Backe, um zu zeigen, daß er auch auf den Krieg gefaßt sei, und nahte sich so dem Lager der Fremden.

Als er dort angekommen war, stimmte er ein langes Loblied auf den Muth und den Kriegsruhm der Lenni Lenapes und die Schönheit und Liebens=

würdigkeit ihrer Jungfrauen an und erklärte ihnen dann, daß er Krieg oder Frieden ganz von ihrem Gutdünken abhängig machen wolle.

Darauf führte man ihn in das Rathhaus und setzte ihm Speise und Trank vor, und nachdem er gegessen hatte, reichte er dem fremden Häuptling die Friedenspfeife. Dieser nahm sie an, legte eine brennende Kohle darauf und hielt sie in die Höhe, um den Segen des Großen Geistes zu erflehen, und dann neigte er sie zur Erde, um die bösen Manitos zu versöhnen.

„Unser Stamm", sagte er, „führt den Namen Mengwe und ist ebenfalls auf der Reise nach dem Lande der aufgehenden Sonne. Wir wollen daher mit den Lenapes die Friedenspfeife rauchen und das Kriegsbeil tief vergraben. Ihre Feinde sollen auch die unserigen sein, und der Friede, den wir heute schließen, soll so lange dauern, wie die Sonne scheint und die Ströme fließen!"

Inzwischen waren die vorausgeschickten Kundschafter zurückgekehrt und erzählten nun Wunderdinge von dem fremden Lande, das sie gesehen hatten. Am Ufer des Fischflusses, so lautete ihr Bericht, wohne ein kräftiges Riesengeschlecht, Allegewi genannt, dessen Männer so groß seien, daß ihnen der größte Lenape kaum bis an die Schultern reiche.

Diese Nachricht brachte große Bestürzung unter den Verbündeten hervor, und einige machten den Vorschlag, lieber zu bleiben, wo sie seien, als mit einem so gefährlichen Stamme Krieg anzufangen. Doch der größere Theil sagte, die Allegewis seien doch auch nur Menschen und ehe sie ihnen feige den Rücken kehrten, wollten sie lieber einem ehrenvollen Tode entgegengehen; darauf bereiteten sie sich zum Kriege vor und fragten ihre Medizinmänner, ob sie siegen würden.

„Die Lenapes werden siegen", erwiederten sie; „aber sie müssen sich erst in den Besitz der mächtigen Kriegsmedizin setzen, worüber wir euch morgen das Nähere mittheilen werden." — — —

„Die „wilde Katze", so erzählten sie am nächsten Tage, „hatte vor langer Zeit Viele unseres Stammes zerrissen, weshalb ihr einige Krieger Schlingen legten und sie fingen. Danach verbrannten sie diese und hoben die Asche auf, welche späterhin in unseren Besitz kam. Dann lockten unsere Väter einst die große Kriegsschlange aus dem Wasser und schlugen ihr eines ihrer Hörner ab, das ebenfalls in unsere Hände kam und mit der Asche der wilden Katze eine glückbringende Kriegsmedizin bildet."

Ihres Erfolges gewiß, ließen sie also bei den Allegewis anfragen, ob sie sich in ihrer Nähe niederlassen dürften. Jene aber schlugen es ihnen rundweg ab, gaben ihnen aber die Erlaubniß, durch ihr Land zu ziehen, um sich anderswo eine Heimat zu suchen.

Die Lenapes überschritten danach den Mississippi, doch als die letzte Abtheilung übersetzte, wurde sie plötzlich von den verrätherischen Allegewis überfallen und die Meisten davon niedergemacht. Als dies die Anderen sahen, hielten sie Kriegsrath und beschlossen, die Feinde am nächsten Tage anzugreifen, möge es gehen wie es wolle.

In der folgenden Nacht wurde „Hartherz" durch leise Fußtritte geweckt, und als er sich von seinem Lager erhob, sah er eine schöne, schlanke Jungfrau vor sich, deren Kleid aus der zarten Rinde des Maulbeerbaumes gemacht war.

„Warum", fragte er sie, „kommst du in das Lager eines feindlichen Stammes?"

„Ich bin hierher gekommen", entgegnete sie, „um den Anträgen eines jungen Mannes, der meines Vaters Liebling ist, zu entgehen. Ich soll sein Weib werden, aber — ich kann keinen Mann lieben, dem beständig das Blut seiner Opfer an den Händen klebt!"

„Hartherz", der sich erinnerte, dieselbe Jungfrau früher im Traume gesehen zu haben, suchte sie zu trösten und schickte sie in den Wigwam seiner Schwester.

Am folgenden Tage fand die blutige Schlacht, statt und die Verbündeten gingen kraft ihrer Kriegsmedizin siegreich daraus hervor. Die wenigen Allegewis, welche dem Blutbade entgingen, brachten ihre Frauen und Kinder in ihre Kanoes und fuhren den Mississippi hinunter.

„Nun", sagte der Häuptling der Klapperschlangen, „was wollt ihr mir zur Belohnung geben? Ich bin euch ein treuer Führer gewesen und möchte nicht gern ohne Anerkennung abziehen!"

„Wir wollen dir ein Paar schöne Mokkasins geben", erwiederte „Hartherz".

„Sprich mir nicht von Mokkasins, wenn du mich nicht böse machen willst. Auch wäre ein Paar nicht hinreichend, denn ich habe viele Füße. Gesetzt, ihr gäbet mir ein Lenapemädchen zur Frau?"

„Was? dir ein Lenapemädchen zur Frau geben!? Das würde eine schöne Rasse werden!"

„Gewiß. Eine kluge Schlange und ein schönes Mädchen — denn schön wird die Jungfrau sein, die ich mir aussuche — werden schon Sorge tragen, daß sie sich ihrer Kinder nicht zu schämen brauchen. Uebrigens bitte ich euch, mir gleich Bescheid zu geben; ich muß machen, daß ich wieder nach Hause komme, denn meine Nation ist lange genug ohne Häuptling gewesen."

Da sich die Krieger nicht undankbar zeigen wollten und der Klapperschlangenchef auf keinen andern Vorschlag einging, so riefen sie alle Mädchen zusammen und ließen ihn eins auswählen. Er bezeichnete eine schöne Jungfrau, welche die Blumen erst fünfzehnmal blühen gesehen hatte, als seine zukünftige Frau und reiste mit ihr am nächsten Tage nach seiner Heimat ab. Sie hatte zwar keine große Lust, mitzugehen, doch als er ihr sagte, daß sie

Anorß, Aus dem Wigwam.   Leipzig: Verlag von Otto Spamer.

Karkapaßa und Takota bei den kleinen Geiſtern.

die Frau eines sehr berühmten Häuptlings würde, tröstete sie sich und trug ihren Bräutigam, wenn er müde ward, in einem Handkorbe weiter.

Die Verbündeten theilten danach das eroberte Land brüderlich unter sich und „Hartherz" nahm die schlanke Jungfrau aus dem besiegten Stamme zu seinem Weibe.

Der Berg der kleinen Geister.

In der Mitte einer großen Ebene im Lande der Sioux steht ein großer Erdhügel, der von unbekannten Händen erbaut ist und von den umwohnenden Stämmen gewöhnlich „Hügel der kleinen Leute" oder „Berg der kleinen Geister" genannt wird. Nichts kann den Indianer bewegen, ihn zu besteigen; denn es würde ihm und seinen Kindern sicheren Untergang bereiten.

Ueber die Bewohner dieses Berges erzählt man sich folgende Geschichte:

Vor vielen, vielen Jahren lebte unter den Mahas ein Häuptling, Namens Mahtori oder der „Weiße Kranich", der weit und breit als tapferer und rechtschaffener Krieger bekannt war. Derselbe hatte sich Sakeajah oder das „Vogelmädchen", eine Jungfrau, die er im Kriege erbeutet hatte, zur Gattin genommen und mit ihr vier Söhne und eine Tochter gezeugt. Letztere, welche Takota oder „Antilope" hieß, hatte infolge ihrer seltenen Schönheit und bezaubernden Anmuth zahlreiche Anbeter, und der „Weiße Kranich" hätte gar gern gesehen, wenn sie Einem davon ihre Hand gereicht hätte. Doch der, den sie liebte, stand bei ihm in keinem guten Ansehen; denn Niemand hatte ihn je einen Bogen biegen noch Skalpe in seinem Wigwam hängen sehen. Er hatte nie Kriegslieder gesungen, noch seine Wangen mit rothen Farben bemalt; aber da Takota nicht von ihm lassen wollte, so beschlossen Beide, das Dorf der Mahas heimlich zu verlassen.

Als der „Weiße Kranich" nun eines Tages nach seiner Tochter fragte und ihm erzählt wurde, daß sie mit dem schwächlichen Karkapaha fortgelaufen sei, rief er seine jungen Jäger herbei und ließ den Flüchtigen nachsetzen.

Sie fanden ihre Spur bald aus, sahen aber zu ihrem größten Erstaunen, daß sie nach dem Berge der „Kleinen Geister" führte. Und diesen Weg hatte das Paar auch richtig eingeschlagen und in Verzweiflung den Hügel erklommen. Alles wimmelte dort von Geistern, die mit Pfeilen, Bogen, Lanzen und Beilen bewaffnet, aber nicht größer waren, als kleine Kinder. Einer davon, der eine Adlerfeder in seiner Skalplocke trug und ein Häuptling zu sein schien, rief den Beiden zornig zu: „Wie könnt ihr euch erkühnen, den heiligen Raum unserer Wohnplätze zu betreten? Wißt ihr nicht, daß ihr dadurch das Leben verwirkt habt?"

Da Karkapaha vor Schreck keine Antwort finden konnte, so ergriff Takota das Wort und erzählte ihre ganze Liebes = und Leidensgeschichte. Der

Häuptling, der sichtlich Mitleid mit den Unglücklichen hatte, rief seine Haupt-
krieger zu einer Rathsversammlung zusammen; doch kaum hatte dieselbe ihren
Anfang genommen, als auch schon Schongotongo, der Schnellste der Verfolger,
in der Nähe des Berges ankam. Da die Geister sehr gut wußten, daß sie
jeder menschlichen Gewalt gewachsen waren, so ließen sie ihn ruhig bis auf
wenige Schritte von Karkapaha herankommen; doch als er eben seinen Spieß
zum tödlichen Stoße erheben wollte, versagte ihm seine Hand den Dienst und
er fiel zur Erde nieder. Er versuchte aufzustehen, aber seine Beine waren
unbeweglich, und als er die anderen Krieger um Hülfe anrufen wollte, kam
es ihm vor, als sei seine Zunge an die Zähne gewachsen. Als er hülflos
dalag, kam ein Knabe herbei, spuckte ihm ins Gesicht, und die kleinen Mädchen
führten munter einen Tanz um ihn auf. Danach spannten tausend kleine
Geister ihre Bogen, und im nächsten Augenblick war der Maha eine Leiche.

„Du hast", sprach der Häuptling darauf zu Karkapaha, „das Herz einer
Taube und Feiglinge finden vor unseren Augen keine Gnade; aber wir haben
dich gerettet, weil Takota dich liebt und wir ihr gern einen Gefallen thun
wollten. Und aus demselben Grunde wollen wir dir nun das starke Herz
des erschlagenen Maha geben, auf daß du in deine Heimat zurückkehren und
dich dort als wackerer Mann zeigen kannst."

Darauf fiel Karkapaha in tiefen Schlaf, und als er erwachte, fühlte er,
daß eine bedeutende Veränderung mit ihm vorgegangen war. Seine erste
Frage war nach Pfeil und Bogen, und als er sich umsah, erblickte er einen
Bogen vor sich liegen, der größer als der größte war, den er je gesehen hatte.
Auch lag ein Speer dabei, den sicherlich der stärkste Mann seines Dorfes nicht
schwingen konnte; aber er gebrauchte diese Waffen mit einer Leichtigkeit, als
ob es Spielsachen seien, und seine Braut weinte Freudenthränen darüber.

Beide traten die Heimreise an und kamen zum Wigwam des „Weißen
Kranichs", als ihm seine Krieger das Unglück Schongotongo's erzählten.

„Karkapaha ist ein Dieb!" donnerte er dem Schwiegersohn entgegen.

„Du lügst!" antwortete Jener furchtlos.

„Meine Krieger sagen dasselbe!"

„Deine Krieger sind lügenhafte Singvögel! Karkapaha hat das Herz
eines Tigers und die Stärke eines Bären; er ist ein Mann geworden!"

„Wie ist das gekommen?"

„Die „kleinen Geister" des Berges haben ihm eine andere Seele gegeben!"

Darauf warf er seinen wuchtigen Speer mit solcher Gewalt in einen
Baum, daß er mitten durch fuhr.

„Sei mir willkommen, starker Schwiegersohn!" rief freudig der „Weiße
Kranich" und legte die Hände seiner Tochter in die Karkapaha's.

Indianische Gerberinnen.

Noch vierzig Sagen.

Mitgetheilt vom Navajoehäuptling El Sol.

Die Wahl eines Gottes. Moschup. Die Geisterfrau. Die Götter der Dakotahs. Unkatahe. Aberglaube der Dakotahs. Eine Legende der Tschippewäer. Wie ein Dakotahmedizinmann zu seiner außer-
gewöhnlichen Weisheit kam. Issaquena. Entstehung der Sandmücken. Ueberfall der Dakotahs.
Ahattah. Deche Monesah, oder der Wanderer. Harpstanah. Der Mann mit dem ledernen Mantel.
Kosmogonie der Senekas. Eine Hexengeschichte. Der Gott des weißen und des rothen Mannes.
Unterhaltung eines Indianers mit einem Missionar. Kosmogonie der Wyandotta. Der Waschbär
und der Krebs. Die drei Preißelbeeren. Wawanosch und seine Tochter. Der Sturm. Der Wendigo.
Wassamo. Der gute und der böse Geist. Orwosso der Wayoond. Kosmogonie der Irokesen. Flie-
gende Köpfe. Die Seeschlange und die Steinriesen. Die Kirchhofschlange und der Kornriese. Eine
andere Schlangengeschichte der Senekas. Die Entstehung des Gewitters. Mehl. Eine Sintflutsage der
Thlinkets.

Die Wahl eines Gottes.

(Erzählung eines alten Narragansett-Indianers.)

Brüder! Ich bin ein Narragansett-Indianer und mein Vater und
meine Mutter waren es auch. Ihr werdet sagen, dieser Name ist
uns unbekannt und dann fragen, welche Thaten jene Indianer verrichtet haben. Sind sie kriegerisch? Können sie lange hungern,
weit reisen und die Qualen des Scheiterhaufens ausstehen, ohne zu
weinen und zu seufzen? Die Stämme des Nordens, des Südens und Westens,
des „Großen Flusses", des „Breiten Sees" und des „Rückgrats des Großen

Geistes" werden dies bezweifeln, denn sie kennen uns nicht. Unsere Jagdgründe liegen weit weg und unsere Kriegspfade gehen durch die fernsten Wälder. Nur Denjenigen, welche die Stürme des „Großen Sees" nie brausen hörten, und die nie den Fisch tödteten, dessen Körper einem Berge gleicht, sind die Narragansetts unbekannt. Unsere Nachbarn aber kennen uns sehr gut; denn sie haben uns gesehen und gefühlt. Wer friedfertig zu uns kommt, dem steht ein jeder Wigwam offen und wir werden die fettesten Thiere für ihn schießen und die schmackhaftesten Fische mit den glänzenden Schuppen fangen. Kommt aber Jemand mit Kriegsfarben geschmückt und mit Keulen, Pfeil und Bogen, so zünden wir ebenfalls die Kriegspfeife an und lassen das Kriegsgeschrei ertönen, daß der Reiher aus Furcht sein Versteck aufsucht. Dann werden unsere Stimmen so laut erschallen wie das Rollen des Walfisches im Heringsmonat.

Es ist ein Häuptling unter uns, dessen Gesicht die Farbe einer gerupften Taube hat. Er kommt — wenn er nicht lügt — aus einem sehr schönen Lande, dessen Bewohner aber nicht so klug und kriegerisch wie wir sind. Er hat Vater und Mutter, Weib und Kinder verlassen, um Weisheit von uns zu hören. Sollen wir ihn belehren?

Brüder! Die Narragansetts haben eine alte Sage, die wir Alle glauben, denn sie ist uns von unseren Vätern erzählt worden, und diese waren Männer der Wahrheit. Ich will sie euch mittheilen; merkt also auf.

Die Narragansetts sind die ältesten Menschen der Welt: sie sind älter als die Pequods und die Irokesen. Wann sie geschaffen wurden, weiß Niemand außer dem Großen Geiste; wir lebten, als wir ausfanden, daß wir Athem hatten, mehr weiß ich nicht über unsere älteste Geschichte. Wie kann ein Mann, der in tiefem Schlafe nach einem ihm gänzlich unbekannten Lande gebracht wird, sagen, wo er sich befindet und wie er dorthin gekommen ist? Aber wir wissen, daß wir, wenn wir geboren werden, hülflose Kinder sind. Dies waren auch einst die Narragansetts, und als sie die gewöhnliche Mannsgestalt erlangt hatten, waren ihre Krieger doch nicht mächtiger wie große Buben und ihre Häuptlinge nicht weiser wie alte Weiber. Sie hatten weder Pfeil noch Bogen, weder Wigwam noch Kanoe und waren so unwissend und närrisch wie die Blaßgesichter. Die Spur des Elenthieres sahen sie für die einer wilden Katze an, und eine Eule betrachteten sie als den größten Leckerbissen. Sie hatten nichts als Füße zum Gehen, Hände zum Fischfangen und Zungen, um Lügen und Dummheiten zu reden. Sie dienten nur den bösen Geistern, deren Häuptling sie Hobbamock nannten. Trotzdem sie dieselben Tag und Nacht verehrten, so erhielten sie doch gar wenig für ihren Dienst. Wenn sie einen Hirsch fingen, so war es sicherlich ein kranker, der kein Bischen Fett im Leibe hatte, und wenn sie einen Fisch speerten, so bestand derselbe größtentheils nur aus einem Rückgrat.

Da kam einst ein sehr weiser Medizinmann unter sie, dessen Name Sasaquit war. Er diente dem Guten Geiste und sagte zu den Narragansetts: „Wenn ihr bessere Männer wäret und meinem Meister, dem Herrn des Lebens, dientet, so würde er euch Alles, was ihr braucht, in reichlichstem Maße geben. Dann würdet ihr nicht Fische fangen, deren Kopf so dick wie der meinige ist und die sonst kaum die Dicke eines Armes haben; ihr könntet alsdann die fettesten Fische mit der größten Bequemlichkeit fangen. Auch würde euch der Gute Geist noch andere Dinge zeigen, an die ihr bis jetzt noch gar nicht gedacht habt."

„Sasaquit spricht gut", sagte der Häuptling, „aber das gehört zum Geschäft eines Medizinmannes. Laßt uns ihm sagen, daß wir d e n als unsern Gott anerkennen, der uns am besten behandelt."

Diese Antwort gefiel den Narragansetts und sie boten dem Gott Sasaquit's ihre Dienste an, wenn er sie besser als Hobbamock bezahle. „Es ist nicht eurer Verehrung wegen", erwiederte Sasaquit, „daß der Große Geist eurem Wunsche entsprechen wird, sondern nur, weil er den Teufel gern ärgert. Kommt morgen früh, wenn die Sonne aus dem Meere taucht, auf den „Großen Berg" und ihr sollt sehen, wessen Gott der freigebigste ist, der meinige oder der eurige."

Am folgenden Tage versammelte sich der ganze Stamm an dem angegebenen Orte. Auch Pokasset, der Priester des Teufels, kam und hatte sich eine mit allerlei magischen Figuren bemalte Bärenhaut umgehangen und das Fell eines Hundekopfes als Mütze aufgesetzt. Auf den Wunsch Sasaquit's mußte der Häuptling das Versprechen, dem Gott dienen zu wollen, der ihnen das Meiste und Beste böte, wiederholen, und alle Indianer erklärten sich damit vollkommen einverstanden. Darauf hielt Pokasset eine lange Rede, von der ich jedoch nur weiß, daß er darin behauptete, sein Meister trüge zuletzt doch den Sieg davon.

Sasaquit war während dieser Zeit auf einen hohen Baum geklettert und hatte seine heiligen Lieder gesungen und sich mit dem Großen Geiste unterhalten. Als er damit fertig war, sahen die Narragansetts aus dem fernen Norden einen riesigen Mann kommen, der größer und dicker als der Nachmittagsschatten eines belaubten Baumes war. Trotzdem bewegte er sich zehnmal so schnell durch die Luft als der geschwindeste Adler; seine Beine und Arme gebrauchte er dabei als Flügel. In einem Augenblicke stand er bei dem Baume und legte ein schönes Schiffchen, das aus einem durch Feuer ausgehöhlten Baumstamm bestand, zu den Füßen Sasaquit's.

„Was ist das? Was ist das?" fragten sie Alle; denn keiner von ihnen hatte die entfernteste Idee von seinem Nutzen. Der große Mann erklärte ihnen darauf den Gebrauch desselben und setzte es auf das Wasser, wonach er Sasaquit ein Ruder gab und ihm zeigte, wie man es lenken müsse. Das Schiffchen gefiel allen Anwesenden über die Maßen und Jeder versuchte, ob er auch darin fahren könne. „Der Große Geist ist sehr gut", meinten sie; „denn er zeigt sich gleich von vornherein liebevoller gegen uns, als Hobbamock jemals gethan hat. Für alle unsere Opfer und unsere Verehrung hat er uns nur mit Lügen und leeren Versprechungen belohnt."

Am nächsten Tage versammelten sich die Narragansetts wieder an demselben Platze und warteten auf Das, was ihnen der Teufel schicken würde. Pokasset hatte bereits sein Gebet verrichtet, aber kein Zeichen ward sichtbar, noch war irgendwo ein Laut zu hören. Die Leute wurden allmählich ungeduldig und machten den Vorschlag, den Großen Geist von nun an als ihren Gott anzuerkennen und als erstes Opfer Pokasset bei lebendigem Leibe zu braten. „Der Priester des Teufels", sagten sie, „taugt nichts." Als Sasaquit seinen Meister anrief, schickte er ihm gleich ein Geschenk für uns; Pokasset's Meister aber scheint taub zu sein, obgleich er ihm ein Lied so laut vorgesungen hat, daß es uns Allen noch in den Ohren gellt." Darauf ergriffen sie ihn; doch als sie ihn in Stücke zerreißen wollten, fing es plötzlich an zu donnern, und ein merkwürdig aussehendes Geschöpf kam aus dem Boden hervor. Es war nicht größer wie ein Kind, das die Blumen zweimal blühen sah, aber an Häßlichkeit hatte es nicht seinesgleichen. Es schien sehr alt zu sein; sein Gesicht sah aus wie das Moos an der Sonnenseite einer Eiche und seine Zähne waren beinahe ganz verfault. Seine Kniee waren gebogen; sein Gesicht war mit grauem Haar bedeckt und die Haut seines übrigen Körpers war schwärzer als der schwärzeste Rabe.

Die Narragansetts fürchteten sich so sehr, daß sie weglaufen wollten. „Kennt ihr denn euren Meister nicht?" sagte Pokasset; „er wird euch nichts zu Leide thun."

„Der kleine Mann liebt euch und hat euch etwas mitgebracht", sagte der Häßliche und zeigte ihnen Pfeil und Bogen. Da aber die Narragansetts nicht wußten, was sie damit machen sollten, so baten sie ihn, ihnen den Gebrauch dieser Instrumente zu erklären.

„Recht gern", erwiederte er; „sagt mir doch, was das für ein Vogel ist, der dort auf dem dürren Aste der alten Tanne an dem kleinen Flusse sitzt?"

Einer antwortete, daß es der Vogel sei, der Morgens die Langschläfer wecke und dem Verliebten, der Nachts um den Wigwam seines Schatzes schleicht, anzeige, daß ihn die Sonne bald verrathen werde.

„Der Vogel, der am Morgen sang, wird am Abend stumm sein", sagte Jener darauf lächelnd, nahm den Bogen zur Hand und legte einen Pfeil darauf. Dann zielte er und schoß, und der Vogel lag todt auf der Erde. Da jauchzten und schrieen die Indianer so laut, daß sie das Toben des Meeres übertönten, und baten Hobbamock, noch einen Vogel zu schießen. Dieser that es denn auch und fragte sie, welche Gabe ihnen am besten gefiele, die seinige oder die des Großen Geistes.

„Die deinige!" antworteten Alle wie aus einem Munde; „denn sie giebt uns die Macht, unsere Feinde, die Mohegans, leicht tödten zu können."

„Wollt ihr auch fortfahren, mir zu dienen?" fragte er darauf; doch als sie eben mit „Ja" antworten wollten, sprach Safaquit: „Morgen werde ich dem Großen Geiste ein Dankopfer bringen und dann erfahren, ob er dem Teufel die Herrschaft über die Narragansetts lassen wird, oder nicht!"

Als sie dies hörten, beschlossen sie, mit ihrer Entscheidung bis zum nächsten Tage zu warten, worauf Hobbamock flammensprühend in den Boden sank.

Am nächsten Morgen stand Safaquit in aller Frühe auf, trug einen großen Haufen dürren Holzes zusammen und legte das edelste Opfer, einen fetten Fisch aus dem benachbarten Flusse, darauf. Dann fing er an zu singen und schilderte die mannichfachen Bedürfnisse der Indianer, und welche Mühe sich der Teufel gebe, sie für immer in seine Gewalt zu bekommen. Die Narragansetts kamen nach und nach alle herbei und warteten auf ein werthvolles Geschenk. Es dauerte auch nicht lange, als sie einen großen, schwarzen Adler auffliegen sahen. Auf seinem Rücken trug er einen Mann, den er in ihrer Nähe niedersetzte. „O", sagte derselbe, „hätte ich nur meinen Büffelmantel mitgenommen! Auf der Rückreise wird mich's noch mehr frieren!"

„Was hast du uns mitgebracht?" fragten die Indianer und drängten sich neugierig an ihn heran.

„Ein oder zwei Dinge", antwortete er und zog einen mit starkriechenden Blättern gefüllten Beutel und ein ausgehöhltes steinernes Instrument mit einem langen Stiele aus der Tasche und verlangte etwas Feuer. Dasselbe wurde ihm augenblicklich gebracht, und er füllte sein steinernes Instrument mit dem Kraut, legte das Feuer darauf und ließ dann den Rauch durch Mund und Nase ziehen.

„Wie nennt man die schwarzen Blätter?"

„Tabak!"

„Wozu ist er gut?"

„Er ist gut für — für — Allerlei. Er kurirt Zahnschmerzen und verscheucht die Blauen Teufel."

Obgleich die Narragansetts viel Umgang mit Teufeln gehabt hatten, so wußten sie doch nicht, was „Blaue Teufel" seien, und sie wissen es bis auf den heutigen Tag noch nicht.

Darauf rauchte einer nach dem andern, und sie fanden großen Gefallen daran; aber sie glaubten, dies Geschenk sei doch nicht so viel werth wie das des Teufels.

„O, ich habe noch etwas Anderes", sagte der Fremde und ließ sich einen

Stock bringen, mit welchem er den Adler jämmerlich schlug. Er schrie schrecklich und öffnete den Schnabel, als ob er seinen Quäler beißen wollte; aber dieser schlug ihn so lange, bis er that, was er haben wollte — nämlich, daß er einige Samenkörner von der Größe des Nagels am kleinen Finger fallen ließ. Darauf streichelte er ihn freundlich und bat ihn wegen seiner grausamen Behandlung um Verzeihung.

„Jetzt", sagte er zu den Indianern, „tragt das Korn an den Fluß, wascht es rein und macht dann ein neues Feuer an."

Sie folgten und er legte das Korn ins Feuer, röstete es und gab dann allen davon zu kosten. Es schmeckte ihnen so gut, daß sie baten, er solle den Adler noch einmal schlagen; aber das wollte er nicht. Er sagte ihnen, daß man diese Frucht „Mais" nenne, und zeigte ihnen, wie man es mit zwei Steinen male und dann ein köstliches Brot daraus backe. Dies gefiel ihnen sehr gut; doch als sie sich zu Gunsten des guten Geistes erklären wollten, trat ein altes häßliches Weib unter sie und sagte, sie sollten dem Teufel auch noch eine Gelegenheit geben, sich auszuzeichnen; denn je länger der Kampf zwischen den beiden Geistern währe, desto besser sei es für sie.

Dies leuchtete den Indianern ein, und der Fremde setzte sich auf sein Flügelroß und verließ sie. „Den Samen, den er ihnen geschenkt, sollten sie im Frühjahr in die Erde stecken", waren seine letzten Worte.

Am nächsten Morgen sahen die Narragansetts den Teufel auf einem Baume in ihrer Nähe sitzen. Sie fragten ihn, was er ihnen gebracht habe, aber er gab keine Antwort und sah beständig auf das große Meer. Dessen wurden sie endlich müde, und einige machten den Vorschlag, ihn mit Steinen herunter zu werfen.

„Seht dort!" rief er plötzlich, und in der angedeuteten Richtung erschien etwas Weißes, das sich schnell dem Ufer näherte. Einige hielten es für eine Ente, Andere für eine Wolke und noch Andere glaubten, es sei der Große Geist, der die Narragansetts besuchen wolle. Sie fragten den Teufel, was es sei; aber er zeigte als Antwort grinsend die Zähne.

Es sah aus, wie ein Kanoe; aber es war fast so groß wie ein Landsee und hatte Flügel so weiß wie die der Seemöven. Als es am Ufer war, faltete es die Flügel zusammen und man sah an ihrer Stelle nur noch drei dicke Stangen, auf deren eine der Teufel von seinem Baume hüpfte.

Die Indianer waren beinahe außer sich vor Verwunderung. Es schien kein Leben zu haben; aber wie war es so allein hierher gekommen? Zuletzt fürchteten sie sich davor und liefen ins Gebüsch, um sich zu berathen, was hier zu thun sei. Da ihnen nichts, was aus der Ferne zu ihnen gekommen war, Schaden zugefügt hatte, so faßten sie allmählich wieder Muth und gingen zurück.

Einige Männer mit ganz weißer Gesichtsfarbe standen am Ufer und redeten in einer Sprache, von welcher die Indianer kein Wort verstanden. Einer davon hielt beständig ein merkwürdiges, dem Halse eines großen Vogels ähnliches Ding am Munde und schien zu trinken. Endlich fiel er nieder und fing an zu singen und geberdete sich dabei so närrisch, daß ihm der Teufel das Gefäß mit dem geheimnißvollen Trank wegnahm. Die Indianer fragten ihn, was es sei. „Eine Flasche“, erwiederte der Teufel.

„Was ist darin?“

„Rum! Sehr guter Rum! Kostet einmal davon!“

Die Narraganfetts tranken die ganze Flasche aus und fragten ihn, ob er noch mehr habe.

„Gewiß!“ antwortete er; „die Blaßgesichter verkaufen es mir spottbillig. Die meisten meiner Verehrer verdanke ich diesem Getränke — ich will es euch ganz umsonst liefern.“

„Wenn du das thust, so sollst du unser Herr sein!“ riefen freudig die Indianer; „es ist viel besser, als das Korn des Großen Geistes.“

Also schlossen der Teufel und die Narraganfetts ein Bündniß ab. Die Blaßgesichter brachten ihnen große Fässer voll Rum, der sie zu Hunden, Bären und wilden Katzen machte.

Aber weder der gute noch der böse Geist hat sein Versprechen getreu gehalten. Der Große Geist verdirbt manchmal das Korn dadurch, daß er entweder zu viel oder gar keinen Regen schickt, und der Teufel läßt häufig die Blaßgesichter allen Rum austrinken, ehe sie ans Ufer kommen.

Moschup.

Die Wasserstraße, welche Nope *) vom Festlande und den Nashawn-Inseln trennt, war früher lange nicht so breit, wie sie jetzt ist. Dafür aber war sie so stürmisch, daß jenes Eiland unerreichbar war und daher unbekannt blieb. Häufig versuchten einige kühne Indianer, ihre Kanoes durch die reißenden Wellen zu zwingen; aber es schien, als halte sie die unsichtbare Hand eines Manitos von dem ersehnten Ufer zurück. Auch erzählten sich die alten Leute, daß dort Hobbamock oder der Beherrscher der Bösen wohne und von dort aus Krankheiten, Tod und schreckliche Stürme in die Welt sende. Einige behaupteten sogar steif und fest, bei klarem Wetter Männer von baumhoher Statur auf der Insel gesehen zu haben.

Nun geschah es, daß einst Tackanasch nebst seinem großen Hunde auf einer großen Eisscholle wider seinen Willen nach jener Insel getrieben wurde; doch nach einigen Tagen kehrte er wohlbehalten in derselben Weise wieder

---

*) Eine Insel an der Küste Neuenglands, die gewöhnlich Martha's Vineyard genannt wird.

zurück und sein Bericht zeigte, daß sich die Indianer in Bezug auf den geheimnißvollen Bewohner der Insel nicht geirrt hatten.

Hobbamock war nach seiner Erzählung größer als irgend ein Baum auf dem Festlande; seine Haut war rabenschwarz und sein Kopf= und Barthaar hatte die Farbe der Seemöve. Seine Augen waren schneeweiß und seine Zähne, deren er nur zwei hatte, waren so grün wie Seegras. Wenn er genug zu essen hatte und ihn sein gewohntes starkes Getränk, das ihn Walfische auf Hasen Jagd machen sah, nicht fehlte, so war er stets heiter und vergnügt. Seine Lieblingsspeise waren Walfische, die er an den Schwänzen aus dem Ozean zog; doch aß er mitunter der Abwechselung wegen auch Schildkröten und Hirsche, deren Knochen man heute noch haufenweise auf jener Insel liegen sieht.

Der eigentliche Name des Teufels war übrigens Moschup. Moschup war ein Geist und hatte sich nach seiner eigenen Mittheilung früher auf dem Fest= lande aufgehalten. Zur Zeit, als er sich noch darauf befand, ließ sich eines Tages ein Vogel, dessen Flügel so lang wie der Flug eines Pfeiles waren, sehen und trug alle Thiere und kleinen Kinder fort, und dies trieb er monate= lang, ohne daß ihn Jemand fangen oder schießen konnte. Auch fürchteten sich Alle vor ihm, und Moschup war der Einzige, der wirklich Ernst machte, ihn unschädlich zu machen; dies gelang ihm auch endlich. Er watete ihm unbe= merkt bis auf die Insel nach und tödtete ihn dort nebst seinen sieben Jungen.

Da dies ein sehr hartnäckiger Kampf war, so ward Moschup so müde dabei, daß er danach drei Tage lang an einem Stücke fort schlief.

Als er wieder erwachte, stopfte er seine Pfeife und fing so stark an zu qualmen, daß der ganze See in Wolken gehüllt ward. Auf diese Art entstand der Nebel, der heute noch in der Zeit vom Froschmonat bis zum Jagdmonat die Insel unsichtbar macht.

Moschup hatte, als ihn Tackanasch besuchte, eine Frau, die eben so groß war wie er, und vier Söhne und eine Tochter. Erstere waren besonders im Fischspeeren sehr geschickt, und ihre schöne Schwester that weiter nichts, als ihrem Vater Lieder von der Schlechtigkeit, der Strafe und der Reue böser Menschen vorsingen.

Doch die schnelle Vermehrung der indianischen Rasse gefiel Moschup durchaus nicht, und er war infolge dessen so griesgrämig und mürrisch, daß er sogar seine Frau, wenn sie ihm beim Walfischessen helfen wollte, prügelte. Wenn ihn seine Söhne alsdann durch lautes Sprechen oder Lachen im Schlafe störten, so warf er sie vor die Thür, daß ihnen auf einige Tage Hören und Sehen verging, und seine Tochter bekam, wenn er schlechter Laune war und sie nach einem indianischen Jünglinge mit Wohlgefallen schielte, solche Ohr= feigen, daß ihr die Zähne wackelten.

Einmal hieß er seine Kinder Ball spielen, und als sie sich recht freuten, zog er mit seinem rechten Zahne eine tiefe Furche hinter ihnen her; dieselbe füllte sich bald mit Wasser und schnitt so die Kinder von ihrer Heimat ab. Sie fingen nun an, jämmerlich zu schreien, aber Moschup sagte ihnen lächelnd, sie sollten sich so bewegen, als ob sie Walfische tödten wollten, dann würden sie selber Fische werden. Und so kam es denn auch.

Als seine Frau dies hörte, weinte sie bitterlich und machte solchen Lärm, daß sie Moschup am Halse packte und nach dem Lande der Narragansetts warf. Sie fiel auf jene Landspitze, welche von den Indianern Seekomet genannt wird und über die ein böser Manito beständig hohe Wellen schleudert. Dort blieb sie sitzen und ließ sich von den umwohnenden Indianern ernähren. Mit der Zeit aber war ihr keine Speise mehr gut genug, und sie ward zuletzt so unausstehlich und schimpfte den ganzen Tag so furchtbar, daß sie der Große Geist in einen Stein verwandelte. Späterhin schlugen ihr einige Indianer, die Unheil von ihr befürchteten, Kopf und Arme ab; der übrige Körper aber ist heute noch zu sehen.

Die Geisterfrau.
(Tradition der Winnebagos.)

Die Tage von Mischikinakwa oder der „Kleinen Schildkröte" waren gezählt, und häufig hörte man in der Nacht leise Stimmen von den Bergen rufen: „Komm, Mischikinawka! Sie wartet auf dich!"

Die Nantina oder die Geister, welche die Erde, die Luft, das Feuer und das Wasser bewohnen, hatten bereits weit und breit erzählt, daß der Häuptling der Winnebagos bald die Leiden der Erde mit d e n F r e u d e n der glücklichen Jagdgründe vertauschen werde; doch er war noch nicht alt; sein Auge war noch hell und sein Haar noch nicht vom Schnee des Alters befallen. Kein Mensch wußte, was ihm eigentlich fehlte. Seit einem unglücklichen Tage hatte er den Kopf hängen lassen und nur sehr wenig Speise und Trank zu sich genommen. Als sie an seine Thür kamen und ihm mittheilten, daß die „Potowatomies" den Kriegspfad betreten hatten, ließ er sie ohne Antwort abziehen und blieb ruhig auf seinem Grasbette liegen.

„Ich fuhr einst", so erzählte er, „im Monate der blühenden Lilien auf dem See, der unserer Nation den Namen gegeben hat. Keine Welle rührte sich, und als ich weiter fuhr, sah ich eine wunderschöne Frau vor mir auf dem Wasser stehen. Ihr Kleid glänzte wie der Sand am Ufer der Geisterinsel und ihre gelben Locken hingen bis zu ihren Füßen nieder. Ich ruderte auf sie zu; doch je näher ich kam, desto mehr veränderte sie sich; ihr Gesicht ward blaß und ihre Augen verloren den Glanz, und als ich an den Platz kam, wo sie stand, sah ich nur einen großen Stein mit Menschenkopf und Fischschwanz vor mir. Lange Zeit wußte ich nicht, was ich thun sollte; doch endlich entschloß ich mich, dem Geist ein Opfer von Tabak zu bringen und ihn anzureden.

„Schöner Geist!" sprach ich, „warum ist deine Gestalt so plötzlich verwandelt worden? Ist es wol, weil deine Schönheit die Flamme der Liebe in mir anfachte?"

„Mischikinakwa", lautete die Antwort, die mir der Wind zutrug, „es ist nicht Haß, der mich dir nur in der Ferne als lebende Frau erscheinen ließ! Auch ich habe dich mit dem Auge der Liebe angeblickt, aber es ist den Geistern nicht erlaubt, sich mit Geschöpfen aus Fleisch und Blut zu vermischen. Ich habe dir meine wahre Gestalt gezeigt — wähle also zwischen einem längeren Leben und einer baldigen Vereinigung mit der Geliebten!"

„Seit jenem Augenblicke wünschte ich zu sterben; tagtäglich bat ich den Großen Geist, das Leben, das er mir geschenkt, wieder zurückzunehmen, und ich glaube, er hat mich erhört. Sie ruft mich! O ich komme und bringe dir Beeren und Blumen!"

Und so starb Mischikinakwa, der Häuptling der Winnebagos, aus Liebe zu einem Geisterweibe.

Die Götter der Dakotahs.

Die Dakotahs glauben an einen „Großen Geist", haben aber in Bezug auf dessen Eigenschaften weit aus einander gehende Ideen. Diejenigen, welche in der Nähe von Missionsstationen wohnen, behaupten, er sei ewig; ihrem eigenen Gehirn scheint diese Ansicht jedoch nicht entsprungen zu sein. Einige sagen auch, daß der „Große Geist" eine Frau habe, und daß Alles auf der Welt, ausgenommen der Donner und der wilde Reis, von ihm herrührt. Die Erde mit allen Thieren darauf habe er ihnen zum Erbe gegeben und ihre Feste und Gebräuche seien Gesetze, durch welche sie regiert würden. Den Zorn dieser Gottheit fürchten sie jedoch nicht nach dem Tode.

Der Donner ist ein großer Vogel, dessen ungeheure, weit von einander entfernte Fußstapfen in der Nähe der Quelle des St. Petersflusses deutlich gesehen werden können.

Die Dakotahs glauben sowol an einen guten wie an einen bösen Gott, aber sie betrachten dieselben nicht als gegenseitige Feinde und glauben auch nicht, daß sie von dem letzteren in Versuchung geführt werden; ihre eigenen Herzen seien schlecht.

Es ist unmöglich, alle Gottheiten aufzuzählen, welche die Mythologie der Dakotahs bilden; denn jeder Gegenstand in der Natur ist voll von ihnen. Den Tod schreiben sie nicht allein dem „Großen Geiste", sondern auch den vielen untergeordneten Geistern zu; am häufigsten aber glauben sie, daß er von der geheimen Zauberei irgend eines Feindes ausgehe.

Mond und Sonne werden als Repräsentanten von Göttern verehrt.

Die Dakotahs bringen ihren Göttern auch Opfer, aber noch kein Missionar hat die Beobachtung gemacht, daß sie eins zum Zweck der Versöhnung gebracht hätten. Sie opfern allen Geistern; sie haben einen rothen Stein, den sie Groß= vater nennen, und auf oder neben diesen legen sie ihre werthvollsten, zum Opfer bestimmten Gegenstände, als Büffelfelle, Hunde, Pferde u. s. w.; es wurde sogar gelegentlich beobachtet, daß ein Vater sein Kind opferte. Auch verwunden sie häufig ihren Körper und glauben, daß dies Gott wohlge= fällig sei.

Sie glauben auch an einen Teufel, aber es ist ziemlich sicher, daß sie diese Idee von den Weißen erhalten haben. Die Geister der Verstorbenen, be= sonders Derer, die sie beleidigt haben, fürchten sie weit mehr, als Wahkoutun= kah, den „Großen Geist".

Das größte Unglück, das ihnen geschehen kann, ist, wenn ihnen ein Thier in den Körper schlüpft und sie krank macht.

Einige Medizinmänner glauben an die Unsterblichkeit der Seele, doch soll auch dieser Glaube von dem Einflusse der Blaßgesichter herrühren. Von einer Auferstehung wissen sie nicht das Geringste.

Ein guter Traum, der irgend einem Unternehmen vorhergeht, wird als günstiges Vorzeichen betrachtet; ein unangenehmer hingegen benimmt dem Be= treffenden die Hoffnung auf einen glücklichen Ausgang.

Wenn die Dakotahs auf die Jagd gehen oder den Kriegspfad betreten wollen, beten sie zum „Großen Geiste": „Vater, hilf uns den Büffel tödten", „Vater, laß uns Wild sehen", oder „Vater, hilf uns, unsere Feinde schlagen."

Sie haben keine religiösen Lieder. Wenn sie zu Ehren der Sonne tanzen, fasten sie zwei Tage. Sie beten nicht Dinge an, die sie selbst gemacht haben; aber jeder Gegenstand, den der „Große Geist" geschaffen hat, vom höchsten Berge bis zum kleinsten Steine, ist werth ihrer Verehrung.

Von dem zukünftigen Leben haben sie verworrene Begriffe; einige Medi= zinmänner geben vor, von Bären und anderen Thieren Mittheilungen er= halten zu haben, deren Inhalt der ist, daß das Leben nach dem Tode eine Fortsetzung des irdischen Daseins sei. Auf ihren jenseitigen Jagden werden sie unzählige Büffel tödten; in ihren Wigwams wird im Winter, während sie sich die Thaten ihrer Voreltern erzählen, das Feuer nie ausgehen; ihre Frauen werden die Thierfelle gerben und sie zu Mokkasins verarbeiten, und ihre Kinder lernen durch Angriffe auf die Nester der Hornisse, wie brave Krieger den Schmerz zu ertragen haben. Sie werden das Hundefest regelmäßig feiern und triumphirend um die Skalpe ihrer Feinde tanzen.

Unkatahe.

Shah-co-pee war ein alter Häuptling, der aber, da er drei Weiber hatte, nie recht zur Ruhe kam. Die älteste war runzelig, hager und häßlich, und es lag ihm so wenig an ihr wie an dem dürren Reis, das sie abbrach und ins Feuer warf. Sie zankte den ganzen Tag mit Jedermann, der ihr in die Quere kam, denn dies war die einzige Weise, wie sie sich noch bemerklich machen konnte. Die Glanztage seiner zweiten Frau waren auch schon vorbei; sie flocht zwar ihr Haar noch immer kunstgerecht und behing sich immer noch mit allerlei Schmucksachen wie ein junges Mädchen, aber der alte Gemahl wollte doch nichts mehr von ihr wissen, denn er hatte sein ganzes Herz seinem jüngsten Weibe, die er mit werthvollen Geschenken ihren Eltern abgekauft hatte, zugewandt.

Ihr Schicksal war aber trotz Alledem kein glückliches. Sie haßte ihren Gemahl eben so sehr, wie jener sie liebte, und keine Geschenke konnten sie mit ihrem jetzigen Leben versöhnen. Die beiden anderen Weiber thaten alles Mögliche, ihr das Leben recht sauer zu machen, wobei sie auch von ihren Kindern nach Kräften unterstützt wurden. Sie hatte den Muth nicht, den Mißhandlungen entgegenzutreten, denn der Verlust ihres Geliebten hatte ihr Herz gebrochen.

Jener junge Mann aber hatte sich die Sache nicht zu sehr zu Gemüthe genommen; er hatte sich weder erhängt noch ersäuft, war auch nicht fort in die Fremde gezogen, sondern war ruhig im Dorfe geblieben und seiner gewohnten Beschäftigung nachgegangen, als ob gar nichts vorgefallen wäre.

Einstmals, als der alte Shah-co-pee auf der Jagd war, trafen sich die beiden Geliebten, und als sie sich vergewissert hatten, daß sie Niemand beobachtete, verließen sie Hand in Hand das Dorf auf Nimmerwiedersehen. Wie nun der Häuptling nach Hause kam und sein geliebtes Weibchen nicht antraf, fragte er seine zurückgebliebenen Frauen nach ihr, aber diese konnten ihm keine Auskunft geben. Bald hörte er jedoch, daß auch der junge „Rothstein" verschwunden sei, und er ging hin, schnitt den dicksten Stock ab, den er handhaben konnte, und prügelte in seinem Aerger seine alten Weiber dermaßen durch, daß sie wie todt liegen blieben.

Doch seine Wuth dauerte nicht lange; bald rauchte er wieder ruhig und gelassen seine Pfeife und die Squaws erholten sich auch wieder.

„Es hat mir doch schon lange geahnt", sagte er eines Tages zu einem neben ihm sitzenden Freunde, „daß mich bald ein großes Unglück heimsuchen würde; ich habe nämlich kürzlich Unkatahe, den großen Fisch, mit seinen langen Hörnern gesehen, und dies bedeutet nie etwas Gutes."

„Ich sah einstens", erwiederte Jener, „wie Unkatahe bei den Minnehaha-Fällen unter das Eis kroch und es in große Stücke brach, die danach an das

Ufer getrieben wurden und alle Bäume mit sich rissen. In der Nähe von Fort Snelling stand ein Haus, in dem ein weißer Mann mit seiner Frau wohnte. Die Frau hörte den Lärm, aber ehe ihr Gemahl erwachte und ihr folgte, war sein Haus von der Flut eingerissen und er ertrank. Nicht weit davon war ein Indianerlager, in dem sich ein krankes Mädchen befand. Demselben hatten sie eine Hütte neben den Fluß gemacht; aber ehe sie ihr zu Hülfe eilen konnten, hatte die Flut ihr Häuschen fortgetrieben. Ihr Vater sprang ihr nach ins Wasser und rief: „Dies hat Unkatahe gethan; er hat meine kranke Tochter zu sich hinabgezogen und ich hoffe, er macht's mit mir ebenso!"

„Die Macht Unkatahe's ist groß!" rief Schah=co=pee aus, und in der Bewunderung dieses Ungethüms vergaß er sein ganzes Unglück.

Aberglaube der Dakotahs.

Ein Dakotah=Indianer würde um keinen Preis der Welt beim Bauen eines Wigwams ein anderes Fell als das eines Büffels nehmen, und zwar aus dem einfachen Grunde, weil vor vielen, vielen Jahren eine Frau einmal ein Hirschfell benutzt hatte, wonach sie plötzlich in eine tödliche Krankheit verfiel, an der, nach dem Urtheile Sachverständiger, nur jenes Hirschfell Schuld war.

Keine Dakotahfrau würde jemals in den Spiegel sehen, denn die Medizinmänner behaupten, daß augenblicklich der Tod darauf erfolge.

Kein Glaube hat jedoch einen größeren Einfluß auf jene Indianer, als der an Haokah, den Riesen. Derselbe soll übermenschliche Stärke besitzen, so daß er sogar den Donner mit der Hand anfassen und zu Boden schleudern kann. Seine Kleidung ist vielfarbig und sein Hut zweispitzig. Die eine Seite seines Gesichtes ist roth und die andere blau; seine Augen haben allerlei Farben. Er hat immer Pfeil und Bogen in der Hand, brauchte sie jedoch nie, da sein Blick stark genug ist, irgend ein Thier, dessen Fleisch er wünscht, zu tödten. Dieser Riese wird durch besondere Lieder und Tänze verehrt.

Eine Legende der Tschippewäer.

Der katholische Missionar Franz Pierz erzählt in seinem Werke „Die Indianer in Nordamerika":

Als ich im Jahre 1838 eine Missionsreise von Grande Portage nach Fort William am Lake Superior mit acht neugetauften Indianern zum Zwecke der Heidenbekehrung unternahm, erzählten mir meine Begleiter bei der Annäherung einer weißen Felseninsel eine, dort allen Menschen bekannte Geschichte. Sie sagten: In alten Zeiten, vor etwa hundert Jahren, wohnten viele Indianer hier, welche von der Forellenfischerei lebten. Alsdann kam ein Schwarzrock (Priester) daher, um die Religion zu predigen, aber ein besoffener Heide erschoß ihn zum Leidwesen aller Uebrigen. Als der Priester todt war, hat die Insel so gebebt, daß alle Indianer erschrocken in ihren Kanoes davongeflohen sind, und seit jener Zeit will sich Niemand mehr auf der Insel ansiedeln.

Wie ein Dakotah-Medizinmann zu seiner außergewöhnlichen Weisheit kam.

„Unkatahe", erzählte ein wegen seines übermenschlichen Wissens berühmter und gefürchteter alter Dakotah-Indianer, „ist so mächtig wie der Donnervogel. Jeder von diesen Beiden will der größte Gott sein, und sie haben sich deshalb schon häufig bekriegt. Mein Vater, ebenfalls ein weit und breit bekannter Medizinmann, wurde vor vielen Jahren getödtet, und sein Geist wanderte auf der Erde umher. Der Donnervogel wollte ihn haben und so auch Unkatahe, und infolge dessen kämpften die Söhne des Letzteren mit den Söhnen des Donnervogels und tödteten mehrere derselben, wonach der Gott des Wassers den Geist meines Vaters nahm und ihn allerlei geheimnißvolle Dinge lehrte.

„Als er lange genug bei Unkatahe im Wasser unter der Erde gewohnt hatte, nahm er wieder seine frühere menschliche Gestalt an und wohnte in diesem Dorfe. Er unterrichtete mich nun ebenfalls, und wenn ich dereinst nach dem Lande der Seelen reise, so muß mein Sohn eine ganze Nacht hindurch allein tanzen, und ich werde ihm alsdann die geheimnißvolle Medizin unseres Standes mittheilen."

Issaquena.

Ein fremder Indianerstamm hatte die Gegend, wo sich jetzt die Issaquena-Wasserfälle befinden, einst mit Krieg überzogen und ein junges, schönes Mädchen, die Tochter des erschlagenen Häuptlings, bis an den jähen Abhang hart verfolgt. Hier verschwand sie plötzlich, und die beutesüchtigen Wilden erblickten zum ersten Male die schneeweiße Strömung, die tief zu ihren Füßen in dem düsteren Abgrund rauschte. Mit dem Rufe: „Der Große Geist hat das Weib in eine Wassersäule verwandelt!" kehrten sie um und erzählten die wunderbare Mär den Ihrigen. Seitdem bekam das Flüßlein den Namen Issaquena. Es ist der des geretteten Mädchens, das sich in einer tiefen Schlucht hinter dem Strome verborgen hatte.

Entstehung der Sandmücken.

Die Waldungen des Ohiothales waren früher von zahlreichen Gnomen, Zauberern und Hexen besiedelt, die ihr Unwesen in mannichfacher Weise zum Nachtheile der rothen Bewohner trieben.

Nun wohnte in einer Felsengrotte ein Einsiedler, der ein Zauberer war, und Jäger und Reisende in verschiedenen schrecklichen Gestalten plagte, ja einige derselben erschlug. Endlich überfiel und tödtete ihn ein tapferer Häuptling. Um seine Zauberkraft gänzlich zu vernichten, verbrannte er die Leiche zu Asche und übergab diese den Lüften. Aber siehe da! Statt daß der Wind sie verwehte, wurde sie zu „Ponsak", Sandmücken.

Ueberfall der Dakotahs.

Zur Zeit, als sich Winona vom Felsen stürzte, fuhr eine Bande Dakotahs den Mississippi hinunter und lagerte sich in einem Gebüsche, das unter dem Namen „Medizinwald" bekannt war. Dort starb ein Kind und wurde auf ein schnell verfertigtes Todtengerüst gelegt.

Zur Mitternachtsstunde stand der Vater auf und ging zu seinem todten Kinde und weinte. Als er nun wieder nach seinem Lager zurückkehren wollte, erblickte er einen Mann, der dem Aussehen nach zu urtheilen kein Dakotah war. Dies erzählte er seinen Gefährten am nächsten Morgen, und da dies den Kriegern sehr verdächtig vorkam, so brachen sie ihr Lager ab und zogen mit dem Leichnam fort.

In der Nacht darauf sah jener Mann wieder dieselbe Figur beim Todten-gerüste stehen, und als er davon Mittheilung machte, zogen die Medizinmänner ihr Gesicht in Falten und machten bedenkliche Mienen. Daß ihnen ein Unglück drohte, war gewiß, und sie hatten auch Recht; denn mehr als tausend wohl-bewaffnete Tschippewäer brachen bald aus dem Gebüsche hervor, überfielen sie und tödteten die Meisten.

Ahaktah.

Ahaktah, der Hirsch, hatte einen schlimmen Hals und außerdem noch großen Hunger; auch mußte er bittere Kälte ausstehen, denn es war Winter und das Wild schien ausgestorben zu sein.

Die Medizinmänner versuchten ihre Künste, um Ahaktah zu retten und das Thier, das in seinen Körper geschlüpft war, auszutreiben; sie wandten sogar die heilige Rassel an, aber es half Alles nicht; Ahaktah wurde von Tag zu Tag kränker und starb zuletzt.

Während seine Seele auf der Reise nach dem Lande der Geister war, ward sein Körper in rothe Tücher gewickelt und auf ein hohes Gerüst gelegt. Seine Frauen weinten und schluchzten, aber die Kinder spielten munter im Wigwam, als sei gar nichts vorgefallen. Plötzlich schrieen die Frauen laut auf, und als sie nach der Thür sahen, trat der todte Gemahl gesund und kräftig herein und setzte sich neben das Feuer.

„Während ihr um mich klagtet", erzählte er, „wanderte mein Geist nach der großen Stadt, wo unsere Väter wohnen, von denen die Wunder unserer heiligen Medizin und die Geschichten von Haokah, dem Riesen, und dem

Donnervogel herstammen. Seit der Zeit, daß ich weg bin, hat die Sonne erst zweimal aufgehört zu scheinen; aber ich habe inzwischen doch viele merkwürdige Dinge gesehen.

„Zuerst reiste ich durch ein wunderschönes Land; die Bäume darin waren größer, als ich sie je in meinem Leben gesehen habe; die Vögel sangen so laut, wie unsere Medizinmänner beim Skalptanz, und die Flüsse waren so voller Fische, daß man sie bequem mit der Hand fangen konnte. Eine breite und ebene Straße, die schon viele Menschen gewandert sein müssen, trotzdem ich Niemand sah, führte durch das Land; die Straße war von den Geistern Derer angelegt, die im Kriege getödtet worden waren und die ihren Todesgesang unter dem Tomahawk des Feindes angestimmt hatten. Keine Frau hat dabei geholfen, da sie nicht würdig ist, die Waffen eines braven Dakotahkriegers anzurühren; folglich darf sie auch nicht den Weg bahnen, auf welchem die Helden nach dem Lande der Seelen zu ihren tapferen Vorfahren reisen.

„Wie ich so auf dieser Straße weiter ging, kam ich in einen Wigwam, der an einem Flusse stand, und in dem sich alle die Dinge befanden, die ein Krieger gebraucht, um würdig das Land der Geister betreten zu können. Ich setzte mich nieder, brachte mein Haar in Ordnung, steckte eine Adlerfeder hinein und bemalte mir das Gesicht.

„Hier, sagte ich zu mir selber, hat auch mein Vater geruht. Wie sehnte ich mich nach ihm und nach meinen Freunden! Die Zeit ward mir lang, bis ich ihnen mittheilen konnte, daß wir noch treu an den Sitten unserer Väter hingen, daß wir das Blut der Tschippewäer tränken, ihre Herzen äßen und ihre Kinder an Felsen zerschmetterten.

„Ich ging weiter und sah mich beständig nach einem Menschen um; aber ich konnte keinen entdecken.

„Gegen Abend erblickte ich vor mir eine große Stadt, die an einem Flusse stand; es schien die Heimat der Geister zu sein. Doch Niemand begegnete mir.

„Ich stieg auf den Berg bei dem Flusse; der Fluß war breit und tief, und da kein Kanoe darauf war, so schwamm ich muthig hinüber. „Er kommt! Er kommt!" hörte ich mehrmals rufen. Ich trat in die nächste Hütte; Alles darin sah merkwürdig und geheimnißvoll aus. In der Ecke saß eine Gestalt, in der ich meiner Mutter Bruder, den „Fliegenden Wind", erkannte. Er war ein Medizinmann gewesen und hatte mir zuerst den Gebrauch des Pfeils und Bogens gezeigt.

„In einem dunkeln Gefäße, das in der Ecke des Zimmers stand, bemerkte ich etwas wilden Reis, und da ich sehr hungerig war, so bat ich meinen Oheim darum; aber er gab mir nichts zu essen. Hätte ich von dieser Speise gegessen, so wäre ich nie mehr zurückgekommen; denn sie ist nur für Geister bestimmt.

„Neffe", sprach er endlich zu mir, „warum reisest du ohne Pfeil und ohne Bogen? Als ich noch am Mississippi wohnte, gingen die Dakotahs nie ohne diese Waffen aus; sie wehrten sich damit gegen ihre Feinde und schossen Wild, wenn sie Hunger hatten."

„Jetzt fiel mir erst ein, daß ich meine Waffen zu Hause gelassen hatte.

„Wo?" fragte ich nun meinen Oheim, „wo sind denn die Geister meiner Vorväter? Wo ist mein Bruder, der unter dem Tomahawk des Feindes sein Leben aushauchte? Wo ist meine Schwester, die sich lieber dem Unkatahe opferte, als daß eine Andere die Liebe ihres Gemahls mit ihr theilte? Wo sind die Geister der tapferen Dakotahs, von denen bei uns der Vater dem Sohne erzählt?"

„Die tapferen Dakotahs lauern noch immer ihren Feinden auf; die Jäger schießen Hirsche und Büffel; die Frauen pflanzen Korn und gerben Felle. Aber du kannst sie jetzt nicht sehen; denn dein Fuß ist noch sicher und deine Augen sind hell. Du mußt wieder zur Erde zurückkehren, und wenn deine Glieder und Augen matt und schwach geworden sind, dann komme wieder und du wirst hier bei den Geistern deine Heimat finden."

„Darauf gab er mir Pfeil und Bogen und ich verließ sein Haus, aber wie, kann ich nicht mehr sagen.

„Als ich wieder zu mir kam, saß ich auf einem Berge bei dem Pepinsee, und meine Mutter bog sich über mich und weinte.

„Nachher fand ich mich auf einem Hügel beim „Rothen Flügeldorfe", und von dort ging ich geraden Weges nach Hause."

Oeche-Monesah oder der Wanderer.

Chaske war des ewigen Einerlei seines Dorflebens müde geworden und beschloß, eine weite Reise zu unternehmen, um Abenteuer aufzusuchen.

Er brachte also eines Morgens früh seine Waffen in Ordnung und schoß einen Pfeil nach der Richtung, die er einschlagen wollte. „Ich werde jetzt meinem Pfeile folgen", sagte er zu sich selber; aber es schien eine Unmöglichkeit zu sein, ihn wieder zu finden. Trotzdem marschirte er rüstig weiter, als ihn aber die Muskiten endlich zu viel quälten, suchte er sich einen Ruheplatz aus und machte ein Feuer an, um jene lästigen Insekten zu vertreiben. Nun wollte er sich auch etwas zu essen suchen, und wie er so im Gebüsche nach Wild herumspähte, fiel sein Blick auf einen frisch getödteten Hirsch. Als er denselben näher betrachtete, sah er, daß sein Pfeil darin steckte. Er schnitt dem Hirsche die Zunge aus, und während er damit beschäftigt war, sie zu rösten, ward er plötzlich so müde, daß er sich hinlegte und einschlief.

Beim Anbruch des nächsten Tages wurde Chaske geweckt; als er sich den

Schlaf aus den Augen gerieben hatte, sah er eine Frau vor sich stehen, welche nach der Prairie deutete. Er stand auf und folgte ihr.

Unterwegs kam es ihm sehr sonderbar vor, daß sie kein Wort sprach. „Ich muß sie doch fragen, wer sie ist", sagte er; doch als er sie anreden wollte, streckte sie auf einmal ihre Arme hoch in die Luft und verwandelte sich in einen schönen blauen Vogel. Chaske war wie aus den Wolken gefallen, aber es freute ihn doch, denn er war auf Abenteuer ausgegangen. Er schoß also einen zweiten Pfeil ab und folgte ihm. Spät am Abend fand er ihn wieder, und zwar in dem Herzen eines Elenthieres steckend. „Diesmal soll mir das Abendessen nicht vereitelt werden", sagte er, schnitt dem Thiere die Zunge heraus und machte ein Feuer an. Dabei überfiel ihn indessen abermals eine solche Müdigkeit, daß er sich schlafen legen mußte.

Am nächsten Morgen ward er wiederum durch eine Frau geweckt, die ihm die Richtung zeigte, welcher er folgen sollte. Diesmal war er etwas dreister und faßte die Frau beherzt am Arme, um ein Gespräch mit ihr anzu= fangen und auszufinden, wer sie eigentlich sei. Sie drehte sich herum und verwandelte sich in demselben Augenblick in eine Krähe.

Dies war dem Dakotah doch ein wenig zu bunt. An den Frauen war ihm nie etwas gelegen; ja, er hatte sogar stets ihre Gesellschaft gemieden und nie seine Zeit damit vergeudet, ihnen allerlei angenehme Dinge zu sagen. Jetzt hielten sie ihn in der Fremde zum Narren! Er marschirte also weiter und dachte darüber nach, wie es käme, daß sich bis jetzt noch kein Dakotah= mädchen in einen Vogel verwandelt habe und fortgeflogen sei.

Am nächsten Tage schoß er einen Bären und als er sich dessen Zunge rösten wollte, fiel er wieder in einen tiefen Schlaf, aus dem er durch ein Stachelschwein geweckt wurde.

Am vierten Tage fand er seinen Pfeil im Körper eines Büffels. „Nun will ich aber einmal tüchtig essen", sagte er, „und dann auch ausfinden, wer es eigentlich ist, der mich weckt." Doch er fiel wie gewöhnlich vor dem Essen in Schlaf und wurde durch ein Mädchen geweckt, das ihm den Rücken zudrehte und ihm den Weg zeigte. Anstatt ihr aber zu folgen, nahm er sie beherzt in seine Arme und war fest entschlossen, sie nicht eher loszulassen, bis sie ihm die verlangte Auskunft gegeben hätte. Ihr Gesicht war so weiß wie Schnee und ihr Haar hing in goldenen Locken auf ihre Schultern herab.

„Laß mich los", flehte sie; „ich bin eine Biberfrau und du bist ein Da= kotahkrieger. Laß mich los und suche dir eine Frau bei deinem Stamme!"

„Jene Mädchen habe ich immer verachtet", erwiederte er; „aber da du noch viel schöner als die Wassernymphen bist, so mußt du mein Weib werden!"

„Dann aber mußt du deine Nation auf immer verlassen, denn ich kann nicht leben wie die Dakotahfrauen. Komm also mit nach meiner weißen

Hütte und laß uns glücklich sein. Sieh, wie schön dort das Wasser von den Felsen stürzt; in der Hitze des Tages werden wir uns an den Fällen ab= kühlen und am Abend werden uns die Wellen in den Schlaf lullen!"

Darauf nahm sie Chaske und führte ihn in ihre weiße Hütte, wo sie blieben und glücklich waren.

Im nächsten Jahre lachte zur größten Freude der Eltern ein munterer Knabe in dem Wigwam.

Eins jedoch machte dem Dakotah viel Kopfzerbrechen — sein Weib aß nie mit ihm zusammen. Wenn er am Abend von der Jagd zurückkehrte, empfing sie ihn immer freundlich und kochte ihm, während er seine Pfeife rauchte, sein schmackhaftes Abendessen. Wenn er sie aber bat, mitzuessen, sagte sie stets, sie sei nicht hungerig, und suchte sich dann gewöhnlich eine andere Beschäftigung.

Chaske nahm sich nun vor, um jeden Preis auszufinden, wovon sie eigentlich lebe, und als er eines Morgens wieder mit Pfeil und Bogen auf die Jagd gegangen war, kehrte er auf halbem Wege wieder um und versteckte sich im Gebüsche, um sie unbemerkt beobachten zu können. Bald danach ver= ließ sie mit einer Axt ihre Hütte und schritt einigen Weidenbäumen zu. Nachdem sie sich überzeugt hatte, daß Niemand in ihrer Nähe war, hieb sie mehrere Aeste und Zweige ab, trug sie nach Hause und aß sie mit großem Wohlbehagen auf. Darüber verwunderte sich Chaske sehr und dachte, da sei doch Wildpret eine bessere Speise. Aber als guter Ehemann ließ er ihr ihren Willen, und als er am Abend nach Hause kam und sein Wild abgeliefert hatte, ging er, während sie das Abendessen bereitete, in den Wald und schnitt eine Anzahl junger Weidenbäumchen um und brachte sie ihr.

„Ich habe endlich ausgefunden", sagte er, „wovon du lebst." Diese Bemerkung schien der Biberfrau durchaus nicht angenehm zu sein; denn sie machte ihrem Gemahl zum ersten Male ein böses Gesicht, nahm ihr Kind auf den Arm und verließ die Hütte. Chaske ahnte nichts Böses; er aß ruhig zu Abend und dachte, bis er fertig sei, sei sie auch wieder in guter Laune zurück= gekehrt. Doch da irrte er sich, und er war gezwungen, sich nach ihr umzu= zusehen. Er marschirte die ganze Nacht durch, fand aber keine Spur von ihr.

Am nächsten Morgen kam er an einen Biberdamm und sah, wie sein Weib mit dem Kinde auf dem Arme darauf saß.

„Warum hast du mich verlassen?" rief er; „ich wäre vor Kummer ge= storben, wenn ich dich heute nicht gefunden hätte!"

„Habe ich dir nicht gesagt, daß ich nicht wie die Dakotahfrauen leben kann? Du hättest nicht danach forschen sollen, was ich esse. Gehe zu deinem Volke zurück; dort wirst du genug Frauen finden, welche Wildpret essen!"

Der kleine Knabe klatschte vor Freude in die Hände, als er seinen Vater sah und wollte zu ihm; aber seine Mutter ließ ihn nicht aus den Armen. Endlich band sie ihm einen Strick an den rechten Fuß und ließ ihn ins Wasser springen, damit er zu seinem Vater schwimme; sobald er aber in der Nähe des Ufers war, zog sie ihn wieder zurück.

Chaske bot sein ganzes Rednertalent auf, sein Weib zu bewegen, wieder zu ihm zu kommen; aber sie gab ihm gar keine Antwort und kämmte still ihr langes blondes Haar. Das Kind hatte sich mittlerweile müde geschrieen und war eingeschlafen; auch Chaske ward müde und legte sich nieder.

Nach einer Weile trat eine Frau zu ihm und weckte ihn auf; da er aber sah, daß es nicht die geliebte Mokkassinblume war, nahm er wenig Notiz von ihr.

„Warum", fragte sie, „liebt ein Dakotah eine Frau, die ihn haßt?"

„Die Mokkassinblume liebt mich und ist mir stets eine treue, liebevolle Frau gewesen."

„Ja, gewesen; da hast du Recht; jetzt aber sehnt sie sich nach ihrer Heimat und nach ihrem früheren Geliebten zurück."

Chaske gerieth in großen Zorn. „Sollte dies möglich sein?" sprach er und blickte hinüber nach dem Biberdamm, wo sie noch immer saß.

Die Frau neben ihm brachte ihm Speise in einer Birkenschüssel und sprach: „Iß, Dakotah, denn du bist hungerig!"

Als dies die Mokkassinblume sah, schrie sie laut: „Quäle meinen Gemahl nicht länger; ich kenne dich wol, du bist die Bärenfrau!"

„Und wenn ich es bin", erwiederte jene, „so mußt du wissen, daß die Bären zum Paradiese der Dakotahs Zutritt haben!"

Der arme Chaske ließ die Frauen zanken und aß. Als er fertig war, sagte seine Wirthin zu ihm: „Komm mit mir; denn du kannst doch nicht im Wasser leben. Ich führe dich nach meiner Hütte, in der wir glücklich sein wollen."

Er sah sich nach seinem Weibe um, aber da sie ihn nicht ermuthigte, bei ihr zu bleiben, sagte er: „Ich war immer ein Freund von Abenteuern und will nun wieder auf welche ausziehen."

Danach folgte er der Bärenfrau, trotzdem sie nicht halb so schön war wie die Mokkassinblume. Auch war sie so voller Launen, daß er fast keine ruhige Stunde mehr hatte. Derjenige, der also früher die Dakotahmädchen verhöhnt hatte, war nun der Sklave einer Bärenfrau. Glücklicherweise waren keine Krieger in der Umgegend, und so war er sicher, daß er nicht ausgelacht wurde.

Im nächsten Jahre gebar die Frau Zwillinge; das eine Kind war ein schöner Dakotahknabe und das andere ein lebhafter kleiner Bär. Es war sehr unterhaltend, die Beiden mit einander spielen zu sehen; doch bei ihren häufigen

Balgereien zog der Bär jedesmal den Kürzeren und mußte zuletzt stets Schutz bei seiner Mutter suchen. Dies schien jener nun durchaus nicht zu gefallen.

Eines Morgens stand sie sehr frühe auf. Während sie ihrem Gemahle einen schlimmen Traum erzählte, wurde plötzlich Hundegebell in der Nähe der Hütte gehört.

„Was ist los?" fragte Chaske.

„Ich weiß es", erwiederte sie; „draußen steht ein Jäger, der mich tödten will; aber ich fürchte mich nicht."

Darauf streckte sie den Kopf aus der Thür und der Jäger, der dies bemerkte, schoß augenblicklich einen Pfeil darauf ab. Doch er traf sie nicht, und die Bärenfrau nahm ihr Kind auf den Arm und lief fort, so schnell sie konnte.

„Hm", sprach Chaske, „ich hätte am Ende doch besser gethan, ein Dakotahmädchen zu heirathen; die laufen doch erst dann von ihrem Manne weg, wenn dieser noch ein zweite Frau in den Wigwam bringt. Jetzt bin ich schon zweimal angeführt worden!"

Darauf nahm er seinen Knaben auf den Arm und folgte ihr. Gegen Abend erreichte er sie; aber sie freute sich durchaus nicht, ihn wieder zu sehen. Als er sie fragte, warum sie ihn verlassen habe, antwortete sie: „Ich wollte bei meinem Volke sein!"

„Gut", sagte der Dakotah, „dann gehe ich mit!"

Die Frau war's zufrieden; aber sie hätte doch lieber gesehen, wenn er wieder umgekehrt wäre. Den Dakotahknaben würdigte sie nicht des geringsten Blickes.

Nach mehreren Tagereisen kamen sie an ein Wäldchen, dessen Bäume einen großen Kreis bildeten. „Dies ist das große Bärendorf", sagte sie, „darin wohnen viele junge Männer, die mich einst liebten und dich nun hassen, weil ich dir den Vorzug gegeben habe. Nimm deinen Sohn und gehe zu deinem Volke zurück!" Doch der Dakotah fürchtete sich nicht und marschirte ruhig dem Bärendorfe zu.

Seine Ankunft verursachte große Aufregung. Die Bären freuten sich, die Bärenfrau wieder zu sehen, aber den Dakotah haßten sie und beschlossen, ihn umzubringen. Doch sie empfingen ihn freundlich, führten ihn mit seiner Frau in eine Hütte und setzten ihnen Speise und Trank vor; aber Chaske fand bald aus, daß er sich unter Feinden befand und hatte ein wachsames Auge auf sie.

Nun hatte sich sein Knabe eines Tages mit einem jungen Bären gezankt und ihn, als er nicht nachgeben wollte, mit einem Pfeile getödtet und dann aufgegessen. Da hielten denn die Bären eine geheime Rathsversammlung ab und beschlossen, Vater und Sohn umzubringen.

Chaske hatte jetzt mit allen erdenklichen Schwierigkeiten zu kämpfen. Seine Frau liebte einen Bären, wie er ausgefunden hatte, und suchte seinen

Tod herbeizuführen; aber jedesmal, wenn er sich mit den Bären stritt, war er siegreich. Wenn sie um die Wette liefen, war er stets zuerst am Ziele; wenn sie schossen, war er immer der Beste, was natürlich die Wuth seiner Feinde vergrößerte.

Nach vier Jahren kehrte Chaske wohlbehalten nach seinem Dakotahdorfe zurück. Als er seine Abenteuer erzählte, lachten ihn die Mädchen aus; eine Jungfrau aber lachte nicht. Sie brachte ihm neue Mokkassins und sagte: „Chaske, es giebt doch keine Mädchen, die so treu sind wie die Dakotahs. Ich wäre bis ans Ende der Welt mit dir gegangen, hättest du mich nicht stets zurückgestoßen; doch ich habe meine alte Liebe zu dir bewahrt und will dir, der du nun verlassen bist, in deiner Hütte das Feuer anmachen."

Von seinen früheren Frauen erzählte Chaske nur, um sie mit seiner jetzigen zu vergleichen; jene waren ebenso treulos und unzuverlässig, wie diese gehorsam und gut.

Harpstenah.

Harpstenah saß in ihrem Wigwam und weinte bitterlich. Dazu hatte sie auch alle Ursache, denn nach vier Tagen sollte sie an den einflußreichen „Wolkenhimmel", einen gefürchteten Medizinmann von achtzig Sommern, auf den Wunsch ihrer Eltern verheirathet werden. Sie weinte und dachte beständig an den jungen Mann, den sie liebte, und an den alten, den sie haßte. Endlich schlief sie ein und unternahm im Traum eine weite Reise. Müde und matt hatte sie sich an einen Fluß gesetzt und fühlte sich so verlassen, daß sie ihrer Mutter rufen wollte; aber sie konnte ihre Lippen nicht bewegen. Das Wasser stieg immer höher und höher; sie wollte weggehen, doch sie konnte sich nicht von der Stelle rühren.

Da erschien ihr plötzlich die Königin der Wassernymphen und sagte: „Warum zitterst du, junges Mädchen? Nur die Bösen fürchten sich vor dem Zorn der Götter; du aber hast weder uns, noch den Seelen der Todten je etwas zu Leide gethan. Du hast den Skalptanz mitgetanzt und hast stets die alten Gebräuche der Dakotahs hochgeachtet; aber du hast auch viele Thränen vergossen, denn du liebst den „Rothen Hirsch" und dein Vater hat dich dem bösen „Wolkenhimmel" verkauft. Doch es steht in deiner Macht, den Mann deiner Wahl zu heirathen!"

„Wenn du Alles weißt", stammelte Harpstenah, „so mußt du auch wissen, daß ich schon nach vier Tagen meinen Sitz neben dem „Wolkenhimmel" einnehmen soll."

„Du brauchst ihn nicht zu heirathen, wenn du nur Muth hast. Die Wassergeister haben dem „Wolkenhimmel" den Tod geschworen. Er hat schon dreimal auf Erden gelebt. Vor vielen Jahren durchzog er die Luft mit den

Söhnen des Donnervogels und bekämpfte mit ihnen die Freunde Unkatahe's. Mit seiner eigenen Hand tödtete er den Sohn jenes Gottes, und zur Strafe dafür ward er als Medizinmann zur Erde geschickt. Du kannst ihm nun leicht das Leben nehmen, wenn er schläft, oder fehlt es einem Dakotahmädchen etwa an Muth, wenn es einen Mann heirathen soll, den es bitter haßt?"

Danach verschwand die Nymphe und Harpstenah erwachte. „Sie hat weise Worte gesprochen", sagte sie zu sich selber; „unsere Medizinmänner sagen zwar, daß die Wassergeister böse seien und die Dakotahs haßten; aber dieser Traum hat mein Herz erleichtert. Ich werde den Häuptling tödten und das Schlimmste, das mir widerfahren kann, ist, daß sie mich ebenfalls um= bringen."

Der „Rothe Hirsch" hatte sich auch schon mit dem Plane befaßt, seinen Nebenbuhler aus dem Wege zu schaffen; aber dies würde ihn sicherlich auch sein Leben gekostet haben; denn „Wolkenhimmel" hatte viele Verwandte, die es für eine heilige Pflicht gehalten hätten, seinen Tod zu rächen. Auch würden Harpstenah's Eltern nie zugegeben haben, daß der Mörder ihres Häuptlings ihr Schwiegersohn geworden wäre.

Harpstenah hatte sich aber fest vorgenommen, dem Rathe der Wasser= göttin zu folgen.

Am nächsten Tage kam „Wolkenhimmel" nach dem Wigwam ihrer Eltern und lud sie zu einem Medizinfeste ein, das er zu geben beabsichtigte.

„Du mußt auch kommen", sagte er zu Harpstenah's Mutter, „unter allen Dakotahfrauen ist keine so klug wie du, und keine kann so sicher wie du die Zu= kunft voraussagen."

„Es giebt", fuhr er nach einer Weile fort, „keine zweite Nation wie die der Dakotahs, obgleich sie jetzt nicht mehr so groß und mächtig ist wie früher. Als unsere Vorfahren auf dieser Prairie Büffel schossen, lebten große Riesen unter ihnen, die bequem über die breitesten Flüsse und die höchsten Bäume weg= schreiten konnten. Aber es waren keine Krieger, wie zum Beispiel der Donner= vogel und seine Leute.

„Auch gab es damals Thiere, die so groß waren, daß die größten unserer Männer wie Kinder neben ihnen aussahen. Ihre Knochen haben wir auf= gehoben und halten sie heilig; denn sie helfen uns in Krankheit und schützen uns in Gefahr.

„Ich habe dreimal auf Erden gelebt. Als mein Körper zum ersten Male auf das Todtengerüst gelegt wurde, durchzog mein Geist mit dem Donnervogel und seinen Söhnen kämpfend die Luft. Als sich Unkatahe mit sechzig seiner gehörnten Krieger im Wasser zeigte, stürzten wir uns, trotzdem wir nur vierzig zählten, muthig auf die Feinde und kämpften wie noch jemals Krieger gekämpft haben.

„Unkatahe's Sohn sprang auf mich los und hielt sich den Schild vor die Brust. Ich riß aber den Schild weg und rannte ihm meinen Speer in das Herz. Er stürzte todt zusammen, und die Wassergeister zogen sich rache= schnaubend zurück. Wir waren Sieger. Nun haßt mich Unkatahe, und wenn er könnte, so würde er mich umbringen; aber der Donnervogel ist stärker als er."

„Prahle nur immer zu", dachte Harpstenah, „ehe zwei Tage um sind, wirst du gefunden haben, daß sich die Wassergeister zu rächen wissen."

Der Tag des Medizinfestes und der Hochzeit erschien. Harpstenah ging gegen Abend bräutlich geschmückt in den Wigwam „Wolkenhimmel's".

Am nächsten Tage fand man ihn ermordet. Harpstenah hatte ihm, als er sich in festem Schlafe befand, ein Messer in das Herz gestoßen und nachher unter dem Gelächter der Wassergeister am Flusse das Blut davon abgewaschen.

Wolkenhimmel's Mörder war nirgends zu finden; der „Rothe Hirsch" hatte schon seit geraumer Zeit das Dorf verlassen, und Harpstenah trauerte so tief um den Ermordeten, daß nicht der geringste Verdacht auf sie fiel.

Mit der Zeit kehrte jedoch ihr Frohsinn wieder, und als im Herbste der wilde Reis für den Winter eingesammelt wurde, stand ihr der „Rothe Hirsch" hülfreich zur Seite, und als der Winter kam, ward sie sein Weib.

*   *   *

Zehn Jahre sind verflossen. Vor dem Wigwam des „Rothen Hirsches" spielen zwei muntere Knaben, von denen der älteste bereits stark und geschickt genug ist, um allein auf die Jagd gehen und die Familie mit Wildpret ver= sehen zu können. Und dies war kein geringer Trost für Harpstenah, denn ihr Mann war seit längerer Zeit kränklich, und man vermuthete, daß er die Auszehrung habe.

Nun luden ihn einst die Indianer am Kalhounsee zur Stachelschwein= jagd ein, und da Alle seine Nachbarn mitgingen, wollte er nicht allein zurück= bleiben, trotzdem ihn seine Frau vor den Strapazen der Reise ernstlich warnte. Er zog also mit, und als sie genug Stachelschweine gefangen hatten, packten die Frauen die Wigwams auf den Rücken und bereiteten sich zur Rückreise vor.

Die einzige Hütte, die nicht abgeschlagen wurde, war die der Harpstenah, denn der „Rothe Hirsch" lag in den letzten Zügen.

„Nur eins hält mich noch am Leben", sagte er; „meine Seele kann nicht zur Stadt der Geister gehen, wenn sie weiß, daß der Körper, den sie so lange bewohnt hat, weit von seiner Heimat begraben liegt. Du hast Recht gehabt; ich hatte die Kraft nicht mehr für diese Reise."

„Dein Körper", erwiederte sie, „soll auf dem Gerüste vor deinem Dorfe ruhen. Ich werde ihn mitnehmen. Mein Herz ist immer noch so muthig und stark wie zu der Zeit, da ich dem Medizinmann das Messer in das Herz stieß."

Der „Rothe Hirsch" starb in der folgenden Nacht.

Mehrere Tage nachher kam Harpstenah im Dorfe an und trug ihren todten Mann auf dem Rücken. Die Frauen nahmen ihr die Last ab und halfen ihr, sie zur Ruhe zu bestatten.

Ihr Gemahl war von den Leuten bald vergessen. Nach einigen Jahren saß sie ganz allein in ihrem Wigwam und sehnte sich nach dem Lande der Seelen. Ihre beiden Söhne waren von den Tschippewäern überfallen und getödtet worden.

* * *

Es war eine stürmische Nacht. Harpstenah war in die Prairie gegangen, um ihre Thränen ungestört fließen zu lassen. Ihr Wehklagen hörte man in der Ferne.

„Es ist die alte Harpstenah", sagten die Mädchen im Dorfe; „sie weint um ihren Mann und ihre Söhne."

Der Sturm wüthete die ganze Nacht durch. Am Morgen ließ er nach. Die kinderlose Wittwe lag todt bei dem Ruheplatze ihres jüngsten Sohnes.

Der Mann mit dem ledernen Mantel.

Vor vielen Jahren lebte unter den Wyandotte-Indianern ein Mann, der vom Donner einen Ledermantel erhalten hatte, welcher ihm solche Kraft gab, daß er alle seine Feinde überwinden konnte. Da sich ihm zuletzt keine Feinde mehr näherten, ließ er seine Freunde seinen Uebermuth fühlen und brachte mehrere in qualvoller Weise um. Darauf wurde ihm nun gesagt, daß man ihn tödten würde, wenn er sich solcher Schandthaten nicht enthalte. Da er sich auch um diese Warnung nicht bekümmerte, so wurde sein Tod beschlossen und er davon in Kenntniß gesetzt. Merkwürdigerweise war er ganz und gar damit einverstanden; er sagte, er würde alsdann hinauf zum Donner fliegen und seiner Nation alles Gute herunterschicken.

Bald danach wanderte er mit einigen Wyandotten über einen Baumstamm, der eine Brücke über einen schmalen Fluß bildete, und sein Hintermann durchstach ihn mit einem Speere.

Sie trugen den Leichnam aus Ufer und verbrannten ihn.

Als der Körper beinahe ganz verbrannt war, gab er auf einmal einen lauten Krach von sich, und eine Rauchwolke wirbelte in die Höhe, aus der folgende Worte klangen:

„Ich gehe hinauf zum Donner, von dem ich kam. Die Familie, der ich angehörte, soll jährlich zu meinem Angedenken ein Fest feiern und das Oberhaupt derselben soll Tabak ins Feuer werfen, um einen angenehmen Geruch zu verbreiten; im Frühjahre werdet ihr meine Stimme hören!"

Diese Ceremonie wurde lange Jahre streng beobachtet.

Kosmogonie der Senekas.

Im Himmel lebte mit seinem Weibe ein Wesen von menschlicher Gestalt. Beide wohnten unter einem weitästigen Baume und hatten Alles, was sie brauchten; aber sie waren doch nicht zufrieden, denn sie wollten nicht gern immer an einem und demselben Platze bleiben. Sie beschlossen daher, fort- zuwandern und den Baum, der ihr Haus bildete, mitzunehmen.

Mit großer Mühe gruben sie ihn mit allen Wurzeln aus und bereiteten sich vor, zur Erde hinabzusteigen.

Die Erde war damals ganz mit Wasser bedeckt. In dem Wasser lebten unzählige Fische und über dasselbe flogen große Seevögel. Als letztere er- fuhren, daß das himmlische Paar zur Erde kommen wollte, sagten sie zu ein- ander: „Hier ist kein Land, auf das sie ihren Baum stellen können, und im Wasser können sie nicht leben: laßt uns daher eine Insel für sie bauen, damit sie nicht ertrinken." Darauf tauchten sie unter, um Erde heraufzuholen; doch das Wasser war viel zu tief für sie: sie konnten keinen Grund finden.

Sie theilten daher ihr Leidwesen dem Hummer mit, den sie in der Tiefe antrafen, und baten ihn um seinen Beistand. Dieser war mit der großen Schildkröte sehr befreundet, die in der tiefsten Tiefe des Ozeans wohnte und auf die Bitte ihres Freundes gleich bereit war, ihren Rücken mit Erde zu be- laden und daraus eine Insel zu bilden.

Als nun der Mann vom Himmel heruntersteigen wollte, ward er plötzlich krank und starb. Die Frau kam also allein herab, pflanzte ihren Baum und lebte von Fischen und Wasservögeln.

Bald danach gebar sie eine Tochter, und diese wurde späterhin Mutter von zwei Söhnen. Der älteste derselben war gerecht, wohlthätig, mächtig und gut. Er war der gute Geist. Der jüngste war grausam, mürrisch und streit- süchtig. Er war der böse Geist. Ihn liebte die Großmutter am meisten.

Die Mutter dieser Brüder starb, und die Großmutter und ihre Enkel gruben ihr ein Grab in die Nähe ihres Baumes. Sie bedeckten das Grab mit Erde, und als das Frühjahr kam, sahen sie eine große, schöne Pflanze daraus hervorwachsen. Dieselbe blühte und entfaltete in ihren grünen Blättern den nahrhaften Mais.

Der gute Geist schuf darauf Männer und Frauen, belebte Feld und Wald mit Thieren und ließ allerlei Pflanzen, welche Thieren und Menschen zur Nahrung dienten, aus der Erde wachsen.

Dies ärgerte den bösen Geist sehr, und er schuf daher eine mächtige, gif- tige Schlange, die alle guten Dinge seines Bruders zerstören sollte.

Als jener dies merkte, machte er den Donner, welcher die giftige Schlange tödtete.

Der böse Geist sann nun auf Rache; aber sein Bruder, der allwissend war, grub ein tiefes Loch in die Erde und warf ihn hinein und gab ihm nur Steine zu essen. Dort liegt er noch; es ist gut, daß er nicht heraus kann, denn er würde sonst alles Gute auf der Welt zerstören.

Die Menschen vermehrten sich auf der Insel; auch die Insel nahm täglich an Größe zu und bildete zuletzt das große, schöne Land, das dem rothen Manne zur Heimat bestimmt war.

Eine Hexengeschichte.

Ein junger Mann, der sich einst auf der Jagd überhitzt und danach ein kaltes Bad genommen hatte, war fieberkrank geworden, und da seine Freunde glaubten, daß er behext sei, ließen sie den alten Zauberer Trezue holen. Derselbe war ebenfalls ihrer Meinung, sagte aber, er könne in dieser Angelegenheit nicht eher etwas thun, als bis sie ihm eine Flasche Rum aus dem nächsten Kramladen geholt hätten.

Dies geschah denn auch, und nachdem der Alte manchen herzhaften Schluck gethan hatte, gab er die verlangte Auskunft. Der Patient hatte nämlich einem seiner Hunde nicht genug zu essen gegeben, worüber sich derselbe tief beleidigt gefühlt hatte und zu den Wölfen gelaufen war, die darauf beschlossen, den grausamen Herrn zu behexen.

Danach mußte sich der Kranke ausziehen und vor das Feuer legen, der Medizinmann ritzte ihm die Haut am Rücken mit einem Feuersteine. Dann nahm er einen Schröpfkopf, in den er vorher einen kleinen, aus der Hornhaut seiner Ferse geschnittenen Pfeil verborgen hatte, und setzte ihn an und rieb und knetete den jungen Mann so lange, bis ihm der Schweiß aus allen Poren drang. Nun nahm er den mit Blut gefüllten Schröpfkopf ab und zeigte den Umstehenden den Hexenpfeil, mit dem die Wölfe ihn geschossen hatten.

Als der junge Mann wieder genesen war, sagte ihm der Medizinmann, er solle allen Hunden des Dorfes zur Versöhnung ein großes Mahl in einem Troge bereiten und sich dann selber zu ihnen stellen und mitessen. Wenn dies sein Hund sähe, würde er die Wölfe bitten, ihn nicht mehr zu behexen.

Der Jäger befolgte diesen Rath gewissenhaft und gab dem Hexenmeister ein schönes Pferd für seinen Beistand.

Der Gott des weißen und des rothen Mannes.

Vor vielen Jahren kam der Gott der Weißen nach Amerika und machte Ansprüche auf Land und Leute. Er disputirte lange Zeit mit dem Gott der Indianer, und da Beide in Bezug auf das Anrecht auf jenen Kontinent nicht einig werden konnten, so beschlossen sie die Frage dadurch zu lösen, daß sie ihre Stärke an einem Berge probirten. Wer denselben am ersten von der Stelle brächte, solle Herr sein.

Darauf kniete der Gott des weißen Mannes nieder, nahm ein Buch aus seiner Tasche und fing an zu beten. Doch der Berg rührte sich nicht.

Dann kam der Gott des rothen Mannes mit seinem Zauberstabe und schlug seine heilige Trommel, wonach der Berg bebte und seinen Platz verließ.

Der besiegte Gott machte sich nun so schnell wie möglich aus dem Staube und hat sich seit jener Zeit nicht mehr sehen lassen. Zuweilen schickt er einige seiner Schwarzröcke; aber diese können noch viel weniger ausrichten.

Unterhaltung eines Indianers mit einem Missionar.

Ein presbyterianischer Missionar, der zur Bekehrung der Indianer ausgeschickt worden war, machte eines Tages die Bemerkung, daß nur Die selig werden könnten, die Gott dazu ausersehen habe. „Und wie wird es den anderen Leuten ergehen?" fragte ihn ein Indianer.

„Sie werden zur Hölle fahren!"

„Das ist sehr unrecht von Gott; ich glaubte immer, er sei viel gerechter. Setzen wir den Fall, ich hätte zwei Söhne und bände dem einen mit einem Stricke Arme und Beine zusammen und sagte dann zu Beiden: Jetzt geht auf die Jagd, damit ihr nicht verhungert! Wäre dies Dem gegenüber gerecht gehandelt, der sich nicht bewegen kann? Da würde ich doch viel edler handeln, wenn ich ihm den Schädel mit dem Tomahawk zerschmetterte."

Kosmogonie der Wyandotte.

Die Götter mögen es wissen, wie lange es schon her ist, daß ein Mädchen in einem Kanoe auf dem Wasser, mit dem damals die ganze Erde bedeckt war, umherfuhr. Als dasselbe groß geworden war, ward es eine berühmte Prophetin und verrichtete allerlei Wunderdinge. Sie verwandelte auch einen Theil des Wassers in Land und setzte einige Indianer darauf. Trotzdem derselben noch sehr wenige waren, so war ihnen die Insel zum Jagen doch zu klein, und als dies die Prophetin sah, setzte sie sich an ihr Feuer und betete zum Großen Geiste. Derselbe erhörte ihre Bitte und befahl den Schildkröten und Wasserratten, Erde aus der Tiefe des Ozeans zu holen, und bald hatte dann die Erde ihre jetzige Größe.

Um dieselbe Zeit kamen auch häufig die Engel vom Himmel und unterhielten sich mit den Vorvätern der Wyandotte. Sie lehrten sie beten und sagten ihnen, sie sollten Tabak, Büffelfleisch und Hirschknochen opfern, wenn der Große Geist unzufrieden mit ihnen sei. Bären und Waschbäre aber dürften sie unter keinen Umständen opfern.

Der Waschbär und der Krebs.

Da der Waschbär gern Krebse aß und beständig am Ufer auf der Lauer lag, so fürchteten sich die Krebse so sehr, daß sich keiner mehr ans Land wagte. Dies war dem Waschbären natürlich nicht recht und er sann daher auf eine List. Da er wußte, daß die Krebse gern Würmer aßen, so suchte er sich faules Holz zusammen, worin sich viele Würmer befanden, und steckte sich dies in Mund und Ohren und legten sich wie todt an den Fluß.

Nach kurzer Zeit kroch ein alter Krebs aus dem Wasser hervor, und nachdem er den todten Feind gesehen hatte, rief er freudig aus: „Kommt her, Brüder und Schwestern; Aessibon ist todt! Kommt heraus und eßt ihn auf!"

Als sich nun recht viele am Ufer versammelt hatten, sprang der Waschbär auf einmal auf und verschlang sie. Als er den Schmaus beendet hatte, kam eine Krebsjungfrau mit ihrer kleinen Schwester auf dem Arme aus dem Wasser, um ihre Verwandten zu suchen. Da sie jedoch nur einige zerstreute und zerbissene Glieder von ihnen fand, so ging sie zu dem Waschbären und sagte: „Hier, Aessibon, stehe ich mit meiner Schwester. Du hast alle unsere Angehörigen gefressen, friß uns nun auch!"

„Nein", erwiederte der Waschbär, „ich habe heute die feinsten und fettesten Krebse von der Welt gegessen und habe keinen Appetit nach solchen mageren Mädchen!"

Da kam Manabuscho herbei und sagte zu ihm: „Du bist ein Dieb und unbarmherziger Hund. Mach', daß du auf einen Baum kommst oder ich werde dich in einen Wurm verwandeln!"

Danach warf er die beiden hilflosen Krebse in das Wasser und sprach: „dort ist eure Wohnung. Versteckt euch unter Steine und seid von nun an ein Spielzeug für kleine Kinder!"

Die drei Preißelbeeren.

Drei Preißelbeeren wohnten zusammen in einer Hütte. Die eine war grün, die andere weiß und die dritte roth. Sie waren Geschwister. Es lag Schnee, und da die Männer alle ausgegangen waren, fürchteten sie sich und die eine sagte: „Was sollen wir thun, wenn der Wolf kommt?"

„Ich", erwiederte die grüne, „werde die Pechtanne hinaufklettern."

„Und ich", sagte die weiße, „werde mich in dem Kessel mit Maisbrei verkriechen."

„Ich", sagte die rothe, „werde mich unter dem Schnee verstecken."

Kurz danach kamen die Wölfe, und jede that schnell, was sie gesagt hatte. Doch nur eine davon handelte klug. Die Wölfe fielen über den Maisbrei

her und verschlangen mit dem Brei die weiße Beere. Die rothe wurde zer=
treten und ihr Blut färbte den Schnee.

Um diejenige aber, welche auf den Baum geklettert war, bekümmerte sich
Niemand und sie kam daher mit dem Leben davon.

Wawanosch und seine Tochter.

Vor vielen Jahren lebte am Ufer des Superiorsees ein Tschippewäkrieger,
Namens Wawanosch. Er stammte aus einer sehr berühmten Familie und hatte
sich auch selber durch kühne Thaten seinen Vorfahren würdig gezeigt.

Wawanosch war ein großer, stattlicher Mann und wegen seiner Stärke
und Kriegstüchtigkeit allgemein bekannt und geehrt, weshalb man ihm auch
gern in den Rathsversammlungen das erste Wort ließ.

Er hatte eine einzige Tochter, ein schönes Mädchen von achtzehn Som=
mern, das von einem jungen Manne zur Ehe begehrt wurde.

„Höre, junger Mann“, sagte Wawanosch zu ihm, „meine Tochter ist die
Freude meines Alters und ich kann sie nur Demjenigen zur Frau geben, der
an Ruhm ihrem Vater gleichkommt. Welcher Thaten aber kannst du dich bis
jetzt rühmen? Hast du dich je auf dem Schlachtfelde ausgezeichnet und Be=
weise deiner Tapferkeit nach Hause gebracht? Ist dein Name auch außerhalb
unseres Dorfes bekannt? Gehe also zuerst hin und zeichne dich aus; denn
vorher kann ich dich unmöglich als Schwiegersohn anerkennen.“

Der junge Mann ging fort und beschloß, entweder auf dem Kriegspfade
zu sterben oder der Schwiegersohn von Wawanosch zu werden. Er versam=
melte seine Kameraden um sich und beredete sie zu einem Ueberfall der Dako=
tahs. Alle nothwendigen Vorbereitungen wurden getroffen und am Abend
vor der Abreise hielten sie einen feierlichen Kriegstanz. Dann nahm der
Führer Abschied von seiner Geliebten und sagte, daß, obgleich seine Träume
nicht ermuthigend gewesen seien, er doch den Großen Geist durch Bitten und
Flehen bewegen würde, ihm seine Gunst zuzuwenden.

Das Mädchen hörte lange Zeit nichts von ihm und als sie endlich Nach=
richt bekam, war dieselbe keine tröstliche. Ihr Geliebter hatte sich als der
Tapferste von Allen bewiesen; er hatte eine Masse Skalpe erbeutet, auf der
Heimreise aber war er meuchlings getödtet worden.

In dem Wigwam von Wawanosch, wo man sonst nur Singen und
Scherzen hörte, hörte man jetzt nur Stöhnen und Wehklagen; das Mädchen
ward von Tag zu Tag bleicher, mied jede frohe Gesellschaft und saß den ganzen
Tag allein unter einem Baume vor ihrer Hütte. Auf diesem Baume saß ein
Vogel, wie man ihn bisher noch nie gesehen hatte; derselbe unterhielt sie mit
seinen süßen Liedern und sie glaubte, es sei der Geist ihres Geliebten.

Zuletzt wurde sie krank und da ihr kein Medizinmann mehr helfen konnte, so sang sie ihren Sterbegesang und verschied.

Der Vogel wurde nach ihrem Tode nicht mehr gesehen und die Leute sagten, er sei mit ihrem Geiste davongeflogen.

Der Sturm.

Es lebte einst eine alte Frau, Namens Monedo Kwä (Prophetin), an den Sandbergen des Michigansees, welche gewöhnlich der „schlafende Bär" genannt wurde. Dieselbe hatte eine Tochter, die so außergewöhnlich schön war, daß die Alte fürchtete, sie würde ihr eines Tages geraubt werden. Sie setzte sie daher in eine große wasserdichte Kiste, band einen starken Strick daran und ließ sie hinaus in den See schwimmen. Jeden Morgen zog sie die Kiste ans Ufer, kämmte und wusch das Mädchen und gab ihm die nöthigen Lebensmittel.

Dies sah nun eines Tages ein schöner junger Mann, und da ihm das Mädchen gefiel, so ging er hin zu seinem Oheim, der ein Zauberer war, und bat ihn um Rath.

„Neffe", erwiederte dieser, „gehe in die Hütte der alten Frau und setze dich bescheiden in eine Ecke. Frage sie jedoch nicht; denn sie wird deine Gedanken errathen und du wirst die ihrigen verstehen."

Er that wie er geheißen. „Ich wünsche, sie würde mir ihre Tochter geben", dachte er. „Dir meine Tochter geben?" vernahm er, „nein, meine Tochter wird nie deine Frau werden!"

Dies erzählte der junge Mann seinem Oheim. „Die Frau ist verrückt", sagte der Zauberer, „was will sie denn eigentlich mit ihrer Tochter anfangen? Glaubt sie vielleicht, Mudschekiwis würde sie heirathen? Doch wir wollen die Kraft ihrer Zauberkünste einmal auf die Probe stellen!"

Darauf berief er die Geister des Sees zu einer Versammlung, und nachdem er sein Anliegen vorgebracht hatte, wurde beschlossen, ihren Stolz zu demüthigen. Sie ließen also einen schrecklichen Sturm auf dem See wüthen; der Strick riß und die Kiste ward hinab in den Huronsee getrieben und dort ans Land geschleudert. Ein dortiger alter Geist, Namens Tschkwon Dämeka, der den Eingang zu den nördlichen Seen bewachte, fand sie, machte sie auf und nahm das Mädchen zur Frau.

Die alte Frau weinte und klagte lange Zeit so sehr, daß sich die Geister zuletzt ihrer erbarmten, und sich vornahmen, ihre Tochter wieder zurück zu bringen. Sie ließen also wieder einen Sturm in der entgegengesetzten Richtung wüthen und bald war das Mädchen wieder in dem Wigwam ihrer Mutter.

Ihre Schönheit war jedoch verblüht. Die Mutter schickte nun nach dem jungen Manne, der früher um ihre Hand angehalten hatte. Jener wußte aber, daß ihre Tochter bereits verheirathet gewesen war und sagte: „Was? ich soll deine Tochter zur Frau nehmen? Nie und nimmermehr!"

Der Sturm, der sie zurückgebracht hatte, hatte auch Tschkwon Dämeka's Wohnung zertrümmert und aus den Stücken derselben sind die schönen kleinen Inseln in dem St. Clair= und Detroitflusse entstanden.

Der Wendigo (Riese, Ungeheuer).

In einem einsamen Walde lebte ein Mann mit seiner Frau und einem Sohne. Als der Vater eines Tages auf die Jagd gegangen war, sah seine Frau aus der Hütte und bemerkte, wie ein großer Mann mit rüstigen Schritten über das Wasser des Sees auf sie zuschritt. Bald war er so nahe, daß eine Flucht nutzlos gewesen wäre. Sie lief also in den Wigwam, nahm ihren drei= jährigen Sohn bei der Hand und rief laut aus: „Siehe, dort kommt dein Großvater!"

Der Riese antwortete: „Ja wol, mein Sohn!" und dann bat er die Frau um Essen. Glücklicherweise hatte dieselbe großen Vorrath an getrock= netem Fleische und stellte ihm denselben vor. Doch er wies das Fleisch un= willig zurück und nahm einen frischgeschossenen Hirsch, der vor der Thür lag, zerriß ihn, trank sein Blut und nagte die Knochen ab.

Als der Jäger nach Hause kam und des Ungeheuers ansichtig ward, fürchtete er sich sehr, sagte aber kein Wort zu ihm. Kaum aber hatte er einen fetten Rehbock, den er geschossen hatte, niedergelegt, so fiel auch der Riese schon darüber her und verschlang ihn, als ob er blos ein Mund voll wäre. Der Riese sagte ebenfalls kein Wort und als er gegessen hatte, legte er sich nieder und schlief ein.

Am nächsten Morgen gingen Beide zusammen auf die Jagd. Der Jäger brachte einen Hirsch und der Riese zwei Indianer, die er erschlagen hatte, zurück. Dieselben aß er mit Haut und Haar und Knochen auf und verschlang danach auch noch den Hirsch.

In dieser Weise lebten sie geraume Zeit beisammen. Der Riese sprach nie ein Wort, that aber auch seinem Hauswirthe kein Leid. Eines Tages sagte er zu ihm, daß die Zeit seiner Abreise gekommen sei und daß er ihm zum Danke zwei Zauberpfeile geben würde, die nie ihr Ziel verfehlten. Da= nach verließ er die Hütte.

Der Jäger und seine Frau waren überglücklich, den lästigen Gast los= geworden zu sein; denn sie hatten während der ganzen Zeit in der größten Todesangst gelebt. Die Pfeile waren, wie der Riese gesagt hatte.

Eines Tages sah die Frau wieder aus dem Wigwam und bemerkte wie ein anderer Wendigo auf sie zukam. Diesmal fürchtete sie sich nicht; denn sie glaubte, er würde sie behandeln wie der erste. Unglücklicherweise hatte sie aber nun sehr wenig Fleisch im Hause, worüber der Riese so wüthend ward, daß er den Wigwam zerbrach und die Stücke nach allen Winden schleuderte. Dann ergriff er die Frau, zerdrückte und verschlang sie. Um ihren Sohn kümmerte er sich nicht im Mindesten.

Als der Jäger zurückkam, sah er seine Hütte zerstört und seinen Sohn weinend neben den Ueberresten seiner Mutter sitzen. Er schwärzte sein Gesicht und schwur, den Tod seiner Frau zu rächen. Dann baute er eine andere Hütte und legte die Knochen seines unglücklichen Weibes in einen hohlen Baum. Seinem Knaben machte er Pfeil und Bogen und suchte ihn über den Verlust seiner Mutter zu trösten.

Als einst der Vater wieder auf der Jagd war, übte sich der Knabe im Schießen; doch konnte er seine Pfeile nie wieder finden. Sein Vater machte ihm dann wieder andere; er schoß sie ab und sah genau nach der Stelle, wo sie hinfielen. Kam er jedoch an den betreffenden Platz, so waren sie verschwunden. Als er nun eines Tages wieder seinen letzten Pfeil abgeschossen hatte, sah er, wie ein schöner Knabe, der etwas jünger als er war, denselben aufhob und damit nach einem hohlen Baume lief.

„Nähä", sagte er zu ihm, „komm heraus und spiele mit mir!" Jener Knabe folgte und sie spielten mit einander. Plötzlich sprach er: „Wir müssen aufhören, denn dein Vater kommt. Versprich mir, ihm kein Wort davon zu sagen!"

Jener that's und der fremde Knabe verschwand im Baume.

Am nächsten Tage bat er seinen Vater, ihm noch einen Bogen zu machen, da einer leicht brechen könne. Der Vater that's, und als er wieder auf die Jagd gegangen war, lud der Knabe seinen Freund ein, nach der Hütte zu kommen. Dort schenkte er ihm einen Bogen und dann spielten sie in der Hütte so munter, daß die Asche hoch aufwirbelte. Sobald der Vater nach Hause kam, zog sich der andere Knabe in die Höhle seines Baumes zurück.

„Mein Sohn", sagte der Jäger, „du mußt aber tüchtig hier herumgesprungen sein; die Asche ist ja überall herumgeflogen!"

„Ja", erwiederte jener, „ich war die ganze Zeit allein und bin auf und ab gesprungen."

Am nächsten Tage sagte er zu seinem Vater: „Vater, jage heute einmal den ganzen Tag und sieh, wie viel du schießen kannst!" Als er fort war, ging der Knabe wieder zu seinem Freunde. Sie warfen Alles in der Hütte durch einander und lachten und schrieen, daß man es durch den halben Wald hörte. So merkte denn auch der Jäger, daß sein Sohn während seiner Abwesenheit nicht allein war. Ehe er jedoch seinen Spielkameraden überraschen konnte, war dieser bereits in seinem Baum.

Als der Jäger in die Hütte trat, sah er den Knaben neben dem Feuer sitzen und sprach: „Du mußt aber tüchtig hier umherspringen, da du Alles durch einander wirfst und die Asche so zerstreust!"

„Vater", erwiederte er, „ich laufe beständig um das Feuer und schleife meinen Rock hinter mir!"

Der Knabe mußte es ihm vormachen, was er auch that. Am nächsten Morgen sprach er: „Vater, bleibe den ganzen Tag weg und siehe zu, ob du nicht zwei Hirsche schießen kannst!"

Dies kam dem Vater merkwürdig vor; aber er sagte nichts darauf und ging auf die Jagd. Auf der Rückkehr hörte er wieder das muntere Spiel der Knaben, doch als er in die Hütte trat, fand er nur seinen Sohn.

„Mein Sohn", sagte er, „es ist doch kurios, daß du Alles stets durch einander wirfst; doch sage mir nur die Wahrheit, ich habe zwei Stimmen hier gehört und hier in der Asche sehe ich einen Fußstapfen, der kleiner ist als der deinige."

Der Knabe dachte, es sei das Beste, seinem Vater Alles zu sagen. „Vater", sagte er, „ich habe einen Knaben in dem hohlen Baume gefunden, in dem du die Knochen meiner Mutter vergraben hast!"

„Lade deinen Freund ein", erwiederte der Vater, „einen hohlen Baum hier in der Nähe anzuzünden und dann die Eichhörnchen darauf zu tödten. Ich werden mich alsdann versteckt halten und den Knaben fangen."

Am nächsten Tage ging er also wieder auf die Jagd und sein Sohn beredete seinen Freund zur Eichhörnchenjagd. Als sie den betreffenden Baum angesteckt hatten und die herunterspringenden Eichhörnchen todt schossen, sprang der alte Jäger auf den Knaben zu und nahm ihn auf seinen Arm. „Laß mich los", sagte jener, „du zerreißt mir meine Kleider!" dieselben schienen nämlich von einer sehr feinen und durchsichtigen Haut gemacht zu sein. Der Jäger beruhigte ihn jedoch und beredete ihn, fortan immer bei seinem Sohne zu bleiben. Er wußte, daß ihm der Große Geist diesen Sohn aus den Gebeinen seiner Frau erweckt hatte und war sicher, daß er einst ein großer Mann und ihm im Kampfe gegen den Wendigo große Hülfe leisten würde.

Er unterhielt sich mit den beiden Knaben, so oft es seine Zeit erlaubte; aber das Merkwürdigste war, keiner derselben wuchs um einen Zoll.

Eines Tages befahl er ihnen, nicht in die Nähe eines gewissen Sees zu gehen, weil dort gefährliche Vögel wohnten. Die Knaben kamen aber doch dahin und stiegen auf einen hohen Berg, der am Seeufer stand. Es donnerte und blitzte, aber die Knaben fürchteten sich nicht und stiegen immer höher, bis sie zuletzt auf der höchsten Spitze angelangt waren. Dort fanden sie das Nest eines Riesenvogels. In demselben lagen zwei Junge, die noch mit den Flaumfedern bedeckt waren. Einer der Knaben berührte sie mit einem Stocke, und als sie ihre Augen öffneten, zerbrach der Stock, so kräftig war ihr Blick.

Anoch, Aus dem Wigwam.   Leipzig: Verlag von Otto Spamer.

Der Wendigo.

Darauf nahm jeder einen Vogel und trug ihn nach Hause. „Diese Vögel", sagten sie zu ihrem Vater, „haben wir für dich gebracht und bitten dich, sie zu zähmen!" Nun überzeugte er sich, daß Beide mit übernatürlichen Kräften begabt seien. Doch befahl er ihnen, ja nicht nach einem andern bestimmten See zu gehen, weil derselbe von Mischegenabigos (Riesenschlangen) bewohnt sei.

Die Knaben gingen aber doch hin, und es dauerte nicht lange, so befahl ihnen eine Stimme aus dem Wasser, wegzugehen.

„Wer bist du?" fragte der eine.

„Ich bin Mischegenabig; und wer seid ihr, die ihr es wagt, mir zu trotzen?"

Der Jüngste bat nun seinen Bruder, einen Medizingesang anzustimmen, währenddem er ins Wasser waten wolle. Dies thaten sie dann und bald schwammen die Stücke der todten Schlangen in Masse auf dem Wasser herum. Endlich kam der Knabe wieder aus dem See und hielt einen Mischegenabig an den Hörnern. „Bruder", sagte er, „dies ist der Kerl, der uns beleidigt hat. Wir wollen ihn unserem Vater bringen."

Als der Vater das Ungeheuer sah, freute er sich, denn er war sicher, daß seine Söhne alle Gefahren des Lebens ruhmreich bestehen würden.

Eines Tages kam es dem Jäger vor, als sei die Stunde gekommen, sich zu seinen Vätern zu versammeln und er gab daher seinen Söhnen die nöthigen Rathschläge für die Zukunft. „Vater", sprach der Jüngste zu ihm, „du wirst nun die Erde verlassen und deine beiden Vögel werden mit dir gehen; zuerst aber laß sie uns mit dem Fleische des Mischegenabig füttern! Vergiß auch des Wendigo nicht, der so großes Unheil über dich gebracht hat!"

Danach starb der Vater und seine Seele wurde unter Donner und Blitz — denn die beiden Vögel waren die Söhne des Donnergottes — hinauf in den Himmel getragen.

Wassamo.

Wassamo lebte lange, ehe die Flagge des weißen Mannes in Amerika gesehen wurde, mit seinen Eltern an der Ostküste des Michigansees.

Eines Tages sagte seine Mutter zu ihm: „Mein Sohn, gehe dort an den Teich und siehe zu, ob du nicht einige Fische fangen kannst; nimm aber deinen Vetter mit."

Sie gingen fort und kamen gegen Nachmittag bei der bezeichneten Stelle an. Sie warfen ihre Netze ins Wasser, bauten ein Schutzdach und machten ein Feuer an. Der Teich war ruhig und der Himmel hell und klar. Gegen Abend sprach Wassamo zu seinem Kameraden: „Ich glaube, wir haben Glück; laß uns doch einmal nach den Netzen sehen!" Sie gingen hin und fanden sie voll der schönsten Fische. „Wassamo", sagte der Andere, „koche einige davon, damit wir etwas zu essen haben." Jener hing auch gleich den Kessel über das Feuer und sein Vetter legte sich behaglich nieder.

„Vetter", sagte Wassamo, „erzähle mir ein paar Geschichten und singe mir einige von deinen Liebesliedern!"

Darauf sang jener so lange, bis er müde ward und einschlief. Als Wassamo sah, daß die Fische gekocht waren, rief er ihn, erhielt aber keine Antwort. Da die Fische sehr fett waren, so wollte er das Oel abschöpfen, wußte aber nicht recht, wie er sich mit der aus trockener Rinde gemachten Fackel zu gleicher Zeit leuchten könne. Er zog also seine Beinkleider ab, wickelte sich dieselben um den Kopf und befestigte die Birkenfackel wie eine Feder daran.

Nun hatte er beide Hände frei und konnte das Fett bequem von den Fischen streifen. Währenddem er so an der Arbeit war, gewährte die hin und her wogende Fackel auf seinem Kopfe einen merkwürdigen Anblick. Auf einmal hörte er Jemand in der Nähe lachen. „Vetter", rief er, „es scheint Jemand hier in der Nähe zu sein; steh auf und laß uns zusehen!"

Doch jener hörte nichts. Kurz darauf vernahm Wassamo wieder ein Gelächter und als er hinaussah, bemerkte er zwei Mädchen von außerordent= licher Schönheit.

„Vetter, Vetter! Steh auf; es sind zwei allerliebste Mädchen hier!"

Aber der Vetter blieb liegen wie ein Baumstamm und Wassamo gesellte sich allein zu den Mädchen. Doch als er mit ihnen sprechen wollte, fiel er auf einmal besinnungslos nieder und er und die Mädchen verschwanden.

Kurz danach erwachte Wassamo's Vetter und sah sich allein. Er ist vielleicht nach den Netzen gegangen, dachte er, und wird bald wieder kommen. Doch Wassamo kam nicht und der Vetter rief nach ihm, so laut er konnte, bekam aber keine Antwort. Er lief lange im Walde umher und rief beständig Netawis! Netawis! (Vetter), vernahm indessen als Antwort nur das Echo.

Trüb und traurig setzte er sich an das Feuer. Hat er mir 'mal einen Streich spielen wollen? dachte er; oder hat er den Verstand verloren und ist fort in den Wald gelaufen? Vielleicht klärt sich das Geheimniß am nächsten Morgen auf.

Der Morgen kam, aber kein Wassamo war zu sehen. Netawis zog die Netze aus dem Wasser und eilte seinem Dorfe zu. Die Leute denken vielleicht, dachte er auf dem Wege bei sich, ich habe meinen Vetter ermordet; doch seine Eltern sind mit mir verwandt und wissen, daß wir immer sehr gute Freunde gewesen sind.

Als ihn die Leute kommen sahen, sagten sie: „Er sieht sehr traurig aus, es muß ein Unglück geschehen sein!" Darauf erzählte er Alles, was er über den Verbleib Wassamo's wußte.

„Er hat ihn meuchlings umgebracht", sagten Einige; die Anderen meinten jedoch, das sei unmöglich, da Beide immer wie Brüder gewesen seien.

Darauf gingen etliche Männer nach der Hütte Wassamo's und untersuchten den Boden. Es war nirgends Blut zu sehen, noch zeigten die Fußspuren, daß sie sich geschlagen hatten. Sie kamen also zur Ueberzeugung, daß Wassamo wahnsinnig geworden und in den Wald gelaufen sei.

Seine Eltern waren jedoch anderer Meinung und glaubten, er käme bald wieder zurück. Doch sie hofften vergebens und als sie bis zum nächsten Frühjahre noch nichts von ihm gehört hatten, waren sie der festen Ansicht, Netawis habe ihn umgebracht. Sie verlangten also sein Leben zur Sühne. Das ganze Dorf kam in Aufruhr; Einige nahmen die Partei des jungen Mannes und Andere die der Eltern Wassamo's; doch wurde zuletzt beschlossen, daß Netawis sein Leben an einem bestimmten Tage zu opfern habe.

Netawis fürchtete sich nicht vor dem Tode; doch der Gedanke, daß man ihn für den Mörder seines Freundes hielt, quälte ihn sehr. Kummervoll ging er umher und dachte mehrmals, seinen Leiden durch einen Sprung in den See ein Ende zu machen; aber da hätte es sicherlich geheißen, er sei doch schuldig, und so zog er denn vor, sich in sein Schicksal zu fügen.

*   *   *

Als Wassamo wieder zu sich kam, fand er sich an einem fremden Platze und hörte Jemand sagen: „Ihr albernen Mädchen, also deshalb treibt ihr euch des Nachts herum? Hebt den jungen Mann doch vom Boden auf und legt ihn auf ein Bett!"

Wassamo wurde auf ein Bett gelegt und nach einiger Zeit lud man ihn zum Essen ein. Er stand auf und setzte sich mit in die Reihe. Obenan saßen Zwei, welche älter als die anderen waren. „Mein Sohn", sagte der eine, „diese dummen Mädchen haben dich hierher gebracht. Als du dich ihnen nahtest, wardst du besinnungslos und dann trugen sie dich hierher unter die Erde. Doch sei zufrieden; wir werden dir den Aufenthalt bei uns so angenehm wie möglich machen. Ich bin der Schutzgeist von Nago Wudschu (Dünen am Seeufer) und habe immer gewünscht, daß sich Jemand von deiner Nation mit einer meiner Töchter verheirathete. Wenn du nun hier bleiben willst, so kannst du dir eine davon aussuchen!"

Wassamo sagte kein Wort, und man schloß daraus, daß er mit diesem Vorschlage einverstanden sei.

„Deine Bedürfnisse", fuhr der alte Geist fort, „werden alle befriedigt werden; doch gehe nicht zu weit von meiner Wohnung, denn ich fürchte, daß der Geist, welcher alle Inseln im See beherrscht, dir ein Leid zufügen wird, wenn er hört, daß du mein Gast bist. Er hat nämlich früher einmal meine Tochter, die dich hierher gebracht hat und die deine Frau werden soll, zur Ehe begehrt und ich habe sie ihm abgeschlagen. Dort steht sie; nimm sie und sei ihr Ehemann!"

Darauf setzten sich Beide neben einander und die Leute betrachteten sie als Mann und Frau.

„Schwiegersohn", sagte späterhin der alte Geist, „ich habe keinen Tabak mehr. Gehe also zurück in dein Dorf und theile deinen Eltern meinen Wunsch mit. Die Leute, welche diese Sandhügel passiren, opfern mir jetzt nur noch selten etwas Tabak, um sich eine ruhige Reise zu sichern. Alles, was mir aber geopfert wird, fällt gleich durch eine Oeffnung in meine Wohnung!"

Darauf sah auch Wassamo, wie die Frauen durch diese Oeffnung Speise bekamen, welche auf der Oberwelt geopfert wurde.

„Tochter", sagte die Frau des alten Geistes, „unser Schwiegersohn kann nicht essen, was wir essen, denn er ist nicht daran gewöhnt!"

„Ja", erwiederte jene, „ich werde ihm schon andere Speise besorgen!"

Darauf griff sie durch ein Seitenloch in der Hütte in den See, nahm einen schönen Weißfisch heraus und kochte ihn. Sie fing ihm alle Fische, die er gern aß und besorgte auch alles Wildpret, das er wünschte.

Eines Tages sagte der alte Geist zu Wassamo: „Schwiegersohn, du mußt dich nicht darüber wundern, daß du uns während deines Hierseins nie schlafen sahst. Es ist jetzt nämlich Sommer und während dieser Zeit ist es beständig Tag bei uns. Bald aber wird es Winter und dann werden wir die ganze Zeit schlafen. Verlasse alsdann die Hütte nicht; Alles, was du brauchst, wirst du hier finden."

Wassamo versprach, seinem Rath zu folgen.

Kurz darauf donnerte es und alle Geister verließen auf einmal die Hütte. Sobald jedoch das Gewitter vorbei war, kamen sie wieder zurück. „Oben wohnt ein großer, mächtiger Geist", sagte der Alte; „derselbe macht Donner und Blitz. Wir fürchten uns vor ihm und verstecken uns jedesmal, sobald er sich hören läßt!"

Die Zeit des Winterschlafes brach an und ein Geist legte sich nach dem andern nieder und schlief ein. Wassamo unterhielt sich so gut, wie es unter den Umständen möglich war. Seine Verwandten standen während des ganzen Winters nur einmal auf und dann sagten sie, es sei Mitternacht und legten sich auf die andere Seite.

„Schwiegersohn", sagte der Alte, „nach einigen Tagen darfst du mit deinem Weibe nach deiner Heimat gehen und deine Angehörigen besuchen. Du kannst ein ganzes Jahr lang wegbleiben, aber nach dieser Zeit erwarte ich dich bestimmt wieder hier. Wenn du vor dein Dorf kommst, so lasse deine Frau zurück, und wenn du gut aufgenommen wirst, dann schicke nach ihr. Mache dir keine Gedanken darüber, wenn sie während eines Gewitters verschwindet. Währenddem du schläfst, wird sie arbeiten. Der Weg nach deiner Heimat ist kurz, und wenn du dort angekommen bist, dann vergiß auch meinen Wunsch in Bezug auf den Tabak nicht."

Bald danach reiste Waffamo mit seiner Frau ab. Sie ging voraus und führte ihn unter dem See hindurch nach den Sandbänken in der Nähe seines Dorfes. Dort ließ er sie allein.

Dem Ersten, dem Waffamo begegnete, war sein Vetter. „O Netawis!" rief dieser, „du kommst gerade noch zur rechten Zeit, um mein Leben zu retten; denn man hat mich angeklagt, daß ich dich ermordet habe!"

Sogleich gingen Beide zu den Eltern Waffamo's, und nachdem der Wieder= gefundene seine Erlebnisse erzählt hatte, gingen die Frauen hinaus vor das Dorf und holten das fremde Weib. Sie thaten ihr Alles zu Gefallen und waren ganz erstaunt über ihre weiße Hautfarbe. Die Indianer veranstalteten ein großes Fest und opferten dem Geiste der Dünen ganze Haufen Tabak.

Als es Winter ward, mußte Waffamo seiner Frau einen besonderen Schlafplatz herrichten und ihr versprechen, darauf zu sehen, daß Niemand in ihre Nähe käme.

Sobald der Frühling kam, erwachte sie wieder, verrichtete ihre häus= lichen Arbeiten und half Zucker bereiten.

Nun bereiteten sich die Indianer auf einen Jagdzug vor und schleppten eine Masse Tabak herbei, um ihn dem Schwiegervater Waffamo's zu opfern, damit er ihnen Glück und ein langes Leben beschere. Der Tabak wurde in zwei große Säcke von Hirschhaut gethan und Waffamo zur Weiterbeförderung übergeben.

Dieser nahm darauf von seinen Bekannten Abschied und begab sich mit seiner Frau auf die Reise zu seinem Schwiegervater. Nur Netawis begleitete ihn, denn er wünschte ebenfalls nach dem Geisterreiche zu gehen. Doch Waffamo erklärte ihm, daß dies von den Geistern abhinge, die ihn vorher mit den nöthigen Eigenschaften beschenken müßten. Darauf nahmen sie zärtlichen Ab= schied von einander.

Der alte Geist freute sich ungemein, seinen Schwiegersohn mit seiner Frau wieder wohlbehalten bei sich zu sehen. Sie gaben ihm den Tabak und theilten ihm die Wünsche der Geber mit, worauf er erwiederte, daß er sich die Sache überlege, zuerst aber alle seine Freunde einladen wolle, mit ihm zu rauchen.

„Ich werde meine Geisterfreunde einladen", sagte er, „und darunter sind einige böse Manitos, vor denen du dich in Acht nehmen mußt; besonders mußt du dich vor dem hüten, der einst meine Tochter zur Frau begehrte. Wenn sie hier sind, so bleibe stets nahe bei deiner Frau sitzen, denn sonst möchte er sie von dir wegreißen!"

Gegen Mittag kamen die Geister aus allen Theilen der Welt. Als der Schutzgeist der Ottawäer kam, lächelte er ihn freundlich an. Als der Geist der Wasserfälle kam, entstand ein Donnern und Rauschen, daß die Hütte erbebte.

„Brüder", hub Wassamo's Schwiegervater an, „ich habe euch eingeladen, damit ihr die schönen Sachen, welche mir die Kinder der Erde geschenkt haben, mit mir theilen könnt. Ihre Wünsche sind bescheiden; sollen wir sie ihnen gewähren? Dort steht mein Schwiegersohn; er ist ein Sterblicher, doch ich wünsche, daß wir ihn in unsere Gemeinschaft aufnehmen!"

„Ja!" schrieen die Geister einstimmig, und jeder ließ sich seinen Antheil Tabak geben. Als der Geist der Inseln an Wassamo vorbeiging, sah er ihn grimmig an.

„Es wird ihm doch zu schwer, seinen Zorn zu verbergen", meinte der Schutzgeist der Ottawäer.

Als die Geister wieder fort waren, sprach der Alte zu Wassamo: „Gehe mit deinem Weibe noch einmal zu deinen Leuten und sage ihnen, daß ich ihre Gebete erhört habe. Bleibe aber nicht lange."

Wassamo that also. „Ich nehme jetzt Abschied auf immer", sagte er zu seinen Bekannten, und diese begleiteten ihn dann nach den Dünen. Dort setzten sie sich hin und Wassamo watete mit seiner Frau ins Wasser. Zuletzt schlossen sich die Wellen über ihnen. Ihre Freunde weinten, und als sie noch einmal nach der Stelle blickten, wo sie verschwunden waren, sahen sie eine rothe Flamme aus dem Wasser hervorschießen.

Der gute und der böse Geist.

In einer reichen und schönen Gegend wohnte in Gestalt eines Indianers ein blutdürstiger Manito, der nur von Menschenfleisch lebte, trotzdem Wild und Fische in Hülle und Fülle vorhanden waren. Das ehemals sehr bevölkerte Land ward infolge dessen fast ganz menschenleer; denn es verging kein Tag, an dem er nicht mindestens zwei Männer abschlachtete.

Das Geheimniß seiner Macht beruhte in seiner merkwürdigen Schnelligkeit im Laufen. Er konnte die Gestalt irgend eines schnellfüßigen Thieres annehmen und forderte daher Jeden, den er sah, zum Wettlaufen heraus. Vor seiner Hütte stand eine große Stange, an der ein Messer hing. Von dieser Stange aus wurde gelaufen und wer daselbst zuerst wieder ankam, hatte das Recht, seinem Gegner den Kopf abzuschneiden.

Das ganze Land fürchtete sich vor ihm, und wenn sich Jemand weigerte, mit ihm zu laufen, so nannte er ihn Feigling, und dieser Schimpf war für die Meisten schwerer zu ertragen als der Tod.

Sonst führte sich der Manito wie ein anständiger Mensch auf; er hatte

sogar ein einschmeichelndes Wesen und besuchte häufig die benachbarten Wigwams. Der Zweck dieser Besuche war jedoch, auszufinden, ob junge Männer
da seien, die er zum Laufen herausfordern könne.

Nicht weit von ihm wohnte auch eine Wittwe mit ihren beiden Kindern,
einem Mädchen und einem Knaben, welch Letzterer ungefähr zehn oder zwölf
Jahre alt sein mochte. Sein Vater und seine zehn Brüder hatten durch den
Manito ihr Leben verloren, und jener Bösewicht erwartete nun mit Schmerzen
die Zeit, wo er der Wittwe ihre letzte Stütze entreißen könne.

Als die Tochter nun eines Tages ausging, um dürres Holz zu sammeln,
erblickte sie einen schönen, jungen Mann, der sie in ihrer Sprache freundlich
anredete. Er unterhielt sich längere Zeit mit ihr und fragte sie zuletzt, ob sie
nicht seine Frau werden wolle. Das Mädchen gab keine Antwort und ging
mit dem Versprechen, am nächsten Tage wieder zu kommen, nach Hause. Ihre
Mutter fragte sie, weshalb sie so ungewöhnlich lange geblieben sei; doch sie
wollte mit der Sprache nicht recht heraus.

Am nächsten Tage kam der junge Mann im glänzenden Anzuge eines
Kriegers und ging mit dem Mädchen nach ihrer Hütte. Ihre Mutter hieß
ihn niedersitzen und betrachtete die Beiden von diesem Augenblicke an als
Mann und Frau.

Kurz danach fragte der Fremde nach Pfeil und Bogen der Erschlagenen
und als er dieselben erhalten hatte, ging er fort auf die Jagd. Sobald er
im Walde war, verwandelte er sich in ein Rebhuhn, und am Abend war er
mit zwei fetten Hirschen vor dem Wigwam seiner Schwiegermutter.

Eines Tages sagte ihm nun die Frau, daß sie der Manito besuchen
wolle. „Ich werde währenddessen auf die Jagd gehen", erwiederte er; „aber
sobald er weg ist, komme ich wieder zurück."

Danach verwandelte er sich wieder in einen Vogel und setzte sich auf
einen Baum, um den Zauberer zu beobachten.

Sobald derselbe in die Hütte trat, sprach er: „Ei, Frau, wer versieht
euch denn mit so vielem Fleische?"

„Ach", erwiederte sie, „du willst dich nur über meine hülflose Lage lustig
machen; wer würde sich wol zu mir verlaufen, um mir Fleisch zu bringen!"

„Ich werde an einem andern Tage wieder kommen und mich überzeugen,
ob dein Sohn schon ein tüchtiger Jäger geworden ist!" Danach verließ er
die Hütte und der Fremde kehrte zurück. „Das nächste Mal", sagte er, „wenn
er wieder kommt, werde ich auch hier sein."

Darauf erzählten sie ihm von seiner Grausamkeit und von seinem Blut-
durste; doch der junge Mann erklärte sich bereit, den Wettlauf mit ihm zu
irgend einer Zeit anzutreten.

An dem Tage, welchen der Manito für seinen nächsten Besuch bestimmt

hatte, zog der junge Mann seinen Kriegsanzug an und bemalte sich das Ge=
sicht mit rother Farbe, um zu zeigen, daß er sich nicht fürchte.

„Ich habe mir doch gleich gedacht", sagte der Zauberer zu der Wittwe,
als er eintrat, „daß ein Fremder bei dir ist; denn dein Sohn ist zur Jagd
noch viel zu jung!"   Doch sie erwiederte kein Wort darauf, und der Manito
ließ sich mit ihrem Schwiegersohn in ein Gespräch ein. Beide lachten und
scherzten und zuletzt kamen sie überein, am nächsten Tage ein Wettlaufen zu
veranstalten.   Der junge Mann zeigte zwar wenig Lust dazu, doch der Ma=
nito meinte, es sei ja eine Kleinigkeit, einen Greis, wie er sei, zu besiegen.

Darauf ward der Manito zum Essen eingeladen, das die junge Frau in=
zwischen bereitet hatte. Es wurde blos eine Schüssel gebraucht und der Fremde,
wie er gewöhnlich genannt wurde, aß zuerst daraus, damit sein Gegner nicht
etwa Argwohn schöpfe, daß er ihn vergiften wolle. Dann nahm der Manito
die Schüssel und leerte sie. Doch kam ihm dabei ein kleiner Knochen in die
Luftröhre, worauf er husten mußte.

Am folgenden Tage machte sich der Fremde auf den Weg, den Manito
zu besuchen. Die Hütte desselben stand auf einer Anhöhe, die außer ihm noch
einige andere Leute bewohnten.

„Ehe wir anfangen zu laufen", sagte der Alte, „muß ich dir mittheilen,
daß es meine Gewohnheit ist, stets mein Leben gegen das meines Gegners zu
wetten!"

Der junge Mann war's zufrieden und Beide begannen auf ein gegebenes
Zeichen ihren Lauf.   Der Manito verwandelte sich gleich in einen Fuchs, und
als dies der Fremde sah, verwandelte er sich in einen Vogel und flog ihm
voraus. Danach nahm der Manito die Gestalt eines Wolfes an, aber er
konnte keinen Vorsprung gewinnen. Er nahm noch mehrere andere Gestalten
an, aber der junge Mann neckte ihn beständig und fragte, ob er denn nicht
schneller laufen könne. Als er nahe am Ziele war, rief ihm der noch weit
entfernte Manito zu: „Halt ein, lieber Freund! Ich habe dir etwas zu
sagen!"

„Ich werde dir dort an der Stange Rede stehen!" antwortete jener;
„es ist meine Gewohnheit, stets mein Leben gegen das meines Gegners zu
wetten!"

„Freund", sprach der Manito kläglich, „schenke mir das Leben!"

„Wie du gegen Andere gehandelt hast, so soll es dir auch ergehen!" war
die Antwort und in demselben Augenblicke tanzte auch schon sein Kopf auf der
Erde. Die Zuschauer griffen zu ihren Messern und schnitten unter Freuden=
geschrei den Körper des Manito in tausend Stücke.

Darauf ließ sich der Fremde in die Hütte des Todten führen, die bis
dahin noch kein Mensch betreten hatte. Dieselbe bestand aus drei Theilen;

der erſte war wie eine gewöhnliche Indianerwohnung eingerichtet; im zweiten befand ſich eine Mauer aus menſchlichen Schädeln und Knochen und an der Decke hingen zwei Leichname zum Trocknen. Im dritten Theile der Hütte lagen zwei ſchlangenartige Ungeheuer, von denen das eine die Frau und das andere der Sohn des Manito zu ſein ſchienen. Da die Oeffnung, durch die ſie aus der Erde hervorgekrochen waren, verſtopft war, ſo konnten ſie nicht ſchnell entfliehen und mußten ſich in ihr Schickſal fügen. Der junge Mann ſchlug ihnen die Köpfe ab und zündete dann die Hütte an. Als der Rauch in die Höhe ſtieg, ſah man beſtändig feurige Schlangen darin züngeln.

Danach ſchoß der Fremde drei Zauberpfeile in die Luft und als er dabei zum dritten Male „ſteht auf!" gerufen hatte, belebten ſich die Schädel und Knochen und fügten ſich wieder zuſammen.

Die wieder zum Leben erweckten Menſchen dankten ihm und drückten ihm freudig die Hand. „Meine Freunde", ſagte er, „der Große Geiſt, der über den Wolken wohnt, hat die Grauſamkeiten des Manito geſehen und mir die Kraft verliehen, ihn zu tödten. Durch ihn habe ich es auch, das Leben wiederzugeben. Am Ende der Welt werden alle Menſchen auferſtehen und ſich auf den glücklichen Jagdgründen verſammeln. Ich werde nur noch kurze Zeit unter euch bleiben; denn ich muß bald wieder nach dem Orte zurück- kehren, von dem ich gekommen bin. Aber ehe ich abreiſe, werde ich euch noch Lehren geben, deren Befolgung euch glücklich machen wird."

Darauf folgten ſie ihm vor die Hütte der Wittwe und lauſchten lange ſeinen Worten. Er lehrte ſie Künſte und den Ackerbau und ſie bauten in der Nähe eine große Stadt. Als dieſelbe fertig war und Alles zu blühen und gedeihen ſchien, verſchwand der Fremde in den Wolken. Seine Frau ließ er zurück mit der Bemerkung, daß ſie in Zukunft die Leute mit Rath unterſtützen ſolle.

Owaſſo und Wayoond.

Owaſſo und Wayoond waren die Söhne des Donners. Ihr Vater hatte viel durch die Wendigos oder Menſchenfreſſer zu leiden gehabt und war frühe geſtorben.

Owaſſo, der ältere, ſorgte für ſeinen Bruder, der noch nicht ſtark genug war, um auf die Jagd gehen zu können.

Eines Tages waren ſie am Seeufer und ſpielten Ball; dies ſah ein böſer Manito von ſeinem Kanoe aus. Die Knaben gefielen ihm. „Wenn doch nur ihr Ball", dachte er, „in mein Boot fiele; dann könnte ich doch einen von ihnen fangen." Es dauerte nicht lange, ſo war ſein Wunſch erfüllt, und die Knaben baten ihn, doch ans Ufer zu rudern. „Nein", erwiederte er, „ihr müßt euch den Ball ſelbſt holen!" Doch ruderte er wenigſtens ſo nahe ans

Ufer, daß der älteste an ihn heran waten konnte. Als Owasso den Ball nehmen wollte, zog ihn der Manito ins Kanoe und fuhr mit ihm mit Blitzesschnelle nach seiner Hütte.

„Mädchen", sagte er dort zu seiner ältesten Tochter, „ich habe dir einen Mann gebracht!" Das junge Mädchen lächelte freudig und setzte sich an Owasso's Seite.

Die jungen Gatten lebten sehr glücklich mit einander.

Nach geraumer Zeit sagte der alte Zauberer zu seinem Schwiegersohne, er möge mit ihm fischen gehen. Derselbe war damit einverstanden, und als sie auf dem Wasser waren und er gerade einen großen Stör gespeert hatte und ihn herausziehen wollte, stieß ihn der Manito ins Wasser, damit er darin seinen Tod fände. Doch Owasso verstand sich auch auf Zauberei und befahl dem Stör, ihn nach Hause zu tragen. Derselbe gehorchte auch. Dort angekommen, warf ihn der junge Mann aufs Land und gab ihn seiner Frau, die ihn augenblicklich kochte.

„Siehe, dort kommt dein Großvater", sagte Owasso's Frau zu ihrem Sohne, „geh ihm entgegen und bring' ihm ein Stück von diesem Fische!"

Der Knabe lief fort, und als ihn der Alte fragte, woher er diesen Fisch habe, sagte er, sein Vater habe ihn gebracht.

Dies war ihm nun durchaus keine angenehme Nachricht; doch er ging ruhig in die Hütte und that, als sei gar nichts vorgefallen.

Nach einigen Tagen fragte der Zauberer seinen Schwiegersohn, ob er nicht mit ihm gehen wolle, Möveneier zu sammeln.

„Gewiß!" erwiederte dieser und stieg mit ihm in das Boot.

Als sie an eine einsame Insel kamen, sprach der Alte: „Gehe ans Ufer und hole so viele Eier, wie du nur tragen kannst!"

Owasso folgte und als er so recht am Sammeln war, rief der Magier: „Möven, ich habe schon seit langer Zeit gewünscht, euch etwas zu opfern; nehmt den jungen Mann und laßt ihn euch gut schmecken!" Darauf ließ er ihn allein und fuhr ab.

Augenblicklich stürzte ein Schwarm von Möven auf ihn ein; doch Owasso blieb ganz ruhig und sprach zu ihnen: „Der Große Geist hat die Menschen nicht zur Speise für die Vögel geschaffen; folgt mir nun und tragt mich nach der Hütte des alten Zauberers!"

Dies geschah denn auch gleich. Als Owasso zu Hause angekommen war, tödtete er zwei Möven und gab ihre Federn seinem Sohne.

„Woher hast du denn diese Federn?" fragte ihn der Großvater, als er ihn bei seiner Rückkunft vor dem Hause spielen sah.

„Mein Vater hat sie mir gegeben!" erwiederte er.

Nun ward es dem Alten doch allmählich unheimlich, aber er ließ nichts davon merken und lud nach einigen Wochen ſeinen Schwiegerſohn wieder ein, ihn zu begleiten.

Sie ſtiegen in das Boot und fuhren nach einer einſamen Inſel. Auf einem Baume daſelbſt bemerkte der Alte ein Adlerneſt und bat Owaſſo, doch zuzuſehen, ob keine Jungen darin ſeien. Derſelbe gehorchte; doch als er auf dem Baume war, ſchrie der Alte laut: „Adler, holt euch das Opfer, das ich euch verſprochen habe!"

Augenblicklich ſtürzten die Adler von allen Seiten auf Owaſſo ein; aber ſie thaten ihm nichts zu Leide, ſondern trugen ihn durch die Luft nach Hauſe.

Als dies der Zauberer ſah, ward er um ſeine eigene Sicherheit ſehr beſorgt; denn es war ihm nur noch ein Mittel übrig geblieben, und wenn dies nichts half, ſo war er unrettbar verloren.

An demſelben Abend ſaß Owaſſo mit ſeiner Frau am Ufer und hörte dort die Stimme ſeines Bruders, konnte ihn aber nicht ſehen. Traurig lauſchte er den wohlbekannten Tönen, aber er ſprach kein Wort. Als dies ſeine Frau ſah, machte ſie ihm den Vorſchlag, die Hütte des Alten am nächſten Morgen zu verlaſſen und zu ſeinem Bruder zu ziehen. Danach beſchloſſen ſie dann, daß die jüngere Schweſter den Vater kämmen ſolle, wobei er ſicherlich einſchlafen würde, und dann könnten ſie ungehindert entfliehen.

Der Plan gelang. Kaum aber hatte Owaſſo das jenſeitige Ufer erreicht, da erwachte der Manito und rief nach ſeinem Boote, das ſeinem Rufe auch mit Blitzesſchnelle folgte und mit dem jungen Paare darin dem Wigwam zuflog.

Der Zauberer ſagte kein Wort und ließ ſeinen Schwiegerſohn lange Zeit in Ruhe.

Als es Winter geworden war, bat Owaſſo den Alten, mit ihm auf die Jagd zu gehen, wozu jener auch gleich bereit war. Sie gingen fort und da ſie unterwegs die Nacht überraſchte, ſo bauten ſie eine Hütte und machten ein Feuer an. Dann hingen ſie ihre Mokkaſſins und Beinkleider zum Trocknen auf und legten ſich ſchlafen. Zur Mitternacht ſtand jedoch der junge Mann leiſe auf und hing ſeine Kleider an die Stelle, wo der Manito die ſeinigen hingehangen hatte.

Als der Alte gegen Morgen erwachte und ſah, daß ſein Schwiegerſohn noch feſt ſchlief, nahm er deſſen Kleider und warf ſie ins Feuer. „Owaſſo", rief er nach einer Weile, „deine Kleider ſind ins Feuer gefallen und verbrennen!"

„O", erwiederte jener, „meine Kleider hängen ja noch da; es müſſen wol deine ſein!"

Danach zog er ſeine Kleider an, ging alsdann nach Hauſe und ließ den Zauberer zurück.

Er ſetzte ſich mit ſeiner Familie und Schwägerin in ein Boot und ruderte der Stelle zu, wo er ſeinen Bruder zu finden glaubte. Bald hörten sie seine Stimme wieder. „Bruder", rief er, „seitdem du mich verlassen hast, bin ich halb zu einem Wolfe geworden!"

Owasso sah ihn endlich, aber er konnte ihn nicht bereden, in seine Nähe zu kommen. Er lief ihm nach; doch Wayoond verschwand im Walde.

Nun bauten sie sich eine Hütte und richteten sich auf einen langen Aufenthalt ein. Der Wolf ließ sich häufig vor ihrer Thür sehen und sie legten ihm auch stets ein großes Stück Fleisch hin.

Owasso's Schwägerin, die gern einen Mann gehabt hätte, grub nun ein Loch an die Stelle, wohin sie gewöhnlich das Fleisch für Wayoond legte, und bedeckte es sorgfältig mit Reisig. Ihre List gelang; denn bald saß Owasso's Bruder darin gefangen. Auch erhielt er durch die Zauberkraft Owasso's seine vollständige Menschengestalt wieder und nahm seine Schwägerin zur Frau.

Sie lebten lange glücklich beisammen; doch stiegen Owasso und Wayoond eines Tages auf einen hohen Berg, von dem sie nicht mehr herunterkamen.

Die Indianer sagen, ihr Vater habe sie zu sich genommen und mit ihrer Hülfe die Welt von allen Wendigos und Manitos gesäubert.

Kosmogonie der Irokesen.

Die Irokesen erzählen, daß es früher zwei Erden, eine obere und eine untere, gab und daß die erstere von menschenähnlichen Geschöpfen, die andere aber von im Wasser lebenden Ungeheuern bewohnt gewesen sei. Ehe die Menschen nach der Unterwelt kamen, mußte ihnen eine Göttin vorausgehen, um dort Alles wohnlich für sie einzurichten.

Diese Göttin ließ sich auf dem Rücken einer Schildkröte nieder und gebar dort Zwillinge, wonach sich die Schildkröte in einen Erdtheil ausdehnte, welchen die Onandagas Aonao oder Insel nannten. Kurz darauf starb die Mutter. Das eine der Kinder hieß Inigohatea oder der böse Geist und das andere Inigorio oder der gute Geist.

Das Erste, was Inigorio that, war, daß er die Sonne schuf und zwar aus dem Kopfe seiner Mutter. Aus den anderen Theilen ihres Körpers machte er den Mond und die Sterne. Das Licht derselben trieb die Ungeheuer in die Tiefe des Wassers. Danach schuf er die Ebenen, Wälder und Flüsse und füllte sie mit Thieren. Auch machte er aus Erde einen Mann und eine Frau und hauchte ihnen Leben ein.

Inzwischen schuf der böse Geist Berge, Wasserfälle, Moräste und andere Hindernisse, sowie Schlangen, Affen und anderes dem Menschen lästiges Gethier. Auch versuchte er die Landthiere im Erdboden zu verstecken, damit die Menschen verhungern sollten, so daß sich der gute Geist zuletzt veranlaßt sah, seinem Bruder den Krieg zu erklären. Das Gefecht dauerte zwei Tage;

der Eine focht mit Hirschhörnern und der Andere mit den Wurzeln der Schwertlilie.

Jnigorio blieb Sieger; sein Bruder flüchtete sich in einen Abgrund und lebt daselbst als Klnneolux oder Teufel.

Späterhin zog sich der gute Geist wieder von der Erde zurück.

Fliegende Köpfe.

Die ersten Feinde, welche sich mit den Irokesen maßen, waren die fliegenden Köpfe. Dieselben flogen wie Sternschnuppen durch die Luft, waren fast ganz mit Haar umgeben und von ungeheurer Größe. Keine menschliche Kraft konnte ihnen erfolgreich entgegentreten. Die Medizinmänner sagten, ihr Ursprung sei geheimnißvoll und es läge nur an ihnen, sie durch ihr Künste zu vertreiben.

Nun flog eines Abends ein solches Ungeheuer in einen Wigwam, der von einer Frau nebst ihrer Tochter bewohnt war. Dieselben rösteten Eicheln im Feuer und nahmen eine nach der andern heraus und aßen sie. Der fliegende Kopf erstaunte darüber, daß diese Leute Kohlen aßen, und theilte dies seinen Kameraden mit, die nun nichts mehr mit den schrecklichen Irokesen zu thun haben wollten.

Die Seeschlange und die Steinriesen.

Als die fliegenden Köpfe verschwunden waren, erschien eine neue Plage in Gestalt einer großen Seeschlange, die sich zwischen die Dörfer legte und so den Verkehr der Stämme mit einander hinderte. Wo sie sich nur sehen ließ, richtete sie großes Unheil an. Während die Irokesen berathschlagten, wie sie diesen schrecklichen Feind am sichersten aus dem Wege räumten, erschien auf einmal ein noch viel schrecklicherer Feind auf dem Schauplatze, nämlich die sogenannten Steinriesen. Diese waren groß, stark und so tapfer, daß jeder Widerstand vergeblich war. Auch waren sie Kannibalen und aßen alle Männer, Frauen und Kinder auf, deren sie nur habhaft werden konnten.

Diese Riesen kamen aus dem Nordwesten; sie hatten sich früher von ihrem Stamme getrennt und waren so verwildert, daß sie zuerst rohes Fleisch und zuletzt nur noch Menschenfleisch aßen. Ihre Haut hatten sie durch langjähriges Wälzen im Sande so hart gemacht, daß jeder Pfeil daran abprallte. Da die Irokesen nicht wußten, wie sie jenen Feinden begegnen sollten, so gruben sie Löcher in die Erde und wohnten mehrere Jahre darin.

Als sie nun einst der Große Geist besuchte und ihre bedrängte Lage ausfand, beschloß er, ihnen zu helfen. Er verwandelte sich zu diesem Zweck in einen noch viel mächtigeren Riesen und sagte den Menschenfressern, er wolle

13*

sie am nächsten Tage gegen ihre Feinde führen. Dies waren die Riesen gleich zufrieden und machten sich marschbereit.

Sie kamen am Abend in die Nähe des Hauptdorfes der Onandagas. „Legt euch hier in diesen Graben", sprach der Große Geist zu ihnen, „ich werde wachen und euch zur rechten Zeit wecken!"

Sobald die Riesen nun eingeschlafen waren, warf der Große Geist eine Masse schwerer Felsen auf sie, so daß sie nicht mehr aufstehen konnten und also elendiglich ihr Leben einbüßten. Die große Seeschlange wurde kurz nachher von einem Blitze erschlagen.

Die Kirchhofsschlange und der Kornriese.

Die Seneka-Indianer wohnten früher, wie die Sage geht, am Tschippewä- flusse, nicht weit von den Niagarafällen in Canada. Dort hatten sie eines Jahres viel durch allerlei Krankheiten auszustehen, wozu auch noch das Unglück kam, daß das Korn, das sie gepflanzt hatten, nicht gerieth.

Nun träumte einst einer ihrer Propheten, daß eine große Schlange unter dem Dorfe mit dem Kopfe gegen den Kirchhof liege; dieselbe nähre sich von den Körpern der Todten und verpeste durch ihren Athem die Luft. Auch habe sich ein Riese in den Feldern versteckt, der alles Korn auffresse.

Darauf beschlossen die Senekas auszuwandern, und als dies die große Schlange merkte, schwamm sie ihnen im Flusse nach. Da sie ungeheuer groß war, so riß sie das Land an beiden Seiten weg und vergrößerte dadurch den Fluß, besonders gegen seine Mündung hin, ganz bedeutend. Doch die Indianer schossen beständig Pfeile auf sie ab und es gelang ihnen zuletzt, sie zu tödten.

Als späterhin einige nach ihrem alten Dorfe zurückgingen, sahen sie den Kornriesen im Sterben auf der Erde liegen; durch langes Fasten war er so mager geworden, daß nichts mehr außer Haut und Knochen an ihm war.

Eine andere Schlangengeschichte der Senekas.

Ein Knabe fing einst eine zweiköpfige Schlange, nahm sie mit nach Hause und that sie in eine Schachtel. Er fütterte sie jeden Tag mit jungen Vögeln, wodurch sie allmählich so groß wurde, daß er ihr einen andern Wohnplatz geben mußte.

Er setzte sie oben auf den Wigwam und fütterte sie regelmäßig weiter. Mit ihrer Größe wuchs nun auch ihr Appetit und zuletzt hatte das ganze Dorf nichts Anderes zu thun, als für den Unterhalt der Riesenschlange auf die Jagd zu gehen. Dies wurde den Leuten mit der Zeit natürlich zu lästig und da die Schlange nicht ging, so beschlossen Jene zu gehen.

Doch dies merkte das Ungethüm und legte sich rings um das Dorf, so daß es Niemand verlassen konnte. Sie schossen zahllose Pfeile erfolglos auf sie ab; zuletzt aber zwang sie doch der Hunger, einen Ausfall zu wagen. Dabei wurden nun Alle, mit Ausnahme eines Kriegers und seiner Schwester, verschlungen.

Dieser Krieger träumte nun, daß, wenn er einen Pfeil mit dem Haare seiner Schwester bewickele und denselben auf das Herz der Schlange abschösse, er sie tödten würde. Der Krieger that es denn auch, und es dauerte nicht lange, so lag das Ungethüm in Todeskämpfen und spie alle verschlungenen Leute wohlbehalten wieder aus.

Die Entstehung des Gewitters.

Hoch in der Luft, so hoch, wie kein Auge reicht, fliegt nach der Sage der Dakotahs beständig ein Adler von unbeschreiblicher Größe auf und ab. Auf seinem Rücken trägt er einen breiten See. Sobald er die gute Laune verliert, schlägt er wild mit den Flügeln um sich, wonach der Donner über die Prairie hinrollt. Wenn er mit den Augen winkt, blitzt es; und wenn er den Schwanz bewegt, strömt der Regen aus dem See auf seinem Rücken hernieder.

Yehl.

Zur Zeit, als noch Alles dunkel war und man die Welt noch nicht gefunden hatte, lebte ein Thlinket-Indianer in Alaska mit seiner Frau und Schwägerin. Er liebte seine Frau so sehr, daß er alle Arbeiten für sie that, wogegen sie ihm versprechen mußte, mit keinem fremden Manne zu sprechen. Sie wurde von acht kleinen, rothen Vögeln bewacht und diese erzählten eines Tages ihrem Manne, daß sie sie in Gesellschaft eines Fremden gesehen hätten. Darüber ward der Gemahl zornig und als er das nächste Mal in den Wald ging, schloß er vorher seine Frau in eine Kiste ein und tödtete alle Kinder seiner Schwester, weil diese sie beständig ansahen.

Die kinderlose Mutter lief traurig an das Seeufer und klagte den Wellen ihr Leid. Als dies ein Walfisch sah und den Grund ihrer Klagen hörte, sagte er, sie solle einen Kieselstein verschlucken und Seewasser trinken. Nach acht Monaten schenkte sie einem Sohne das Leben, den sie sorgfältig vor ihrem Bruder versteckte. Als er groß war, tödtete er eine Masse großer Vögel und machte sich aus deren Federn Flügel, mit denen er überallhin fliegen konnte. Seiner Mutter fertigte er einen kostbaren Mantel aus den Flügeln von Kolibris.

Zu dieser Zeit hielt ein reicher Häuptling die Sonne, den Mond und die Sterne in verschiedenen Kisten aufbewahrt, die Niemand anrühren durfte. Yehl hörte davon und beschloß, sich in ihren Besitz zu setzen.

Dieser Häuptling hatte nun eine Tochter, welche Yehl liebte. In Gestalt eines Grashalms ließ er sich von ihr aufessen und zeigte sich späterhin in seiner wahren Gestalt. Ihr Vater hatte solche Freude an ihm, daß er ihm jeden Gefallen that.

Nun fing Yehl eines Tages an, bitterlich zu weinen, und war nicht eher ruhig, bis ihm der Alte eine von seinen werthvollen Kisten schenkte. Er ging vor die Thür und spielte damit; sobald er sich aber unbemerkt sah, öffnete er sie und augenblicklich erglänzte der Himmel voller Sterne.

Der alte Häuptling ärgerte sich sehr darüber, sagte seinem Liebling jedoch kein rauhes Wort und ließ sich bald danach sogar auch noch die zweite Kiste, welche den Mond enthielt, in ähnlicher Weise abschwätzen.

Mit der dritten Kiste ging er aber sorgfältiger zu Werke und nur der Umstand, daß Yehl todtkrank zu sein vorgab und jede Speise verweigerte, konnte ihn bewegen, ihm noch zuletzt eine große Freude zu machen.

Yehl verwandelte sich darauf in einen Adler und flog mit der Kiste hinauf nach dem Himmel und ließ dort die Sonne heraus. Doch die Menschen waren an das Licht noch nicht gewöhnt und flüchteten sich daher in die Gebirge und in das Wasser und wurden dort zu Thieren.

Eine Sintflutsage der Thlinkets.

Als die große Flut die Erde überschwemmte, wurden nur wenige Menschen auf einem Balken gerettet. Sobald sich das Wasser wieder zurückzog, brach dieser Balken entzwei und von den Leuten auf der einen Hälfte stammen die Thlinkets und von denen auf der andern die übrigen Völker der Erde ab.

Als die Flut anfing zu steigen, ward Chethl von seiner Schwester, welche Ah-gisch-an-akhan oder die „Frau unter der Welt" hieß, getrennt, und er sagte in diesem Augenblicke zu ihr: „Du wirst mich nie wieder sehen; aber so lange wie ich lebe, wirst du meine Stimme hören!"

Darauf zog er die Haut eines Riesenvogels an und verschwand im Westen.

Seine Schwester stieg auf den Berg Edgekumbe bei Sitka, und sobald sie oben auf dem Gipfel stand, öffnete sich der Berg und verschlang sie. Der Krater, welcher sich damals bildete, ist heute noch zu sehen.

Als sie sich unter der Erde befand, stellte sie einen großen Pfeiler darunter, damit sie in Zukunft nicht mehr vom Wasser überschwemmt würde. Etliche böse Geister, welche die Menschen hassen, rütteln zuweilen an jenem Pfeiler, aber die Frau ist beständig auf der Hut, damit die Erde nicht mehr untersinkt.

Chethl besucht häufig in Gestalt eines großen Vogels den Krater in dem Berge Edgekumbe und verzehrt daselbst die Walfische, die er gefangen hat.

Sobald er seine Flügel schlägt, donnert es, und wenn er mit den Augen blinzelt, blitzt es.

Knorr, Aus dem Wigwam.   Leipzig: Verlag von Otto Spamer.

Das Bündniß mit dem Teufel.

Indianer-Lager.

Zwanzig Sagen.

Mitgetheilt von Kah-ge-ga-gah-bah.

Ein Bündniß mit dem Teufel. Die Götter der Dakotah. Verwandlungen. Entstehung der feuerspeienden Berge. Entstehung der Rangunterschiede bei den Sak und Foxes. Das zukünftige Leben
der Tschippewäer. Vorbedeutungen. Kosmogonie der Sak- und Muskogi-Indianer. Entstehung der
Menschen nach Ansicht der Tschinuk-Indianer. Ein Medizinmann und sein Bruder. Der gute Geist
auf Rock Island. Eine Bärengeschichte. Die Vorfahren der Irokesen. Die Geschichte des Morgensternes. Warum der Bedancourtfluß in Canada auch Stinkfluß genannt wird. Das Sturmkind
Der Fluß der närrischen Frau. Der Fluß der kriegerischen Frau. Die Legende des Bald Mountain
in Nord-Carolina.

Ein Bündniß mit dem Teufel.

Ein ehrgeiziger Mann träumte einst, daß er am Seeufer spazieren
ging und das Wasser mit einem Stock schlug, wonach der Teufel
aus den Wellen emportauchte und ihm sagte, er könne ihm einen
jeden Wunsch gewähren. Da sich dieser Traum während derselben
Nacht zehnmal wiederholte, so ging der Indianer, sobald er erwacht
war, an das Ufer und schlug das Wasser mit einem Stocke. Sein Weib war
ihm heimlich gefolgt, da sie etwas Außergewöhnliches vermuthete.

Bald fing das Wasser an zu rauschen und zu steigen und ein großer, schrecklicher Riese tauchte empor und fragte: „Was willst du?"

„Unbeschränkte Macht und unermeßlichen Reichthum!" erwiederte der Indianer.

„Dafür aber mußt du mir jährlich den Theil deiner Schätze, der dir am liebsten ist, opfern; bist du's zufrieden?"

„Ich bin es!"

„Dann werde ich jedes Jahr dein ältestes Kind holen!"

Danach verschwand der Teufel. Doch er hielt sein Wort. Der Indianer gebot bald über unermeßlichen Reichthum und seine Befehle wurden weit und breit befolgt. Mit jedem Jahre kam der Wasserriese und holte sein ältestes Kind, und als er alle Kinder geholt hatte, holte er auch sein Weib.

Traurig lief nun der Mann ans Wasser und rief: „Ungeheuer, komm' und verschling' auch mich!"

„Nein", erwiederte der Teufel, „der Tod wäre viel zu gut für dich: du bist dazu verdammt, noch lange im Besitze deines Reichthums und Ansehens zu bleiben!"

Die Götter der Dakotah.

Unkatahe (Unktahe) ist der Gott des Wassers. Sein Name bedeutet außergewöhnliche Thatkraft, und die vielen Götter, welche denselben Namen führen, zeichnen sich durch ihre Stärke aus. Die Unkatahes sehen wie Ochsen aus, nur sind sie bedeutend größer und können Hörner und Schwanz bis hinauf in den Himmel strecken. In jenen Körpertheilen ist auch ihre Kraft enthalten. Der männliche Unkatahe wohnt im Wasser, der weibliche auf der Erde. Ersterer wird mit Großvater und Letzterer mit Großmutter angeredet. Der erste Unkatahe, der, wie Einige sagen, von Wakantanka selber, oder dem Großen Geiste aus einer Rippe geschaffen wurde, war männlichen und der zweite weiblichen Geschlechts. Von diesen Beiden stammen alle übrigen Unkatahes ab.

Den Unkatahes gesellt sich Wakeyan, der Donnergott, zu, derselbe besitzt die Gestalt eines riesigen Vogels; er fliegt stets in den schwärzesten Wolken. Es giebt vier Arten von Donnervögeln; die eine ist schwarz, hat einen langen Schnabel und an den Flügeln vier Glieder; die zweite ist gelb, hat gar keinen Schnabel und sechs große Federn an den Flügeln, die dritte ist gelb und hat acht Glieder an den Flügeln; die vierte ist blau und kugelförmig und hat weder Augen noch Ohren und nur zwei Federn zum Fliegen. An der Stelle der Augen sind zwei leuchtende Halbkreise, denen Blitze entströmen.

Am westlichen Ende der Erde befindet sich ein hoher Berg, auf dessen Spitze der Palast dieser Götterfamilie steht. Dieser Palast hat Eingänge von allen vier Himmelsgegenden und an den Thüren stehen Wächter. An der östlichen steht ein Schmetterling; an der westlichen ein Bär; an der nördlichen ein Hirsch und an der südlichen ein Biber. Jede dieser Schildwachen ist bis an den Kopf in ein rothes, weiches Federkleid gewickelt. Sie sind die Kriegsgötter, sind grausam, zerstörungssüchtig und leben mit den Unkatahes in ewiger Feindschaft.

Der Dritte im Bunde ist Takuschkanschkan oder der bewegende Gott. Dieser Gott ist zu fein, um mit den Sinnen wahrgenommen zu werden; er ist überall und beeinflußt den Instinkt, die Leidenschaft und den Verstand. Er kann einen Menschen seines Verstandes berauben und einem Thiere Vernunft einhauchen, und es kommt daher häufig vor, daß ein Jäger närrisch im Walde herumläuft, währenddem das Thier, das er schießen wollte, entflieht. Er freut sich sehr, wenn er die Menschen im Unglück sieht, und sieht sie besonders gern sterben. Er hält sich meistens in der Nähe großer Steinblöcke auf, weshalb dieselben auch von den Dakotahs verehrt werden. Auch wohnt er in den vier Winden und in dem geheiligten Speer und Tomahawk. Wir haben hierauf Tunkan oder Injan, den Steingott, zu verzeichnen. Derselbe wohnt in Steinen und Felsen und ist der älteste Gott, und zwar deshalb, weil er der härteste ist. Er wird in Gestalt eines ovalen Steines von der Größe eines Mannskopfes verehrt.

Von Hayoka, dem unnatürlichen Gotte, giebt es vier Arten, die in menschenähnlicher Gestalt auftreten und wenig von einander verschieden sind. Sie sind mit Pfeil und Bogen bewaffnet und haben Rasseln aus Hirschhufen. Einige haben auch Trommeln, die sie mit Schnäbeln kleiner Wakeyans schlagen.

Der Hayoka drückt seine Freude durch Seufzen und Stöhnen und das entgegengesetzte Gefühl durch Lachen und Singen aus. In der Hitze zittert er und hat Zähneklappern, und je größer die Kälte ist, desto mehr schwitzt er. Wenn alle Flüsse zu Eis erstarrt sind und ein schneidender Wind durch die Prairie braust, dann sucht der Hayoka auf einer Felsenhöhe Schutz, zieht sich nackend aus und fächert sich.

Im Sommer wickelt er sich in Pelze ein. Wenn er vor jeder Gefahr sicher ist, dann fürchtet er sich. Was bei den Menschen gut ist, ist bei ihm schlecht.

Sonne und Mond sind ebenfalls Gottheiten. Die Sonne wird durch einen festlichen Tanz verehrt und die Eidesformel lautet: So wahr mich die Sonne hört, es ist so! Der Mond wird als Stellvertreter der Sonne betrachtet.

Der Waffengott, welcher nun an die Reihe kommt, wohnt in den Waffen, die einem jungen Manne gegeben werden, wenn er als ebenbürtiger Krieger anerkannt wird. Der Waffengott ist der Geist irgend eines Thieres,

das der junge Mann nur dann erst schießen darf, nachdem er einen Feind ge=
tödtet hat; auch macht er sich häufig ein Bild von ihm und führt es beständig
bei sich, da er Glück davon erwartet.

Der Gott des Medizinsacks ist dem Waffengotte ähnlich und wird
bei der Aufnahme in den Orden des heiligen Tanzes mitgetheilt. Endlich ist
Wakantanka oder der Große Geist nicht der erste, sondern der letzte Gott,
der auch am wenigsten verehrt wird.

Verwandlungen.

Im Detroitflusse befinden sich mehrere kleine Inseln, die von den In=
dianern nur während des Winters besucht werden. Dort fangen die Indianer
Waschbären, deren es eine Unzahl giebt. Im Frühjahre betritt jedoch kein
Indianer jene Inseln, da sie von Schlangen wimmeln. Die Schlangen aber
sind verwandelte Waschbären, woher sich auch ihre große Menge erklärt.

Im Winter, wenn die Schlangen nicht gut leben können, nehmen sie
wieder die Gestalt der Waschbären an.

Die Entstehung der feuerspeienden Berge.

Die Indianer am Missouri erzählen, der böse Geist sei einst über die
Rothhäute so ergrimmt, daß er die Berge Feuer, Sand und große Steine aus=
speien ließ, um sie zu tödten. Doch der gute Geist erbarmte sich ihrer; er löschte
das Feuer aus und trieb den Teufel aus seinem Wohnsitze in den Bergen.

Sobald jedoch die Menschen wieder in ihren alten schlechten Lebenslauf
verfielen, erlaubte er dem bösen Geiste wieder zu kommen und Feuer aus den
Bergen zu speien; zeigten sie nun wieder Reue und besserten sich, so mußte sich
der Teufel wieder zurückziehen.

Entstehung der Rangunterschiede bei den Saks und Foxes.

Vor vielen, vielen Jahren hatten die Vorfahren der Sak= und Fox=Indianer
eine lange, breite Hütte, in deren Mitte vier Feuer brannten. An dem ersten
Feuer standen zwei Häuptlinge; der zur rechten Seite hieß der große Bär und
der zur linken der kleine Bär. Dies waren die Häuptlinge zur Zeit des Friedens.

Beim zweiten Feuer standen ebenfalls zwei Häuptlinge, nämlich der große
und der kleine Fuchs; dies waren die Kriegshäuptlinge oder die Feldherren.

Die Häuptlinge beim dritten Feuer hießen Wolf und Eule; die beim vierten
Eule und Schildkröte. Alle diese hatten sich im Kriege ausgezeichnet und waren
Männer von großem Einflusse in Kriegs= und Friedenszeiten.

Jene Hütte bestand lange Zeit; der so entstandene Rangunterschied ist bis
auf den heutigen Tag geblieben.

Das zukünftige Leben der Tschippewäer.

Das Paradies der Tschippewäer liegt im fernen Westen. Es ist voll von
Wild und die Bäume sind mit Früchten jeder Art beladen.

Wenn ein Indianer auf dem Schlachtfelde stirbt, so geht seine Seele direkt
nach jenem Lande. Die Seelen Derjenigen, die anderen Todesursachen unter=
lagen, müssen noch eine Zeit lang auf der Erde bleiben.

Vor dem Paradiese befindet sich eine gefährliche Brücke, die Jeder über=
schreiten muß. Krieger, Medizinmänner und Jäger haben dabei keine Schwierig=
keiten. Unter dieser Brücke befindet sich ein rauschender Strom und Derjenige,
der ein schlechter Jäger oder feiger Krieger gewesen ist, fällt entweder ins Wasser
oder er verirrt sich, nachdem er die Brücke überschritten hat, in ein ödes,
wüstes Land.

Dort sieht er weder Vogel noch Thier und er muß den bittersten Hunger
leiden.

Der begünstigte Indianer jedoch kommt ohne Hindernisse ins Paradies
und wird von dem Freudenruf seiner Freunde bewillkommt. Unzählige Thiere
sind in den Wäldern und die einzige Beschäftigung des Indianers besteht in
Essen, Trinken und Jagen.

Krankheit, Hunger, Müdigkeit und Tod sind dort unbekannte Dinge; die
Berge und Thäler sind immer grün und vom Winter weiß man nichts.

Vorbedeutungen.

„Unser Volk", erzählt Kah=ge=ga=gah=bah, „glaubt fest an Vorbedeu=
tungen. Das Heulen der Wölfe und Füchse, Unglück auf der Jagd, der Flug
seltener Vögel u. s. w. bedeuten nie etwas Gutes. Das Segeln des Adlers und
das Schreien eines Raben hingegen verkünden Glück.

Auch glauben wir an Träume. In denselben theilen uns die Geister ihre
Rathschläge mit, und wer dieselben befolgt, wird ein glücklicher Jäger und
Krieger. Ich fastete oft zwei, manchmal auch vier Tage. Alsdann mußte ich
morgens früh aufstehen und von Platz zu Platz wandern und die Gunst der
Götter, die sich mir in Gestalt von Vögeln und Thieren nahten, erflehen.

Wenn ich im Walde einschlief und träumte, so war ich sicher, daß die
Geister den Traum geschickt hatten.

Einstmals schlief ich mit den Gefährten unter einem Tannenbaum weit
von dem heimatlichen Wigwam entfernt. Da sah ich im Traume einen Mann,
der aus dem Osten kam und auf der Luft ging. Er sah mir ins Gesicht und
fragte: „Bist du hier?"

Ich antwortete: „Ja!"

„Siehst du diese Tanne?"

„Ja."

„Es ist ein großer und hoher Baum."

Der Baum reichte bis in den Himmel und seine Zweige verbreiteten sich über Land und Meer.

„Sieh' ihn an, während ich singe", fuhr er fort.

Darauf sang er; der Baum bewegte sich nach allen Seiten; die Erde barst ringsum und große Wellen erhoben sich auf dem Wasser. Sobald er aufhörte zu singen, war Alles wieder ruhig.

„Nun", sagte er, „singe, wie ich gesungen habe."

Ich sang:

> Ich gehe auf den Winden,
> Ich spreche in der Luft;
> Ich schüttele die Erde,
> Ich schüttele die Bäume,
> Ich rege auf das Wasser
> In jedem Land der Welt.

Während des Singens hörte ich den Wind sausen, sah den Baum sich hin und her bewegen und hörte das Rauschen der Wellen.

Dann sprach er: „Ich komme vom Aufgang der Sonne und werde dich wieder besuchen." Danach zog er sich zurück.

Diesen Traum erzählte ich später meinem Vater. „Mein Sohn", sagte dieser, „der Gott der Winde ist dir günstig gesinnt; der alte Baum bedeutet hohes Alter; der Wind zeigt an, daß du viel reisen mußt, und das Wasser, das du sahst, wird dein Kanoe sicher durch seine Wellen tragen!"

Kosmogonie der Sak- und Muskogi-Indianer.

Am Anfang schuf der Große Geist alle Thiere, die auf der Erde leben, und als er damit fertig war, machte er auch Menschen, die aber grausam und närrisch waren. Darauf gab er einem jeden Menschen das Herz eines der besten Thiere, doch sie blieben wie sie waren, so daß Gott sich genöthigt sah, ein Stück von sich abzuschneiden und daraus Herzen für sie zu machen. Danach wurden die Menschen klüger als alle Thiere.

Die Erde war zu dieser Zeit auch von unzähligen Jamwoi (Riesen) und Göttern bewohnt. Mit den Ersteren verbanden sich nun die Götter, welche unter dem Wasser hausten, um Wesukkä, den Häuptling der Götter auf der Oberwelt, zu stürzen. Aber sie fürchteten sich doch so sehr vor Wesukkä, daß sie nicht wagten, ihn in einer offenen Schlacht anzugreifen, und sie beschlossen daher, ihn zu einem Feste einzuladen und ihn dann meuchlings umzubringen.

Als sie nun deshalb einstmals eine Versammlung abhielten und gerade eine Deputation ernannt hatten, um Wesukkä die betreffende Einladung zu

bringen, bemerkten sie auf einmal dessen Bruder in ihrer Mitte. Da sie ver=
mutheten, er würde sie verrathen, ergriffen sie ihn und erschlugen ihn.

Als Wesukkä von dem Tode seines Bruders hörte, fing er an so laut zu
klagen, daß sich die Götter oben in den Wolken seiner erbarmten und beschlossen,
ihm beizustehen, jene Schandthat zu rächen. Die Götter der Unterwelt zogen
sich darauf in ihre tiefen Wohnungen zurück und ließen die Riesen allein.

Wesukkä griff also die verlassenen Jamwoi an, und nach kurzem Kampfe
lagen sie Alle erschlagen. Die Götter des Wassers zitterten an allen Gliedern,
als sie dies erfuhren, und baten Nanamakeh, den Gott des Donners, ihnen doch
beizustehen. Derselbe hatte denn auch Mitleid mit ihnen und ließ den Gott der
Kälte kommen, der Hagel, Sturm, Schnee und einen schrecklichen Frost auf die
Erde schicken mußte. Alles erstarrte und Wesukkä konnte nur wenige Menschen
und Thiere vor dem Tode schützen.

Kurz danach kamen die Götter der Unterwelt wieder hervor, und da sie
Wesukkä allein sahen, freuten sie sich und meinten, es sei ihnen nun ein Leichtes,
ihn umzubringen. Aber was sie auch versuchten, sie erreichten ihr Ziel nicht, da
Wesukkä stets hinter ihre Pläne kam und sie zur rechten Zeit vereitelte. Sie
fanden also aus, daß sie nicht auf der Oberfläche der Erde bleiben konnten, was
sie doch so gern gethan hätten, und da sie diesen Wohnplatz keinem Andern
gönnten, so baten sie den Gott des Donners, die Erde durch eine große Flut
zu zerstören.

Nanamakeh ließ also die Wolken zusammenkommen und befahl ihnen, die
Erde zu überschwemmen. Dies thaten sie denn auch, und bald ging das Wasser
über den höchsten Baum. Wesukkä aber hatte noch zur rechten Zeit Wind davon
bekommen und hatte aus einem Stücke Luft ein Schiff gemacht und ein
Menschenpaar und ein Paar von allen Thieren hineingethan. Eins dieser
Thiere mußte späterhin untertauchen und ein Klümpchen Erde holen, woraus
Wesukkä die jetzige Erde schuf.

Entstehung der Menschen nach Ansicht der Tschinuk-Indianer.

Die Tschinuk=Indianer erzählen, daß, als einst der alte Toolux (Südwind)
nach dem Norden wanderte, ihm die runzelige Quutshui, eine Riesin und Zau=
berin, begegnete. Er bat sie um etwas zu essen und sie gab ihm ein Netz und
sagte, er möge zusehen, ob er nicht einige Fische fangen könne. Er ging an das
Wasser, warf das Netz hinein und fing auf den ersten Zug einen kleinen Walfisch.

Als er nun denselben mit seinem Messer in Stücke schneiden wollte, rief
ihm das alte Weib zu: „Nimm eine scharfe Muschel und zerschneide den Fisch
der Länge nach und nicht kreuzweis!"

Doch Toolux bekümmerte sich nicht darum und zerschnitt den Fisch kreuz=
weis. Als er nun der Alten ein Stück bringen wollte, verwandelte sich der Fisch

plötzlich in einen Vogel, der so groß war, daß er die Sonne verdunkelte und daß von seinen Flügelschlägen die Erde erbebte.

Dieser Vogel, welchen die Indianer Hahneß nannten, flog nach dem Norden und ließ sich auf dem Saddlebackberge in der Nähe des Columbiaflusses nieder. Toolux und die alte Frau folgten ihm und als Quutshui eines Tages Beeren pflückte, fand sie sein Nest, in dem viele Eier lagen. Sie nahm dieselben und zerbrach sie; aus ihrem Inhalte entstand das ganze Menschengeschlecht.

Ein Medizinmann und sein Bruder.

Vor langer Zeit kam ein Medizinmann mit seinem Bruder aus dem Norden nach der Shoal-Waterbai, um Krebse zu fangen. Als der Bruder eines Tages im Wasser herumwatete, sank er in ein tiefes Loch und ward von einem Seeungeheuer verschlungen.

Der Medizinmann fand kraft seiner Zauberkünste bald aus, wo sein Bruder war, und bat die in der Umgegend wohnenden Riesen, ihm recht viele Steine zu bringen, was dieselben auch bereitwilligst thaten. Er sammelte während dieser Zeit trockenes Holz, legte dasselbe auf einen Haufen und ließ die Steine oben darauf werfen. Dann zündete er das Holz an und sobald die Steine glühend heiß waren, warf er sie in die Bai, und das Wasser verdampfte.

Wie nun der Doktor das Seeungeheuer sah, tödtete er es mit seiner Keule und schnitt ihm den Bauch auf, worauf sein Bruder wieder wohlbehalten herauskroch.

Späterhin beleidigten Beide einen Manito höheren Ranges und wurden dafür in zwei Felsen verwandelt, die heute noch bei Scarborough's Hill, in der Nähe von Chenook Point, zu sehen sind.

Der gute Geist auf Rock Island.

Rock Island im Missisippi war früher der Garten der Indianer, der sie reichlich mit Erdbeeren, Pflaumen, Aepfeln und Nüssen versah. Ein guter Geist beschützte die Insel; er wohnte in einer Felsenhöhle, sah aus wie ein Schwan, nur waren seine Flügel zehnmal größer. Die Indianer betraten nur mit der größten Vorsicht jene Insel und hüteten sich, den Vogel durch lautes Geschrei zu stören.

Sobald jedoch die Blaßgesichter ein Fort dorthin bauten, verschwand der heilige Vogel und ein böser Geist hat unzweifelhaft seine Stelle eingenommen.

Eine Bärengeschichte.

Ein Delaware-Indianer, erzählt Heckewelder, verwundete einst einen Bären, so daß sich derselbe nicht mehr vom Platze bewegen konnte und jämmerlich anfing zu klagen.

„Höre, Bär", redete ihn der Jäger an, „du bist ein Feigling und kein Krieger, wie du vorgiebst. Wärest du ein solcher, so würdest du dies durch Standhaftigkeit zeigen und jetzt nicht klagen, wie ein altes Weib. Du weißt, daß mein Stamm gegen deinen Krieg führt; du schleichst beständig an unseren Hütten herum und zerfleischst unsere Schweine; du hast vielleicht jetzt den Magen voll Schweinefleisch. Die Indianer sind jedoch zu stark für dich. Hättest du mich überwältigt, ich würde mich muthig in mein Schicksal fügen und wie ein Krieger sterben. Du aber sitzest hier und beschimpfst durch dein Weinen und feiges Benehmen dein ganzes Geschlecht!"

Als ihn Heckewelder darauf fragte, ob er wol glaube, der Bär habe ihn verstanden, erwiederte er: „O, er verstand mich sehr gut; merktest du denn nicht, wie er sich schämte, als ich ihn tadelte?"

Die Vorfahren der Irokesen.

Die Irokesen wohnten früher unter der Erde, wo es sehr dunkel war, da die Sonne ihre Strahlen nicht dorthin senden konnte. Sie lebten von Mäusen, die sie mit den Händen fingen.

Nun fand Einer von ihnen zufällig einst ein Loch, das ihn auf die Oberfläche der Erde leitete, woselbst er einen Hirsch tödtete. Er brachte denselben zurück, und da sein Fleisch Allen mundete und der Beschreibung des Indianers nach die Oberwelt viel schöner als die Unterwelt sein mußte, so ward beschlossen, den bisherigen Wohnort aufzugeben und auszuwandern.

Nur das Ferkelkaninchen ging nicht mit und lebt noch heutigen Tages größtentheils unter der Erde.

Die Geschichte des Morgensternes.

Der Morgenstern war früher, wie die Dakotahs glauben, eine wunderschöne Jungfrau, die sich nach der Gesellschaft der Sonne sehnte und in das Land reisen wollte, aus dem das Licht des Tages kam. Ihr Bruder, der ein sehr geachteter Häuptling war und dem viel daran lag, daß ihr Wunsch erfüllt würde, wandte sich im Gebet an den Großen Geist um Hülfe. Der Große Geist erhörte auch sein Flehen und ließ einen gewaltigen Sturmwind kommen, der das Mädchen in die Nähe der Sonne führte.

Jeden Morgen erscheint sie nun ihrem Volke und kündet den anbrechenden Tag an.

Warum der Beckancourtfluß in Canada auch Stinkfluß genannt wird.

Einige Algonkins lagen beständig mit den Iroquet-Indianern im Streite und um demselben ein Ende zu machen, nahmen sie Zuflucht zu einer List, die ihnen auch) gelang.　Sie versteckten sich wohlbewaffnet in dem Gebüsch an den Ufern des Beckancourtflusses und ließen Einige von ihnen mit ihren Kanoes auf dem Wasser herumfahren und fischen.

Die Iroquets, welche, wie sie wußten, in der Nähe waren, bemerkten die Fischer bald und ruderten munter auf sie zu, da sie dachten, mit diesen paar Algonkins seien sie schnell fertig.　Sobald aber Jene es sahen, ruderten sie ans Land und liefen fort.　Die Iroquets verfolgten sie, aber kaum waren sie hundert Schritte vom Flusse entfernt, da wurden sie von einem solchen Pfeilregen überschüttet, daß die Meisten todt niederstürzten.　Die übrigen flohen nach ihren Kanoes zurück, aber dieselben waren inzwischen fast alle zerstört worden, so daß ihnen nichts Anderes übrig blieb, als ihr Glück durch Schwimmen zu versuchen. Doch Keiner erreichte das andere Ufer lebendig; Hunderte von todten Körpern schwammen auf dem Wasser umher und der Geruch, den dieselben späterhin verbreiteten, gab dem Flusse den Namen „Stinkfluß".

Das Sturmkind.

Die Herbstjagd der Krähen-Indianer war sehr erfolglos gewesen und der Winter stand mit seinen Schrecken vor der Thür.　Nun kam eines Tages ein Jäger in das Dorf und theilte die freudige Nachricht mit, daß er einen Platz gefunden habe, wo es noch zahlreiches Wild gebe.　Augenblicklich brach das ganze Dorf auf und fand den Bericht des Jägers bestätigt.

Als sie sich nun auf die Rückreise vorbereiteten, wurden sie von einem schrecklichen Gewitter überrascht, und zwei große Arme, die aus einer rabenschwarzen Wolke ragten, schienen etwas auf einen Berg zu legen.　Sobald sich der Himmel wieder aufgeklärt hatte, gingen Einige an die betreffende Stelle und fanden daselbst ein junges Kind von grasgrüner Farbe.　Sie riefen nun gleich einige Squaws herbei, aber da keine von ihnen den Muth hatte, es anzurühren, so erbarmte sich zuletzt ein Krieger seiner, nahm es auf den Arm und begab sich damit auf den Heimweg.

Kaum war er jedoch einige Schritte gegangen, so ward er von einer schwarzen Gewitterwolke umhüllt und ein schrecklicher Donner rollte.　Die Erde erbebte und der Krieger fiel todt nieder.　Die beiden großen Hände wurden wieder sichtbar und nahmen das Kind fort.　Der Krieger ward späterhin aufgehoben und auf dem Gottesacker seines Dorfes begraben.

Als das Kind verschwand, ward eine bejahrte Frau plötzlich von Geburtswehen befallen und am nächsten Tage gebar sie ein Kind von grasgrüner Farbe.　Die Indianer nannten das Mädchen Apakaherraris oder Sturmkind. Es wuchs heran, verheirathete sich späterhin und ward Mutter einer zahlreichen Familie.

Der Fluß der närrischen Frau.

Vor vielen Jahren kam ein weißer Mann in das Land der Krähen-Indianer und tauschte die Büffelfelle derselben gegen Farben, Bänder und Perlen ein. Er war sehr reich, denn er hatte einen großen Vorrath von Dingen, die den Indianern gefielen. Seine Hütte stand am „Großen Bart-flusse"; derselbe wurde wegen des hohen Grases an seinen Ufern damals so genannt; späterhin aber hieß man ihn allgemein den Fluß der närrischen Frau.

Als der Händler alle Felle eingetauscht hatte, verließ er das Lager der Indianer und sagte, er würde nach einigen Monaten wieder kommen.

Er hielt Wort und brachte ganze Wagenladungen von allerlei schönen Dingen mit. Er machte den Frauen glänzende Perlen und den Männern gelbe Ringe zum Geschenk.

Nun nahm er eines Tages den Häuptling in das Nebenzimmer seiner Wohnung und gab ihm schwarzes Wasser zu trinken, was Jenen so sehr freute, daß er um noch einen Trunk bat. Der Händler schenkte auch ein zweites Glas voll ein und reichte es ihm unter der Bedingung, daß er Niemand etwas davon sage, was der Häuptling auch versprach. Als er das schwarze Wasser getrunken hatte, fing er an so lange zu singen und zu tanzen, bis er zuletzt vor Müdigkeit umfiel und einschlief.

Nach längerer Zeit erwachte er wieder und sagte, er habe nie so herrliche Träume gehabt, und bat den Händler wieder um einen Trunk.

So kam er jeden Tag und trank sich ein Räuschlein an, was den In-dianern jedoch nicht sehr gefiel, denn er umhalste alle Frauen, die ihm in die Quere kamen, und benahm sich überhaupt so auffallend, daß ihn Jedermann für närrisch hielt.

Viele hielten ihn sogar für behext und schrieben dem Händler die Ur-sache zu. Sie hielten daher eine Rathsversammlung ab und faßten den Be-schluß, dem Händler mitzutheilen, so schnell wie möglich das Dorf zu ver-lassen, wenn er sein Leben nicht einbüßen wolle. Ein Krieger, der ein treuer Freund des Händlers war, überbrachte ihm diese Nachricht. Der Weiße lachte und sagte, er wolle ihm den bösen Geist zeigen, der den Häuptling so oft behext habe. Er nahm ihn mit in seine Nebenstube und gab ihm einen Schluck von dem schwarzen Wasser. Als er auf der Straße war, tanzte und sang er so laut, daß alle Leute zusammenliefen. „Geht zum Händler", sagte er, „und laßt euch von seinem schwarzen Wasser geben!"

Sie liefen also Alle zu ihm. Jener erklärte jedoch, daß er kein anderes Wasser tränke als das des Flusses. Er gab ihnen darauf zum Beweise, daß er nicht lüge, einen Eimer voll; denselben tranken sie aus und warteten auf die oft am Häuptling wahrgenommene Wirkung; jedoch vergeblich. „Entweder lügt der Händler oder unser Bruder", sagte Einer; „wir müssen ausfinden, wer die Unwahrheit gesagt hat."

Sie gingen darauf in die Hütte des Kriegers, der sich bereits von seinem Rausche wieder erholt hatte. „Was wollt ihr hier?" fragte er sie.

„Du hast uns belogen; der Händler hat kein schwarzes Wasser!" antworteten sie.

„Er hat auch kein solches Wasser; ich möchte wissen, wer solchen Unsinn erzählen kann!"

Er erinnerte sich sehr wohl, daß er dem Händler versprochen hatte, nichts davon zu sagen. Sie beschrieben ihm darauf sein merkwürdiges Betragen und er erklärte, daß er da sicherlich sehr krank gewesen sein müsse. Sie beschlossen also, die Sache ruhig abzuwarten.

Der Krieger und der Häuptling betranken sich jeden Tag und führten allerlei närrische Streiche aus.

Nun erklärte eines Tages ein junger Krieger in der Versammlung, daß er durch eine Ritze in der Wand gesehen habe, wie der Händler Beiden schwarzes Wasser zu trinken gegeben habe, und er sei bereit, mit seinem Leben für die Wahrheit seiner Aussage einzustehen.

Gleich wurden Einige abgesandt, um den Händler und den trinklustigen Krieger zu holen. Der Letztere leugnete es und erklärte sich bereit zum Kampfe mit seinem Ankläger; der Händler jedoch, der sah, daß das Lügen hier nichts half, gestand ein, daß er schwarzes Wasser besäße. Dasselbe habe er von den Weißen erhalten, die es häufig tränken, um sich glücklich zu machen. Es wurde ihm darauf gesagt, er möge etwas davon holen; ehe er jedoch fortging, sprach der junge Krieger:

„Meine Brüder haben meine Rede gehört und sie als wahr befunden. Mein Bruder hat aber gesagt, ich lüge; laßt uns daher vor das Dorf gehen und die Sache ausfechten!"

„Es ist wahr", sprach darauf der Trunkenbold, „ich habe von dem schwarzen Wasser getrunken und habe dem Händler versprochen, Niemand etwas davon zu sagen. Das schwarze Wasser ist wundervoll und ich liebe es mehr als mein Leben oder die Wahrheit. Ich habe gelogen, weil ich fürchtete, der Händler würde mir nichts mehr zu trinken geben; Alles, was ich noch zu sagen habe, ist, daß ich zum Zweikampfe bereit bin!"

Darauf gingen Alle mit vor das Dorf, um die Beiden kämpfen zu sehen. Die Speere wurden gebracht; die Hand des Lügners zitterte jedoch so sehr, daß er den seinigen kaum halten konnte. Auf die Frage, ob er sich fürchte, erwiederte er, daß sein Herz tapfer sei, seine Hände aber seit einigen Tagen beständig zitterten.

Der Kampf begann und bald lag der Trunkenbold vom Speer durchbohrt auf der Erde.

Darauf liefen Alle nach der Wohnung des Händlers und verlangten schwarzes Wasser, was derselbe ihnen auch bereitwillig gab. Sie tranken so lange davon, bis sie betrunken waren und zuletzt nicht mehr stehen konnten.

Am nächsten Tage kamen sie wieder und verlangten nach dem köstlichen Getränke. Er gab es ihnen auch, ließ sich jedoch für jeden Trunk ein Büffelfell geben. Es dauerte nicht lange, so hatte er alle Felle, die im ganzen Dorfe waren. Zuletzt ging ihm das werthvolle Getränk aus und er packte Alles, was er hatte, auf Pferde, um zu den Weißen zu gehen und noch mehr schwarzes Wasser zu holen.

Dies kam den Kriegern verdächtig vor und sie wollten ihn nicht ziehen lassen. Einer behauptete sogar, der Händler habe genug schwarzes Wasser und er käme, nachdem er ihnen Alles abgenommen habe, sicherlich nicht wieder. Man durchsuchte sein ganzes Gepäck, aber es war kein solches Getränk zu finden; doch der Krieger erklärte, er wisse es ganz genau, daß der Händler noch schwarzes Wasser habe und daß es irgendwo versteckt läge.

Der Weiße verneinte dies, was die Indianer so sehr in Wuth brachte, daß sie ihn vor den Augen seiner Frau zusammenschlugen. Auch die Frau brach bald darauf unter dem Tomahawk zusammen.

Nun sagte der Häuptling: „Der Händler ist todt; laßt uns seine Hütte verbrennen und seine Felle und Pferde unter uns vertheilen!" Gleich wurde sein Haus in Brand gesteckt, und als die Flammen aus allen Löchern hervorloderten, bemerkte eine Indianerin, daß die weiße Squaw nicht todt war. Sie nahm sie also in ihren Wigwam, nähte ihre Wunde zu und sorgte in jeder Beziehung für sie, so daß sie bald wieder genaß. Aber sie war seit jener Zeit wahnsinnig und glaubte, jeder Krieger, den sie sah, wolle sie umbringen.

Eines Tages vermißte man sie und Alle suchten nach ihr. Man fand ihre Spur, aber es war nicht möglich, ihr Versteck aufzufinden. Späterhin sahen sie einige Frauen im Gebüsche und suchten sie zu bereden, in das Dorf zurückzukehren. Aber sie that es nicht. Die Frauen brachten ihr jeden Tag Eßwaaren, sagten jedoch ihren Männern nichts davon.

Eines Tages sah sie jedoch ein Krieger und eilte ihr nach, um sie ins Dorf zu bringen. Doch sie lief so schnell, daß er ihr zuletzt nicht mehr folgen konnte. Wie es ihr späterhin ergangen und was aus ihr geworden ist, hat Niemand erfahren.

Der Fluß der kriegerischen Frau (War-Woman-Creek).

Vor vielen Jahren, zur Zeit des Entstehens der ersten Ansiedelungen in jener Gegend, griff eine umherstreifende Schar Cherokesen die an der Grenze ihres Gebiets stehende Hütte eines Ansiedlers an, der gerade vom Hause

14*

abwesend war. Die Wilden massakrirten alle seine Kinder, schlugen die Frau
zu Boden und ließen sie für todt liegen. Noch aber war die Frau nicht todt.

Kaum waren die Fußtritte der sich entfernenden Indianer verhallt, als
sich die mit ihrem eigenen sowie mit dem Blute ihrer Kinder bedeckte, entstellte
Frau erhob und nach der Thür ging. Vorsichtig blickte sie durch die Spalten
und als sie sich überzeugt, daß ihre Feinde sich wirklich entfernt hatten, unter-
drückte sie das Feuer, mit dem die Indianer das neue Blockhaus in Brand zu
stecken gedachten, das aber die grünen Baumstämme, aus denen dasselbe ge-
zimmert war, noch nicht ergriffen hatte. Nun wischte sie sich das warme Blut
aus den Augen, welches von ihrem Scheitel über das Gesicht herunterrann,
und blickte auf die blutenden, verstümmelten Leiber ihrer Kinder, die kaum
eine Stunde zuvor noch vor der Hausthür gespielt und deren fröhliches Gelächter ihr mütterliches Herz mit Freude erfüllt hatte. Wie einsam und öde,
wie verlassen und elend war auf einmal die eben erst gegründete Heimat für
sie geworden! Welche Qualen des Leibes und der Seele durchzuckten die arme
Frau! Der letzte Hoffnungsschimmer erlosch in ihrer Brust, und an dessen
Stelle trat furchtbarer, grimmiger Haß. Ihre Züge verzerrten sich, ein unheimlicher, entsetzlicher Ausdruck trat auf ihr Gesicht, ihr Auge erglühte in wilder
Wuth gegen die Mörder ihrer unschuldigen Kinder. Sie glich jetzt einer
Tigerin, der man die Jungen geraubt hat. Ein verzweiflungsvoller Entschluß
gab sich in ihren Zügen zu erkennen. Sie verließ das Blockhaus, dessen Thür
sie vollständig verschloß, und verfolgte den Pfad, auf welchem die Indianer
den Rückweg angetreten hatten. Sie achtete ihrer Wunden nicht; sie achtete
nicht des erlittenen Blutverlustes, des brennenden Durstes, des quälenden
Hungers und ihres erschöpften Zustandes — nur ein Verlangen beseelte sie,
nur der Durst nach Rache trieb sie an, nur die Hoffnung, sich an ihren Ver-
derbern zu rächen, erhielt sie aufrecht. Unablässig folgte sie den Spuren ihrer
Feinde, bei einbrechender Nacht holte sie dieselben ein. Die Indianer hatten
sich an den Rand des Flusses gelagert, der jetzt den von ihr herstammenden
Namen führt. Sie kroch auf Händen und Füßen aus dem Schatten des Waldes
heraus. Geräuschlos näherte sie sich dem dann und wann aufflackernden Feuer,
und bei dem Scheine der Flammen konnte sie die am Boden liegenden Indianer erkennen, welche, ermüdet von den Strapazen des Tages, in tiefen
Schlummer gesunken waren. Jeder hatte seine einzige Waffe, den Tomahawk,
im Gürtel. Lange lauschte die Frau, bis sie sich endlich überzeugt hatte, daß
alle Indianer wirklich schlafend dalagen. Dann schlich sie leise von einem Indianer zum andern, und zog behutsam das Schlachtbeil aus dem Gürtel eines
Jeden derselben. Ein Beil behielt sie in der Hand, die übrigen ließ sie geräuschlos in den Fluß gleiten. Jetzt trat sie kalt und besonnen an die schlafenden
Indianer heran. Sie schwang den Tomahawk, an dem noch das Blut ihrer

Kinder klebte, und mit einem einzigen Schlage trieb sie das Beil in den Schädel eines der Indianer. Die Rothhaut verendete, ohne einen Laut von sich zu geben. Leise schlich die jetzt so furchtbare Frau von einem Schläfer zum andern, und Einer nach dem Andern fiel ihrer Rache zum Opfer. Der letzte noch lebende Indianer wurde durch das Todesröcheln eines seiner Gefährten aus dem Schlaf emporgeschreckt und mit Entsetzen bemerkte er seine gefährliche Lage. Er sprang auf und griff nach seinem Tomahawk — aber dieser lag längst in der Tiefe des Flusses. Die Frau führte einen gewaltigen Hieb nach ihm, dem er jedoch zur rechten Zeit auswich. Aber die zur höchsten Wuth entflammte Mutter griff den Mörder ihrer Kinder mit einem Grimm und einer Beharrlichkeit an, die den Indianer aus der Fassung brachte. Bisher hatte er mit einem Feuerbrand die Hiebe der zur Furie gewordenen Frau parirt, nun aber griffen Beide mit den Händen an und rangen mit einander. Sie stürzten zu Boden, denn der Indianer war schwer verwundet worden. Die heldenmüthige Frau war durch ihren Blutverlust und die übermenschlichen Anstrengungen erschöpft. Beide waren zu schwach, um den Kampf fortzusetzen. Der verwundete Indianer raffte all seine Kräfte zusammen und entfernte sich, auf Händen und Füßen kriechend, von dem Kampfplatze. Bis zum Mittag des folgenden Tages blieb die Frau in ihrem hülflosen Zustand liegen, wo sie dann von einer herumstreifenden Schar weißer Leute entdeckt wurde. Mit Entsetzen erblickten dieselben die sterbende Frau und das furchtbare Werk, welches diese in der vergangenen Nacht vollbracht hatte. Nachdem die Unglückliche mit gebrochener Stimme ihre Geschichte erzählt, gab sie ihren Geist auf. Die Ansiedler suchten, nachdem sie die Frau an Ort und Stelle begraben hatten, den entflohenen Indianer einzuholen — jedoch vergebens. Die Rothhaut erreichte seinen Stamm, und nach seiner Erzählung benannten die Cherokesen den Strom, an dessen Ufern sich die schreckliche Begebenheit ereignete, den „Fluß der kriegerischen Frau".

Die Legende des Bald Mountain in Nord-Carolina.

In den Felsengruppen und Schluchten des „Bald Mountain" trieb vor vielen, vielen Jahren ein greulicher Vogel sein Unwesen, welcher als seine Lieblingsspeise kleine Kinder verzehrte und unter den Sprößlingen des Stammes eine solche Verheerung anrichtete, daß bei einer großen Versammlung einstimmig beschlossen wurde, eine allgemeine Jagd auf dieses Ungethüm zu veranstalten und es „im Betretungsfalle" ohne Gnade und Barmherzigkeit zu vernichten. Lange jedoch wollte der Fang nicht gelingen, obgleich man alles Mögliche versuchte; da wurde die ganze Angelegenheit den Weisesten der Nation zur Berathung übergeben und nach langem Hin- und Hersinnen gab ein Schlaukopf das im Folgenden erzählte Mittel als das einzig durchgreifende an, und

die weisen Väter trafen denn auch sofort die nöthigen Anstalten, um es ins
Werk zu setzen. Von einem Ende der Niederlassung bis zum andern mußten
sich die Familienväter auf den Gipfeln der Berge aufstellen mit der Weisung,
ein lautes „Hallo" ertönen zu lassen, sobald Einer von ihnen des Ungeheuers ansichtig würde. Dieses Experiment erwies sich auch als erfolgreich,
denn wirklich kam das geflügelte Ungethüm zum Vorschein und bald ertönte
auf der ganzen Linie ein rasendes, ohrenzerreißendes „Hallo". Als sich die
Tapfersten und Weisesten des Stammes eingefunden hatten, um dem Ungethüm den Garaus zu machen, fand der Vogel es jedoch für gut, in einer unzu-
gänglichen Höhle an der Ostseite des sogenannten „Blue Ridge", oberhalb der
Quelle des Too-ge-lah-Flusses, zu verschwinden, und die voll Siegesgewißheit
herbeigeeilten Jäger mußten zu ihrer großen Betrübniß einsehen, daß menschliche Hülfe hier umsonst war. Kein Sterblicher war im Stande, in die Höhle
einzudringen, und nach einem abermaligen consilium in pleno gelangte man
zu der Ueberzeugung, daß nur der „Große Geist" den Weg zu dem Scheusal
frei machen könne. Ein großes, ihm dargebrachtes Weihopfer hatte, wie vor-
auszusehen, den gewünschten Erfolg, und der Große Geist schickte seine Abgesandten unter obligater Blitz- und Donnerbegleitung, um den Berg zu
spalten und das Ungeheuer den Rächern zu überliefern. Dies geschah und
dasselbe wurde, sobald es seinen Schlupfwinkel preisgegeben sah und entfliehen
wollte, von den Indianern in landesüblicher Weise umgebracht. Der Große
Geist fühlte sich so betroffen von der von seinen Kindern in diesem gefährlichen
Kampfe bewiesenen Tapferkeit, daß er ihnen eine Bitte zu gewähren versprach,
und die schlauen Cherokees erbaten sich, daß künftighin die Gipfel aller Berge
kahl sein sollten, damit sie eine Gelegenheit hätten, die Bewegungen ihrer Feinde
zu beobachten. Die ganze Gegend trägt seit jener Zeit die Spuren dieses
Aktes göttlicher Gnade.

Ende.

www.ingramcontent.com/pod-product-compliance
Lightning Source LLC
Chambersburg PA
CBHW020117030726
47498CB00006B/2145